卑屈と傲岸と郷愁と

日本人の「異」への眼差しの系譜

浅井雅志
Asai Masashi

松柏社

目次

卑屈と傲岸と郷愁と

——日本人の「異」への眼差しの系譜

序

「温故而知新」という言葉がある。『論語』から採られた言葉で、「前に学んだことや古い言葉をもう一度よみがえらせて、新しい真理をさとること」だという。しかし今では、過去から学んで新しい方向性を採ろう、といった意味合いで使われることが多い。ここでもその意味で使いたいのだが、問題はこの「温」である。どのように温めれば過去が的確に知られるのか。これができなければ、今われわれが進むべき「新」が見つけ出せず、どちらの方向に向えばいいかがわからなくなる。その「新」には、グローバルという面妖な言葉から始まって、ポストモダンとかポストコロニアルとかポストヒューマンとか、やたらに外来語が並ぶことが多い。これは現今の世界の状況を反映している。過去五世紀の勢いそのまま、アジアの時代だとか太平洋の世紀といった言葉とは裏腹に、今でも未来を切り開く主導権は西洋と呼ばれる一地域が握っているようだ。

こうした状況下でわれわれにできることは、ともかく自分たちの過去を見つめることだろう。とりわけ、近代においてこの西洋の衝撃に直面した先人たちの格闘の跡を知ることは、日本人が未来の世界を生きていく上でまたとない指針を与えてくれるように思う。

山本七平はその思索の大半を日本の敗戦という事実と伝統・文化との関わりに注いだが、その苦衷をこう書いている。「戦後の出発点は、残念ながらこの〔戦争責任に対する態度が何に由来するかについての〕『無知』だった。そして無知はさらに呪縛を深め、このことは今なお日本を苦しめている」(『現人神の創作者たち』上、

247。以下、「上」「下」とあれば、この本からの引用であることを示す）。戦争体験のない私には、彼のような生身の苦しみは感じにくい。しかし彼がいうこの「無知」が、日本人のあり方、とりわけ今も昔も「異」なるものに呪縛されていることとの間に何らかの関係があるのではないかと長いあいだ漠然と感じていた。「異」の最大のものはこの一五〇年の間は西洋であったが、その前には長い前史が秘められていた。いや、別に秘められているわけではない。ただ多くの人の問題意識に上らないだけのことだ。私のここでの探求は山本のように「怨念」を孕んだものではないが、問題に向ける視線には多くの共通点があるように思う。

「異」とは、基本的には自分とは異なるものの総称で、他者とも言い換えられる。しかし他者はさまざまなレベルに存在する。一般的には、民族・言語・文化・宗教などをほぼ共有する集団以外の存在に使うが、しかし同民族・同言語内でも、「内」と「外」、身内と他人といった言葉で「異」を区別することはしばしばある。しかし本書ではもう少し狭く、容貌、言語や習俗が異なる人間、それも、歴史的に自分たちとは本質的に異なると考えられてきたすべての存在を含む呼称として使いたい。こうした「異」を見分ける力学、臭覚ともいえる選別能力がわれわれの深い部分に根付いていることを明るみに出すのが本書の目的の一つである。

　このような選別意識はときに選民意識と密接に連動するが、その主たる基盤は、自分たちの集団は固有の特性を有しており、他者と共有しにくいユニークなものだとの意識である。以下、この「ユニークさ」の捉え方の変遷を追っていきたいが、これは現今でもさまざまな分野で見ることができる。近年、来日観光客が急増しつつあるのは大きなニュースになり、現政府はさらに増やそうと努力しているようだ。留学生についてもしかり。しかし逆に海外への、少なくとも学位を目指す長期の留学生は激減しており、何より目につくのは、難民を含めたさまざまな理由で日本国籍を求める人たちに対して断固として扉を開けようとしないことだ。昨年の難民認定者は二八人と聞く。多数受けいれている国々に比べると、桁が三つか四つ違う。いや、ここでやろうとしているのはこうした現状の批判ではなく、そうした心性の起源を、あるいはせめて系譜をたどってみることだ。

先述の山本は現人神の形成を論じる中で主に中国を参照枠としているが、しきりに日本と中国との異質性を強調する。それは力強い論証に裏打ちされているのだが、しかしこれを下手に敷衍すると、ものを深く突き詰めた者はその異質性に気づき、表層しか見ない者だけが異質なものに親近性を抱く、という結論に至りかねない。これはある面では正しい。現在のグローバル化した世界では、いくつかの側面では共通性の方が目立ち、無知な者ほど異質性には気づかないということが起きている。しかしここは注意深くあらねばならない。一言でいえば、深く知って異質性に気づき、しかもその上で共通性・親近性を見出す努力を怠らない、ということになろう。

日本の抱える困難は、歴史上常に周縁文化であり、その規範を常に外に求め続けてきたことから生まれるものといってよかろう。日本はむろん文化は生み出したが、中国やユダヤ・キリスト教世界のような「普遍」を自任する文明を生み出さなかった。そして「中華」文明から常に恩恵と影響を受け続けたが、人はそうした状況にいつまでも甘んじられない。とりわけ国力の充実を感じるようになると、自分たちの独自のもの、今風にいえばアイデンティティを求め始める。日本史においては、西洋との最初の部分的な接触の後、とりわけ自己矜持を支えるに足ると感じられる物心共の充実が感じられる江戸中期以降にそうした欲求が高まっていった。そうして振り返った時、自らの伝統と思われるものの内実はほとんどが借り物であることに気づいた当時の知識人は狼狽したであろう。そこで何とか見つけ出したのが、文字はともかくとして、精神的支柱となっていた儒仏流入以前の精神的構築物としての神道と、その正当性を保証する天皇であった。その後の知的営為はこれをいかに実質化するかに向けられた。その出発点にいたのが山崎闇斎であり、その後のさまざまな国粋主義的精神活動はそこから流れ出している。山鹿素行の日本こそ中国＝中華＝文明の中心とする説も一支流だが、最大の支流はもちろん国学であり、平田篤胤の「総合」を経て一時期は日本思想の主流に躍り出るまでになった。山本は、こうした周縁意識を乗り越える知恵を「根本枝葉花実説」と名付け、本地垂迹説を端的な例とする。つまり、原因と結果を逆転する思想で、ともに論証が無理な形而上学的な説であれば可能だというのである。ともあれ、日本はさまざまな工夫を凝らして文明の中心、とまでいかなくとも、その独自性の確保を試みてきた。本書はその試みの系譜をたどる旅である。

このアイデンティティ確保の奮闘がいっそう激しくなったのは、日本にとって第二の中華ともいうべき西洋との出会い以降である。時代はすでに近代と呼ばれる相に入っていた。近代とはさまざまに定義ができる複雑な歴史区分だが、その一つは、地球上かつてないほどに異質なものの出会いが起こった時代、というものであろう。それは大航海時代から始まってはいたものの、それが劇的に増大し、それにつれてその影響も加速度的に増していったのが近代である。(1) 実質的に近代は、人間、というより西洋の一部の人々が大洋に乗り出し、異文化、異民族の土地に到着した時期に始まったと考えていいだろう。

そのようにして異質なものが出会ったとき、受動の側の人々の反応には通常三つある。無視、拒否、受容である。出会う両者には通常さまざまな力における優劣があるので、無視は起こりにくい。拒否の場合は、たいていその後に両者の対立が続いて、多くの場合拒否側の敗北に終わった。問題は受容である。少なくとも抵抗のない受容は歴史上ほとんど見られないので、注目すべきはその抵抗の程度と、その際に起る変容である。

これまでの日本文化観では、例えば加藤周一の論にその典型を見るように、外来思想と土着の思想、その人生観・世界観を両極に置き、その中間に日本化された外来思想の諸段階を想定することが一般的だった（『日本文学史序説』上、34-43 参照。以下、「上」「下」とあれば、この本からの引用であることを示す）。この枠組みの大きな難点は、原理的にいえば、「土着」というものはどこまでたどってもたどり着けない、デリダ風にいえば「差延」されるのだが、これについては後述したい。ここではとりあえず、文化の視点からして、歴史的にそれ以上たどれないところに見出したものを「土着」的世界観と措定して、大した問題は起こらないだろうとしておく。

加藤周一は、日本文化に大きな影響を与えた外来思想を、大乗仏教、儒学、キリスト教、マルクス主義の四つに見る。彼は西洋の科学的思想を、包括的体系ではなかったとの理由で補助的な位置に置いているが、しかしこの思想あるいは世界観が、人間の理性をある意味で（つまり宗教的側面を除いて）「普遍」とする包括的世界観であることは明らかで、しかもその影響力は、歴史的に比較的短いということを除けば前の四つのそれに劣らないどころか、現時点で見ればはるかに大きいといわねばならない。それはともかく、このような大きな外来思想との接触に際して、日本人はどのような態度をとってきたのか。

日本史上、最初に出会った「普遍」は中国であった。その圧倒的文明から日本は多くのものを学んだが、その中核は儒教と中国化した仏教、それに文字であった。この中国文明との格闘は後に譲って、ここでは先に西洋とのそれを見ておこう。

西洋との接触は三回あった。最初は一五世紀のもので、鉄砲とキリスト教が伝来したが、鉄砲は日本人自ら「放棄」してしまい[2]、キリスト教の方は、秀吉の弾圧とそれ以後の禁教もあって短命に終わった。これは拒否が成功した数少ない例である。

二度目は江戸期の出島にいるオランダ人を介してのものだ。この影響が急激に大きくなったのが一八世紀の半ば、知識人の間での「蘭学」の普及による。その記念碑的事件は、一七七四年の『解体新書』、および一七八四年の『求力法論』の翻訳出版で、後者はニュートンの力学的世界観を要約したものである。加藤周一は、一七七一年に杉田玄白が人体解剖に立ち会い、従来の東洋医学の過ちを知って、その帰路、同行していた前野良沢と中川淳庵に『ターヘル・アナトミア』の翻訳の意を伝えたときを「歴史的瞬間」(80)といっているが、この事件はたしかにそれだけの衝撃を後の日本史に与えた。とはいえその衝撃は当初は一部のサークルに限られており、それが広がるには三度目の接触、すなわち黒船の来航を待たなくてはならない。通常「西洋の衝撃」といわれるのはこの三度目のものだけだが、しかしこの二度目のものもその潜在的影響力という点では無視できない。

三度目の接触は接触と呼ぶのも愚かしいほど一方的で強引なものだったが、それでも徳川幕府は無視という選択肢はとれなかった。すでに隣の大国、清がアヘン戦争で負けたことを知っており、それ以外にもオランダ通信使から西洋が強力なことを聞かされていたからだ。かといって受容するにも、この他者は容貌や言語をはじめ、あらゆるものが異質でありすぎた。そもそも異質な文化や価値観、生活様式を受けいれるのは保守的な生物である人間にとってきわめて困難なことである。となると残されたのは拒否だが、これは必然的に対立を、それも武力的なそれを伴う。当時の権力者たちが賢明であったのは、世界情勢についての乏しい知識を使って、これを回避したことだ。そして別の方法を探ったのだが、それはむろんすんなりできることではなかった。当時の喫緊の課題はなんとか西洋の支配を逃れることで、ここで問題にしているような、いわばアイデンティティの問題を考えていたのは一握りの知識人であったが、ともかくもこの突然の経験は長い間この国に住んできた人々の意識に巨大な負荷をかけた。直面した他者が多くの点で自分たちより優越していると認めざるをえなかったため、そこには一種の自信喪失が生じ、それが歴史や伝統といった自己の存立基盤の見直しを強く促した。

こうした精神の激変に際して、人間の心理はある程度似たような反応を示すものだが、日本の幕末から明治にかけての時代、それはまず「攘夷」という名の拒否として現れ、それが終わった後には「文明開化」と「富国強兵」という看板の下での受容へと急速に変わった。そしてその激動が一段落した後に出てくるのが、さまざまな形でのノスタルジア、すなわち過去を理想化ないしは美化する心情である。近代化のモデルとした西洋の受容は、紆余曲折を経ながらも今日まで続いており、その基本路線に疑義が呈されることはすでになくなった。問題なのは、「攘夷」と「ノスタルジア」の変奏曲である。これは同一の光線がプリズムを通過して別のスペクトルとして現れるような現象で、根っこにある心情は時代を通じてさほど変化はなかったと思われる。その最大の共通項は、「異」の忌避とそれに続く排除、および自己の「根源」=アイデンティティを確定することによって安心立命を図ろうとする心情である。

加藤周一は後の「大正教養主義」から出発した代表的知識人として林達夫、石川淳、小林秀雄を挙げ、彼らはそれぞれ異なる方向をとったという。「西洋思想史の内側からの理解に徹底して普遍的なるものに到達するか、深く肉体化された日本の文化的伝統を接するかぎりでの西洋文化とつり合わせるか、二つの文化の対立を自己内面の問題に還元するか」(下、490)。この三つは、この時代に限らず、広く日本がモデルとした西洋と対決したときにとりうる、またとってきた原型といっていいだろう。時代によってどの方向が強くなるかに違いはあったが、全般的にいえば、第一の方向はとる人が少なかったし、林ほど徹底した人はさらに少なく、またその影響も限定的であった。第二の方向は、程度の差はあれ対西洋の態度の根底に今も流れているもののように見受けられる。第三だが、「還元」という言葉を脇に置けば、これこそ本書の関心を支える基本的態度である。けだしこの方向が西洋に向ける視線の基盤になければ、第一は対象への耽溺と自己沈潜に、第二は「昔はよかった病」に終わる危険を常にはらんでいる。

過去は外国のようなもので、ほんの少しでも時が経つと、とても自分が今いる国と同じところだとは思えないほどかけ離れたものに感じられる。これはどの国にも当てはまることだが、しかし中には、過去と現在との切断線が際立っている国々がある。日本は間違いなくそうした国の一つであり、しかも一つの典型を示している。黒船の来航による「前近代」から「近代」への急激かつ強引な転回は、革命を伴わないものとしては世界でも稀に見る劇的な近代化であった（これを「革命」とする見方があることも承知しているが、ここでは触れない）。

こうした急激な変化はおうおうにしてその当事者たちの痛みを伴う。その波に翻弄される庶民はもちろんだが、その痛みがいっそう強く感じられるのは、その危ういかじ取りを任された政治家や知識人であっただろう。そうした際、政治家はその痛みを思想としてとらえる任にない。それは知識人の仕事である。そして当時のこの仕事は、現在とは大きく違って、それが社会の変化に直接大きな変化をもたらすという意味で、大きな責任を伴い、それゆえ彼らは政治家とは別の形と質の痛みを感じたであろう。

ともあれ、彼らの努力の結果、日本は世界の近代史においてもまれに見る劇的な展開をとげ、「大国」となって現在に至っている。本書の目的の一つは、この「成功劇」の光と影を、江戸期から現在に至る日本知識人の「中華」＝「普遍」観とそれとの対決を概観し、それを通して、日本にとって近代（化）とは何であったのかという古くて新しい問いを再考することにある。

＊　＊　＊

World Happiness Report の二〇一三年から一五年にかけての幸福度調査によると、対象国一五七か国のうち日本は五三位だという。GDPでも平均寿命でも世界のトップクラスであるにもかかわらずだ。ところが国内での調査によると、幸福度は若いほど高くなり、二〇代が最高だという。私は大学で英語や英語圏文化を教えている。学生の多くはカリキュラムの一部として、半年間海外の提携大学で留学生活を送る。そして滞在先で、日本で学んでいたのとはまた違ういわば本当のギャップに直面して戸惑い、それをとおして成長を遂げて帰国する。そういう、比較的には外に開かれた学生が多数を占めているにもかかわらず、その同じ彼らの多くが、日本が好きで、現在の生活に満足しているように見える。単に見えるだけでなく、自らもそう口にする。この奇妙なねじれ現象は一体何だろう、とよく自問する。そこで思い至るのは、これは実は「ねじれ」ではないのではないか、「にもかかわらず」という問いの設定自体が間違っているのではないかということだ。彼らの、ということは日本の比較的若い世代のかなりの部分が、この「外」、すなわち日本以外の国や文化に多少の興味はあるが、それにどっぷりつかろうとは思わないし、ましてやそれから大きな影響を受けて、日本という国・文化が作り上げた「作品」である「私」を根底から見直そうなどという思いなどほとんどない、というのが実情ではないか。

しばらく前のことだが、教えている学生から「KY」という言葉を聞き、その意味を尋ねたときの軽い衝撃は今でも忘れられない。これは今ではあまり使われなくなったようだが、その変化の激しさとは裏腹に、近代化、「グローバル化」のさらなる進展の中で、この「空気を読まない・読めない」ことに対する日本人の忌避意識は、もしかしたらかつてないほど強くなっているのではないか、端的にいえば、日本人はますます保守化しているのではないか、という思いにとらわれたからだ。平生授業で欧米の文学や思想を講じている身としては、これは悲しいというか奇妙というか、ともかく不思議な体験だった。痛感したのは、世間という不思議なものがいうほど、あるいは思うほどには日本人は変わっていない、いやもっとはっきりいえば、今の若者たちをこれほどまでに「洗脳」する日本文化なるものの根強さというかしぶとさというか、そのようなものである。このような現在の状況は、日本が近代化の初期に、この史上まれに見る大変革を熟慮する精神的余裕もないままに巻き込まれた世代の者たちの苦闘の成果であると同時に、大きな負の遺産でもあるのではないか。この現状は彼らの目には、どのように映るのだろうか、というのが本書の基本的視線である。

本書のもう一つの狙いは、日本の近代化の考察を通して、近代というもののもつ特性をあぶりだすことである。安藤礼二もいうように、「近代という一元化のプロジェクトに乗り遅れ、そこから排除されてしまった者たちによってはじめて『近代』は相対化される」(『近代論』v)。相対化とは、彼が別の所でもいっているように、「全体像をよく見渡す」ことである。日本はむろん近代化から「乗り遅れ」たり「排除」されたりしたわけではなく、むしろその成功者と見るのが通常である。しかしこれから見るように、「遅れて」来た、あるいはむしろそれに無理やり引き込まれた怨念の如きものは、いまだにわれわれの精神の伏流水として流れているのではないか。しかしそれでも、近代国家を生むという、おそらくは全世界の必然に「遅れて」参加した、あるいは無理やり参加させられた苦しみを体験した者こそが、近代という人類が初めて経験し、しかも「未完」であるプロジェクトの相貌を、その起動および駆動を主導した西洋の知識人よりも——「よりも」に語弊があるなら、それとは別の視点から——明るみに出すことができるのではないか、こういう思いがこの本を書く動機の一つであった。

注

（1）トインビーは中産階級が支配力をもち始める一五世紀末としている。

（2）これについてノエル・ペリンは、いったん受容した高度な兵器を自ら「放棄」することが、同時代の西洋と比べるといかに奇蹟的なことであったかを興味深く考察している。彼はその理由に、刀が武士の魂の象徴であったことや、銃の使用には刀剣を使うときの美しさがないことなども挙げているが、やはりその主たるものは、鉄砲がキリスト教などとともに西洋から来たがゆえに排外の対象となったこと、それに何といっても支配階級の保全のためであった。

第一章 「逝きし世」はどこに行ったのか？

——近代日本における郷愁の心情と力学

ゆさぶれ　青い梢を
もぎとれ　青い木の実を
ひとよ　晝はとほく澄みわたるので
私のかへつて行く故里が　どこかとほくにあるやうだ
（立原道造、15）

古い日本は死んだのである。亡骸を処理する作法はただ一つ、それを埋葬することである。（チェンバレン『日本事物誌　1』14）

社会の状況が大きく変化して、武士道に反対するだけでなく、それに敵対するようにさえなった今日、その名誉ある葬送の準備をしなければならない時である。（新渡戸稲造、290）

私は今持っているこの美しい心持が、時間というもののために段々薄れて行くのが怖くって堪らないのです。この記憶が消えてしまって、ただ漫然と魂の抜け殻のように生きている未来を想像すると、それが苦痛で苦痛で恐ろしくって堪らないのです。（「硝子戸の中」『漱石文明論集』266）

一　『逝きし世の面影』をめぐって

日本はその地理的条件から、「内」と「外」を見分ける感性、すなわち「異」を嗅ぎつける臭覚は早くから発達したであろう。しかし中国という「異」からの長期にわたる影響は、こちらがほしいと思うとき、ほしいだけを手に入れるという形で、精神的にも時間的にも余裕をもって行われた。ところが西洋の衝撃は有無をいわさぬもので、そのような余裕は一切なかった。その結果日本という国家はマス・ヒステリー状態に陥った。そうした中ではこの新たな「異」に対処するには、長い前史はほとんど参考にならなかったであろう。つまり彼らは、いわば最初から、手探りでこの難物に対処しなければならなかったのである。

本書では、この「異」への対処を歴史的に概観したいが、まずはこの「異」の問題が日本史上最も先鋭化したこの時代、すなわち幕末から明治・大正期の文化および人間のありようを概観してみたい。

取り掛かりとして、幕末から明治期に書かれた西洋人の手になるおびただしい数の日本旅行記や滞在記をうまく凝縮し、濃密な考察を加えている渡辺京二の『逝きし世の面影』という大著を出発点にしようと思う。この書は、この時期にさまざまな理由で日本を訪れた西洋人を中心とする多数の外国人の日本印象記、あるいは研究書を丹念に渉猟して書かれた、日本を題材にした他者表象の一大絵巻といっていいだろう。この本の最大の強みはその素材の膨大さである。日本文化論を概括した、例えば青木保の『日本文化論の変容』や船曳建夫の『「日本人論」再考』は、日本人による自己表象のその時点での総括であるが、この書はその巨大な他者表象版である。ここには、当時、すなわち前近代の日本人が他者の目にどのように映ったかが克明に記録されているだけでなく、この膨大な他者表象を取捨選択した著者渡辺の自ら（日本人）に向ける視線も示されている。手始めに、膨大な引用の中から、日本に否定的なものと肯定的なものに分けて取り出してみよう。

（一）否定的観察

「希望のない顔があまりに多い」（152）
「汚い海水から作った塩ばかりの食事」（153）
「窃盗は普通で、なかなか大胆」（161）
「子供は春画や春本、その他の性的な玩具類から隔離されていなかった」（399）
「日本人が好きなのは現実のことや具体的なことで形而上的、観念的な問題に関心を示さない」（571）

否定的な観察は驚くほど少ないが、その中で比較的多いのが、性的な羞恥心の欠如に関するものだ。これは後に検討したい。

参考のために、渡辺が参照していない文献からも多少引いておこう。一八六一年に『イラストレイテッド・ロンドン・ニューズ』の特派員として来日し、オールコックの『大君の都』の挿画や、自ら創刊した『ジャパン・パンチ』などへたくさんの素描を載せたワーグマンは、「庶民がこんなに心から楽しんでいるのを、私は他の国ではかつて見たことがない」（150）という肯定的評と同時に、日本人の怠惰さや、西洋のもの真似をする様子を茶化すような絵やコメントも数多く残している。実は渡辺はワーグマンを一回だけ引用している。それは日本人がいつもぼんやりしているというもので、渡辺自身ワーグマンの描く日本人を「阿呆面」といっているが、すぐに別の観察者の引用をもってきて、彼らはそうした日本人を「心からいとおしまずにはおれなかったのである」と肯定へと転化する。そしてこう述べる。「私の意図するのは古きよき日本の愛惜でもなければ、それへの追慕でもない。私の意図はただ、一つの亡んだ文明の諸相を追体験することにある。［……］われわれの近代の意味は、そのような文明の実態とその解体の実相をつかむことなしには、けっして解き明かせないだろうといいたい」（65）。ここには、これから論じる問題が凝縮しているが、それはすなわち、「愛惜」と「追体験」はどう違うのか、また「追体験」をしながら「実態・実相」はつかめるのか、という問題である。この書全体のトーンは、このマニフェストとは裏腹に、著者の「愛惜」や「追慕」の念が濃厚に覆っている。そしてこの錯綜した念は、決して渡辺個人のものではなく、現代の日本人の思いを代弁しているようにも思われる。

やや先走ったので、もう少しこの書以外からの引用を続けよう。一八八九年から一八九三年にかけて五回訪日し、通算約三年間滞在したパーシヴァル・ローウェル（Lowell）は、当時訪日した外国人の中でも、その目的やその後の経緯も含めてきわめて特異な存在だが、渡辺はこれも一回だけ引用している。それは東京の夜店の美しさを記したものだが、ローウェルの別の著書には日本への批判的言及も見られる。『オカルト・ジャパン』（*Occult Japan*）という彼の特異な関心を主題とした本では、日本人の特徴として「特異な非人格性」、「理性的思考の欠如」あるいは「芸術的思考の欠如」、「独創性の欠如」あるいは「外国のものを常に芸術的に修正して取り入れる」、「抽象的思考能力の欠如」、「理想的行動の欠如」などを挙げ、結果として彼らの「きらめくエネルギーのない」生活は「より容易なルーティーンの連続になっている」という。さらに、「古き日本人のすべての階級に見られる威厳ある落ち着き（tranquility）も、落ち着きを生み出す型・流儀・作法（form）ゆえではなく、この流儀を生み出した生来の精神の静穏（tranquility）からきている」（323-332）ともいう。やや錯綜しているが、一見肯定的なtranquilityも両義的で、文脈からすれば後のそれは精神活動の停滞を示唆しているようだ。

ローウェルのこうした見方は、すでに当時からモースやハーンも批判しており、西洋的理想を土台にした一方的な見方だと批判することはむしろたやすい。しかし他者の目を鏡にしてそこに写し出された「逝きし世」を見ようというのであれば、こうした否定的観察も排除すべきではあるまい。しかし渡辺がこの著作を物す上でとった基本的姿勢が、当時の外国人の観察が「実質の裏づけを欠いた幻影であったとしても、私はそれで結構なのだ。私にとって第一義的に意味のある問題は、なぜ彼らの眼に日本が楽園と映ってしまったのかということだ」（91）というものである以上、その方向性において、日本に「楽園」を見ないこうした観察にはあまり光があてられなかったようである。

（二）肯定的観察

こちらははるかに多く、この書の大半を占めている。

「貧乏人は存在するが、貧困なるものは存在しない」（127）

「日本人の働く階級の人たちの著しい特徴」は「陽気なこと、気質がさっぱりして物に拘泥しないこと、

子供のようにいかにも天真爛漫であること」（86）

「おそらく日本は天恵を受けた国、地上のパラダイスであろう」（102）

「原始的で容易に満足する住民」（105）

「農民とその家族は快適な外見の、よい家に住んでいるし、いい着物を着、十分な食事をとり、幸せで満ち足りた顔つきをしていると断言することができる」（111）

「江戸時代の庶民の生活を満ち足りたものにしているのは、ある共同体に属することによってもたらされる相互扶助」（158）

「私は全ての持ち物を［……］鍵もかけずにおいておいたが、一度たりとなくなったことはなかった」（159）

「自分の悲しみによって人を悲しませることをすまいとする習慣」（183）

「安楽で静かで幸福な生活、大それた欲望を持たず、競争もせず、穏やかな感覚と慎しやかな物質的満足感に満ちた生活を何と上手に組み立てることを知っているのだろう」（450）

「日本人とは驚嘆すべき国民である！　今日午後火災があってから三十六時間たつかたたぬかに［……］まるで何事もなかったかのように、冗談をいったり笑ったりしている」（508）

「今まで私はこれほどまでに自然のさなかに生きる人間の幸せを感じたことはなかった」（558）

　これら以外にも、日本の自然美に寄せる賛辞は山ほど引用されている。そしてこうした肯定的なコメントと表裏一体の関係にあるのが、日本を鏡としての自己（西洋）批判である。

「ヨーロッパのどの国民より高い教養を持っているこの平和な国民に、我々の教養や宗教が押しつけられねばならないのだ。私は痛恨の念を持って、我々の侵略がこの国と国民にもたらす結果を思わずにいられない」(66-67)。

「日本を開国して外国の影響を受けさせることが、果してこの人々の普遍的な幸福を増進する所以であるかどうか、疑わしくなる」(121)

「かくのごとき優雅と温厚の教訓！［……］なぜ日本人が我々を南蛮夷狄と呼び来ったかが、段々判って来る」(162)

「イギリスでは近代教育のために子供から奪われつつあるひとつの美点を、日本の子供たちはもっている［……］日本の子供たちは自然の子［……］」(393)

ここでも参考のために、渡辺が参照していない文献からも多少引いておこう。

イエズス会士ザビエルのローマへの詳しい報告は、「日本人の創造主であり、贖い主であり、救い主である主なるイエズス・キリスト」(123) という言葉からうかがえるように、ヨーロッパ・キリスト教中心主義の視点からなされてはいるが、他者の視線という点ではこれまでの論者と同じである。日本人は「いままでに発見された国民のなかで最高であり、日本人より優れている人びとは、異教徒のあいだでは見つけられないでしょう」に始まって、その美質を列挙する。彼らは善良で親しみやすく、名誉心が強く、貧しいことを不名誉としない。社交性があり、多くは読み書きができ、知識欲は旺盛だ。盗人は少なく、大昔の人と太陽を崇拝する(96-98)。わずかな食物しかとらないのに「不思議なほど健康」(122) で、武器の使用と馬術にかけては自分たちより優れている者はないと考え、他国人を軽蔑している。理性に従い、好奇心が強く、信仰についての質問は限りがないし、また私たちの答えについて彼ら同士で話し合う(186)。それだけ真剣なので、非キリスト教徒として死んだ彼らの祖先が地獄におり、もうそこから救うことができないと説明すると「泣くのをやめません」(201-2)。

ザビエルのほとんど唯一の批判はやはり性に関することで、ボンズ（坊主）たちの「自然に反する罪」、すなわち尼僧との性関係や寺院の子供たちとの男色関係に集中している(98-100)。これについてはザビエルとともに来日したファン・フェルナンデスも、日本人一般に広げて、彼らは少年と男色にふけっても不名誉と感じない、なぜなら失うべき純潔性などなく、男色は罪ではないと考えているからだと書いている（*They Came to Japan*, 47)。また日本人が理性的という点では、ザビエルと一緒に来日したコスメ・デ・トーレスも「日本人は望みうる限り慎重で、スペイン人より理性的に行動する」（*Ibid.*, 40）と記している。

一五七九年から一六〇三年まで五回にわたって来日し、計一〇年滞在して布教した同じくイエズス会士のアレッサンドロ・ヴァリニャーノは、日本人は「驚くべき沈着さと成熟を見せる」、「感情は抑制し」、人を斬った後でも何事もなかったかのようにその激情や怒りを見せないという一方で、ザビエルらと同じく、彼らの欠点は「官能的な悪徳にふけりすぎる」こと、とりわけ「口にするのもはばかられる悪徳」すなわち男色にふけるばかりか、それを「自然で徳のある行為」とみなしていることだという。もう一つの欠点は主に対する忠誠心の希薄さで、そのために始終戦闘が起きているという（*Ibid.*, 43-46)。これは戦国期特有の状況に対する観察だろう。

同時期に一五歳で来日し、日本でイエズス会に入り、日本語を習得して秀吉や家康の通訳を務めたファオ・ロドリゲスは、それゆえであろうか、日本人は「メランコリーの気質」をもっており、そのため「自然に囲まれ、人工性のない孤独でノスタルジックな場所を好む」（*Ibid.*, 47）と、異色の観察を残している。

一五六三年に来日し、その人生の半ば以上を日本で過ごして長崎に没した宣教師ルイス・フロイスは大著『日本史』で有名だが、それ以外にも、当時の日本人の生活風習のほとんど全分野について多くの観察を残している。女性が処女性を重んじない（39）、男女の情愛が薄い（50）、坊主が子供と男色にふける（65）、仏教の聖像は醜悪で恐怖の念を起させる（85）、ヨーロッパ人の肉体は脆弱だが日本人は頑健なので病からもすぐに回復する（134）、食欲のない人間は死ぬに任せる（135）、誰でも医者になれる（137）、ヨーロッパの劇は談話が中心だが、日本では歌い、踊る（170）、ヨーロッパでは偽りの笑いは不真面目と考えられるが、日本では高尚なことだとされている（187）、等々。

これら、最初期に日本人に接した外国人たちはほとんどが宣教師であり、それゆえの偏向はもちろんあるが、ほぼ同様の観察をしており、また幕末明治期の外国人と比べると、宗教以外の点で圧倒的な文明差があるという認識はまだもっておらず、その分だけ客観的だと見ることもできよう。

ずっと後年、一八六五年に日本を訪れたシュリーマンも、渡辺は一度しか言及していないが、来日前に滞在した中国と比較しつつ日本の清潔さと秩序正しさを褒めたたえている。「日本人が世界でいちばん清潔な国民であることは異論の余地がない」（87）。「［豊顕寺の］境内に足を踏み入れるや、私はそこに漲るこのうえない秩序と清潔さに心を打たれた。大理石をふんだんに使い、ごてごてと飾りたてた中国の寺は、きわめて不潔で、しかも頽廃的だったから、嫌悪感しか感じなかったものだが、日本の寺々は、鄙びたといってもいいほど簡素な風情ではあるが、秩序が息づき、ねんごろな手入れの跡も窺われ、聖域を訪れるたびに私は大きな歓びをおぼえた。［……］老僧も小坊主も親切さとこの上ない清潔さがきわだっていて、無礼、尊大、下劣で汚らしいシナの坊主たちとは好対照をなしている」（104-5）。一介の旅行者の言葉だけに、額面通りに受け取って差し支えないだろう。

彼もまた返す刀でヨーロッパ文明の批判を行っている。「ヨーロッパで必要不可欠だとみなされていたものの大部分は、もともとあったものではなく、文明がつくりだしたものであることに気がついた。寝室を満たしている豪華な家具調度など、ちっとも必要ではないし、それらが便利だと思うのはただ慣れ親しんでいるからにすぎない［……］」(84)。これはシュリーマンの一二年後に来日したモースが、日本家屋の簡素さを褒め、アメリカ家屋の装飾を過多で醜いと評しているのと通じるものがある。どちらも文化相対的視点をもっているが、この時代には西洋人も日本人も西洋文明の圧倒的優勢を自明視していたことを考えると、その先見性には目を見張るものがある。それどころかモースはさらに、外国人は日本人を教える気で来るが、滞在しているうちに「自分の国で人道の名に於て道徳的教訓の重荷になっている善徳や品性を、日本人は生まれながらにもっている」(40) ことに気づくとまでいい、優劣の逆転さえほのめかしている。ともかくここで確認できるのは、日本への肯定的評価は、渡辺が自らの論のために恣意的に選んだのではないことである。

では、これだけの膨大な文献を渡辺はどう料理しているのだろう。その第一の斬新さは、著者の独自の視線あるいは切り口にある。この本に対するさまざまな書評にも見られるように、注意して読まなければ、これは容易に「ノスタルジック」な本と見られる危険をはらんでいるが、仮にそういう形容詞でくれたとしても、その内部に横たわっている中身は濃い。これにきちんと対峙しなければ、これまでの日本人による自己表象は完全なものにはならないといっていいくらいだ。

切り口の特徴の一つは、サイードに代表される「オリエンタリズム」批判的な視線に疑問を投げかけ、反駁している点である。その批判の直接の矛先は、横山俊夫の *Japan in the Victorian Mind: A Study of Stereotyped Images of a Nation* という一九八七年に英国で出版された本に向けられている。渡辺は、横山が、ヴィクトリア朝英国における日本のイメージは「自己完結的で、現実から独立している」と解釈しているが、しかし自分の関心はそこにはないという。彼が問題視するのは、英国人の日本観察が、横山のいうように「現実とは無関係なステレオタイプ化された幻想であったかどうか」だという。すぐわかるように、この二点は渡辺がいうようにはくっきり分けられないのだが、どうやら彼が不満に思っているのは、横山がこれらの記録を残した使節団員を「暗愚な観察者」と見た点、すなわち幕吏が見せようとするものしか見ず、結果的にステレオタイプしか生み出せなかった者と見ている点であるようだ。つまり横山の論は、「国民性なる概念を否定」し、日本の「現実と無関係なイメージが定型的に産出」され、さらにまた「そのイメージが日本という鏡に投影された英国人のセルフイメージであるとする点で、サイードのオリエンタリズム批判と酷似した見解」であり、「彼らの記述には、見る眼さえあれば、そういうステレオタイプに包括することのできぬ具体的な経験と情報がふんだんに盛り込まれている」(31-37)というのである。そしてこう続ける。「こういう西洋人の日本に関する印象を、たんなる異国趣味が生んだ幻影としか受け取ってこなかったところに、実はわれわれの日本近代史読解の盲点と貧しさがあった」(59)と。なぜかといえば、「錯覚ですら何かについての錯覚である。[……]幻影はそれを生む何らかの根拠があってこそ幻影たりうる。私たちが思いを潜めねばならないのはその根拠である」(52)からだ。つまり渡辺は、サイードのようにオリエンタリズム的な見方を批判しつつ、同時にそれへの批判をも批判しているようなのだ。

　たしかにサイードは、「言説《ディスコース》」としてのオリエンタリズムは「オリエントを支配し、再構成し、威圧するための西洋の様式」(3)だといい、「インドやエジプトに関するあらゆる学問的知識は、政治的な事実全体によって何らかの形で色付けされ、刻印され、さらには侵害されている」(11)という。つまり彼は、オリエントの「本質」を措定し、ヨーロッパはそれを誤って表象したといっている。これに対し、渡辺は、西洋の日本表象がたとえ「誤って」いても、ステレオタイプであったとしても、もしそれが真実の片鱗を宿しているのであれば、それに着目すべきだという。これは大事な点を突いている。たしかにステレオタイプは大雑把で、曲解もあり、一〇〇％正しいわけではないが、「功」もあるからだ。ある国や文化について、一般の人々に大雑把な見取り図を与え、安心させる効果である。人は無知よりも何か知っている（と思う）方を好む。しかしすべてを知ることはできない。そこをステレオタイプが肩代わりするのだ。「文化パターンの機能とは、われわれに既成の処方を提供して面倒な検討を免れさせ、手に入れ難い真理の代わりに気楽なもっともらしさを置きかえ、検討を要する事柄を自明の事柄に置きかえる」（39）と。これはアルフレッド・シュッツの言葉だが、ステレオタイプの機能をうまく述べている。それゆえ、たしかに渡辺がいうとおり、「錯覚」ですら出所がある。火のないところに煙は立たないのだ。

むろん渡辺の趣旨は錯覚そのものの擁護にはなく、その錯覚を「幻影」として認め、その根拠に「思いを潜めねばならない」という。なぜなら、「古い日本が異邦人の目に妖精の棲む不思議の国に見えたり、夢とおぎ話の国に映ったりしたとすれば、それは古い日本の現実がそういう幻影を生じさせるような特質と構造を備えていたという事を意味する。［……］欧米人観察者にとって目をみはるに足る異質な文明が当時の日本に存在したという事が問題の一切」（52-53）だからだというのである。

これは首尾一貫した論に見えるが、危うい綱渡り的議論でもある。まず単純な反論としては、渡辺が参照した本で、彼の趣旨と反するものを挙げることで、彼の論の我田引水的側面をつくことができよう。例えば初代駐日総領事タウンゼント・ハリスの言葉は何度も引用されているが、次のような否定的な言葉は回避されている。日本は「情報の入手の世界中で最も困難な国」で、「自分の具を改良するための実験をやる者がなく」、子はすべて親がやるとおりを踏襲する。「静止するものは動かすなかれ」の格言を守って、「自分の生まれた土地に文字通りしばりつけられている」。彼の『日本滞在記』からこれを引用した鬼頭宏は、「実際とはかけ離れた言辞」だとして例を挙げ反論している（272-76）が、しかし渡辺にいわせればこれはかけ離れていても少しも構わず、むしろその「誤解」の根拠に思いをはせねばならない。しかしこれをやろうとすれば、鬼頭のようにそれに反する「事実」を並べ立て、それをもとにハリスはこの点をこう読み違えたのだという風にもっていくほかあるまい。それはそれでいいのだが、しかしこれは水掛け論になる可能性が非常に高い。つまり、それが誤解＝「錯覚」かどうかは、最終的には観察者と被観察者がそれぞれにもつ「本来」＝「本物」観のズレに帰すほかなく、せいぜい引き出される結論としては、ハリスの主観の裏にはこれこれの西洋的価値観や思考法があったのだ、というものくらいであろう。「せいぜい」と思わず書いたが、もちろんこれは現在の比較文化・文明学の主要なターゲットであり、重要な問題であることは承知している。しかしここでの問題は、少なくとも渡辺はそのようなものは目指しておらず、あくまで、西洋人観察者の「錯覚」に隠れ潜んでいる日本の美質を救い上げることに狙いがあるように見えることだ。

ロシア人メーチニコフも何度か引用されているが、彼の次のような指摘を渡辺は取り上げていない。このロシア人は､日本人の裸好きが｢原始の純潔さの証明｣で､それが宣教師たちのたきつけによる｢官製の偽善によって消えようとしている」と西洋の観察者が見るのは「大いにまちがっている」、なぜなら日本人も「世界のすべての古い文化的民族の例にもれず［……］とりたてて処女のごとき純潔を特徴としてきたわけではない」(82)からだ、と述べることで、彼は日本人の中に失われたエデンを見ようとする彼らの心理的投影を指摘している。

これは他者表象に関わる問題だが、これを解きほぐす補助線として、ベネディクトが『菊と刀』を出版した後に日本の知識人の間で起った論争を取り上げてみよう。ここで大きな批判の標的になったのは、周知のように日本を「恥の文化」をもつ国と規定した点である。詳細はすでに別稿で論じたので[1]、要点だけをいうと、和辻哲郎、津田左右吉、柳田國男といったそうそうたる論者が、それぞれ論点は異なるが、ベネディクトは歴史的視野を欠き､武士階級あるいは後の軍部の精神構造を日本人全体に広げて一般化したからこのような「誤解」

が生まれたのだとした点で一致していた。彼らはベネディクトの「誤解」の根拠を明示していないが、考えられるのは、彼女がその執筆において大いに参考にしたと認めている杉本鉞子の『武士の娘』である。一九二五年にアメリカで出版されたこの「種本」の中で、杉本鉞子自身はこういっている。「この恥ということこそ、日本人の心の重荷となるのです」(279)。こうした武士階級の精神をベネディクトが不用意に一般化したことがこの「誤解」を生みだしたということは大いにありうる。つまりこれはよく読めば、西洋の絶対神に比べて日本の八百万の神々は罰することのない神で、この神々を敬わなかったことを恥ずかしいと思うという文脈での言葉であり、ベネディクトがここから敷衍した「日本は恥の文化」というときの、他者の眼を意識した恥とは大きく異なり、むしろ絶対神への信仰に近いものである。事実杉本は渡米前にすでに受洗し、熱心なクリスチャンになっている。つまり、ベネディクトが（意図的かどうかはともかく）この文献の中に読み取ったのは一つの「幻影」であり、それを批判した日本の論者たちはその「幻影」を批判したことになる。彼らの批判は結果的には「正しかった」が、論証のないやや感情的なものであった。

『菊と刀』批判のもう一つの標的は、ベネディクトが、枠をはめて自然らしく見せる日本人の「菊」栽培を「偽装された自然」の象徴と解釈したことである。自然と共生していることを自他ともに認めている日本人にとって、桜と並んで特別な花である菊を、こともあろうに彼らが嫌う人工性の象徴にし、さらにはそれを日本人の自然観・世界観一般に拡大した、と少なくともこの批判者たちは取った。しかしこれも決してベネディクトの曲解ではなく、杉本自身の記述に基づいている。武士の娘としてのしつけを受けた長岡から東京に出て「宣教師の経営する学校」で初めて外国人教師に教わったときの驚きをこう記している。彼らは勉強のときも遊びのときも、笑っても怒っても表情が豊かなのに対し、彼女の幼児の思い出の中の人々は表情に欠け、めったに驚くこともなかった。あらゆる立ち居振る舞いが、「昨日と今日と何の変わるところもなく、一昨日とも、否、遠い昔とも変わりな」(165)かった。表情を「気持ちよく変える」西洋人の先生たちを「桜の花のよう」というのはシンボルの逆転としても面白いが、ともかく彼女の目には日本の「古き世」は表情も変化もない、要するに魅力に欠けたものに映っていた。また杉本は、教師の開放性とともに、「日本庭式な石灯籠もなく、鯉を放った池もなく、太鼓橋もなく、唯大きな木が伸び放題に枝を広げ、雑草が茂るにまかせて」(161)ある校内を、菊栽培と対照的な自然さとして称揚している。これはベネディクトが、日本の庭は人工的に自然を演出していることを指摘するために引用した部分のすぐ後に出てくるのだが、出版当初の日本のそうそうたる識者たちが反発した、すべてが形式でがんじがらめになっているかのように描かれた日本像の裏には、武家出身の女性が描いたこのような自己像があったのである。この本は英米人を主たる読者と想定して書かれたもので、その点は多少割り引いて読む必要があるかもしれないが、それでも杉本が読者に媚びを売っているとは到底考えられない。アメリカでの恩人たちに対する心からの感謝と敬愛の念に貫かれた本書全体のトーンから推しても、むしろきわめて本心に近いと感じられる。そしてここに書かれているのは、渡辺に代表される過去賛美者たちが心に留めねばならない当の過去の住人の自己像である。

つまりベネィクトは、多少の誤読もあったが、全体としては「種本」に忠実だったわけだが、当時の批判者たちは、敗戦のショックもあってか、こうした彼女の論をきちんと検証もせずに「誤解」、ないしは「曲解」と決めつけたように思われる。しかし、後のことだが、逆に西義之のように『菊と刀』を擁護して、これは日本人にとってありがたい誤解であり、この本が描く「日本人階級社会を、自己流に読みかえて」、日本に現存する「疑似・武士社会」を再規定してはどうかという意見が出てきた。しかし西は、「郷愁」を感じる対象が民衆の素朴さではなく『「疑似・武士社会」の美化されたモラル』(189)であるという違いを除けば、渡辺とほぼ同じ視線を過去に向けている。彼の議論に対しては、例えばダグラス・ラミスや池田雅之らが「現状維持のイデオロギー」だとして反論しているが、西はこうした反論を予測したのか、先手を打って、「故国アメリカのことごとくが傲慢不遜に見え」るラミスは、ベネディクトの「片言隻語に『傲慢なるアメリカ第一主義』を嗅ぎつける」といい、そんな彼に「病的なものすら感じる」(132)と激しくラミスを批判している。

この例から私が指摘したいのは、他者表象の問題の根の深さである。すなわち、論者の多くが、渡辺のいう「現実あるいは事実とは何かという難問」(41)をそっくり回避しているのだ。異邦人はたしかに彼らが日本で見たことを書き残した。しかしそのことは、今見たベネディクトの「恥」の解釈でもわかるように、見られた対象である日本が「そういう幻影を生じさせるような特質と構造を備えていたということ」(52)を一〇〇％意味しない。むろんそれを引き起こす触媒の役目をする何かはあったのだろう。しかしそれは日本独自の「特質と構造」とは限らない。つまり、そこからは、横山が指摘する「日本という鏡に投影された英国［外国］人のセルフイメージ」という側面を完全には払拭できないのである。

この「触媒」(鏡)とその「産物」である本の内容との関係は、認知心理学にかかわる厄介なものだ。(2) この「産物」は、観察主体がもっているさまざまな価値観や世界観、他者に対するイメージや先入観などと、その触媒との間に起こるきわめて微妙な「化学反応」の結果生まれたもので、横山、渡辺、どちらがいうようにも、産出の起源をくっきりと特定することはできない。そもそも観察者が「見る」当事者だという、観察の根拠になる「事実」自体が確定しがたいのである。先ほど挙げた杉本は、渡米して信仰を深めたクリスチャンの立場から、封建的で「伝統の絆にしばられてその顔に仮面をかぶせ、唇をつぐみ、動作をはばまれて、その胸にあふれる愛情を表現」(277)しない日本人を批判しつつも、八百万の「神々様の上に立ち給う日の御神様は、わが皇祖の神とあがめられ、恵みの光をもって、日本全国を守り給う」(280)といっている。クリスチャンにして天皇主義者という「矛盾」がこの国民の精神構造の中では成立しうるのだ。この「事実」から何を読み取るかは一にかかって観察者の主観に委ねられる。そしてその主観を醸成し、その後ずっとそれを束縛するのはその人が生まれ育った文化である。この、どこまで行っても観察の「根拠」を特定できない、「差延」的、あるいはメビウスの輪的な構造こそが、渡辺が青木保を援用しつつ主張する、「文化の翻訳不可能性」(50)、あるいは「おのれの文化的拘束」(51)というものの実体である。

このことゆえか、渡辺の筆は第一章の後半に来てやや揺らぎを見せる。一部の日本人が異邦人の観察をただの異国趣味と見てきたのは、自己に向ける視線の「盲点と貧しさ」だと指摘した直後にこう続ける。彼ら異邦人が日本の異質性に着目したのは、「彼らが発達した工業化社会の只中に生きて、そのことに自負と同時に懐疑や反省を抱かざるを得ない十九世紀人だったからである」(59)と、先に見たメーチニコフのごとく「投影」理論を持ち出す。これは、一旦は否定した、こうした観察が「日本という鏡に投影された英国人のセルフイメージである」とする見解を肯定するものだ。したがってその後は当然、オールコックやアーノルドの例を引きつつ、彼らが日本に「矯正物」(61)や「安らぎと満足を授けてくれる美しい特質」(62)を見出していることに何の疑問も投げかけていない。

この点は先に引いた次の言葉でより明確になる。「私は古き日本が『楽園』と評するに足る実質を備えていたかどうか、結局それは異邦人の垣間見の幻影ではなかったかといった問題には何の関心もない。それが実質の裏づけを欠いた幻影であったとしても、私はそれで結構なのだ。私にとって第一義的に意味のある問題は、なぜ彼らの眼に日本が楽園と映ってしまったのかということだ」(91)。しかし、こうして繰り返し「幻影でもかまわない」と強弁していること自体、いかに彼がそれに関心があるかを示している。さらに、彼が関心がないという点と「意味のある問題」というのは、実は表裏一体である。それは彼が一番よく知っている。その証拠に、すぐに続いて、日本が西洋人に「楽園」と映る「理由がひとつには彼らの眼の構造に求められねばならぬのは当然のことだ」といっている。「眼の構造」とはすなわち投影＝表象の構造のことだ。さらに決定的なのは、彼の関心の中心が、その言葉こそ使っていないものの、表象の問題にあることを次の言葉が露呈している。「そのような異質観をもたらした彼我の落差のうちに、彼ら欧米人がすでに突入し、われわれ日本人がやがて参入せねばなかなかった近代、つまり工業化社会の人類史に対してはらむ独特な意識が、ゆくりなくも露出し浮上してくるからである」(91)。すなわち、欧米人のこうした意識が、「近代」の問題を、「ゆくりなくも露出し浮上」させる、すなわち投影＝表象していることを、渡辺はしっかりと認識しているのだ。

これは、後に検討するが、漱石ら明治の知識人が西洋で眼にした光景であった（漱石は早くも滞英中に、「欧洲今日文明」は「失敗」だと記している）。自らの文明を「行き過ぎた」、あるいは歪んだと感じる西洋知識人が、それの一種の補償としての無垢さ、自然さを、主として自分たちより「劣った」と考えられていた世界の他の地域や文化に見出すというのは、この時代の西洋知識人の間での一種の「流行」で、「プリミティヴィズム」と呼ばれていた。流行といって軽率であれば、時代の要請といいかえてもよい。大航海時代以来三世紀半、世界のどこに行くにもかつてのような危険を冒す必要がなくなり、かつはるかに容易にまた短時間で行けるようになった一九世紀半ば以降、ヨーロッパ人は、続いてアメリカ人は急速に世界に飛び出していった。ペリーが日本にやってきたのは、日本に激震をもたらしはしたが、その一挿話でしかない。

渡辺が引用しているもの以外でも、日本滞在記を残した者の大半が、日本に肯定的な、時に当事者さえも驚くような賞賛の言葉を並べているのは事実である。例えばヘンリー・アダムズは、故国での閉塞状況を打破しようと、日本に「魔法の国」(Benfey, 138) を探しに来る。そして見出す。湯本で見た開放型の混浴場で（当時としては珍しいものではないが）、「われわれの存在をこれっぽっちも気にしていない」老若男女を見て、「ようやく夢に見た日本を見つけた」。彼らの無意識性、性の無垢さを「プリミティヴ」と見、「日本には性は存在しないと断言する」(150-51) とまで飛躍する。同様にアメリカでの窮状から逃れ、芸術上のインスピレーションを求めて、友人のアダムズに誘われてともに来日したジョン・ラファージュは、鎌倉の大仏に、周囲が変化するただなかで「深遠な安らぎ」を見せているとして、「世界で最も成功した巨像で、スフィンクスより優れている」(152-53) と評している。

こうした例を見ても分かるように、礼賛であれ批判であれ、人間が表象するものと、その裏に潜む自らの在り方や文化への自省は表裏一体で切り離せない。これは私が別の所で「投影的自己表象」と名付けたものだが、彼ら西洋知識人たちは、日本を鏡とし、そこに自文化を映しだして反省の、あるいは批判の契機にしようとした。むろんハーンやモラエスのように自らを西洋と切り離し、日本に定住した者たちにはこの契機は弱かったかもしれないが、彼らは少数派だ。(3) 大半は西洋文明を新たな眼で見る契機として日本を使った。そこで出された彼らの自省の一部に日本礼賛があるからといって、それを受け入れるには注意が必要だ。実際、多くの読者はこれを字義通りに受け取ることはないだろう。

D・H・ロレンスはこれからやや後の一九二〇年代に世界を放浪して多くの記録を残している。例えばアメリカ南西部に滞在中、ホピ族の文化に接した彼はこれを「賞賛」的に描いているが、同時にそれに対して、いわば文化の翻訳不可能性を自覚して自ら制御を加えている。いずれにせよ、現在のネイティヴ・アメリカンがこれを読んで、ああ、われわれの祖先は何と偉大だったんだ、と思うことはあるまい。

あるいは、同時代に駐日フランス大使を務めたクローデルが、一九二三年に日光で行った講演で、生に対する日本的態度は「理知には到達しえぬ優越者をすなおに受けいれ[……]私たちをとりまく神秘の前で私たち一個人の存在を小さくおしちぢめてしまう」もので、だから「日本がカミ(神)の国と呼ばれてきたのもゆえなきことではありません」(『西欧の衝撃と日本』404) と述べたのを読んで、クローデルの「幻影」を字義通りに取る者は多くはないだろう。

もう一例を挙げると、乃木希典に対するアメリカ人ウォシュバンの激賞である。その『乃木大将と日本人』(原題は *Nogi*) 全編を覆う敬虔ともいうべき心服は、現代の日本人を驚かせるに足る。日露戦争に従軍記者として参加し、親しく乃木を見てきたこのアメリカ人は、乃木を「敢然身を挺して退かない男児の典型として、二つとないもの」といい、このような人物がこの時代に存在したことは「吾人西洋の生活に育てられたものの愕かずにはいられないこと」だが、われわれ西洋人も「齷齪としてただ財宝と地位と名聞とを追求して止まぬ間にも、しばらく退いて、かくのごとき人物によって表現せらるる所以の道を思うべきである」(93-95) というとき、その心服は頂点に達する。西洋人の一部が見せる、武士道的精神を体現した日本人へのこうした敬服は、さかのぼればアーネスト・サトウが西郷隆盛に抱いた感情にも見られるかもしれない。いずれにせよ、日本の伝統は、こうした異質な文化と価値観・死生観を抱いた人たちをも魅了するような側面をもっていたことは疑いえない。しかしこうした「異」からの賛辞は容易に聞く側のノスタルジアを呼び覚ます。その特徴は甘美と停滞である。過去への視線がノスタルジアのにおいを帯びると、未来への駆動力が生まれにくい。厳密にいえば、未来への駆動力を一時的に切断するからこそ甘美の中に浸れるのであろう。

こうした評はあるいは不正確かもしれない。たしかに渡辺は甘美の中に浸ることを自らに戒めているし、その愚を強く意識しているからだ。ただ結果としてその著書に提示されているのは、過去に向ける甘美をともなった憧憬と愛惜の眼差しであり、それを糧に未来を再構築しようという契機はきわめて弱い。これはロレンスの旅行記と最も対照的な部分である。イェイツも古代ギリシアやビザンチン世界に当時のヨーロッパが失ったヨーロッパの理想形を見出した。あるいは投影した。彼の見方は、『ヴィジョン』という難解な書物に記された彼独自の歴史観に則ったもので、ヨーロッパ文明の行き詰まりを一種の歴史的必然と捉えている節もあって一筋縄ではいかないが、少なくとも彼の著作全体の大きな方向性として感じ取られるのは、やはりヨーロッパ文明の再構築への意志である。渡辺の本の価値は、こうしたベクトルを読者がどこまで感じ取れるかによって決まってくるだろう。

こうした議論は、「江戸しぐさ」を後世の構築物だとした原田実の批判にも通じる。「江戸しぐさ」とは、芝三光（本名小林和雄、一九二八？―一九九九）が提唱し、NPO法人江戸しぐさが「江戸商人のリーダーたちが築き上げた［……］人づきあい、共生の知恵」(18) として振興を促進しているもので、初出は一九八一年の『読売新聞』であった。その後これを市民講座や各種団体や企業が取り上げ、さらには文部科学省が「道徳」の教材として使うところまで広がっているという。原田によれば、その代表的なものは「傘かしげ」（雨の日に互いの傘を外側に傾け、ぬれないようにすれ違うこと）、「肩引き」（狭い路地などで人とすれ違うとき、互いに右肩を引いてすれ違うこと）、「三脱の教え」（初対面の人に年齢、職業、地位を聞かないルール）、「時泥棒」（事前の了解なく相手を訪問したり約束の時間に遅れるなどで相手の時間を奪ってはいけない）（第二章参照）などである。こうした主張および批判は歴史家から見れば取るに足らないもののようだが、ここで触れたのは、原田のこれへの批判がここでの議論と共通性をもつと考えたからである。原田は、小林和雄が芝三光の仮名で江戸しぐさなるものを「創造」した背景に、「奥ゆかしい江戸の気配りが日々薄れて行くのを嘆いた」という彼自身の言葉を見ている。すなわち、小林の当時の日本に対する嫌悪感が、「直接には知らないぎりぎりの過去を美化し、そこに想像上のユートピアを築くしかなかった」(211-12) と見るのである。これは、現在も進行している過去へのノスタルジックな眼差しの一例といえよう。

これはさらに広げれば、三島由紀夫がいう「文化の再帰性」、すなわち「文化がただ『見られる』ものでなくて、『見る』ものとして見返してくる」という大きな問題へとつながる。三島は、「文化をまるごと容認することが、文化の全体性の認識にとって不可欠」であるとし、さらには「文化に修正ということはありえない」(293)と断言する。これは一見首尾一貫しているように見えるが、実はここに渡辺らが陥ったのと同種の陥穽がある。渡辺は仮に三島の前者の意見を容れるとしても、後者は否定するだろう。彼は「修正」を、進歩とは捉えないまでも認めているからだ。しかし両者の視線の底に潜む微妙な感情は強い共振を見せている。「文化をまるごと容認すること」と「文化の変化」が両立するし、これまでもしてきたことは両者とも認めるだろう。その上で三島は、そうした変化は仮象であって、その本質は変化しないといいたいのだろう。そのような見方が、「文化防衛論」の後半の、文化の全体の二要件を充たす「文化概念としての天皇制」(316)の主張を支えている。

加藤周一は「複雑な」三島に三つの側面を見、第三の側面を高度成長管理社会への批判だとして、これを『『昔はよかった』主義』（ちなみにもう一つは『『民主化徹底』主義』）と呼んでいる。三島のいう「昔」は「天皇がカミであった三〇年代であり、また漠然と天皇が『文化的統合の中心』であった時代」であり、この「昔はよかった」主義の延長線上で、「『エロス』と死と日本浪漫派的ゴンゴリスム」からなる美学という「密室」に閉じこもったとする。

これは鋭くもまた辛辣な見解だが、そもそも懐古の情は何らかの形で現状への不満を感じるときにまず表れる、きわめて原初的・原型的な心理機制である。渡辺も三島もその心理の上に論を構築しているのだが、その方向は異なる。ここで一つの典型として論じている渡辺的な見方は、どのような論理をまとおうと、この単純な懐古趣味にかなり接近する。松岡正剛は『千夜千冊』で、渡辺がその著書を、「あれはただ、昔の日本はよかったと書いただけじゃないか」と批評されたときの反論を紹介している。それは、かつて日本には「親和力」があった、それは文明であって、かつ滅んだのだということ、だからこれらをわれわれは「異文化」として新たに解釈しなくてはならない。「日本の面影」の本来的な研究と再解釈と、そしてそこにひそむ方法を感知することだけが要請されている、と。すでに見たように、これはその通りである。ここで指摘しているのは、渡辺がいう「親和力」は両刃の剣だったということだ。それは謙虚と察しの文化、空気を読みあう同調圧力の高い文化を生んだ。この文化は、それになじむ者には暖かな居心地よさを提供する、すなわち「内」が最も良い場所であることを不断に注入する。しかし同時に、民族、言語、宗教などを異にする者に本質的な「異」を見出し、しばしばこれを排除するという性格をもつ文化でもあった。

一方で三島的な態度は、たしかにその範を過去のある時代に取るかもしれないが、ともかくその不満を解消すべく、天皇という仮構を「軸」にした日本の再統合を図ろうとする。この企図が見果てぬ夢であることは三島本人が一番よく知っていた。そして彼の「夢の劇化」を見た人たちがそこに狂気、あるいはよくて茶番を見たことも理解に難くない。またそこに加藤が指摘するような彼の美学に基づく自己顕示欲（野木将軍の切腹は誰にも知らせずに行われたが、三島はメディアに予告していた）があったのも間違いなかろう（下、524-27）。しかしともかく、彼は愛惜の念を超えて一歩を踏み出そうとした。

ここでもやや先走ったので、ここで性の領域に関する西洋人の観察に目を転じよう。この領域こそ彼らの賛否が最も激しく交錯する場であった。

『逝きし世の面影』に引かれている、かつての日本人の性に対する「おおらかさ」は、西洋人のみならず現在の日本人をも驚かせるに足る。渡辺は、この点に関する外国人の証言を否定派、肯定派どちらも引用して公平を期そうとしている。スミス主教は混浴を「道徳的に許されぬこと」（298）と見る。ペリー艦隊に通訳として同行したウィリアムズは、日本で裸体が日常茶飯事であることのみならず、春画や猥談も「日常茶飯事で、胸を悪くさせるほど度を越している」と『ペリー日本遠征随行記』に記している。しかし渡辺はウィリアムズを、「この民族の暗愚で頽廃した心」と日記に書くような「無邪気に傲慢な宣教師根性の持主」で、それゆえその感想も「可能な限り歪曲して誤読した」（296）ものだと断言している。しかしこの早々の裁断は、「錯覚ですら何かについての錯覚である。［……］幻影はそれを生む何らかの根拠があってこそ幻影たりうる」というこの本の基本的認識に反するものだ。「近代市民社会特有の偽善に転化した固定観念を示しているだけで、かえって彼ら自身のオブセッションのありかを物語っている」（299）と、他者表象を自己認識の無意識裡の表れとするのはよいが、これを「誤読」というのは文化論の作法に反する。つまり彼は、自分に都合のいい点にはこれを適用し、そうでない場合には無視するという方法をとっているのだ。ポストモダン的思潮の中では「誤読」を積極的な意味で使う場合もあるが、ここで渡辺がいっているのはもちろんそのような意味ではなく、そうした場合に「誤読」といいうるのは厳格な判断基準があるときのみである。こうした困難は、「錯覚ですら何かについての錯覚である」という言明が、他者表象は自己表象であることを見逃していることに起因している。「錯覚」する主体は見る対象に自己の価値観や文化をいくばくかでも投影している、あるいはせざるをえないからだ。

このことは、否定派に比べて圧倒的に分量の多い「寛容派」の紹介にも見られる。例えばヴェルナーの「日本人は慎み深さや羞恥について別種の観念をもっている」という言葉は文化相対主義的見方の先駆だが、「うーむ、地球上にはこういう人間たちもいるのか」といった「上から目線」が感じられる。しかしリンダウの「羞恥心とは、ルソーが正当に言っているように『社会制度』なのである」や、スエンソンの「慎みを欠いているという非難はむしろ、それら裸体の光景を避けるかわりにしげしげと見に通って行き、野卑な視線で眺めては、これはみだらだ、叱責すべきだと恥知らずにも非難している外国人のほうに向けられるべきであると思う」などになると、明らかに、日本の習俗を鏡にして自分たちとその文化を見直すという方向に視線の転換が見られる。これがさらに進むと、ギメのように日本女性を「罪以前のイヴ」で、「私たちがそれ［羞恥心］を与えたのだ」という自己批判に及ぶ。あるいはアーノルドは「日本人は肉体をいささかも恥じていない」と、自らと引き比べて羨望のような言葉を残している。日本に定住したモラエスに至ると、日本を「羞恥心のない女性の国」などと評するのは、「全然知りもしない問題について、愚かにも重大な解釈を下そう」とする「低劣な誹謗者」の行為であり、都会での混浴は「外国人の道学流の非難が止まないので、壁で遮断して、完全に男女を分けてしまった」と、同じく日本に定住したハーンらと同様、西洋人のお節介のために日本の古き伝統が破壊される様子を嘆いている（302-13）。

当時の日本で混浴が通常であったのは事実で、となると、そこで混浴する人々、特に男が、仮に「欲情」したとしても、それが社会的な問題になるほどではなかったということになる。しかし渡辺のこの本には、本当にそうだったのだろうか、という視点がきわめて弱い。それに触れているのは一度だけで、混浴の「実態はかなりセクシュアルな面があったようだ」といい、松浦静山の、「暗処、又夜中などはほしいままに姦淫のことありしとぞ」という言葉や、根岸鎮衛の、女性を見た男が「壮年の勢い男根突起してなかなか忍びがたく」（315）を紹介しているにすぎない。これは実にリアルな描写だが、渡辺はそれ以上追及せず、あたかも「逝きし世」の人々はそんなことには頓着していなかったのだ、といいたげにさえ見える。

小谷野敦はこの本を厳しく批判している少数の一人だが、その批判の矛先はなぜか「日本人は裸体に鈍感」の一点のみだ。彼は、渡辺信一郎が『江戸の女たちの湯浴み』で、「川柳を資料として、男たちがいかに、混浴の銭湯で女の裸に欲情していたか」を描いているから、渡辺京二の解釈は「これでもうおじゃん」（178）と切って捨てているが、もちろんこれでは「おじゃん」にはならない。

ここで欲情の問題に注目するのは、それが渡辺の方法の特徴をよく表していると思われるからだ。すなわち、あたかも当時の人々はそんなことを問題にしないほど無邪気で無垢であったことを伝えんがために、意図的にこの問題を避けているように見えるのである。その態度から見えてくるのは、過去に向ける眼差しの質である。

それは、渡辺が「逝きし世」と呼んでその喪失を嘆いたのと同じ時代のヨーロッパの知識人たちが、同時代（近代）批判の一つの「反動」としてある特定の過去を賛美したのとどう似ており、どう異なっているかという問題である。小谷野がこれに触れているのは一か所、「平和だったからといって、その平和の裏にある悲惨を見落とすのは間違い」（182）という一文だけだが、これも突っ込みが弱く、どのような「悲惨」があったかを指摘しなければ有効な批判にはならない。それを小谷野は、なぜかアマゾンのレヴューで行い、「外国人、主として西洋人が、幕末・明治初期の日本を観察して描いた記録だけを読み、日本側の記録は一顧だにしないという偏った方法で、外国人が日本を褒めれば涙を流さんばかりに喜び、貶せば西洋人流の偏見だと怒る」と書いているが、これも同様に批判としては弱い。「方法」に関しては、渡辺は最初にそうすると断っているのだから、是非は別として、批判としては的外れである。コメントの後半に関しても、著作をしっかり読めば渡辺がそのような単純な態度をとっていないことは明らかで、むしろそうした批判に最初から身構え、さまざまな防御線を周到に張り巡らしていることがわかる。最後に小谷野はこれを「近世および明治という、過去礼賛に耽溺し、現実を直視できなかった著作」だと切って捨てているが、こう言い切るにはもっと詳しい論証が必要である。渡辺は、小谷野が評する「西洋人が日本人を褒めるともみ手して喜び、批判されると、キリスト教的な偏見だといって怒る」ような「無邪気な愛国者」（179）では決してない。彼ははるかに手ごわく、したたかな論争者である。小谷野の批判のズレは、すべてこの過小評価から生じている。

実は渡辺自身が、この本は「江戸幻想だ」という小谷野の批判を逆手に取るかのように、『江戸という幻景』という次作を出し、こう書きだしている。

では私は江戸時代にどういう関心を抱き、何を発見したのか。私は滅び去った前近代の人々の存在様式を発見したのである。それはひとつの文明であって、その存在を教えてくれたのは当時の紅毛碧眼の異人たちだった。その文明にはダークサイドもあれば欠陥もあり、因習もあった。第一それは懐かしんでも帰ることのできぬ世界であった。だが、その文明はどうしようもなく美しかった。私は江戸時代に学ぶべき点があるとか、再評価すべきものがあると言いたいのではなかった。私はただ、近代が何を滅ぼして成立したのか、その代償の大きさを思ったのである。(9)

これはまさに『逝きし世の面影』の執筆動機そのもので、彼の過去に向けるノスタルジックな眼差しの質がくっきりと表れている。それはあくまで滅ぼされたものの大きさ、美しさに向けられる。そしてその「代償」に。ここでは、あらゆる歴史的変化に代償はつきものである、いや、歴史とは変化とそれの代償の繰り返しである、という認識は、否定はされないが脇に置かれる。

柄谷行人は川端康成の『雪国』にこの種の心情の典型を見出した。すなわちこの「通俗小説」であると同時に「純粋小説」でもあるものの作者は、日本浪漫派が「払拭しようとしていた『他者』西洋や『現実』に逆説的にとらわれていたのに対して［……］それを一切括弧にいれてしまう装置を発明した」、と。その装置は「いっさい現実を見ないこと、『鏡』のなかに映る像のみを愛でること［……］滅びゆく『美しい日本』の像のみ」(『近代日本の批評I』44) を見ることを可能にした。その代償は、「『他者』にけっして出会わない」こと、「『歴史』が完全に消され」(42) たことであった、と。ここにはノスタルジックな眼差しがはらむ危険性への認識がある。『雪国』を書いた川端の心情は一八九〇年に来日したハーンの当初の嘆きと共鳴する。「あらゆるものが小さな妖精の国を思わせる」(7) 日本、人々の眼差しに「不思議なもの柔らかさ」をたたえている日本人、しかしここに衰亡が忍び寄っているのをこの鋭敏な異邦人は見て取る。「旅行者が社会的変動期——とくに封建的な過去から民主的な現在へと移り変わる時期にとつぜんはいりこむと、どうも美しいものの衰亡と新しいものの醜さとを遺憾に思いがちなものである」(9)と。が、しかしこれには、後に見る漱石の師のマードックたちのように、あくまで「他者」の美の喪失を嘆く部外者の視点が感じられる。しかし日本人を娶《めと》り、最終的に帰化する小泉八雲は、この変化が次第にわがことになっていく。

司馬遼太郎もある点で同種の視線をもっている。彼も明治を「国家」と呼び、昭和とは質的に異なると感じていた。その視線からあの膨大な作品群が生まれた。しかし渡辺とはっきり違うと感じられるのは、その喪失感の希薄さである。たしかに、昭和初期に日本の文化は大きな断絶を経験したと感じ、特に軍部の独裁を、まるで別の国家のようだといって憎んだ司馬も、明治を美化しているかもしれない。しかし、では、明治が失われたことにどうしようもない喪失感を抱いているかといえば、そうは感じられない。現在その「代償」を払っているという意識は薄い。彼には、例えば三島のように、戦後民主主義を非難するようなところはなかった。その長所はそれなりに評価していた。明治という一つの素晴らしい文明＝「国家」が過ぎ去ったことをいとおしみはするが、それは歴史の必然だと受け止めているようである。

江戸は美しかったかもしれない。その時代を生きた人々の、例えば死生観、あるいは死に臨んだ態度は実に見事であったというのも本当だろう。それは現在の教訓になりうる。しかしその教訓はノスタルジアとは別次元のものでなくてはならない。まさに渡辺がいうように、「懐かしんでも帰ることの出来ぬ世界」だと思い定めることである。だからそれは、彼がすぐに続けていう、「江戸時代に学ぶべき点があるとか、再評価すべきものがあると言いたいのではなかった」という態度とは違う。現時点で「学ぶべき」と考える点は学べばよい。要は学ぶ対象との距離感である。「過去は外国」なのだ。自分のものであって自分のものではない。いかにそれが自分という主体の「文化的骨肉」を作り上げているとしても、なおかつそうなのだ。

私の見方は、この点に限っては、保守思想に接近する。西部邁はそれを、「長い歴史のなかを耐久してきた先解釈にはそれなりの拠るべき知恵が秘められているのであろう、ととりあえずの信を寄せてみること」と説明し、したがって保守思想は、「悪習のなかにすら何ほどかは含まれているに違いない歴史の知恵を破壊すること」(238)に反対するというが、これはつまり歴史から必要なものを学べということだろう。渡辺はそのような歴史に対する信頼を、少なくともこの書物では表していないし、今述べたように、江戸時代に学ぼうという姿勢も見せてはいない。

渡辺に代表されるこうした見方は一種の還元論とも呼べよう。その基本的な視線は、自分を取り巻くすべての現象、中でも望ましくないものを、ある大きな基底、風土、文化、過去といった、現在の人間がどう取り組んでもどうにもならない大きなエンティティにその根拠を見出そうとするもので、その根底にとぐろを巻いている情動は自己肯定への希求である。

その一表出は、イザベラ・バードの、伊勢の外宮と内宮とを結ぶ三マイルの道に女郎屋が軒を連ねているのに「苦痛すら覚えた」というコメントに対する渡辺の反応である。彼は、それは『精進落し』は慣習になっているから」だといい、さらに、「買春はうしろ暗くも薄汚いものでもなかった。それと連動して売春もまた明るかったのである。性は生命のよみがえりと豊穣の儀式であった」(333-34)とまで踏み込むと、その否定的な面を一顧だにせず、外国人が間接的に指摘してくれた性の無垢という日本の「良さ」を無理やり肯定しているように見える。小谷野もこの点は腹に据えかねたと見え、こう述べている。「なぜ日本の庶民は明るい笑顔を見せるのか。『自足』しているからである。身分の差があっても、それを所与として受け止めているからである。これを呉智英のいう『差別もある明るい社会』だと言うなら、それも良かろう。[……]『まさしく売春はこの国では宗教と深い関係を持っていた』とは、渡辺京二とはこの程度の著者であったかと思わないわけにはいかない」（アマゾンのレヴュー）。ここでも大事な点を突いているのだが、残念ながらそれ以上突っ込んでいない。「それも良かろう」ではだめなのだ。彼は渡辺にこの本の批評を送ったが無視されたと怒っているが、この節の最後に見るように、渡辺はこの種の批評をすでに想定し、そのようなものは無視しようと決めていたようだ。

こうした還元的見方は、自己肯定にとどまらず、自己の優位の確認・主張にもつながりかねない。例えば渡辺は、中国人の林語堂をアジア的精神の代表として召喚し、精神的なものと物質的なものとを分離することで高度の達成をなしとげた西洋を批判し、東洋人には同時にその両方であることができると語らせることで東洋の優位を「証明」しようとする。こうした態度にもノスタルジアの心理は忍び込んでいる。

柄谷行人は、この心理が目指す『『日本的なもの』は、大正期に見いだされた自己表象［……］『脱亜』をとげたという自足的な意識において考えられたものだ。日本論とか日本文化論が語られるのは、基本的にこういう時期である」（『近代日本の批評Ⅰ』159）というが、その通りだ。しかしずっとそうであったわけではない。これが第一期の日本文化論の出発点だとしても、その後ずっと日本（人）とは何かが語られてきたのは、自足感からよりもむしろ、一応の近代化を成し遂げ、世界有数の豊かな国になってなお、自分というものがよくわからない、という気持ちが伏流水のように日本人の精神の底に流れているからである。こう書くといかにもナイーヴな国民のようだが、そうではなくて、こうした「成功」の出発点が、漱石らが悩んだ外圧＝「外発」だという点、すなわち自発的に出発して勝ち取った、という達成感のない、どこか空虚なものだったからである。三島のようにその達成をぼろくそにこき下ろすことに共感を寄せないまでも、どこか偽物臭さをかぎつけるからである。その意味で、渡辺のこうした努力も明らかにその延長線上にあるといえる。しかし、だからこそそこで過去の自分たちにどのような視線を注ぐか、どのような自画像を描くかが決定的に重要になってくるのだ。

このような精神の構えは、還元論的見方を退ける。しばしばそうした還元の基底とされる風土は、それが生んだ人間のかなりの部分、あるいは側面を形成する。しかしそれは、自己に認める否定的な特徴の言い訳に使ってはならない。例えば船橋洋一が「英語公用語化」を唱えたときにもちだした、英語を公用語化することによって日本人の「失語症」を矯正するといったとき、その方法はともかくとして、彼が目標とするものは私にはよくわかった。この矯正法の是非はもちろん実際的問題だが、ここでの文脈でより重要なのは、これが本当に彼がいうような「病」なのかどうかの確認と、それがどこから生まれたのかの検証である。そして、もしその一因が、渡辺が郷愁を感じる江戸時代の「お上」を頂点とする社会構造、およびそこから生まれた時代精神から受けついだものであるとしたら、あるいはもっと根が深いものだとしたら、それは何とかしなければならない。くどいようだが、これはノスタルジアに浸る快感を否定するものではなく、それと共存してよいが、しかし主導的立場を占めるべきだとする見方である。ポイントは英語を日本の第二公用語にするのが最善の策かどうかではなく、船橋が「失語症」と呼んだ傾向、しばしば「以心伝心」とか「察し」あるいは「空気を読む」等々の語で示される、相互理解を言語以外の領域に過大に委ねるという「文明の方法」――エドワード・ホールが high context と名付けた方法――がわれわれの中に巣食っており、それは現在では、少なくとも文化を異にする他者、とりわけ low context を文化とする他者との間に適用するのは難しいことを皆で認識し、それを踏まえて解決策を見出していくことである。渡辺の諸著作、あるいは同種のものが、たとえその意図はなくとも、読者をノスタルジアの快感に浸らせ、その結果としてこうした方向にブレーキをかけているとしたら、それはやはり矯正すべきだろう。

その際、渡辺がこの本の平凡社ライブラリー版の「あとがき」で書いている、自著への批判への反論はそうした方向に水を差すものだ。江戸時代には暗黒面もあったという批評を「案の定みかけたけれど、それがどうしたというのだ。［……］いかなるダークサイドを抱えていようと、江戸期文明ののびやかさは今日的な意味で刮目に値する。問題はこういうしゃらくさい『批評』をせずにおれぬ心理がどこから生ずるかということで、それこそ日本知識人論の一テーマであるだろう」（589）。ここで私が行っている批評は「しゃらくさく」ないつもりだが、いずれにせよ、自分への批評にこうした態度をとるのであれば、彼は自ら墓穴を掘っているとしかいえない。「刮目」することと批評とは共存できるし、またせねばならない。

ここがこの問題の考察における最も肝要な点だろう。渡辺も近代の物質文明の進歩がもたらす恩恵を十分に認識している。しかし彼は同時にそれが生み出した諸悪に注目する。彼が近作の『近代の呪い』で「呪い」と見ているのは、グローバル経済の進展が「インターステイトシステム」として国家間競争の激化をもたらしていること、そして自然資源の収奪と世界の人工化の二点だが、そのリストはいくらでも延ばせるであろう。しかしわれわれが真に問うべきは、そうした「悪」をも含めて、歴史は今目にしている以外の道筋をたどることができたのか、ということである。歴史にはたくさんの選択肢があったのに、たまたまこの、それもあまり芳しくない道を選んでしまったのか？　そうではあるまい。われわれはこの道しかたどることができなかった。ヒトラーもスターリンも原爆もホロコーストも日本のアジア侵略も、すべては起こるべくして起こった。日本の「外発的」な近代化とそれによって過去と決別したことも然りである。たしかにその決別の仕方は、渡辺がいうように愛惜の念を覚えるものであるし、また新たな出発も、漱石がいうように「内発性」を欠いた、それゆえ上滑りの感のするものとなったことは否めない。しかしそれをも含めて、現在の自己の置かれたありようとして丸ごと引き受ける。それが歴史への覚悟というものだ。この覚悟は、たとえば江戸という一時代を「どうしようもなく美しかった」と感じる感性とは一線を画するものである。もちろん渡辺が、そして彼のこの著書を礼賛する多くの人がそう感じるのはどうしようもない。その人間の感性の問題だ。しかしその感性が訴えかけるものに抑制を加えるのが歴史への覚悟である。これは宿命論ではない。歴史認識においてはそうかもしれないが、それを全面的に引き受けた上で、ではここからどうするのか、現時点でとるべき最も適切な道は何かを考えようという意志の姿勢である。

私はここで渡辺の著作を取り上げたが、彼に代表される見方は広く見られ、もしかしたら現在の主流とさえいえるのかもしれない。グローバル化の負の側面がこれほどまでに露呈し、それにつれて反抗・反動も激烈さを増している現代にあって、ある見方からすれば、このような、それぞれの文化がそれぞれの文化の「本質」、ないしは、現在のようなごたごたが生じる以前のより良き過去に立ち戻ろう、という姿勢は、唯一受け入れ可能な穏健なものに見えるかもしれない。しかしそうではあるまい。われわれは現在のこの混乱を、それがどのように混沌としたものであっても、引き受け、未来においてそれを解決する術を探していかなければならない。過去に戻る道はない。戻るべき理想の過去などどこにもない。過去は文化という形での遺産ではある。しかしそれは常に修正を迫られている。未来において。

二　なぜ陰翳は礼賛されるのか

渡辺京二のこの大著を一つの典型とする過去への眼差しは、むろん先輩をもっている。その一つが谷崎潤一郎の「陰翳礼賛」である。彼は、陰翳の魅力とはすなわち余韻の魅力、すべてが明らかにならないことの魅力だというが、そもそも現在では、こと照明の明るさに関する限り、日本と西洋とで状況が逆転している。つまり今の欧米では、卓上ランプなど間接照明が主流で、光量はおぼつかない。本など読むには平均的日本人には不十分だ。日本のように天上の中央に蛍光灯がついていて、それが部屋全体を明々と照らすということはほとんどない。これはおそらく戦後の変化であろうが、少なくとも今では、西洋の方がはるかに陰翳を大切にしているのに対し、日本では部屋中をくまなく照らし出し、「眼に悪くない」照明をもつことこそ至上命令のようである。

谷崎もこの点は気になったようで、「日本人とて暗い部屋よりは明るい部屋を便利としたに違いないが、是非なく［つまり、「気候風土や、建築材料や、その他いろいろの関係」で］ああなったのであろう」という。がしかしそこから、「美というものは常に生活の実際から発達するもので、暗い部屋に住むことを余儀なくされたわれわれの先祖は、いつしか陰翳のうちに美を発見し、やがては美の目的に添うように陰翳を利用するに至った」（193）という方向に転じる。ちなみに論の後段では、パリから帰ってきたある友人から、（当時すでに！）東京や大阪の夜は欧米の都市に比べると「格段に明るい」と聞くが、これに対しては、「近頃のわれわれは電燈に麻痺して、照明の過剰から起る不便ということに対しては案外無感覚になっているらしい」（214-15）と、気抜けする程にやり過ごしている。ともかく、このエッセイの主たる問題は、この言説を発した当事者を、そしてそれを読んだ多くの読者を風土に縛りつける点にある。つまり、日本に生まれた者はすべからく、まばゆい光よりも陰翳を賛美するようになると示唆している点に問題が潜んでいるのだ。ギリシアのまばゆい光を愛した三島などはこうした還元論に異を唱えたのであろうが、ここでは谷崎の論をもう少し追ってみよう。

彼はこのような陰翳に対する感受性をもつ（であろう）日本人を、「陰翳の謎」（193）、「陰翳の秘密」、「陰翳の魔法」（196）を理解した一種の秘儀参入者のごとくに扱っているが、これはこの還元論の必然的な結果であろう。それを発見したのは「われらの祖先の天才」（196）だという言葉からは、この能力が日本人の占有物であるばかりか、そのアイデンティティの基盤になっていることさえ示唆される。

このような還元論の陥穽とは別に、谷崎の論にはある強みがある。それは陰翳の美しさを説く彼の筆の力に負うところが大きい。昼でも薄暗い、そこにかけてある絵の「図柄など見分けられない」（195）ような書院がかもし出す美しさを、「その部屋にいると時間の経過が分からなくなって」しまうような、『悠久』に対する一種の怖れ」（198）が生み出すものと見ているのはその一例である。このような形で陰翳に美を見出し、これを尊ぶとは、光の「理性」に対して、闇の曖昧さ、あるいは神秘にその領域の幾分かを譲ることにほかならない。たしかにわれわれは昼のまばゆい光を喜び、ありがたさを感じるが、それがあまりに続くと少々疲れを覚える。それゆえ毎日の終わりに夜が来ることを歓迎する。それは理性の専制から解き放たれるとき、輪郭のはっきりした鮮明さが生み出す、明晰さ、物事の把握感、保持感から一時離れて、闇の茫漠とした不思議さ、訳のわからなさの中におぼれ、たゆたうからである。それは性的な快感に似ているのかもしれない。すべてが理路整然とした昼、それゆえ自分も理路整然とすることを義務づけられる昼から退いて、暗い激情とそれに続く曖昧と弛緩の中にわれわれを解き放つ。陰翳はその快さを思い出させてくれるのだ。そしてこの快さは、『悠久』に対する一種の怖れ」と表裏一体の関係にあるのだろう。

彼の還元的見方に戻ると、なぜ東洋人、西洋人がそれぞれ独自の好みを抱くようになったかを問う谷崎は、東洋人は「己の置かれた境遇の中に満足を求め、現状に甘んじようとする風があるので、暗いということに不平を感ぜず、［……］光線が乏しいなら乏しいなりに、かえってその闇に沈潜し、その中に自らなる美を発見する」のに対し、「進取的な西洋人は、常によりよき状態を願ってやまない」ので、「絶えず明るさを求めて行き、僅かな蔭をも払いのけようと苦心をする」（208-9）と、きわめて図式的・還元的な解釈をする。これは漱石の見方と似て非なるものだ。漱石のいう、西洋は「内発的」に発展してきたというのは、ヨーロッパは外からの影響をさほど大きく受けずに発展してきたという「事実」に則った見方であるのに対し（むろんヨーロッパも、例えばイスラームとの衝突を通して文化的恩恵を被むり、自らを鍛えてきたのだが、漱石は単にそれに目がいかなかったか、もしくは、一神教という意味において同類の文明内での影響であり、内発に変わりないと考えたのかもしれない）、谷崎の「現状に甘んじる東洋人対進取的な西洋人」という見方は、まさに後にサイードが批判することになる還元的・ステレオタイプ的なものである。すなわち、西洋はこれほど発展しているのだから「進取的」であるに違いない、一方東洋の「遅れ」はその現状肯定的態度に起因するに違いないという見方である。

この還元的見方の困難は、谷崎が違いの原因を皮膚の色に求めるようになるとさらに増幅する。つまり彼は、いかに色の白い日本人でも遠くから見るとすぐに見分けがつくという。それは、「その皮膚の底に澱んでいる暗色を消すことが出来ない」からである。そこから彼は、「いかにわれわれ黄色人種が陰翳というものと深い関係があるかが知れる」と、かなりとんちんかんな論に飛ぶ。だから「われわれが衣食住の用品に曇った色の物を使い、暗い雰囲気の中に自分たちを沈めようとするのは当然」で、そうした皮膚の「色に対する感覚が自然とああいう嗜好を生んだものと見る外はない」と、少なくとも現代的感覚からは納得しにくい結論を導き出す。それどころか彼は、皮膚の色の違いを美の基準に当てはめ、「かつて白皙人種が有色人種を排斥した心理が頷ける」（210-11）とまでいうのである。これは差別に対する感覚および認識の時代的違いというより、彼が自分の美の基準を絶対視し、それに皮膚の色を恣意的に当てはめた結果口をついた言葉だろう。西洋人は皮膚が白いから「太陽光線の重なり合った色」を好み、食器を「ピカピカに研き立て」、「天上や周囲の壁を白っぽく」し、「平らな芝生をひろげる」（208）、あるいは「われわれの髪が暗色であるのは、自然がわれわれに闇の理法を教えている」（211）といった単純な肉体還元論は、論証も反証も不可能であるがゆえに不毛である。今反証は不可能だといったが、嗜好が肌の色に由来するというのは感覚的にはあまりにナイーヴで、直感的には虚偽のにおいがする。皮膚が「有色」だから陰翳を好むというのであれば、黒人はもっと深い蔭と暗色を好むはずだが、そのような事実はない。いや、そのような「事実」を探すことすら不要である。なぜなら、これは谷崎の還元的思考法が生み出した幻想だからだ。

日本は「過去数千年来発展し来たった進路とは違う方向へ歩みだしたためにいろいろな故障や不便が起こった」というのが「陰翳礼賛」での谷崎の出発点だった。この随筆はその「故障や不便」の一是正法だったわけだが、結果的には泥沼にはまってしまった。「過去数千年来発展し来たった進路」を陰翳の復活に見出そうとするのだが、すでに見たように、そのような形では「過去」は取り戻せない。

加藤周一は谷崎のこの論の難点を二つ挙げている。一つは江戸期の美学の特徴を他の時代に及ぼしていること、もう一つはここで述べている還元的見方である。この見方では、中国人が天壇の美を明るい青空の下に求めたこと、西洋人が大伽藍の暗がりの中にステンドグラスの美を求めたことが説明できないという（下、411）。つまり、同様の条件をもった地域や時代がなぜ同様の文化を生まなかったのかという疑問に答えられないのだ。電灯発明以前に同じく暗かったヨーロッパは、しかし陰翳を礼賛せず明るさを求め、ついには電灯を生み出した。たしかに一時期、たとえばカラヴァッジョやレンブラントなどに見られるキアロスクーロとかテネブリズムとか呼ばれる明暗の極度の強調があるが、それは一つの絵画上のテクニックにとどまり、陰翳そのものが素晴らしいという美意識には至りつかなかった。

こうした谷崎の論法を敷衍すると、よく論じられる、日本人の物事に白黒つけない精神構造とか、さらには契約精神の有無といった論にもつながる。英語では、白黒つけるという意味の“in black and white”は、契約などを文書にすることも指す。こういう例を知ると、光と影のあわいに美を見ようとする精神は、両者の強烈なコントラストに美を見るという美意識はもちろんのこと、あらゆる出来事を白と黒、真と偽、善と悪といった二分法をも否定するかに見える。しかしその同じ精神は、美醜という二分法だけは残すのである。たしかに谷崎は西洋の美意識を公然と批判しているわけではないが、それは日本の美意識礼賛のネガとして常に見え隠れしている。同様に、彼は西洋の言語・理性で物事を二分し、それに優劣をつけたがるという精神構造を表立って論じてはいないが、これも彼の論の裏の文脈として強く感じ取られる。

たしかに谷崎は結末で、これは「愚痴の一種」で、「私にしても今の時勢の有難いことは万々承知しているし、今更何といったところで、既に日本が西洋文化の線に沿うて歩みだした以上、老人などは置き去りにして勇往邁進するより外に仕方がないが、でもわれわれの皮膚の色が変らない限り、われわれにだけ課せられた損は永久に背負って行くものと覚悟しなければならぬ」とした上で、なおこれを書いたのは、「その損を補う道が残されていはしまいかと思うから」（221）だと述べている。これは前に見た渡辺の、必然はわかっていながら愛惜するという心情であり、また後に見る漱石の心情をも連想させる。しかしこうした思いとは離れて陰翳の礼賛が人口に膾炙すると、サイードが後に糾弾することになる、民族や文化的集団を還元的＝ステレオタイプ的に見て、個々人を見えなくさせるという陥穽に人々を陥れることにもなる。もちろん谷崎の立場は、サイードが批判する西洋支配体制に対する彼らの無意識的支持とは逆である。谷崎はいわば「自虐」をしているのだ。しかしそれは大したポイントではない。肝要なのは、こうした還元的思考法がいかに物事を見えにくくするかということである。

陰翳を尊ぶ、すなわち日本の伝統美を尊ぶ谷崎の姿は、例えば坂口安吾の、伝統よりも近代の便利さを求める姿勢と好対照に見えるが、実はその底にある認識は共通のものだ。安吾はいかに古い神社仏閣を失ったとしてもわれわれ日本人のアイデンティティは変わらないといっているが、谷崎は伝統美を残そうとする姿勢において同じことをしている。残そうとする、あるいは失ったことを嘆く姿勢において、安吾のような態度とは逆に見えるかもしれないが、それは見かけ上のものにすぎない。つまり谷崎は、変化の必然は理解した上で、アイデンティティ＝「皮膚の色」は変わらないから伝統も守りたい、というどうにもならない気持ちを吐露しているのだ。

たどり着く結論を先に措定する還元的な論はすべてこうした陥穽にはまる。ちなみに加藤周一は太平洋戦争の最中に書かれた『細雪』を高く評価するが、それはこの戦争で、それまで「一貫していた様式的統一と共に」すべての細部が失われることを感じた谷崎の「過去を甦えらせようとする情念」（下、416）が書かせた作品だとする。永井荷風の芸術第一主義に共鳴した谷崎は、その過去に寄せる視線もこの敬愛する先輩と共有していたというべきであろう。しかし面白いのは、谷崎が関東大震災後関西に移住し、阪神間の岡本に自身の設計で家を建てたとき、「それは和漢洋折衷の奇妙かつ豪勢なもので、……人々は、『陰翳礼賛』とは正反対だと思ったという」というエピソードである。しかし一方で彼は、荷風の洋式の偏奇館を見て「化け物屋敷のようだ」（小谷野、97）といったともいう。「陰翳礼賛」の末尾の谷崎の揺れがここにも反映している。

三　ノスタルジアの心理学

谷崎や渡辺に一つの典型を見る過去への視線はノスタルジアの心理と呼んでいいだろう。漱石が帰国後二年して書いた「薤露行」には以下のような言葉が見える。「逝ける日は追へども帰らざるに逝ける事は長しへに暗きに葬る能はず。思ふまじと誓へる心に発矢と中る古き火花あり」（『漱石全集　2』170-71）。江藤淳はこの句を下敷きにして、漱石と鴎外がともに「逝ける事」をもっており、ともに「女に関する禁忌」（『決定版夏目漱石』514）だというが、ここでの主題にとって興味深いのは、『逝ける事』にとり憑かれた心には、日常生活そのものが一種の『夢』に似たものに感じられることがあり得る。［……］それが強ければ強いほど、逆に『逝ける事』の現存感が熾烈になり、その反作用として現実そのものが二次的な位置に後退するためである」（516）という指摘である。これはノスタルジアの心理を見事に言い当てている。江藤は「『逝ける事』にとり憑かれた心」を原因と、そして現実感の後退を結果と見ているが、これは相互通行的である。むしろ後者が前者を喚起することの方が多いかもしれない。現実感の希薄さ、何かが違うという感覚が、過去を「現存感が熾烈」なもの、現在よりもリアルなものとして呼び出すのだ。この感覚の起源は古いものだろうが、とりわけ顕著になるのは近代と総括される時代以降で、いってみれば、近代以降の文学や哲学でこれを主題としないものを見つけるのが難しいほどだ。

漱石からもう一例を取れば、同じく帰国二年後に書かれた『倫敦塔』がある。観光記録の体裁で始まるこの小品は、いつのまにか現実と夢とのあわいをたゆたう幻想譚となって終わる。江藤淳が引用する越智治雄は、この作品は「倫敦の現実に対する『別世界』」で、その「幻想の英国を所有」（528-29）するために書かれたというが、その幻想的トーンからいってこの指摘は正鵠を射ているだろう。ただこれを引く江藤は、「漱石は（産業主義に毒された）十九世紀の英国を拒否し、中世の英国に自己幽閉した」とし、その根拠として、その世界は漱石が「幼年時代に体験した世界とよく似ているから」だというが、その世界とは、ホイジンガの言葉を借りて「喜びと残忍さと静寂とのあいだを揺れ動く、『不安定な気分』の支配する世界」（540）だという。これはおそらく漱石の複雑な幼児体験を念頭に置いた言葉だろうが、これはノスタルジアの心理の母体でありまたネガである。過去がトラウマだから拒否したいが、かといって逃げ込むほど理想的な現在はなく、ともに拒否したい現実であった。唯一残された行先は、現実を材料にして自分の想像力を駆使して創り上げた幻想の世界で、その最初の成果が『倫敦塔』であった。江藤はまた、「則天去私」は漱石の「現実逃避」の行き着いたところで、これを漱石の悟達と見るのは漱石神話だと喝破したが、ここにも同様のノスタルジアの心理の倒錯版を見ることができるだろう。

漱石については後に詳しく論じようと思うが、渡辺は『逝きし世の面影』の末尾で、先に見た『武家の娘』の杉本が、東京のミッションスクールで感じたショックと、その反動で感じた「表情の欠けた」古き日本の部分を引用し、「強烈な表情を獲得することがしあわせだったのか、確乎たる個の自覚を抱くことがそれほどよいことであったのか」という開かれた問いを提示しているが、これこそがまさに問うべき問題だった。彼は「人類史の必然というものはある」(577)といって、この移り行きを「必然」と自他に言い聞かせようとしているようだ。しかしそれは議論されることなく、大著は閉じられる。残るのは圧倒的な過去への愛惜の念という読後感である。意地悪くとれば、彼は自著を、「私はちゃんと歴史の必然を理解した上でこれを書いたのです」という印象で締めるための「言い訳」としてこう結んだのではないかとさえ思われる。

しかしこの大著の八年後に出た『近代の呪い』では、歴史の必然、この本の場合には西洋化とそれに伴う近代化を必然とする見方を深化させている。「[……]個の生命の自覚は東洋でも西洋でも、近代以前にすでに発芽しております。しかし、それを人権・平等・自由という社会的価値として定着させたのはただ西洋近代のみ」(72)で、それは「近代ヨーロッパが人類に差し出した将来にわたって不動の贈り物」(73)であった。つまり「人権・平等・自由」は「普遍」的価値なのだが、それはある地域の「特殊」から生まれてきたのであり、そしてそれは決して例外的なことではないという。「西洋が産んだ近代モデルは[……]たとえば経済の異常な肥大というバイアスを負っているでしょう。しかし、そういうバイアスを通してしか実現されない普遍的価値というものもあるのです。西洋の精神的特性に対してアジアの精神的特性を対置するといった、大アジア主義の誤りはそこにあるのです」。そして「近代が西洋化として実現されたのは[……]必然性があった」(75-76)と結ぶ。日本にとって西洋化が近代化であったのは、それ以外にありようがなく、東洋が近代を主導することはできなかった。しかしでは西洋は全面的に他の地域より優れているかというとそうではなく、「人類史は廻り持ち」、すなわち地球のさまざまな地域がその時代時代の「普遍」を生み出し、人類に貢献したという見方である。これは非常に重要な指摘であり、後に見る南方熊楠のそれにも近いバランスのとれた見識である。これが本当に理解されれば、徒らに劣等感を抱いたり、あるいは西洋化の欠陥を指摘し、それを止めたりすることが「近代の超克」であるといった議論を避けることができる。

しかし本書にはこうした見解と同時に、『逝きし世の面影』で展開されたノスタルジックな眼差しの残滓もある。「天下国家がどうなろうと、そんなことにまったく関心を持たずに、それでもちゃんと自分たちで生活を成り立たせてゆくような民衆社会は、今日完全に消滅してしまいました」(41)。そしてこれは単なる事実として提示されるだけではなく、そうした消滅した自立性に「私はあくまで憧れる」(43) と感情を吐露する。この感情は次のような理解から生まれている。すなわち、自立した民衆社会が消えたということは、全員が「国民国家」の国民として取り込まれ、「国家に規制」されているということであり、そういう状態を彼は「不愉快」(46) だと言い切っている。もちろん彼は、そういう国民国家への取り込みをも必然と認識してはいるのだが、そこにどうしようもない悔しさが顔をのぞかせる。それはまるで、こうした民衆社会の自立性が消えたことが、人間の自立性・自律性をも失わせ、さらにいえば、人間そのものの劣化につながっているとでもいわんばかりだ。

しかしこれはどうなのだろう。そもそも、彼がいうような「自立した民衆社会」などあったのだろうか。『逝きし世の面影』でくどいほどに述べていた、美化された「幻想」ではないのか？　民衆が真に自立していたことはあったのか？

彼が称える江戸時代初期、一六九〇年に来日して二年間滞在し、将軍綱吉にも謁見したエンゲルベルト・ケンペルは、ドイツ帰国後に出版した『廻国奇観』、そして遺稿となった『日本誌』で当時の日本を描いた。そこでの描写は、以前の宣教師たちや幕末以後の観察者と同様、日本人を高く評価するものが多く、「日本人は世界でいちばんよく統治された国民」で、「ヨーロッパ人と同じくらい高いレヴェルにある」（ボダルト＝ベイリー、222, 235）と書いている。その一方で彼は綱吉の政策も好意的に見ているが、それは「一般人というものは政治に参加する能力を持たない」、それゆえ「支配者の無制約の権力を肯定的にとらえた」（150）からだとボダルト＝ベイリーは解釈する。ケンペルのこの見方は日本体験のみから生まれたものではないが、もし彼が日本に「自立した民衆社会」を見出したなら、こうした見解は記さなかったであろう。

こうした点を考え合わせると、渡辺のこのノスタルジックな姿勢の裏には、西洋化は必然であったにせよ、「西洋の廻り持ちの任務はもう終わった［……］西洋化を超えた人類的普遍がそれぞれの地域で追求されるべきである」（『近代の呪い』76-77）という認識があり、そしてこの追求において、「逝きし世」は何らかの参考になると考えていたことが読み取れる。

これは彼が次のようにいうときいっそうはっきりする。先にも触れたが、近代の「呪い」は二つあるといい、一つは「インターステイトシステム」の誕生、すなわち、すべての人間がどこかの国民国家に属し、その国家同士が主として経済の分野で競争せざるをえないこと、別言すれば、人間が経済を、あるいは貧富を気にせずには生きていけなくなったこと、その一つの帰結としてナショナリズムを生んだこと、しかも生活の豊かさを維持、拡充するにはこのシステムを強化する他、現在のところ道がなさそうであること。もう一つは「世界の人工化」、すなわち、前近代までの人間の生き方であった、自然の中での「分限」を「謙虚」にわきまえて「他の生命たちと共存［……］棲み分け」（147）していたのを捨てて、近代の科学技術を使って「自然を資源化」し、結果的に「コスモス」を「物質界」に変えてしまったこと。そしてこうした変化の根底には、キリスト教をその根拠とする人間中心主義があったこと。しかも、現在盛んに見られるエコロジーに代表される環境保全も所詮は「人間本位の考えを脱して」いないことである（141-57）。

この第一点は近代の経済学や社会学が取り組んできた問題であり、第二点は主として芸術家や思想家が扱ってきた。とりわけ前者は現在ではさらに加速し、ナショナリズムあるいはグローバル化の弊害といった文脈で論じられている。個人間および国家間の貧富の格差は極端なレベルに達しており、世界の富者数千人が世界の富の半分以上を独占しているという。そしてこの溝を近い将来に理性的に埋めるのは絶望的だとして、かつてはなかった種類の出来事が頻発している。その代表が二一世紀に入って加速するテロリズムだが、宗教的原理主義の衣をまとって、基本的にはこうした絶望的状況に追い込まれた者たちがこれの中心的主体となっている。しかもこれについては現在ほぼ袋小路の状況にある。これは近代化が生み出した巨大な負の側面であるが、とりわけ目新しい指摘ではない。

第二点についても、「人間がこのコスモスの中での正当なしかるべき地位を喪って、コスモスの中に宇宙基地のような人工空間を作って、その中で歓楽を尽くそうとする志向」（152）の指摘および批判は、一九世紀後半以降の思想家たちの近代評の変奏曲といっていい。

しかし渡辺が注意深いのは、近代の達成物にしかるべき敬意を示していることだ。すなわち、「人権、平等、自由」は、近代においてこれらがいきなり実現したのではなく、それぞれの時代にそれぞれの「人権、平等、自由」があったのだとの前提の上で、それでもこれを「普遍的価値として建前にすることは、今日の社会の必須要件」であるとし、さらにこれらの概念の帰結である「民主主義」も、さまざまな問題を含みつつも、「今日の時点で人間が唯一我慢できるものとしてはこれに替る制度は考えられない」（136-37）としている。さらには、衣食住＝物質的豊かさの実現を近代の「恩恵」（138）とし、現在さまざまな問題を生み出しているグローバル化もこの恩恵と同じコインの裏であり、そうした理由でこの進展を「必要かつ必然なプロセス」（184）と見ている。

つまり彼はやわなエコ賛美者や地球市民論者などとは違って、こうしたいわばハードボイルドな見地に立って近代を批判している。しかしその批判は、繰り返し見たように、「逝きし世」への愛惜と表裏一体であり、ときにはそれに飲み込まれそうですらある。

四　反ノスタルジア

こうしたノスタルジックな視線と拮抗するように、いわば反ノスタルジックな言説も数多くなされてきた。W・H・オーデンは詩集 *Another Time* で "Another time has other lives to live." と歌い、「どの時代にもそれぞれの生き方がある」ことを読者に思い起こさせることで、過去への詠嘆を断ち切っているかのようだ。この詩について鮎川信夫は、「『かの時』は、どこまでも『現在』を照らし出す鏡としての意義を負わされている」(137)と述べているが、これはここで論じている過去と現在との関係を指摘したものだ。

ベンヤミンはこれとは違った視点からこう述べる。「歴史という構造物の場を形成するのは、均質で空虚な時間ではなく、〈いま〉によってみたされた時間である」(341)。つまり現在を生きるわれわれが「歴史という構造物」を作っているというのだが、またこうもいう。「思い出とは過ぎ去ったものの中への果てしもない書き込みの能力である」(三島憲一、42)。この「書き込み」の原語は interpolation だが、これはもともと「原文に手を加える、改竄する」という意味である。上で論じた渡辺の作業は、よくも悪くもこの「書き込み」であり「改竄」である。改竄というと響きは悪いが、人間が過去に対してとりうる態度には、改竄とまでいかなくとも、何らかの介入、あるいは投影・読み込みが不可避である。それをベンヤミンはこうも表現している。「思い出すことによって始めて見るイメージ」、あるいは「思い出す前は見たことのないもの」(同書、42)。見たことがないものを思い出すとは奇妙な話だが、これがまさに「書き込み」という言葉で表しているものだろう。だからベンヤミンは、先の「歴史の概念について」からの引用にすぐ続けて、「ロベスピエールにとっては、古代ローマは、いまをはらんでいる過去」であり、「フランス革命はローマの自覚的な回帰だった」(341)と書きえたのだ。

彼はまた「ベルリン年代記」ではこう書いている。「記憶は過去を探知するための用具ではなく、その現場なのである。[……]記憶は体験された過去の媒体である」。「記憶は過去を探知する現場」ということは、記憶は現在に属するということだ。これは当たり前のことだが、この部分を解釈する黒井千次は、こうして過去から「真に価値あるものを確定する〈イメージ〉」を発掘できたとしたら、「それは過去の様々の関係から切り離された、未来の認識の場における貴重な品物となる」といい、この「イメージ」は「いわゆる想い出」とは異質なものだと念を押している(三島憲一、「月報第25号」)。つまり、現在を生きるわれわれが過去に対してもつ記憶は、もしそれが「真に価値あるものを確定する〈イメージ〉」をうまく発掘すれば、それは単なるノスタルジアとは違って、現在と未来を生きるわれわれに新たな認識とヴィジョンを与え、ひいてはわれわれに力を与えてくれるはずだといっているようだ。おそらくこれがわれわれが過去に対してもつ価値のある唯一の態度であろうと思われる。しかしこれをノスタルジアに陥らずに行うのは至難の業だ。

一八九九年に来日し、後に漱石の先生になるマードックは、ケンペルの『江戸参府紀行』を引用した後、こう記す。「ああ悲しいかな。封建時代の過ぎ去った世の絢爛さよ！[……]今日の東京日本橋はうらぶれた眺めにしか過ぎない。[……]最新流行のさまざまな観念がとりいれられてはいるけれども、これはまたなんと無様な光景か！」そして明治日本を西洋の「下手な翻訳」(平川、『内と外からの夏目漱石』30)と断ずる。これはこの時代に西洋人が示した外からのノスタルジアの一例で、エグゾティシズムと混交していて、当然、わがことの切実さはない。日本が西洋の「下手な翻訳」をしていることへの、世界から「美しいもの」が失われていることへの、嘆きに留まっている。

しかし注目したいのは、マードックの後年の変化である。彼は四年間東大で教鞭をとった後にオーストラリアで教師になり、そこで知り合ったウィリアム・レーンの感化を受けてパラグアイでのユートピア的な社会主義共同体建設に参加する。しかし短期間でこの企図は挫折し、幻滅した彼は英国に帰国する。そこで日本史の執筆を企て、数年にわたって大英図書館で研究をした後に再来日する。旧知の日本人の世話で教職を得た彼はこの書の執筆に没頭し、ついに一九〇三年、*A History of Japan, during the century of early foreign intercourse* を刊行するに至る。ここで表明された彼の日本観は初期のそれとは大きく異なり、「一部の西洋人の不満を招くかもしれぬような、日本の近代化の独自性を高く評価する」（同書、70）ものへと劇的に変化するのである。その典型的な一例は次のようなものだ。「ペリー艦隊の乗組員中の俗な［……］人々にとっては、日本人は野蛮人でしかなかった。［……］眼識ある将兵［……］たちにとってすらも、古来の日本文明の欠点はその美点よりもはるかに目につきやすいものであった。［……］表面に、はっきりと、露骨にあらわれていたからである。日本という国民の真実の力はその奥深くに潜んでいた［……］」（同書、77）。

後に漱石は「マードック先生の『日本歴史』」という小論で、明治維新以降日本は「渾身の気力を挙げて、吾等が過去を破壊しつつ、斃れる迄前進」してきたが、斃れるときにも、日本の物質的、精神的達成物が「畏敬を以て西洋に迎へらるるや否やは、どう自惚れても大いなる疑問」（同書、82）だと書いている。平川はこれを、漱石が「マードックの楽観的な結論に反撥」（80）したと見ているのだが、ことはそう簡単ではない。そもそもマードックは当事者でない以上日本の未来を楽観視する必要はないし、したとしてもそれはあくまで部外者の目からのものだ。それに対して漱石の不安は当事者のものだ。その意味で漱石はここで、決して単に

「反撥」しているのではなく、注意深く観察している。「財力、脳力、体力、道徳力、の非常に懸け隔たつた国民が、鼻と鼻とを突き合わせた時、低い方は自己の過去を失ってしまう。只高いものと同程度にならなければ、わが現在の存在をも失ふに至るべしとの恐ろしさが彼等を真向に圧倒するからである」（同書、81）、と。これは、後に論じる『行人』の一郎の「心臓の恐ろしさ」を彷彿とさせるもので、外部からの観察者には抱かれにくい感懐である。

漱石が「自己の過去の破壊」というときに抱いたであろう感懐と、渡辺があの大著で述べたこととはどう関わるのだろう。渡辺が繰り返す愛惜の念は漱石にも感じられる。しかし彼の場合、それを一種の必然として毅然として引き受け、「わが現在の存在をも失ふ」ことに対処しようという気構えが見られないだろうか。江戸っ子漱石はそのようなものを前面に出すのを野暮として嫌っただろうが、彼の講演や書き物の行間から感じられるのは、ノスタルジアであるよりむしろ、諦念に裏打ちされた受諾、運命の甘受である。悲壮を気取ることを毛嫌いした彼は俳諧的な諧謔をこめて自己の運命を見つめている。これはニーチェのいう「運命愛」に近似しつつ、その「愛」には悲哀が大きな影を投げている。

漱石のこうした「予言」は、多くの点で彼の予想を裏切って日本が西洋に肩を並べる位置まで来たという現在の事実によっても、少しもその価値を失うものではない。彼の視線がとりわけ重要なのは、そうした事実が現出した今でも、彼が看破した「皮相上滑りの開化」であるという「過去の事実」は変えようがなく、そこから生じる「空虚の感」も完全には払拭できていないからである。こう指摘する漱石の目は冷徹で、過去賛美で曇らされてはいない。

では、そうした「過去の事実」をもつ国民あるいは文化はすべからく「悲酸な国民」であるかというと、それはまた違うであろう。これからも「食客《いそうろう》をして気兼をしているような気持」で「涙を呑んで上滑りに滑っていかなければならない」わけでもなかろう。『三四郎』の広田先生のいう「こんな顔」は変えられないが、だからといって「憐れ」と思う必要はない。そうなるかどうかは、ひとえに過去と現在の自己のありようをどう見つめるかにかかっている。渡辺のような形で過去にノスタルジックな目を向けても、そこから「上滑り」を克服する道は見つからないだろう。「温故知新」というように、過去の英知に学びつつ未来を模索するならそれはいい。しかしそこには過去の賛美は入り込む余地がない。良きものの「良さ」の認識は賛美とは違うレベルにあるからだ。

漱石の目は、ある意味で必要以上に冷徹である。西洋に向ける憧れ、あるいはとてもかなわないという感覚、彼がよくいう「体力脳力共に吾等よりも旺盛な西洋人」という感覚は、理論的なものというよりは直感的で、もともとあったこの感覚は英国留学を通してほとんど修復不可能なまでに彼に刷り込まれる。たしかに「現代日本の開化」などに見られる漱石の西洋に対する日本の「精神上の負債」意識は大きく、実に悲観的に聞こえる。そして、西洋の国々の大半をGDPで追い越した今となっても日本人の無意識層で共有されているこの感覚を見事に表現したことも、現在に至る漱石人気の一因といってよい。この点について平川は、この「精神上の負債」を「永久に返せはすまいと思う漱石と、やがて返せる時も来る、という鴎外とでは歴史的展望に大差があった」(93) といい、その根拠を「西洋でも後進国のドイツ」留学することで、「文明の中心が時間とともに移動すること、学問や文芸には交流もあれば衰退もあることをよく承知していた」(95) ことに求めている。おそらく鴎外の知性をもってすれば、それを承知することは可能だっただろう。では「大英帝国最盛期の英京に学んだ」漱石にはそれができなかったのか？ 少なくとも、それを体感するには鴎外よりも不利な立場にいたとはいえるだろう。当時の英国市民、なかんずくロンドン市民は、世界の中心にいることを露ほども疑わず、それが漱石が接した人々の態度に意識的、無意識的とを問わず表れていたことは彼のさまざまな書き物から窺える。後に見る漱石の西洋への呪詛ともいえる英文断片は、英国が彼に与えたトラウマがいかに深かったかを如実に物語っている。

平川は漱石の歴史意識の欠陥を二つ挙げている。一つは日本の西洋化を「断絶」と見る見方、もう一つは「三角点で測量を行い、彼我の距離を算出する」、すなわち「複眼でもって自国の過去を遠近画法の内に捉えることを怠った」ことであるが、これは二つともに首肯できるものだ。とはいえ彼は、漱石は日本の近代化の予見においてはマードックよりも優れており、それは彼が「後発国民の夜郎自大の性癖を見抜いていた」(95-96)からこそできたのだと続ける。しかし思うに、歴史観に関しては、漱石は、相対主義的歴史観および文化観を先取りしていたマードックにもっと耳を傾けるべきだったろう。この点でのマードックの仲間は多数いる。モース、チェンバレン、グリフィス、ハーン、サンソム、彼らは西洋の出自をものともせず、当時としてはきわめて先進的な目で日本と西洋を眺め、時代の拘束の範囲内で最大限に地球大の視野を示した。そしてその知見をもって自己の文明の批判にも躊躇しなかった。外への眼差しと内への眼差しが見事にバランスを保っていた。このような人たちこそ、渡辺的なノスタルジアも漱石的な悲壮な運命の甘受も超えて、目指すべき先達である。

ノスタルジア的眼差しとそれに反対する見方とが共有する基底にあるのは、コスモスの中での正当な地位を喪った人間が、いわばホメオスタシスとして、この地位を奪還しようとする情動である。しかし後に漱石が嘆くように、知と自我／パーソナリティが肥大した近代人がこれをやるのは至難の業だ。そこで、もう少し身近にあって、まだ自分を受け入れ、保護してくれる力のある（と思われる）安定したものにその代用物を見出そうとする。その結果見つけたのが自ら固有の、そして本来の「故郷」、あるいは「過去」である。この態度は決して近現代に限って見られるものではないが、やはりそれは、人間がコスモスを喪失してきた科学革命以降に加速してきている。

前にも触れたが、ハーンはこの傾向を、「旅行者が社会的変動期――とくに封建的な過去から民主的な現在へと移りかわる時期にとつぜんはいりこむと、どうも美しいものの衰亡と新しいものの醜さとを遺憾に思いがちなものである」と指摘した。すぐれて近代的な学問領域である文化人類学でもこの傾向はつとに指摘されている。例えばR・ロザルドは、「植民地主義者たちは、自らが破壊し、変容させてきたくせに、その土着文化の消失を嘆くという奇妙なノスタルジアをしばしば見せる」と喝破し、これを「帝国主義的ノスタルジア」(Rosaldo, 69) と名づけている。あるいはJ・クリフォードは、『純粋な文化』が過去に存在し、現在それが外部からの影響により失われつつあるという語り口」を「エントロピックな語り口」(太田好信、64) と呼んで批判しているし、彼を引用する太田好信は、こうした見方の根底に「文化を消えゆくものとして語ろうとする意志」(29)、あるいは「ノスタルジアに満ちたロマン主義」(124) を見て取っている。

文化やアイデンティティは変化していくものだという、この点に関してはほぼサイードの思想に依拠して論を展開する太田は、こうしたノスタルジックでロマンティックな言説を説得力をもって批判していく。近代の人類学および民俗誌に「ほとんど宿命的ともいえるエキゾチシズム志向」を見て取る彼は、「人類学は他者という存在を、自己とは異なったものと規定することから開始し、他者の他者性を際立たせながら、自己の文化枠組みを相対化することによって、その他者性を把握していこうという営為」(65) だという。こうした「宿命」をもつ人類学における他者表象という点で大きな影響力をもつクリフォードは、先の「エントロピックな語り口」をもつ言説を「サルベージ民俗誌」と呼び、それは「他者は融解する時空の中で消えていくが、テクストの中には保存される」という前提で書かれるという。そして、慣習や言語が消えつつあることや、それらを記録することの価値を否定するものではないと断った上で、こう述べる。「しかし私は、急速な変化によって本質的な何か [「文化」]、首尾一貫した固有のアイデンティティが消えるという仮説には強い疑問を抱く。さらに、サルベージ、あるいは救出的民俗誌に結びつけられた科学的、道徳的権威をも疑う」(Clifford and Marcus, 112-13)。ここでいう「権威」は、形容詞こそ違え、メアリー・L・プラットがいう「言説上の権威」(189) とまったく同じものである。

この後クリフォードはR・ウィリアムズに言及しながら、こうした「救出」はある「想像上の本来性」を前提としており、それは「現在の状況下で感じられる非本来性」から生じるという。すなわちクリフォードは、「ウィリアムズが示唆するように、このような投影は常に過去に向けられる必要はない。〔……〕文化的生の『真の』要素は脆弱で危機に瀕しており、はかないものだといったコード化を繰り返しされる必要もない」(114) と述べて、言説上の権威が劣った他者を哀れんでその生活様式や慣習を「救出」する必要はなく、それはむしろ現状への不満の裏返しのロマンティックな行為だと見る。これは「ノスタルジアの心理学」の要諦である。

つまりクリフォードやウィリアムズが批判しているのは、人間の真のあり方を故郷＝根と一体化する、ノスタルジックでロマンティックな見方なのだが、渡辺の日本の過去に向ける視線もこれと非常に近いところにある。そしてこれは、渡辺が批判するサイードや、サイードが強い共感を寄せる聖ヴィクターのフーゴーの認識と鮮やかな対照を見せる。「故郷を甘美に思う者はくちばしの黄色い未熟者だ。あらゆる土地を故郷と感じられる者はすでにかなりの力をもっている。だが全世界を異郷と思う者こそ完成された人間である」。最初の人間は「世界‐内‐存在」としての人間の存在様式に何の疑問も抱いていないという意味でまさしく「未熟者」であり、これについては両者に大きな相違はない。しかしサイードや(おそらくは)クリフォードが称揚する「全世界を異郷と思う者」については、その認識はほぼ完全に対立する。すなわち、渡辺や、同様に「故郷」喪失を嘆くハイデガーらから見ればそうした人間は完全なる故郷喪失者であり、人間の本来性と固有性を奪われた「頽落」した存在である。しかしサイードとフーゴーはこれに十全なる積極性を見る。西谷修は彼らと同質の思想をエマニュエル・レヴィナスにも見出し、こう述べる。「ハイデガーが慨嘆した『無根化』、固有の場所の喪失であり、故郷の喪失であり、『不気味なこと』として捉えられた事態は、レヴィナスにとっては『場所の神話』からの人間の解放であり、裸の〈顔〉の現れるチャンスなのである」(197-98)。こうして西谷はレヴィナスやバタイユを援用しながら、近代における技術による人間の「解放」は、ハイデガーが見るような人間の本質的なアイデンティティの解体ではなく、むしろ巨大な可能性の幕開けではないかと見るのである。「『固有性』がありえないということ、『本来性』が不可能だということが、近代の『解放』の帰結だとすれば、その固有性の不在、『本来性』なるものの不可能は、逆に言えば『なにか神のようなもの』の『大空位』の開けそのものでもある」(195)。楽観的にすぎるようにも聞こえるし、またこれによって「本来性」=理想の過去／場所の喪失について考察した者たちの営為が無駄になるわけでもないが、しかしこの指摘は、時間や場所のある一点(「過去」・「故郷」)に「本来性」を見るか、あるいは変化そのものにそれを見るかという大きな分岐点の存在を浮き彫りにしている。

五　ノスタルジアを超えて

渡辺の大著を出発点として長い議論をしてきたが、これを出発点に選んだのは、彼の議論の基調低音が、いかに言葉でそれを否定していようと、「失われた」過去に対する深い愛惜の念に満ちており、そしてそれが今日の日本および世界の状況を見事に反映しているからである。彼の論は深い考察を誘う重要な論点を含んでおり、それを曲がりなりにもやってきたつもりだが、最後に押さえておきたいのは以下の点である。いかに洞察が鋭くとも、その洞察の対象たる過去が限りなく美しく見えると、その視力が曇らされる。いかに歴史の必然を説いても、贖いきれぬ喪失感が後を引き、そのトーンは基本的に後ろ向きになる。読者は、そうか、あの時代はそんなに美しかったのかという思いに囚われ、それを未来への駆動力とする契機を探しあぐねる。あるいは別の読者は、これは過去礼賛に耽溺していると感情的に突き放す。では、どうすればよいのか。以下、本書全体の結論を先取りするようだが、簡単に述べておこう。

渡辺はその大著の末尾で、多くの西洋人の日本観を二つに大別している。「西欧的な心の垣根の高さに疲れ」、「日本の庶民世界ののどかさ気楽さにぞっこん惚れこんだ」人たち、そして「個であることによって、感情と思考と表現を、人間の能力に許される限度まで深め拡大して飛躍させる［……］個の世界が可能ならしめる精神的世界がこの国には欠けていると感じた」人たちである。要するに日本への肯定的視線と否定的視線の代表なのだが、この二つは当の日本人に逆照射され、後の日本の知識人、のみならず深層心理的には全日本人を同様に引き裂いてきた二つの極であった。一部の人は前者に強い郷愁と未練を抱いた。彼らは後者の見方を否定したのではない。むしろ明治以降は、「西欧近代のヒューマニズムの洗礼を受けた」彼らはこれを痛いほどに体験し、その重要さを痛感した。しかし同時に、「確乎たる個の自覚を抱く」ことの負の側面も強く経験し、危惧した。渡辺流にいえば、「おのれという存在にたしかな個を感じるというのは、心の垣根が高くなるということだった」（576）。だからこそ彼らは、国民全体がこれを抱くことが本当に彼らを幸福に導くのかを疑った。「逝きし世」に帰れると思ったわけではない。しかしその魅力に抗しがたかった。これが日本近代初期の知識人の宿命であり、山崎正和のいう「不機嫌」を生んだ。われわれはこれらの先達の苦闘をしっかりとたどり、追体験しなければならない。その上で、日本にとっての重要な選択をせねばならない。むろん歴史的にはすでに選択のできる時期はとっくに過ぎている。にもかかわらず内奥の精神はこの選択を前にしていまだに躊躇している。チェンバレンはその躊躇する心理をこう評した。「古い日本は死んだのである。亡骸を処理する作法はただ一つ、それを埋葬することである」、しかし「日本は捨てた過去よりも残している過去の方が大きい」(15)と。

これこそが真の問題なのだ。ジョージ・スタイナーは、「[……]われわれを支配するものは文字通りの過去ではない。それは過去についてのイメージなのだ。それはちょうど神話のように、しばしば複雑な構造をもち、選ばれたイメージからなりたっている」(3)といっている。このイメージを構成する要素は意識的に選ばれたものではないが、時の流れの中で浸透・沈殿していき、ついには「逝きし世」として人々の脳裏に定着するに至る。

萩原朔太郎は、「彼等[芭蕉や西行]の求めたものは、いかなる現実に於ても充足される望みのない、或るプラトン的イデヤ――魂の永遠な故郷――へののすたるじあで、思慕の夢見る実在であったろう」(『詩の原理』44)と書いたが、彼のいう「のすたるじあ」は、「イデヤ＝詩的霊魂の本源」が「追えども追えども捉えがたい生の意義」を追い求める心情である。それが求める「魂の永遠な故郷」はしばしば過去に求められるが、「追えども追えども捉えがたい」。

「彼は年をとっていくという暗い考えから逃げ、そして彼の前に横たわっているこれからのことに耐えられないと感じ、過去を振り返ることに全力を注ぐ」(ストー、86)。これは神経症者を説明するユングの言葉だが、文明全体にも当てはまるように思う。つまり、現在と未来への不安が視線を過去に向けさせるという、ここで繰り返してきた文明の力学である。

「善悪の知識の木の実を食う誘惑にたいする反応としての堕落は、いったん達成されたこの完全さを捨てて、そこから新たな完全さが生じるかも知れないし、あるいは生じないかもしれない、新たな分化を試みることを要求する挑戦を受諾したことを象徴する」(144)。これはトインビーの言葉だが、同じ問題への別の角度からの視線である。新たな時代を迎えるとき、それが否応ない場合はなおさら、それは「よき過去」からの「堕落」と感じられる。しかしそれは未知からの「挑戦」でもある。これを「受諾」するかどうかは、それが成功を約束しない限り常に賭けである。しかしそれはまた「文明の文法」の一部であり、拒否することのできないものである。

以上の議論からわれわれがたどり着くのは、「逝きし世」はどこにも逝かないという認識である。変化は「必然」だとは多くの識者の説くところだが、それを一つの客観的認識とせず、人の住む世は常に「逝きし世」であり、帰るべき故郷はなく、奪還すべき本質もない、すべては生成流転する、Always already である——これを主観として肝に銘ずる必要があるだろう。

注

（1）『モダンの「おそれ」と「おののき」』第一七章「外への眼差し、内への眼差し——自己認識の術としての文化論」（松柏社、二〇一一年）参照。

（2）この問題については、『『見る者』と『見られる者』——他者表象と自己認識のダイナミクス」（『人と表象』高知尾仁編、悠書館、二〇一一年）で詳しく論じた。

（3）ただしハーンは晩年、日本に対してかなり批判的になってはいる。しかし日本国籍を取得した者として、それでもって西洋を批判・改良しようという意図は弱かっただろう。

第二章　ノスタルジックな視線と近代の宿命
――近代以前の「異」への眼差し

成長する文明は互いにますます異なったものに分化してゆく。(トインビー、268)

前章の終わりで全体の結論を先取りしてしまったが、しかしそこにたどり着くにはもう少し足場を固める必要がある。前章で論じたように、ノスタルジックな視線がはらむ問題は、どのような形であれ「美化・理想化」される過去が、その美化の根拠となる側面を超えて、前近代全般の美化、羨望視につながりかねないことだ。渡辺も述べているように、近代には明らかに長所があり、過去にも多くの否定的側面があった。にもかかわらず、この視線を支える心情はこの側面に対する意識を鈍化させる力をもっている。渡辺の論などは、江戸期の封建制・身分制の膿が覆いようのないほどに露わになっていた幕末に、なお人々の心情はなぜそれほど天真爛漫でありえたのか、という問題意識を曇らせてしまう。これは外国人の観察を集めるだけでは解明できない、一国民、一文化の深い心理の機微にかかわる点である。これを解明するには、幕末期以前の日本人の過去へ向ける視線を見るのが最も捷径かつ有効であろう。

一　郷愁の源泉

母国の過去に強い郷愁を感じ、それが「逝って」しまったことを嘆く心情は、ある土台に支えられていなければならない。それは、その過去が、少なくともそのある時代が今よりも良きものだという信念である。その信念は「事実」、あるいは精密な研究に則ったものでなくても一向にかまわない。例えば後に詳しく見る永井荷風は、心酔していたフランスから帰国して間もないのに、東京に「西洋式偽文明」の「無味拙劣」(『永井荷風集』294)を見出し、そんなところには「尚古退歩的」興味しか感じられないと、裏町を徘徊しはじめる。そこで彼は、電線を張るだの赤煉瓦の高い家を建てるためにむやみに木を切り倒すことに文明開化＝西洋化の象徴を見て、これは「根底より自国の特色と伝来の文明とを破却した暴挙」であり、「外観上の強国たらんがために日本はその尊き内容を全く犠牲にしてしまった」(297)と嘆じる。そしてこの郷愁の向かうところは江戸期であった。前章で見たように、渡辺は外国人の観察からこの郷愁を「正当化」しようとしたが、これが多少とも正当性をもつためには、その思いが向かう先である江戸期にそれだけの魅力がなくてはなるまい。

しかし江戸に行く前に、もう少しこうした郷愁の源泉をたどってみよう。するとそれは、日本は神国、すなわち神である天皇が治める国だという深層意識にたどり着くようだ。一九三七年に文部省が刊行した『国体の本義』には、「我が国は現御神にまします天皇の統治し給ふ神国である」と書かれ、日米が開戦した一九四一年の国定教科書『ヨイコドモ　下』には、「日本ヨイ国、キヨイ国。世界ニ一ツノ神ノ国」という言葉が見られる。続く一九四二年には、佐佐木信綱、土屋文明、釈迢空、斎藤茂吉、北原白秋ら一二名(ただし北原は委員就任後まもなく死去)を委員として『愛国百人一首』なるものを選定させている。これは、柿本人麻呂の「大君は神にしませば天雲の雷の上に廬《いほり》せるかも」、大伴旅人の「やすみししわが大君の食《をす》国は大和もここも同じとぞ念ふ」、大伴家持の「天皇《すめろぎ》の御代栄えむと東なるみちのく山に金《くがね》花咲く」に始まり、藤原定家の「曇りなきみどりの空を仰ぎても君が八千代をまづ祈るかな」、荷田春満の「踏みわけよ日本《やまと》にはあらぬ唐鳥の跡をみるのみ人の道かは」、賀茂真淵の「大御田のみなわも泥《ひぢ》もかきたれてとるや早苗は我が君の為」、本居宣長の「しきしまの大和ごころを人問はば朝日に匂ふ山ざくら花」を経て、吉田松陰の「身はたとひ武蔵の野辺に朽ちぬとも留め置かまし日本魂」、真木和泉の「大山の峰の岩根に埋めにけりわが年月の日本だましひ」にいたる華々しい選集である。こうした天皇を軸とした神国意識を国威発揚に使うには、それなりの共有される前提がなくてはならない。それは何だったのか。

その主たる源泉は、日本における最初の歴史文書である『古事記』と『日本書紀』に求められることが多い。中でもよく言及されるのは、神功皇后の三韓征伐の際、新羅王が皇后の軍勢を見て「音に聞く日本の船、あれは神国の強者だ」と抵抗せず降伏したという『日本書紀』の記述である。以下の記述は佐藤弘夫の『神国日本』に依拠しているが、彼によれば、その後、天武天皇による集権国家設立が加速し、その一環として天皇号の採用があった。天皇の地位は神聖化され、「現御神」の思想が誕生したという。それに伴って皇祖神である天照大神の地位も急上昇し、伊勢神宮の権威化と相まって神々と氏族の序列化が成し遂げられる。『日本書紀』に見られる神国の観念は「外来の要素を極力排除し、神祇の世界の純粋性を確保しようという指向性」をもっていたが、院政期頃から「神仏が穏やかに調和する中世的な神国思想」が生まれたという（第一章参照）。

しかし平安中期以後、神道と仏教の力関係は逆転する。神々は「煩悩に苦しむ衆生の一人として、仏教に救済を求めている」との考えから、その神々をなだめ癒すために神宮寺が建てられ、それに続いて本地垂迹説が唱えられるようになると、仏教の論理で神祇信仰が解釈されるようになり、神仏習合が進んでいくのだが、大事なのはこの習合が仏教主導で、神道がそれに吸収されるような形で行われたということである。古代には「天照大神を頂点とする強固で固定的な上下の序列」があったが、中世になるとそうした神々が仏教的な世界観に組み入れられる（第二章参照）。

中世の神国思想は、蒙古襲来を契機としたナショナリズムの高揚により、日本を神秘化してその優越を——他国＝「異」を意識した上で——主張するためという側面ももってはいたが、むしろ主軸は、日本が末法辺土の悪国だからこそ本地である仏が神として垂迹しなければならなかったという、後の感覚とはずいぶん違う後ろ向き・防御的なものだった。ところがそこから、日本こそが大乗仏教が広まる最適の選ばれた地だとの言説が出現するようになる。中世神国思想の代表とされる北畠親房の『神皇正統記』の冒頭の「大日本は神国なり」も、日本の普遍的優越を説くというより、「仏が神として垂迹し、その神が子孫として君臨している」というかなり限定された意味での主張だった。そして佐藤は、こうした神国観の動きは、「国家体制の動揺に対する支配階層内部の危機意識の表出」だったと見ている（第三、四章参照）。

しかし歴史の必然として、こうした枠組みは時代の変遷とともに変化する。実際、中世の天皇観も変遷し、一方では天皇でさえ仏神の祟りを受けるという説話が流布し、結果的に「現人神としての天皇を超えるより高次の宗教的権威が措定され、その前に天皇が一人の人間として相対化」（佐藤、172）され、「暗愚」とされた天皇に対しては「その交代が公然と主張」（180）されるまでになった。

こうした流れの中で出てきたのが後醍醐で、彼は天皇の相対化＝「人間」化を拒否し、天皇の文字通りの一元的支配をねらった。そのために彼は、かつて天皇の地位を相対化させた仏教の力を利用したが、網野善彦は、「密教の法服を身にまとい、護摩を焚いて祈祷する現職の天皇」後醍醐を「異形」と呼んだ。彼が行った「聖天浴油供」という祈祷は、これも当時の「異形」の僧、「邪教」立川流の中興の祖ともみなされる文観の影響で、

「セックスそのものの力を、自らの王権の力としようとしていた」と考える。[1]そして彼をそうした極端な行動に走らせたものは、「古代以来の天皇制を瓦解させる可能性」への強い危機感、六世紀以来の天皇位の「直系継承」を貫徹する力をほとんど失ったという危機感であり、その現れの一つが、彼の後の行動の主たる動機となる大覚寺統と持明院統の抗争であった。後醍醐の危機感は彼を専制的な建武新制へと向かわせたのだが、この「異形の王権」の樹立と崩壊をとおして、天皇の「聖なる存在」としての実質はほとんど失われた（網野、第三部参照）。こうして南北朝期の後には天皇は実質的な政治権力ばかりか経済的基盤も失い、中世末期から近世にかけては、天皇の存在は民衆の間でかろうじて保たれているという程度にまで落ちた。こうして、万世一系と、それに基づく神国意識の伝統は危機に瀕した。

網野は、南北朝から戦国の動乱でなぜ天皇が消滅しなかったかは未解決の問題としつつ、江戸期の天皇は「権威づけの装置」としての儀礼を「家業」とすることで地位を保ち続けたというが、以下に見るように、天皇の命脈を細々と保たせるものが、権力の側からではなく、学者の側から提出されてくる。その背景には、蒙古襲来の脅威以来、日本の独自性を確立しようと、「異」を確定し、さらには自らを「聖化」しようとする衝動の高まりがあったと見るべきだろう。それが「以後室町時代・江戸時代と継続する、『日本人』による『日本固有』の文化の創造」（佐藤、195）を始動させる。網野はさらに進めて、現代の一部に見られる熱狂的な天皇制支持の背景に、後醍醐がその異形を通して「日本の社会の深部に天皇を突き刺した」ことを見ているが、あながち的外れでもあるまい。いずれにせよ、こうした精神潮流は当然のことながら、「異」に対する感受性を強く刺激する。いや、正確にいえば、過去へ投げかける視線の多大な部分が、「異」への対処と密接に絡み合ってきたのである。奇妙に見えるのは、この過去への眼差しの強度が、江戸期に入り、鎖国というこれ以上ない「異」の排除、つまり「異」の不可視化が始まった頃に高まってくることである。

しばらく前に江戸ブームなるものがあったが、ここ数十年の日本の閉塞状況を見れば、自らの歴史のある時代がそれへの突破口として脚光を浴びるのは不思議ではない。案の定それはまずは、江戸時代は現代が失ったものをいまだ保持していた時代だという認識であり、それがこのブームの仕掛け人の一人である田中優子の描く江戸であった。彼女はこの時代を、「いまだ容易に均質化されることのない異質なものどもが躍動し、地球的規模でぶつかり合い、互いに相対化し合い、交わり合い、あるいは排斥し合い、比較の中でおのれを知り、そしてかろうじて共存した」(292)、「屈託のない、乾いた哄笑」(12)が響き渡った時代だと、その魅力を振りまいた。

鬼頭宏はこの社会を江戸システムと呼んでその特徴を列挙しているが、まとめていえば、独自の発展をした閉鎖体系で、資源リサイクルなどのエコ的側面、出生をコントロールして少子化を実現し、豊かさを創出したことに加えて、植民地主義などによって近代化の問題を突破しようとした「西欧社会の世界システムとは異なる」(131-14)体制を作り上げたという。

二　国学以前

日本はどうやら「万世一系」に代表される連続とそれが生み出す安定を好むようだ。当然易姓革命などは忌避する。その利点は、力による権力あるいは正統の争奪を避けやすいことである。その一方で、これは皇室に代表される世襲制を生むが、それは弱点にもなる。すなわち、無能な正統が出てきても受け入れざるを得なくなるのだ。この矛盾を解決するために生み出されたのが日本独特の二重構造、すなわち形式的には下でありながら実質的には権力を握って国をコントロールする存在を置くという構造である。平安時代には摂関が、それ以後は幕府と将軍がこれを担った。こうすれば、無能な正統の実害は最小化する。しかしここで出てきた問題が、実質的権力者側もまた世襲制を始めたことだ。もちろん補佐役をたくさんつけて実害を可能な限り避けようとしたが、やはり限界があり、結局は、鎌倉、室町、江戸と続く幕府成立、そして明治維新という形で、ほとんど易姓革命的に変換が行われた。しかしこうした劇的変換とは別のレベルで、「正統」は連続・安定的で、人々もこれを好んだ。それは人心としてむしろ当然だろうが、それにしてもこれだけの長期間皇室を存続させ、しかも現在でも一定以上の支持を得ているというのは瞠目に値する。尊王思想は日本の近代化の土台となり、しばらく後には日本を奈落の底に叩き込んだ。にもかかわらず現在もこれが相当の共感をもって受け入れられているとすれば、そこに見られる心情は、ここで論じている過去への眼差し、そして「異」への態度と多くの通底するものをもっているはずだ。神国思想の展開も、こうした安定志向の一表現といえなくもないが、江戸期にはこれは面白い形で展開した。

この展開の一つの帰結点とみなせるのは本居宣長だが、まずは彼の前に連なる思想家を瞥見しておこう。まずその第一期に現れたのが、山本七平が「尊王思想の祖」（上、147）と呼ぶ山崎闇斎（一六一八―一六八二）で、山本によれば、闇斎は「義」を信ずる信念の絶対化を「誠」とすることで崎門学を発出させた。そして後にそこから出た浅見絅斎や佐藤直方らが、元禄間近い天下泰平の世にその思想を観念的に純化させたと見る。この純化が「異」に向ける視線とその根拠たる天皇、古きよき伝統としての天皇という見方に深く影響していく。山本は、彼らがそのような観念化・純粋化が行えたのは、絶対基準とした朱子学が、南宋滅亡の危機に出たいわば実践哲学だったのに対し、平和な時代に禄を食む江戸期の学者にとってそれは「空想の世界にしかない問題」だったからだと皮肉な見方をしているが、結果的には朱子の説く正統論を「誤解」したという。そして、こうした論理の純粋化は「必ず捨象を伴うが、この捨象された部分こそ最も重要」（下、70-73）だと付言する。おそらくこの捨象された部分に、つまり当時の彼らの意識にほとんど上らなかった部分に、彼らにとってはほぼ不可視の「異」に対する視線が入っているのであろう。

民のために苦難を引き受けた経世済民の思想家、熊沢蕃山（一六一九―九一）でさえも、「異」に対しては狭隘であった。「もとより四海の師国たる天理の自然をば恥じて、西戎の仏法を用い、わが国の神を拝せずして、異国の仏を拝す。わが主人を捨てて、人の主人を君とすることをば恥とせず、そのあやまちを知るべし」（山本、138）という彼の説は、日本の水土（風土）には儒教儒学は適用しにくいのではないかという「水土論」で、これは今の文化相対主義にも通じるものがあるが、むろん当時はそのような視野はなく、基本的には風土還元論といっていいだろう。

山鹿素行（一六二二―八五）は、易姓革命などで王朝が変転する中国よりも、一系の皇室が支配する日本の方が優れているとした。これは、中国でも徳の断絶が易姓革命の正当性の根拠とされているので、万世一系では徳も連続していることになるわけで、一応筋は通っている。さらに近年では明も女真族に滅ぼされて「畜類の国」になってしまったので、日本こそが儒学の正統を引き継いだ「中国」＝「中朝」になったという。論理のアクロバットともいうべき中華（中朝）意識の転換である。このようなアクロバットは時代の要請でもあった。つまり明が急に滅亡したことで、中華の本家たる中国に「正統」がなくなったことをどう解釈すべきかという問題が降ってわいたのである。慕夏主義の対象が突如消失したのだ。これに対応すべく出てきたのが素行の『中朝事実』であった。素行は、日本が「中朝」である理由として、「大陸文化の善き部分を採った宮廷制度、外国を祖としながら外国に劣らぬ文芸」（加藤、上、470）を挙げているが、外から影響を受けていながら世界の中心というのは論としては無理がある。しかしこれが多くの支持者を得た理由は、一つには、義を重んじ、君臣の序を絶対とする場所こそが中華、ひいては神国とするこの見方が、幕府にとって都合がいいだけでなく、そういう体制が末永く続くと思っていた民衆にとってもなじみやすいものだったことが挙げられる。しかしさらに深層には、周辺文化としての地位に甘んじてきた日本人の積年の鬱屈がこれで一挙に払拭できると感じられたからであろう。

闇斎の論を論理的に突き詰めた浅見絅斎（一六五二―一七一一）も同じ思想潮流の中にいたと見るべきだろう。彼は闇斎が晩年に垂加神道を唱えたことに反発して一時期離反するが、闇斎の死後には自らも神道に傾斜し、その影響下に書かれた『靖献遺言』は幕末の志士の聖書となる。山本によれば、それは彼が義を称揚するために中国の義人の殉教者賛美を行う過程で「政治的神」が必要となり、それが現人神たる天皇を要請したからだという。彼の思考には「絶対」への希求が見られ、その点では次に見る同門の佐藤直方と同様だが、直方が朱子学の正統性を絶対ないし「普遍」としたのに対し、絅斎は義の正統性を絶対とした。山本は、日本人が、絅斎に、また彼が称揚した方孝孺にその典型を見る政治的絶対主義を尊敬しているのに、自分たちがそれをもっていないことに劣等感を抱き、そこにも現人神を求める原動力を見ているが、いずれにせよ、この「義の正統性は絶対」という思想が幕末の志士の心に点火したことは容易に見て取れる。

一方、闇斎に破門された高弟、佐藤直方（一六五〇―一七一九）はこう書いた。「我生レシ国ヲヒイキスル存念ハ殊勝ナレドモ、天下ノ公理ヲ知ラズ、聖賢成説ヲ変化スルニ陥ルハ、苦々シキコト也」。さらには、「日本計リ神国ニテ各別結構ナル所ジヤトハ、誰人ノ定メヲキタル事ニテ候ヤ。神国ノ神ト云ハ、他邦ニハナキモノニテ候ヤ」。自国賛美は殊勝だが、それが何らかの意味をもつのは「天下ノ公理」があるときのみだ。自国を神国だというが、どうやって証明するのだ。他の国には神はいないのか――あっぱれな直言である。これは今でこそ普通の文化相対主義的見方だが、江戸中期にこう書くのは勇気のいることであったろう。彼はこの点では時代を超越した思想をもっていたが、同時に赤穂事件に対しては、幕藩体制を揺るがす愚挙だとして義士を批判するという、体制擁護的一面も併せもっていた。しかしともかく、神道の国粋主義的側面は苛烈に批判した。「神道者ノ様ニ善悪是非ニカマハズ、メツタニ我邦ヲ尊信スルガヨキト云ナレバ、学問モ入リ不申候」(山本、上、152-53)。直方は山本がいうように実に「さめた人」であったようで、孔孟を「普遍」とし、それを日本の個別性で土着化を図るなど馬鹿げていると考え、そして公言した。それが闇斎の破門を招いたのだが、彼のいう「本学者ハ日本ト云ロ上ハ出サヌゾ」(同書、160)をすべての学者が実行できれば、その後の国学やその他の国粋主義的思想もかなり違ったものになっていたであろう。

直方の独創性は、日本ではこの「絶対」を文字通りの絶対とせず、ずるずると「神儒契合」させ、絶対である天を「天皇と無媒介的に一体化」(山本、上、148)したことを指摘したことで、山本はこれも後の「現人神」誕生の契機の一つと見ている。こうした直方の「理」を一直線に貫く直截性は「絶対」を戴く者の強さから出ており、日本思想史においてはきわめて珍しい。その意味で彼は一神教徒に近く、百年前の宣教師たちを彷彿とさせる。歴史上絶対の観念からは常に無縁であった日本人の中にも、このような形で絶対性に近づいた思想家がいたことは注目していいだろう。いずれにしても、これは後に見る国学者流の古代賛美、そしてそれを土台とした自己のアイデンティティの確認・強化とはきわめて異質である。

江戸期の思想界は儒仏の影響が強く、幕府の政策もあってとりわけ朱子学という形での儒教の力が強かった。宣長もその方法論から影響を受けたといわれる荻生徂徠（一六六六―一七二八）は朱子学とそれに立脚した古典解釈を批判し、古代中国の古典を読み解く方法論としての古文辞学派を確立した。しかし加藤周一は、「益軒が宋学を疑い、仁斎が拒否し、徂徠がさらに徹底した批判的態度」をとったのは、広く見れば宣長の先駆といえなくもないが、それはあくまで宋学、つまり朱子が独自の解釈を加えて再興した、すなわち形而上学化した儒教への疑問であって、孔孟の説いた実学としての儒教はむしろこれを強化したとし、これを「日本化」(上、

471）だという。

たしかに仁斎や徂徠は朱子学を批判した。徂徠は仁斎への質問状に返事がもらえなかったことを恨んで、『蘐園随筆』を書いて彼の朱子学批判を糾弾した。しかし後に彼も朱子学を批判し始めると、つじつまが合わなくなり、あれは若書きだったと弁解するが、この書の出版を終生後悔することになる。また彼は、堯、舜、禹、湯、文王、武王、周公に孔子を加えた七人を聖人とし、日本には聖人は出なかったとしたり、ある人から孔子の賛を頼まれると、「日本国夷人物茂卿拝手稽首敬題」と署名して物議をかもすなど、中国崇拝的な側面があった。また、神道などは卜部兼倶が作ったもので、「上代ニ其沙汰ナキコトナリ」とそっけない。かと思うと、将軍吉宗の命で、明の刑法書『大明律』の解読書を『明律国字解』として出すが、このとき「大」を削った理由として、明が自国を「大」と名乗るからといって「我が国がそれに従うことはない」（佐藤雅美、376）と、愛国主義的側面も見せる。吉宗に命じられて出した『太平策』も『政談』も、「社会観察・分析・時評は鋭いのに」、「『聖人』の道に軸足をとられて身動きができぬように」なり、結果的に「現実離れ浮世離れ」した制度しか提出できなかった（同書、344）。こうした徂徠の見方および態度を、佐藤雅美は「復古的」（369、380）と形容するが、その一世を風靡した学説は、長いパースペクティヴの中で見れば、そう呼ばれても仕方があるまい。しかし江戸期という範囲で見れば、加藤がいうように、仁斎や徂徠がやったことは、後の国学者たちの儒仏に対する徹底した敵対的態度や「神国日本」賛美とはその強度やニュアンスを異にする。その証拠に徂徠は、武士道などが古来より我邦に伝わるなどというのは「文盲なるもの」の説だと断じ、戦国という過去の一時期の風俗を理想化することの愚を諌めている。また西洋文献輸入の禁止にも反対する。日本の暦の不正確さと、西洋の科学知識がその改善に役立つことなどを将軍吉宗に助言し、その結果吉宗は、キリスト教を広めるものでない限り、外国書籍の輸入を許した。

徂徠の同時代人である新井白石（一六五七―一七二五）は国学的発想からはさらに遠く見える。御用学者であるにもかかわらずその関心は中国のみならず西洋にまで広がり、禁教を知った上で来日した宣教師シドッティを接見して、一七一五年頃に『西洋紀聞』を著した。そこに漲る精神は宣長らと時代が逆であるかのような錯覚を覚えさせるほど開かれたものだ。

もちろん幕府の政策立案者として、その安泰を第一に考えていた彼は、彼一流の「理」にもとづいて厳しくキリスト教を批判した。もし神が天地を造ったというなら、同じ論理で神もそれ以前に何かによって造られたはずだ。もし神が自力で生まれたというなら、天地も自力で生まれないはずはなかろう。エデンの園でのアダムとイヴの罪も、ノアの箱舟もイエスの贖罪も「嬰児の語」のようだ。罪を罰したり償わせたりするのなら、そもそもどうしてすべての人間を善人として造らなかったのか、と（『西洋紀聞』94-96）。宮崎道生は、「本書は排耶書としては左程大きい働きはしなかった［……］むしろ『耶蘇亡国』的観念を取除くに役立った一面もある」（同書、「解説」452）といっているが、白石の批判は非信者の視点から見たキリスト教の最大の疑問点を突いており、現代でも通用する合理的な批判である。ここで白石がやったのは、どれだけ意識していたかはともかく、「理」によって「信」を見るという、古来人間がやってきたことである。つまりシドッティとの対話は、人間の精神がもつ二つの相いれない機能のぶつかり合いで、歴史が示す通り、合意は生まれにくい。しかしここで注目すべきは白石の行為の不毛さではない。むしろこれだけ見事に「理」を体現し、いわば複眼でものを見ることのできた人の後で、こうした見方は縮小し、逆に国学のような、この意味での非理知的かつ非複眼的な学説が広く受容されていったという事実である。加藤周一は、白石の「思考の合理性と歴史的事実の追求」が来るべき国学と洋学への道を準備した（上、509）といっているが、その合理性は事実追求の方法論にのみ使われたようで、国学のもう一つの側面である国粋主義的精神とは対極にあったと見る方がいいだろう。

白石のもう一つの優れた点は、シドッティの「信」が当時の日本に及ぼす影響、すなわち儒教に基づく盤石のはずの倫理体系に、天主という超越的存在をもちこむことで決定的な亀裂が入ることを見抜いていた点だ。幕府へ提出した「羅馬人処置献議」では、本国送還を上策、収監するのを中策、処刑するのは下策とし、シドッティにこう説いたという。「我国初より此かた、聖子神孫よく祖宗の位をつぎ、よく、祖宗の天下をたもち給ふ事、これただよく祖宗の法を遵ひ守りふによれり」。ここまでは万世一系の皇室が尊いという「常識」だが、すぐに続いて、「たとひ汝が訴ふる所の事、其謂あり、汝が法とする所、その理ありとも、今はた我、祖宗の法をやぶりて、汝蕃夷の法を行ふ事をゆるすべからず」(『西洋紀聞』196)と書いたところに彼の真骨頂が見て取れる。すなわち、いかに相手のいうことが「嬰児の語」に似ていようと、いかにこちらの説が真であろうと、それを金科玉条として突きつけるのではなく、相手の「理」を聞いた上で、今の我が国にはそれを受けいれることはできないというのである。さらには、シドッティから世界地理に関して詳しく聞き取り、その地図を正確に把握し、その中に「ヤアパンニヤ」を置いて、世界の中の一国として客観的に見ている。同時期に広まりつつあった国学的な排他性とは縁遠い視角である。入江隆則はこれを、それぞれの文化は他者から見れば「愚かな部分」をもっており、それにとらわれているという意味で人はみな「愚者」であることを知悉していた白石は、『愚かなる部分』を失えば文化を失うとも云える人間の不思議な本性を見た上で、相互の不可侵を提言し」、「異質の『愚者』を抹殺せずに共存する道を開こうとした」(129)と評しているが、適切な評といえよう。

こうした見方と態度は、むろん白石の時代を超えた見識のなせる業だが、一方で武士としての彼は、シドッティが使命という義のために命を懸け、愛しい家族を捨ててまで(白石が家族について尋ねたとき、彼は「しばらく答ふる事もなくて、其色うれへて、身を撫して[……]いかでかこれをわするる事はあるべき」といったと記している)、これほどの遠方までやってきたことへの深い賛嘆の念に支えられていた。シドッティの方

も白石に稀有の人物を感じたようで、この二人の間には、当時としては僥倖ともいうべき深い共感が生まれたようだ。(2)

しかし白石の同時代人、安積澹泊（一六五六―一七三八）は、こうした見方は共有しなかった。彼は水戸藩主徳川光圀が招いた朱舜水に指示し、儒学を学んだ。朱舜水は明末の儒者で、近松が『国性爺合戦』で主人公とした鄭成功らとともに明朝復興のために奮闘し、日本乞師となって何度か来日するが、最後の一五九九年、ついに亡命者として日本に留まる。彼は招いてくれた光圀の『大日本史』編纂の事業にも大きな影響を与えたが、その影響の質は、学者でありながら明朝復興に生涯を賭けたことからも窺われよう。光圀から『大日本史』編集を命じられたのが澹泊であった。その「論賛」で彼は聖徳太子を叛臣のように扱ったが、山本七平は、太子が仏教を絶対としたことが皇室の正当性が否定されていく原因になったと澹泊が考えたことにその理由を見ている（下、44）。もしそうなら、ここには「異」に対する拒絶的な態度が見て取れる。

同じく同時代人である近松門左衛門（一六五三―一七二四）は、その圧倒的人気で元禄文化の一翼を担ったが、『国性爺合戦』などの外国を舞台とする作品においてさえも、「異」に向ける視線はきわめて弱かった。これが初演された一七一五年は、契沖や荷田春満らの主たる仕事が終わった頃で、国学の基礎が出来あがった時代にあたる。鄭成功をモデルとする和藤内の破天荒な大活躍は、近松がこうした時流を敏感にとらえたといえよう。またこの浄瑠璃が一七か月の連続公演を行ったことを思えば、こうした中国と対抗するような愛国的心情が広く分かちもたれていたことを窺わせる。あるいは『心中天の網島』に見られる「釈迦の教へもあることか見たし憂き身の因果経」（307）というセリフでも、道行の二人が「釈迦の教へ」に頓着していないのは歴然としている。加藤はこうした時流を、「近松とその観客にとっては、日中の文化圏の外に拡がっていたのは、ただの『畜生国』」（上、522）だったと評しているが、これが当時の民衆の「異」に対する平均的視線で、白石のような見方が例外的だったというべきだろう。

次世代の富永仲基（一七一五―四六）も神道、仏教、儒教を批判したが、しかしその批判は、「加上」という方法論、すなわちあらゆる説は「先人をしのぐために新説を工夫」（加藤周一、下、32）した結果生まれたものだ。それは必然的に、いかなる説にも絶対的な価値や真理はないとする「絶対的相対主義」ともいえる方法論となり、後の宣長らの、儒仏に対する真っ向からの批判とは趣を異にする。現に仲基は神道を特殊なものとみなさず、加藤周一によれば、「『我が神州の道』とか、『わが国の神道』とかいう論点を繰返していた山崎闇斎派の学者に対して、『我国』の二字に拘らずに普遍的な立場から議論をして見給え」（下、34）といった同時代の室鳩巣と同じ精神をもっていたという。仲基の独自性はあくまで方法論の革新性にあり、憂国的な心情から国粋主義的な言論を述べるという境地からは遠かった。これも加藤によれば、彼は学問批判において目覚ましい功績を残したが、当時の社会制度や価値体系は受け入れていたという。仲基の著作『出定後語』は後に宣長をして「見るにめさむるここちする」といわしめるのだが、彼の賛嘆は、三一年という短い生涯にこれだけのことをしたことに対するのと同時に、その儒仏の批判の先行性、およびその方法論の斬新さに対するものであっただろう。実際仲基の論は、その立場と目的は違っていたけれど、後代の影響を拭い去って固有の起源を探ろうとする「国学者たちに強力な武器を提供した」（下、37）からである。

三　国学と本居宣長

こうした思想潮流の中で出現し、神国日本意識と、それを支える「純粋な」過去の称揚を最も華々しく、かつ堅実に行ったのは本居宣長（一七三〇―一八〇一）であり、その後代への影響力は計り知れない。彼の思想は、契沖、荷田春満、賀茂真淵らの影響を大きく受けてはいるが、やはりその独創性には目を見張るものがある。とはいえ大きな流れでいえば、彼らはみな、日本の古典の中に「漢意」＝「賢しら」に災いされる前の「純粋」な日本があると措定し、それを発掘することで「神国日本」を見出そうとする方向性で一致していた。

宣長は、支配層も含めた当時の日本人のアイデンティティの揺らぎを敏感につかみ、その心情をわがものとしてすくい上げ、これを盤石な土台の上に据えようとした。その土台はやはり「神国日本」であったが、その軸に天皇を据えて「皇国日本の絶対化」（子安、162）を図った。彼がそのためにとった方策は、日本古代に向ける視線の見直しであった。彼は特に古代のテクスト、とりわけ『源氏物語』と『古事記』に注目した。中でも後者は、彼が後半生をその研究に没頭したほどに熱情を込めて読んだもので、これを「古道」＝「まことの道」を伝える唯一のテクストとして絶対化し、後の日本人が自らの長所と自負するようになる多様性とは対極的な見方を打ち出した。「まことの道は、天地の間にわたりて、何れの国までも、同じくただ一すぢなり。［……］異国の道は、皆末々の枝道にして、本のまことの正道にあらず」というのだが、なぜ日本だけにまことの道があるかといえば、天照大神が生まれたところだからである。天照大神は太陽だからその誕生地は「万国の元本大宗たる御国」である。その証拠は万世一系の天皇が存在していることだ（中野正志、154-54）、と。

すでに見たように、この見方は過去にも存在していたが、中世にはこの見方は大きく揺らぎ、民衆の視野からはほとんど消えていた。宣長は、この天皇を軸とする神国観の中興の祖ともいえる存在である。

（一）時代背景

宣長の生きた江戸中期は普通「天下泰平」とみなされるが、「異」の存在はどのようなものだったのだろう。

この時代は、すでに宣教師の記憶も薄く、キリスト教徒は完全に地下に潜り、外国との交易も限定されていたが、それでも西洋列強の影がちらほら見え始めた時期でもあった。特に蝦夷にはロシアや英国の姿が現れ、宣長の同時代人である工藤平助や林子平らの国防意識を呼び覚ました。子平は『三国通覧図説』や『海国兵談』などの著作でロシアの脅威を説いたが、その背後には「およそ日本橋よりして欧羅巴に至る、その間一水路のみ」という時代を超える外への視線があった。

またこの時代には蘭学の発展に大きな影響を与えた、いわゆる「出島の三学者」も来日していた。エンゲルベルト・ケンペルは一六九〇年から九二年まで、カール・ツゥンベルクは一七七五年から七六年、フィリップ・フォン・シーボルトだけは遅れて一八二三年から二九年まで、それぞれ出島に滞在した。このときいわゆるシーボルト事件で国外退去させられたシーボルトは一八五九年に再来日し、一八六二年まで滞在している。

このように、江戸期、とりわけその後半には、限定的であったとはいえ外国に関する情報量が増え、それはあたかも国学の伸張と並行するかのようだった。その主たる情報源はオランダと朝鮮通信使であったが、蘭学者の手になるものから戯作者たちが面白おかしく手を加えたものまで含めて、異国の情報を満載した書籍が数多く刊行された。その内容は、世界地理から始まって、架空のものも含めたさまざまな国の不可思議な身体的特徴をもつ住民や彼らの風習などが中心で、むろん不正確であった。しかし注目すべきは、当時の日本人が外国の存在をおぼろげながらも知りはじめ、自らがすむ場所を一つの「国」として認識し始めたということだ。

一七一二年には寺島良安が『和漢三才図会』を出しており、いかに荒唐無稽であろうとも、そこには「異」なる人間たちが明瞭に描かれていた。「異国人物」はまだ比較的知られていた地域の人間なのでそれほどでもないが、次の「外夷人物」になると、情報源は中国の『三才図会』としているが、実に突飛な人間たちが登場する。例えば「飛頭首」は頭が飛ぶだけでなく、手も飛ぶ（305-6）。狗国の人間は身体は人間で首は狗、着物は着ない（313）。羽民はむろん飛ぶことができ（315）、「大食」国には「枝上に人の首のような花を生じる樹がある」（319）。しかし何といっても有名なのは「穿胸」国で、この「人々は胸に竅があいている」（331）。タイモン・スクリーチは、この「穿胸」国は「異」の象徴で、人間なら当然もっている「心」が欠けているからだという（26）。彼は『和漢三才図会』以外からも「異」の例をたくさん挙げているが、その典拠は、平賀源内の『風流志道軒伝』（一七六三）、春光園花丸の『絵本異国一覧』（一七九九）、司馬江漢の『西洋画談』（一七九九）、大槻玄沢の『六物志稿』（一七七六）、山東京伝の『箱入娘面屋人魚』（一七九一）、狂歌師の唐来参和の『天下一面鏡梅鉢』（一七八九）等々、かなりの数に上る。この種の本を量産したのは蘭学者でありまた戯作者だった森島中良で、一七八七年には『紅毛雑話』を、一七九〇年には『万国新話』と『琉球談』を刊行している。

こうした明らかに庶民をねらった出版物の外にも、日本近海で目撃された外国船の記録である『通航一覧』（一八五三）には、西洋列強と並んで、小人国、巨人国から来た船も記載されているから面白い。また、森島中良の兄で幕府の奥医師でもあった桂川甫周は、一七七四年の『ターヘル・アナトミア』（『解体新書』）の翻訳出版に加わり、一七八四年には『万国図説』を著した。一七九二年に漂流民である大黒屋光太夫と磯吉がロシアから送還されたときには、詳しく聞き取りをして、一七九四年、『北槎聞略』にまとめ、将軍に献上した。実に詳しい聞き取りで、彼らがもち帰ったロシア語の和訳や所持品のおびただしい図を備えた、今見ても立派な記録である。光太夫は伊勢国白子の船頭で、一七八三年に回船が漂流し、アリューシャン列島に漂着し、後にはサンクトペテルブルクで女帝エカチェリーナ二世に謁見し、漂流から約十年後の一七九二年に帰国した。光太夫事件については、鎖国下にもかかわらず、『魯西亜国漂民記』や『魯斉亜国睡夢談』などかなりの本が出されたこともあって、当時大きな注目を浴びたが、同じ伊勢国の住民に起きたものであるにもかかわらず、宣長はほとんど関心を示さなかった。

芸術の分野では、同時代人の伊藤若冲や丸山応挙らの画家は、躊躇なく西洋伝来の写実法を取り入れ、革新的な絵を描きはじめていた。

一七二〇年には洋書輸入の禁制が緩和され、知識人の間に蘭学が広まり、それに基づく世界観が庶民の間にもじわじわと浸透しはじめる。意外なのは、当事者である杉田玄白が後に『蘭学事始』で、蘭医学がこれほど広まったのは「恭く太平の余化より出しところなり」と振り返り、それどころかそれを家康の「天下太平に一統し給ひし御恩沢」(78-79) に帰していることだ。新しい時代を切り開くといった気概が感じられない言葉だが、これは個人に対する時代の拘束力というべきであろう。いずれにせよこうした変化が、元禄期を頂点とする文化の爛熟とそれに続く倦怠感と相まって、それまでには感じられなかった何とはない不安が瀰漫《びまん》する原因となっていたようだ。

こうしたさまざまなレベルで現れる「異」の存在を国学者たちが知らなかったはずはない。彼ら国学者にあっては、むしろこうした「異」は好奇心の対象となる前に脅威として立ち現れたのであろう。こうした時代背景の中で、国学は着実に進展し、その頂点に来たのが宣長であった。

(二)「漢意《からごころ》」と「賢しら」

宣長の思想の中核にあるのは、彼のいう「漢意」とそこに潜む「賢しら」、そして「物の哀れ」である。漢意についての宣長の見方が最も集約されているのは、よくいわれるように「玉勝間」(玉賀都萬)一の巻の「からごころ」であろう。「漢意とは、漢國のふりを好み、かの國をたふとぶのみをいふにあらず、大かたの世の人の、萬の事の善悪是非を論ひ、物の理をさだめいふたぐい、すべてみな漢籍の趣なるをいふ也」(『全集1』48) で始まる有名な箇所である。

また『直毘霊』では、「漢国などは、道ともしきゆゑにかへりて道々しきことのみ云あへるなり」といい、逆に日本では「古は道といふ言挙げなかりし故に、古書どもに、つゆばかりも道々しき意も語も見えず」（『全集9』52）という。また『石上私淑言』では、「唐国は万のことに賢しらがる癖」（『本居宣長集』438）があり、「神の御国にあらぬけにや、いと上つ代よりして、よからぬ人のみ多くて、あじきなくふるまい絶えず［……］」（408）と書いている。

要するに「漢意」とはすべての「外来」思想であり、彼の時代以前にはそれはほぼ中国経由だったのでその中心にはもちろん儒仏があった。儒仏には「善悪是非こちたくさだせるやうなる理屈」、すなわち「賢しら」があり、これが日本古来の感覚的・経験的に自然になじむ生き方、考え方を捻じ曲げると考えたのである。それどころか、中国には道がないからこそ道を説くのであり、逆に日本にはそれがあるからわざわざ言挙げしないのだという。「道」を説く、すなわち「萬の事の善悪是非」や「物の理」を論じるのはすべからく「言挙げ」で、人間のこころの自然な動きである「物の哀れ」に背くものと見たのだ。

ここで彼が提起しているのは、重層的で困難な問題である。小林秀雄は『本居宣長』においては宣長の見方をほぼ全面的に支持し、ほとんど宣長と一心同体であるかのような体だが、さらにこの「賢しら」もつ「我執」が、「無心無垢にも通ずる『本意』を台なしにして了ふ」（151-52）と念を押している。ところが、長谷川三千子の指摘するとおり、後の『補記』では一転し、これを「曖昧」で「何が言ひたいのかといたくなるやう」（28）だと記す。小林は続けて、なぜこういう印象抱くのか考えようとする人は少ないだろうと、あたかも前著で自分が書いたことなど念頭にないかのようなことをいっているが、おそらくこの不思議な「転向」に、「宣長問題」の核心が潜んでいる。

宣長の凄味は、今では常識に属することを真っ向から否定し、「物のことわりあるべきすべ、萬の教へごとをしも、何の道くれの道といふことは、異國のさだなり」と、「道」＝「自然」、すなわち森羅万象をあるがままに見ようとしないで、なんだかだと理屈をつけるのは異国だけで、それは「異國は、天照大御神の御國にあらざるが故」（『全集9』50）と平然といってのけるところである。こうした断定を、小林は元の大著では、宣長の研究を、真淵の『万葉集』研究と並んで「古人たらんとする自己滅却の努力」（232）の産物と見たが、ではなぜかくまで努力して古人の心に入り込もうとしたか。それはそこに「漢意」の「賢しら」に災いされる前の日本人の心情の古形があると信じたからである。

しかし「言挙げ」や「賢しら」はある地域の文化や人に固有のものではない。「やすらかに見るべき所を、さまざまに義理をつけて、むつかしく事々しく註せる［……］それはおろかなる註也」という宣長から見れば、「やすらかに見る」ことの困難を「俗人」が感じたればこそ、「おろかなる註」をつけ始めたということになろうが、しかしこれは、人間の認識構造そのものに関わる。つまり人間は何かを読んで感受するとき、すべからく「註」をつけている。より一般的にいえば、人間が森羅万象の中からある事象を選んで思考するとき、そこには程度の差はあれ抽象作用が生じる。宣長自身、その主著は『古事記』への註ではなかったか。さらにいえば、『古事記』も『源氏物語』も、人間の知的創造物はすべからく自己の認識に対する註であった。この「矛盾」に注目した小林秀雄は、これを彼流に「パラドックス」と解し、「少なくとも発言者にとっては、少しも曖昧なものはなかった」（『本居宣長』53）と述べているが、もしそういうなら、これは人間の認識構造そのものがもつパラドクスだろう。すなわち人間は「物自体」、「真如」の把握をなぜか構造的に阻まれているのである。とすれば、宣長の思考もすべて「賢しら」とならざるをえない。明敏な宣長がそれに気づかなかったはずはない。とすれば、彼はどこかに「賢しら」的思考とそうでないものとの境界線を引いていたはずだ。

それを察知した小林は、次に論じる「物の哀れ」を使って宣長の知的営為を可能な限り「賢しら」から切り離そうとする。宣長の「物のあわれを知る」とは「思想の知的構成が要請した定義でも原理でもな」く、「彼の言ふ『歌道』とは、言葉といふ道具を使って、空想せず制作する歌人のやり方から、直接聞いた聲」で、それが「人間性の基本的な構造に共鳴する事を確信した」（206）のだと。しかしこうした擁護には無理がある。なぜなら、まず、「直接聞いた聲」が主観、すなわち勘違いでないと証明することはできず、またいかに宣長がそれを「確信」しても、そこから彼が展開する思想が精神的な営為であることを免れえないからだ。すでに述べたように、彼が「賢しら」と名付けた精神的な行為は人間の行為としてきわめて自然で、恥じることでも超克すべきことでもない。しかし彼独自の「自然」観と人間観が彼にそれを強いるのだ。自然の観念は、おそらく「自由」と並んで最も理解が困難な概念である。例えば、仏教の説く悟りのためには修業という「不自然」な行為が必要だが、老荘思想などは、一切の執着と拘束を離れて「自然」に暮らせばそれは「自然」に達成されるともいう。これは世界各地に見られる古来の論争で、簡単に決着はつかない。

吉川幸次郎は宣長の自然観を次のように要領よくまとめている。まず現実＝自然は無限に複雑で神秘だが、それを法則などで説明ないしは規制しようとすると必ず誤謬に陥る。なぜなら人間の知性は有限で、神が造った自然は捉えきれないからだ。儒仏、すなわち漢意はその意味でみな誤謬である。しかしわが『古事記』と『日本書紀』は神の世界創成を正確に記している（287-88）、と。この見方のさらに深いところには、人間および自然には「ありのまま」、あるいは「本来」的状態があるという信念が根を広げている。これは、「物自体」は直覚的に把捉可能だという信念といいかえてもよかろう。人間が事象をありのままに捉えられないのは、言語とそれに伴う抽象作用のためだという見方である。

これの理解の一助としてベルクソンを引くと、彼は、「自然と我々との間［……］我々と我々自身の一色との間には、一つの帳が介在している」が、その「帳」は生活のために、物から「有用な印象のみ」を、すなわち現実についての「実用のため単純化されたものだけ」を受け取るために、いわば必要に迫られて人間の意識が構築したものだ。だからそれはその機能を果たすまではいいのだが、それは同時に人間を現実との直接的な接触から切り離してしまう。「我々は物そのものを見ているのではない」のにそう思い込んでいるからだ。「必要から出てきたこの傾向は、さらに言語の影響を受けて強調されるに至った。［……］言語は、［……］物のうちそのいちばん普通の機能とそのありふれた様相だけしか記さない語は、物と我々との間に介入してきて、その形を我々の目に蔽いかくすであろう［……］」(140-41)。

これは今では広く受容されている見解で、宣長もこれを共有していたといえようが、しかし宣長的に言語＝「賢しら」を否定するなら、なぜ漢籍にはそれがあって記紀の言語にはないか、逆にいえばなぜ記紀には「物自体」が記されているかを証明しなければならない。しかし彼はそれをせずに、記紀には「いささかも人のさかしらを加へざる」(『全集9』58) と断定し、とにかく神の言葉が書いてあるのだから、そのまま信じなければならないと循環的論法に逃げ込む。しかしそういいつつも、例えば人間にとって最も悲しいのは死だが、『古事記』では伊邪那岐大御神すら伊邪那美の死を嘆いて小児のように泣いたと書いてあることを、その真正性の根拠とするという実証的姿勢も見せる。あるいは歌についても、『古今集』『新古今集』に比べて『万葉集』ばかりを尊重するのはよくない。前者には後者にはない「色彩」があるからだ。それが虚偽というなら、そもそも歌を詠むのは「わざ」であり、「しらべをうるはしくする道」、すなわち作為だといっている。さらには、感情の抑制ではその生の表出の肯定は、当然ながら欲望の肯定につながる。欲望も、またそれがなせる作為も「神の意思」とする。当時宣長は、自分の説と老荘思想との親近性を指摘されて、老荘はすべての人為を排するが、彼はそれは「真の自然」ではないと反論したという (吉川、296-97)。この反論は形而上の領域でなされたもので、実証的にはなしえない。つまり彼の論は、「信」と「理」という人間のもつ二つの、しかし相性の悪い心的機能を都合よく使い分けているように見える。これは、村岡典嗣がいち早く注目したいわゆる「宣長問題」とも重なるので、後に触れようと思う。

(三)「物の哀れ」

宣長は『源氏物語』を「古今並びなき物」として高く評価するが、その理由をこう述べる。

すべて人の情の自然の実のありのままなるところは、はなはだ愚かなるものなり。［……］儒仏の教へは、人の情の中に善なるところを育て長ぜしめて、悪なるところをば押へ戒めて善に直さんとするものなり。［……］歌・物語は、その善悪・邪正・賢愚をば選ばず、ただ自然と思ふところの実の情をこまかに書きあらはして、人の情はかくのごときものぞといふことを見せたる物なり。それを見て人の実の情を知るを、「物の哀れを知る」といふなり。(『本居宣長集』204)

つまり、『源氏物語』がすばらしいのは、まずはこれがそれまでのどの作品よりも「物の哀れ」をリアルに描いているからだ。「くだくだしく、めめしく、みだれあいて、さだまりがた」い「人の心」を「くもりなき鏡にうつして」いるそのリアリズムの力量ゆえだという。「男らしくきつとして賢きは、実の情にはあらず。それはうはべをつくろひかざりたるものなり。実の心の底をさぐりてみれば、いかほど賢き人もみな女童に変わることなし」(同書、202)とする彼の目には、人間の本来の感情は「ただしくきつとしたるもの」ではなく、「はかなく児女子のやうなるもの」で、「しごくまつすぐに、はかなく、つたなく、しどけなきもの」に映る。それゆえ女性の方が本来の感情に正直で、男性が虚偽に傾きがちだとして、「ますらおぶり」より「たおやめぶり」をとるのだ。そしてここから当時の武士道をも批判して、「近世武士ノ気象、唐人議論のカタギ」(吉川、295)とまでいうが、これは時代を考えれば驚くべき言葉であろう。

しかし別の面から見れば、理屈・理論・言語といったものは「自然」な経験への介入であり、「物の哀れ」を無視する邪道として退けたのは、日本の土着的世界観の自己防衛の一表出であり、その意味では驚くに当たらない。驚きを禁じ得ないのは、外国の脅威などほとんど感じられない天下泰平の江戸中期にあって、これほどの危機感に基づいたアイデンティティの土台の確立を目指し、そのために生涯を賭けたことである。

宣長は、儒仏的な読み方に慣れた人がいきなり記紀を読むと、「原型の書を法則の書として読もうとする」から必ず取り違える。だからまず「感情の言語」である詩や小説を読んで、「感情の感動によってものの本質に接触すること」(吉川、291)を薦める。この本質の直感が「物の哀れ」を知ることで、先ほどのベルクソンの考えに接近する。宣長が紫式部をこの道の達人と考えていたことは先に触れたが、式部のもう一つのこれに劣らぬ長所は、作者の「本意」を「現実を見下す規範として、これを掲げて人に説くということになれば、嘘になり、空言になる」ことをよく知っていたことだとした。『源氏物語』を代表とする日本の物語は「人の国の儒仏の書とはその趣きはるかに異なる物」(『本居宣長集』170)なので、「釈迦・達磨に見せたりとも、この物語〔『源氏物語』〕にて中道実相の理りはえ悟り給はじものをや」(173)。これは、『源氏物語』に勧善懲悪や盛者必衰をはじめとする教訓を見ようとする非を説くのと同様の論理だが、要するに、「物の哀れ」の強調は「異國」の「賢しら」の拒否と表裏一体の関係にあり、「賢しら」に汚染される以前の、謙虚で、「物の哀れ」を感じ合うような人間のありようこそ尊いとするのである。

次いで彼は、「物の哀れ」と古の言葉との関係を論じる。「さてうるはしく雅やかなるさまによまんとするには、必ず古への情言葉ならではかなひがたし。後の世の心詞は賤しくきたなきこと多ければなり」（『本居宣長集』464）。彼の古代観の基底にはこの認識があり、そこから、「この物語〔『源氏物語』〕をよくよく見て古への中以上の人情風儀をよく心得て、おのが心をその境界になしてよむ時は、〔……〕いつともなく古への雅やかなる風儀人情が心に染みて、自然と心も古への情に似たるやうになりゆきて、俗人の情とははるかにまさりゆけば〔……〕物の哀れも深くなるなり」（同書、223）という彼の信念が生まれる。「中以上の人情風儀」というのも彼の古代への視線の一端を示していて面白いが、ともかく「物の哀れ」を保証してくれるのは「古へ」の理解とそこへの沈潜のみだという。それゆえ、先にも述べたように、『源氏物語』を当時の風俗の写実とか勧善懲悪の書と取る非を諌める。それどころか、物の哀れは好色、すなわち恋において強く感じられ、さらには道ならぬ恋において最も強くなるとさえいう。

この点でも小林は宣長のよき理解者で、光源氏を評した上田秋成の「執念く、ねじけたる所ある」や、谷崎の「随分蟲のいい男」だとか、「しらじらしいにも程がある」、あるいは「あら捜しをしだしたら際限がない」といった評を退け、紫式部が単なる写実を超え、「半ば無意識に生きられていた風俗の裡に入り込み、これを内から照明し、その意味をつかみ出して見せた」（小林、200）と宣長に加担する。たしかに秋成らの評は、「物の哀れ」が好色に、さらには道ならぬ恋にこそ最も鋭く表れるという見方と全面衝突している。これは単純な誤解ではなく、基盤とする考え方の違いに由来するが、宣長はそれは無視して、こうした累々たる「誤解」の元凶を「もろこしの書」に見出し、その「習気のうせぬあひだは、此物語の意味は、えしるまじき事也」（『本居宣長集』203）と断定する。要するに、この「物の哀れ」を歌う歌道の精華である「物語」を写実と受け取らせるような感性はもろこしからきた理屈であり「戒め」であり、すなわち「賢しら」であって、これが古代より連綿と続く、あるいは続くはずの日本本来の感性に夾雑物を入れてしまったとするのである。

以上から見えてくる宣長の思想傾向は、「戒め」という言葉に象徴されるように、「戒」的思考法の排除で、これはユダヤ教の戒律主義を否定したイエスを想起させるが、これに代わってイエスが説いた「愛」も後には戒律化し、いつしか「ユダヤ・キリスト教的」という常套句でくくられるようになる。宣長はこの「戒」すなわち人間はこう生きるべきだという教えをすべて「賢しら」として否定し、その元凶を、当時の日本へのほぼ唯一の影響源である「漢」に求めた。

宣長の態度は「日本版ロマン派」とも呼ぶべきものだ。後に、保田與重郎らが中心となって、近代批判と古代賛歌を支柱として日本の伝統への回帰を提唱した一群の者たちがその機関誌に『日本浪曼派』と命名したのも偶然ではあるまい。しかしヨーロッパのそれと異なるのは、日本という国の起源とそれによるアイデンティティ追求を最優先させた点、すなわち後に論じる「普遍対個別」の問題が入ってきた、あるいは入ってこざるをえなかった点である。この点ではドイツのロマン主義との親近性を感じる。

(四) 目指したもの

宣長がそのほぼすべての著作で目指したものは何だろう。まずは、「漢意」に惑わされずに、「物の哀れ」を知ることを通して人間の感情を直視することである。そこで見えてくるのは、「凡ての人の情の自然の実のありのままなるところは、はなはだ愚かなるものなり」(『本居宣長集』205)であり、愚かな感情・心をそのまま肯定する姿勢は、欲動の存在としての人間の全面肯定、そしてその人間が生きる此岸=現世をそのまま肯定することである。

加藤周一は日本の土着的思想はその此岸性と日常性にあるとし、「日本思想史上、超越的絶対者との係り合いが時代思潮の中心となったことは、ただ一度一三世紀仏教において」であり、この唯一の例外を除いてこの土着的思想は日本史を貫徹しているという。(3) そして、「外来『イデオロギー』の外来性を意識し、土着世界観の立場を積極的に主張しようとしたときには、［……］日本国そのものを、すなわち所属の共同体そのものを、理想化するほかに為す術がなかった」（上、364）という。

これと並んで宣長の念頭を占めていたのは、儒仏という古来の「異」のみならず、ぼんやりとではあるが姿を見せつつあった現実の「異」からいかに自らを守るかという意識であった。いうなれば、「普遍」に対する「個別」の優位を証明することで、まだ不安定だった日本のアイデンティティを確立しようとした。アイデンティティが不安定なとき、しばしば行われるのは過去の一時期に自己の共同体の「純粋」なアイデンティティを措定し、それ以後の影響によってこれが損なわれたと見ることである。宣長は、万世一系を述べた『古事記』を高く評価することによって、そこに記された皇統をいただく点にそれを求めようとした。

今から見れば、記紀は世界に広く見られる創世神話の日本版で、有力氏族の神話や伝承物語が融合した産物であって、「とても『一系』でつながることを立証しようとしている性格の書とはいえない」（中野正志、64）というのが一般的な見方だろう。「万世一系説」はむしろ江戸期の、水戸学、崎門学、国学などがそれまで「融通無碍であった天皇制」（同書、150）を解釈した結果できたもので、先に見た山鹿素行はこれを根拠に、易姓革命などで王朝が変転する中国よりも、一系の皇室が支配する日本の方が優れていることを正当化した。

宣長はこれを、古代（人）の理想視による自らの伝統の正当化という形で行おうとした。古代人の心は「ひたぶる」だというのは宣長が師である賀茂真淵から受け継いだ、あるいは強く共鳴した見方だ。真淵はそれを『万葉集』から読み取ったが、宣長は『古事記』にそれがより鮮明に記されているとした。子安宣邦は、「今の世を偽り多い世と見る視線は、古えを失われた真実の世界として再発見」（『本居宣長とは誰か』69）するといっているが、宣長の視線の中では、現在への不満と古代の理想視とは表裏一体であっただろう。

先に論じた「物の哀れ」は、宣長が自他を区別し、自民族のアイデンティティを支持するために使った道具の中で最も有名なものの一つである。「哀れ」とは「情の深く感ずること」で、物語の中の「いたりてあはれなる事」を「感じて哀れがる人が人情にかなひて物の哀れをしる人也。何共思はぬ人が人情にかなはずあしき人也」というのはよくわかるが、彼がここから「異」にはこうした感情がない、あるいは著しく弱いと見ていたとすれば、その当否よりも、背後にあるものに目を向けざるを得ない。

松岡正剛も宣長のアイデンティティを意識する視点に注目し、こういっている。漢意の「本質」は、中国的思考法を「ものごとを考える基準」にすること、すなわち中国を中心としたグローバリズムに立つなとの主張である。そして宣長の背景は、今日の日本人の多くが欧米、とりわけアメリカをグローバル・スタンダードに据えているのと同断だとする。現在の「グローバル・スタンダードに半身を没した日本」から宣長的な考え方を見ると、それは日本主義や国粋主義に、ときには狂気に見えることさえあるが、宣長がわかりにくいのは、彼が「日本人であること」に気づいてしまったからで、それに気がつかないでいられる心情装置が「漢意」、つまりはグローバル・スタンダードなのだという（『千夜千冊』「長谷川三千子『からごころ』」）。

横田冬彦は「日本という『国』が意識されはじめた」のは元禄時代だというが、その例に引く甲斐の依田長安が書いた『依田家訓身持鑑』にはこうある。日本は「夷の国々に優れ、尊き国」で、その根拠は「武家が天皇家を簒奪することがなく、皇統が連続したこと」にあるという。『中朝事実』の反響が読み取れるが、こうした「日本人であること」への気づきはむしろ時代の一般的空気の中にあり、それが同時代の契沖の古典研究と、それに続く国学を生み出していったこと、また軍記物の人気などとも絡めて、これらが「林家という権威をもつ『日本王代一覧』などと響きあいながら、日本という国の物語を紡いでいく」(372-74) という。

宣長も時代の子であった。しかし彼の鋭さは、これが今でいうアイデンティティの問題であることに気づいた点、さらにいえば、自己の外に判断の軸を置かざるを得ない文化的周辺国の宿命に気づいた、しかもそれを「負」の遺産と取ったことである。かつては単純な慕夏主義で済んでいたものが、宣長の時代はもはやそれを許さなくなっていた。微妙な形であるとはいえ、中国以外の「異」が忍び寄り、また日本がそれなりの国力を自負するようになり、自信の根拠めいたものが芽生えると、かつての「師」との関係も「こじれて」くる。これが明治以来の日本を捉えて離さなかった力学であり、その端緒は、この問題に関して異常に鋭い感覚をもっていた宣長にあった。

(五) 影響

では、宣長、あるいは宣長に象徴される思想はどのような形で後世に影響を及ぼし、現在にまで引き継がれているのだろうか。

前に見たように、中世後期以降、天皇の権威と存在感は大きく減退し、幕末期に至るまで、日本に住むほとんどの住民には皇室への関心も意識もなく、それゆえ万世一系が正しいかどうかといった問題意識さえなかった。それゆえむろんのこと、それを愛国心やアイデンティティの土台に据えるということもなかった。しかし危機がやってきてこれがよみがえった。幕末、後期水戸学の中心的存在である会沢正志斎（一七八二―一八六三）は、一八二四年、水戸藩領に上陸したイギリスの捕鯨船員と会見し、その記録『暗夷問答』を著すが、翌年には尊王攘夷的な思想を述べた『新論』を著した。これは「神国日本は太陽さしのぼるところであり、万物の生成する元気の始まるところであり、日の神の御子孫たる天皇が世々皇位につきたもうて永久にかわることのない国柄」（中野、159）との考えに基づくものだ。

岡倉天心も、『東洋の使命』というグローバルな視野で書かれたであろう書物の中で、「万世一系の天皇をいただくという比類なき祝福」が、「征服されたことのない民族の誇らかな自恃、膨張発展を犠牲として祖先伝来の観念と本能とを守った島国的孤立など」とともに、「日本を、アジアの思想と文化を託す真の貯蔵庫たらしめた」（20）と述べ、国学の影響を感じさせる。

しかし幕末の激動を身をもって体験した勝海舟はまるで違った見方をしている。「シナは大国」で「シナ人は気分が大きい」というが、その根拠がまさに王朝の変転で、彼らは「天子を差配人同様に見ている」、だから「開国以来、十何度も天子の系統が変わったのさ」という。それどころか、日本人も［日清・日露］「戦争に勝ったなどといばっていると、あとで大変な目にあうよ［……］経済上の戦争にかけては、日本人はとてもシナ人には及ばないだろう」（191-92）と、現在を見越したようなことまでいっている。戦勝の高揚の中で「シナの恐るべきところ」（267）を見通していたのは勝くらいであろう。さらには、会沢と並んで水戸学の柱となった藤田東湖を「だいきらいだ［……］ほんとうに国を思うという赤心がない」（64）という。こうした見方は、生来の気質に加えて蘭学を学んだことと関係があるのかもしれないが、例外といっていい。

昭和に入り、十五年戦争に突入すると、国粋的思想はさらに高まり、万世一系説をも蘇らせた。当時の代表的論客の一人であった大川周明は、日米開戦前夜の一九三九年に出版した『日本二千六百年史』で、万世一系ほど「雄渾にして確信に充ちたるもの」は他になく、「人類の歴史に於ける一個の不思議」だという。なぜ日本にとってそれが必要かといえば、それが「日本民族が万世に独立し繁栄することを必須の条件とする。それ故に万世一系ということは、直ちに日本国民の永遠の発展を意味する」（26-27）と、万世一系と国の繁栄とは、互いが相手を必要とする依存関係にあると見る。彼の思想の根底には、「日本人は徹底して日本的となり、日本人としての面目を発揮する以外、真の人間たることはできない」（大塚健洋、117）とする見方がある。これは今日にまで続く民族を確固たる実体とする見方で、近年では石原慎太郎らの、立派な日本人にならなければ真の国際人にはなれないという言葉に通じるものがある。だが、大川の場合にはこれが、「ソロヴィヨフの東西対抗史観の影響」を受けて、アジアの最強国日本と西洋の最強国アメリカは「相戦わなければならない運命にある」（同書、175）とする見方につながる。そしてそれを支えるのが万世一系説であった。

彼は一面では真摯な道徳家であり、インドの独立運動を支援したり、ルドルフ・シュタイナーの思想をいち早く紹介したり、あるいは東京裁判後には『コーラン』を翻訳したりと、当時の人間としては異例に世界的視野をもった人間であった。その彼にして、万世一系説は重要であった。ただし彼は、敗戦後には昭和天皇が敗戦の責任を取って退位するとさえ思っていたようで、それをもとに大塚健洋は、彼にとっては「一天皇の進退と、万世一系の国体の存廃とはまったく別問題」で、なぜなら「皇室の存在は日本をして日本たらしめる国家的個性であったから」（192）だという。つまり彼にあっては、万世一系は個々の天皇とは関係ない抽象的な実体と化していた。西欧列強の圧倒的支配からの脱出を求める知識人として、「近代」という怪物が生み出す資本主義と帝国主義という「毒」に抵抗するために、自らの国家的個性＝アイデンティティの根拠を、古く確固たるものから抽象されたものに求めたのであろう。

日本の中国学の創始者の一人と目される内藤湖南にも同様の考えの反響が見える。それまで「師匠と仰いでおったシナ」が「犬の子孫」である蒙古に亡ぼされるが、その蒙古を「神の子孫」日本が破ったのだから、シナも「そう大したこともない」ということになった。これが北畠親房に影響して「日本は神国だから尊い」ことになり、それに「万世一系」が加わって「日本が世界中一ばん尊いのだという思想」が生まれたが、これは当時の「新思想」だったという。ここまでは歴史的事項だろうが、それが日本の「文化の独立」(27-30)の端緒となったとするのは彼の解釈である。

「日本国民の文化的特質」における論はもう少し丁寧で、日本は「外国文化を始終受けていた」ので独自のものを探すのは困難だが、応仁、文明以後の戦乱時代にはそれまで「シナ人から受け取ったところの文化を殆どみな失って」「丸裸」になったので、日本の独自性を探るにはよい時代だとする。その時代に日本人が発見したのは「国語の法」、「日本人の性質として特別な点」、「国体の特別な点」だという。この時代に最も貴ばれた本は『源氏物語』と『伊勢物語』で、どちらも男女の関係の「だらしないところ」を「露骨に」書いているが、その「日本国民の偽らざる人情」を書いたところが高い評価の理由で、そこに日本人は自分たちの「正直な性質」を発見し、後の真淵や宣長が「日本人の本当の尊い性質というものを鼓舞するようになった」のもその流れを引いたものだという(95-103)。応仁以後の戦乱時代に彼がいうように中国文明の影響をほとんど失って「丸裸」になったとは考えられないが、これが『日本及日本人』[4]に掲載されたことも考え合わせると、彼の思想が日本人の独自性を求める国学的思想の影響下にあったことが窺われる。

柄谷行人は、宣長の意図はつつましいもので、仏教や儒教のような偉大な観念が日本にもあったとはいわず、ただ知的・道徳的原理によって否定され隠蔽されてしまう小さな感情、すなわち「もののあはれ」を大切にするのが、やまと魂だといった(『日本精神分析』88)というが、すでに述べたように、長い文脈の中ではこの主張はけっしてつつましくはなかった。それは後の篤胤の影響と相まって、近代ナショナリズムの母体へと編成・変成させられていく。

国学的思想の根強い影響力について、サンソムはこう見る。長い平和な時代がむしろ自由探求の精神を助長し、これが官学である朱子学と並行して、徳川幕府の正統性を疑う思想も生まれた。その起源は契沖に始まる

『万葉集』研究だが、徂徠や仁斎なども、孔孟に戻ろうといういわば原理主義的ベクトルという点でこれに呼応していた。契沖、春満、真淵、そして宣長へと、継承され深化するこのベクトルを、サンソムは、「潜在的な反外国的・国家主義的な性格」をもつものではあるが、「ただ神格をもち、徳の高い主権者の愛情に浴しつつある国民の幸福な生活だけがあったような想像上の過去へのノスタルジアを呼び起こすことも、困難ではなかった」と解し、この流れを「破壊的諸傾向」と呼んでいる。それを推進した背景として彼は、一七八〇年から九二年の間に人口が百万も減少したとされる種々の自然災害やそれに起因する飢饉や疫病、そこに生まれる無秩序を挙げる。さらにもう一つの要因として、外国の脅威、とりわけ北方におけるロシアのそれを指摘する。こうした要因が相まって、祖国を守る要石となる自分たちのアイデンティティを希求する風土ができあがっていったとするのである（中、95-105）。

（六）批判

では宣長に対する批判にはどのようなものがあったのだろう。

先に生きた新井白石はむろん宣長を批判することはできなかったが、『日本書紀』と『古事記』に書かれているのは神話で、「現実の人間社会の投影として解釈」（井上清、32）する点において、彼への批判を先取りしていたといえよう。

しかし何といっても印象的なのは上田秋成との論争である。この論争は、そもそもは宣長が、中国文化中心史観で日本古代文化を論じた藤貞幹を批判するために書いた『鉗狂人』を秋成が読んで、それに反論したことがきっかけで起こったものだ。(5) これを受けて宣長は秋成を論難する書、『呵刈葭《かがいか》』を書くのだが、論争点の一つは「『ん』という撥音が日本古代の音韻にあったか、なかったか」というややマニアックな問題をめぐるものである。子安宣邦によれば、ここでも宣長は、古代日本語が先にあり、それに漢字を当てたのだから、それは「仮り字」であるとして、他者の痕跡を消そうとしているという。たしかに宣長の論理は、「外国の音は異なること多ければ、彼を例として皇国の正音を論ずべきにあらず」（『本居宣長とは誰か』178）と、現在でいう比較という方法論を初めから排除している。これに対して秋成は、宣長が、「此の小嶋こそ万邦に先立ちて開闢けたれ、大世界を臨照まします日月は、ここに現じまし本国也」などといっても、「一国も其の言に服せぬのみならず、何を以て爾いふぞと不審」がるといい、その根拠に「太古の伝説」などをもちだしても、そんなものならわが国にもあるといわれるのがおちだと、今でも説得力のある論を展開している。宣長が記紀に書かれていることをそのまま信じるべきだと繰り返すのに対して、秋成は明らかに相対的・複眼的視点から論じており、しかもこちらの方が「この時代の識者に一般的なものであった」（同書、180-81）のであれば、なおのこと秋成をはるかに超えた宣長の後世への影響力の大きさが奇妙な形で際立ってくる。

この論争は決着を見ずに終わったが、秋成は死の前年に生涯の総決算として書いた『胆大小心録』の中で、こう記した。

やまとだましいと云ふことをとかくにいふよ。どこの国でも其国のたましいが国の臭気也。おのれが像の上に書きしとぞ。

敷島のやまと心の道とへば朝日にてらすやまざくら花

とはいかにいかに。おのが像の上には、尊大のおや玉也。(高野敏夫、191)

秋成は歌をわざと間違えてあざけっているのだが、かつての論争がよほど腹に据えかねたのであろう。互いを「私の意多かりし」人、「狂人」とののしり合うこの論争は、堅い信仰をもつ者と無神論者の論争を思わせるような水掛け論で、その点では不毛なものだったが、しかし重要な問題を潜めている。つまり二人の論争は、それぞれの歴史観と世界観、もっといえば「本質」あるいは「本来」についての見方の衝突で、どちらかが根本的な信念を変えない限り折り合わないものであった。

先に見た「自然」についての老荘の思想に対する宣長の反論――「もし自然に任すをよしとせば、さかしらなる世は、そのさかしらのままにてあらんこそ、真の自然には有べきに、そのさかしらを厭ひ悪むは、返りて自然に背ける強事也」――を見ても、これは自然の「本質」をどこに見るかという本質論で、容易に決着がつかない。自然の中に人間の作為を入れるべきかどうか、入れるとしてもどの程度までなら「自然」か、という議論、すなわち人間(人工)と自然(無作為)との関係はどうあるべきかは、完全に主観の判断に任され、論理的に相手を説得することができないからである。

宣長の論は、秋成が何をいってもその土台が「漢意」である以上、構造的に偏向しているという、いわば還元論的構成をとるのだが、これは今から見れば議論として不公正・不正直である。しかしその一方で、宣長は文化相対主義の「弱点」を先駆的に見抜いていたともいえる。すべての人や国を同等に見れば、優劣や善悪の観念が薄らいで「文化的ニヒリズム」に陥るのではないか、あるいは「普遍」的価値の否定につながるのではないかといった、後世の批判を先取りしていると見られぬことはない。しかし重要な違いは、後世の議論が、世界が狭くなった後、つまり他者についての知識が当時とは比較にならないほど手に入るようになった時代に起こったものであるのに対し、宣長は、時代の制約として、限られた書物のみをとおしてこの結論に至ったという点だ。同じく不十分な情報しかもっていなかったが、この点では秋成の方がはるかに想像力があったといえよう。この議論から見えてくるのは、批判の根拠として自己の起源の純粋性・本来性を唱えることは、神話のような確証できないものを根拠にせざるをえず、還元論に陥るということである。

富士谷御杖（一七六八―一八二四）は『古事記伝』に感銘を受けるが、後に『古事記灯』で、『古事記』を事実と取る宣長を批判するに至る。「漢意」を排して「古意」を探るのはいいが、大和言葉に内在する言霊の大切さに気付かなかったというのだ。そこから彼は独自の「言霊倒語説」によって『古事記』を読み解こうとするのだが、ここまでなら単なる方法論の違いだ。しかし本稿の問題意識から見て重要なのは、「わからないことを知らないままにしておくことが『やまと心』なのか」（田中康二、39）という彼の指摘だろう。つまり御杖は、ぼんやりとではあるが秋成と同様、宣長の還元論的思考を批判していたのでないか。

平田篤胤（一七七六―一八四三）も当初は宣長に感服し、没後に弟子を自称するが、やがては「宣長の古事記偏重主義に疑問を持ち始めた」（同書、46）。後には、妻の死を契機として死後の世界や神仙界に関心を集中させる。その結果、人は「死ねば善人も悪人もひとしくけがらわしい黄泉国に行く」と説いた宣長を批判し、霊魂の永久の生を主張する（荒俣、米田、64）。これによって宣長への敬意が消えたわけではないが、彼の神秘的な側面は民衆にも受け入れられやすく、それが国学思想の変容と同時に普及も促し、明治維新以後は平田派の神道は大きな影響力をもった。

橘守部（一七八一―一八四九）は『古事記』よりも『日本書紀』を重んじたが、彼の宣長批判の中心は、『古事記』の「稚言・談辞」、つまりわかりやすい言葉は、長大な話を飽きさせないための工夫であり、それをすべて事実と取るのは間違いだという点にあった。

こうした批判や彼の反論から浮上する宣長の思想は、「不条理なるが故に我信ず」といったテルトゥリアヌスを思い出させ、ひいてはキリスト教やイスラームといった唯一神信仰への親近性を、いや、その原理主義的側面さえ感じさせる。宣長においては「漢意のもたらす悪」はほとんどアプリオリのごとく屹立していて、あらゆる反論をはじめから拒否するように見えるのだ。たしかに宣長の思想が、「漢意」＝「異」を排そうとする気持ちが先にあって、そこからさまざまな欠点を見つけようとした、いわば演繹的思考なのか、それとも逆に「異」の欠点を探っていった結果「異」は排除すべしとなった、いわば帰納的思考なのか、判断がむずかしい。田中康二は、『古事記伝』で宣長は、神の御業は人間の知では判断できないと常套句のように繰り返しているとし、それを「不可測の理」と呼び、「キリスト教学における不可知論に近いもの」(58)だといっているが、その意味では演繹的思考に近い。いずれにせよ、結果として彼の思想は、後世の危機に「異」を排除しようとする感情を燃え上がらせる格好の根拠になった。つまり、そんなことをいうのはそもそも「漢意」＝「異」の思想に惑わされているからだという演繹的・還元的な拒否の仕方が、そしてそれが生み出す姿勢の閉鎖性が、彼の遺産の中でも特に大きなものになったように思われる。

しかし全体的に見れば、近代にいたるまでは宣長のイデオロギー性への批判は大きくはない。高野敏夫は、宣長の執拗な「漢意」批判の一因は、ほぼ同時期にできあがった記紀のうち、『日本書紀』のみが正史として重んじられ、『古事記』は不当に無視されてきたこと、さらには、前者に多い「潤色」が後者に最もよく表れている「古意」を見ることを妨げているという思いにあるという。しかし宣長がいかに「直く清かりし心」で『古事記』に向かっても、それは彼が「漢意」を排するという光を当てて浮かび上がってきたものに過ぎないという(212)。そして宣長の信念とそれを証明しようとする営為をドン・キホーテになぞらえ、「非現実的」(216)と結んでいる。

子安宣邦も、今述べた宣長の方法、つまり彼が信じる「本来」から日本を美化する言説を生み出す演繹的方法を繰り返し批判している。「異質な否定的な他者としての『異国』を措定し、その反照としての『自己(皇国)』に言及しようとする言説」(『本居宣長』53)だとし、宣長による『古事記』の新たな読みが、「たとえば平田篤胤に新たな国学的言説の生産を促す衝撃」(214)を与えたという。(6)

こうした論はあるものの、全般的には、宣長から篤胤へ、そして佐藤信淵らへと続く国粋主義的な流れをたどる論が多く、宣長をその元凶とする言説は少数派のようで、その突出したイデオロギー的側面については奇妙に口がつぐまれているという印象を受ける。裵寛紋によれば、上の論者以外にこうした指摘をするのは、「注釈自体がイデオロギー性を隠蔽する文献学的方法」(212)だとする東より子くらいである。

これは一つには、宣長の業績の内、その方法論を評価するのが主流だったからであろう。村岡典嗣は、「西欧の文献学に匹敵する、日本における近代的な学問の方法論」を樹立した宣長に注目し、「宣長学の本質を『文献学』と見なした」(裵寛紋、211)。しかしその上で彼は、宣長の「実証的文献学者」と「信仰的な皇国主義者」との間の矛盾に突き当たる。これがいわゆる「宣長問題」で、今日までさまざまな意見が出されてきた。

丸山真男は「歴史意識の『古層』」でこの問題に取り組み、「江戸時代の歴史的ダイナミズムが、『近代化』の一方進行ではなくて、むしろ近代化と『古層』の隆起との二つの契機が相克しながら相乗するという複雑な多声進行」(337)だと見て、宣長もその中に位置づけようとする。歴史的認識は「永遠と時間との交わりを通じて自覚化される」が、宣長を含む日本の歴史意識の「古層」において「そうした永遠者の位置を占めてきたのは、系譜的連続における無窮性であり、そこに日本型の『永遠の今』が構成された」とし、「漢意、仏意、洋意に由来する永遠像に触発されるとき、それとの摩擦やきしみを通じて、そうした『古層』は、歴史的因果の認識や変動の力学を発育させる格好の土壌となった」と述べる。これは日本式「永遠」=絶対が、「異」から来たそれとせめぎ合い、その結果自らの「古層」への意識が刺激されたということのようで、その点では本稿の議論と重なる。しかし丸山はこの論を、「すべてが歴史主義化された世界認識」が広まる現代では、「非歴史的な、現在の、そのつどの絶対化をよびおこさずにはいないであろう」(350-51)と結んでいる。彼のいう「現在の、そのつどの絶対化」とは刹那主義のことで、宗教者の目指すそれではない。その意味で彼の現状認識は暗いのだが、ともかくここで確認したいのは、この論を宣長の『古事記伝』の解読から始めた丸山は、こうした現在の歴史および世界認識、すなわち「記紀神話を近代にいたる歴史意識の展開の諸様相の基底に執拗に流れつづけた、思考の枠組み」(295)の構築にあたって、宣長の果たした役割は極めて大きいと考えている点である。

宣長批評史を概観してきたが、印象的だったのは、裵寛紋が著書の「あとがき」で述べている「韓国人として宣長問題に取り組むことの複雑さ」で、私にはその「複雑さ」こそがこの問題の核心に関わっているように思われる。ある国の学者に複雑な思いをさせるのは研究対象のイデオロギー性であって方法論ではない。前者は個別の宣揚につながり、後者は普遍の領域に属するからである。

四　現世主義の光と影

日本人の土着的世界観の強固な一部を成す現世主義、この世は楽しく、だからその永続を願い、抽象や理想よりも具体と現実を重視するこの世界観・人生観は、土着的なものに儒教の後押しがあって早い時期に定着した。これへの日本史上唯一の「抵抗」は鎌倉新仏教の彼岸・来世主義があったにすぎない。その嚆矢ともいえる法然が時代に与えた衝撃の核心は、知識などではなく、念仏だけですべての人が救われるという点にあった。

阿弥陀仏という「絶対」を置くことで、結果的に個人の固有性＝アイデンティティを否定、あるいはすくなくとも相対化した。しかし法然は、そのためには自己の無価値を自覚することを前提とした。この自覚ができないこととアイデンティティに執着することとは表裏一体である。

現世主義はむろん日本や儒教圏に限られるわけではなく、現代では世界のほぼすべての人の日常感覚でもあるだろう。しかし近代日本の運命を決定したといってよい西洋世界には、これに対してキリスト教を中心とする強固な来世主義があり、この二つの相いれない世界観の間の緊張関係の中で存在している。この緊張が近代の西洋の強さの一因でもあったのだが、いずれにせよ日本にはそれが構造的に欠けている。日本という風土は、法然の説いた来世主義も早々と相対化し、人々は日常の中で現世主義と何の緊張もなく共存するようになる。

こうした共同体のもつ最大の問題あるいは弱点は、理想およびその母体となる抽象的思考法が弱く、超越的視点をもてないまま日々の流れに引きずられやすい点である。これは平安が続く限りとりわけ弱点とも意識されない。しかしいったん危機が訪れると、その対応は弱さを露呈する。ペリー来航時の動揺はそれを端的に物語っている。そのときに出たのが、現世主義の中から、いわば奇形的に出現した理想主義、例えば吉田松陰の思想に凝縮される理想主義である。これは国学を源流とする国粋主義と呼んでいいものだが、そこに見られるほとんど抽象化された日本の理想は、倒幕勢力の中心となった薩長をはじめとする諸藩の主として下級武士に見られた、『葉隠』の思想を体現したかのような強烈な武士道精神に顕著に見て取れる。この精神は、この世の楽しい生を最良のものとする日本の土着的・日常的世界観、すなわち何であれ死まで突き詰めることをよしとせず、現在の安楽の永続化を図る現世主義とは対極的なもので、日本文化史の鬼子といっていい。幕末期は、その意味できわめて非日本的時代であった。

しかし見る角度を変えると、日本人はこの時代の激動に見事に対応し、こうした現世主義が危機に際しては独自の適応力をもっていたようにも見える。しかしそれが、現在地球規模で見られるような、環境やグローバル化といった、長期的視野を必要とする、いわば真綿で首が絞められるような緩やかな危機には、あまり有効には働かないようだ。日本ではこうした諸問題への対応はきわめて遅く、それどころか、福島第一原発事故に際しては、その当事者であるにもかかわらず、それへの対処は鈍く、例えばそれを他山の石として近い将来に原発全廃を決定したドイツなどとの際立った違いを見せている。これは日本が長年にわたって培ってきた現世主義・保守主義の端的な負の側面であろう。

もう一つの弱点は、「異」への違和感の強さである。異質なものに最初から、つまり本能的になじむのは、動物的存在である人間には至難の業だ。しかし多くの文化、とりわけ日本近代が深刻な影響を受けてきた西洋では、地理的条件により歴史上早くから「異」に隣接し、対決か共存かを常に迫られてきた。そうしたせめぎあいの歴史の中で、処世的理知を発達させ、あるいは好奇心の増大によって、「異」とのつきあいの業を磨いてきた。日本の地理的条件はそれを許さなかった。安定という意味ではそれは僥倖であっただろう。しかしまさしく地球が狭くなり、異質な人々が急激に身近になる中で、日本人の処世術は機能不全に陥り始めている。明治以来の日本人は「異」に対して、卑屈になるか傲岸な態度をとるか、そしてどちらもうまくいかないときは郷愁の中に浸ってきた。「異」の本質を理解し、その良さも悪さも認めて賢く対処することができないままにここまでやってきた。

真の敵は自らの内にある。われわれは、日本人同士でもわずかな差異を見つけてそれを異質視するよう文化的訓練を受けている。年齢や社会的地位を気にし、それに則って行動しようとする。差異の指標として、こうしたものよりも例えば能力を使うことを忌避する。かつて賛美された年功序列はその「成果」である。それがこの数十年で急激に「能力主義」に変換された。「された」と受け身でいうのは、それを行った主体が曖昧であり、またそれ以上に、人々の区別の指標として能力が用いられるという伝統もないままに、ほとんど社会的、経済的理由のみでこれが急速にその主役になったからである。能力主義は自己の能力を常に向上させ、他者と競い、勝者と敗者が比較的はっきりすることをよしとする考え方だ。これは二千年の安定の中にいた日本人にはほとんど青天の霹靂であった。その準備には、百五十年はあまりに短かった。

思うに日本史には二回の激動期があったようだ。一度は平安時代から鎌倉時代へ、つまり権力の中心が、天皇や貴族という出自で決定されるものから、武士という、少なくともその初期には能力によって決まる社会への転換である。二度目は江戸期から明治へのそれで、ここで武士はその権力を放棄し、朝廷に返す。権力の中枢には維新の英傑たちが坐ったが、二〇世紀前半の戦乱を経て、それは人民の手に帰する。[7] この二つの例外的な激動期には、ともにその緊張から突出した思想が生まれた。しかしその前の二つの長期間の安定期は一種の弛緩状態にあり、極端な現世主義が蔓延した。その心情は、『万葉集』の大伴旅人の歌、「今の世にし楽しくあらば来む生《よ》には虫にも鳥にもわれはなりけむ」に凝縮している。中村元は、「これは仏教の輪廻転生説を嘲弄したもの」だといい、さらに旅人の別の歌、「生ける者つひにも死ぬる者にあれば今ある程は楽しくあらな」を、「かれは享楽生活を謳歌し賛美し、まじめな厳粛な道徳的生活を嘲笑している」(31) と評している。しかし旅人は嘲笑しているなどとは露ほども思っていなかったであろう。この享楽的現世主義は、ある意味ではあっぱれだが、ある意味ではあまりに弛緩している。来世という絶対軸をもたないことからくる弛緩とそれが保障する安寧。これが古来日本人が守ってきた不文律であるらしい。

幕末、明治初期というのは、この安寧がもたらす弛緩が最後の名残を放っていた時代である。そして当時来日した外国人が見た日本人とは、まさしくその中に浸っていた人々であった。彼らが安らかで平穏で天真爛漫に見えたとしても、何の不思議があろう。それゆえ、そうした記述の中に「逝きし世」を見てその消失を嘆くのは、誤解ではないにせよ、「美しいノスタルジア」ではない。そこにはそう見る主体の思いが投影されている。だから、もしそれが共同幻想ならぬ共同投影であるとしたら、われわれが今凝視しなければならないのは、まさにその「思い」である。その中身は何か、そしていかなる現在がわれわれにそうした「思い」を過去に投げかけさせるのか、それをこそ問わねばならない。

五　「過去」の呪縛を超えて

江戸時代は日本文化の縮図といえる。閉鎖的社会は構成員の同質性によってその閉鎖性をいよいよ高め、あらゆる「異」を排そうとする。それはまず同国民に向けられた。網野善彦は、その代表ともいえる被差別民に対する態度は一三世紀後半から一四世紀にかけて大きく変化し、それまでの彼らに対する畏怖の念が徐々に薄れて、現在の感覚に近い忌避感が増大していった。そしてこの差別視は戦国・江戸期を通して強化・固定化していったという（『日本の歴史を読みなおす』第三章参照）。

江戸期における差別について、司馬遼太郎は『胡蝶の夢』で、彼には珍しく強い調子で描いているが、差別の対象たる「方外」には医者や僧侶や芸能者も入っていた。彼らはそれなりの役割を担わされているとはいえ、形式的に世捨て人とみなされ、ほぼ弱者に準じる扱いを受けていた。江戸期とはこうした者を穏やかに排除する形で独自の「安定」を達成した時代であった。「江戸は、とりどりの権威がたがいに鬩ぎあい、畏れあい、相手を見て卑屈になったかと思うと、居丈高になったりすることで、不思議な調和と秩序が保たれている町」（一、79）で、「法制化された無数の身分に細分化され、たがいに差別しあうことにより、専制下の『安定』を示している」（二、107）。「徳川幕府の警抜さは、この伝統的な共同体の精神性（世間が自分や自分たち一家のことをどう思うかということでしきりに世間体を繕う気遣い）をみごとにひき出し、拡大し、全面的に秩序維持のために利用したこと」（三、114）であり、「江戸的身分制は、ほとんど数学的としかいえないほどに多様かつ微細に上下関係の差が組みあわされている。ひとびとは相手が自分より上か下かを即座に判断し、相手が下ならば自分の体まで大きく見せ、上ならば体を小さくして卑屈になる。そういう伸縮の感覚が、江戸社会に暮らす上で重要な芸になっていた」と畳みかける。「この風は、明治後にも残った」（四、285）というとおり、これは現代日本の人間関係の見事な描写ともなっている。司馬はこの時代の精神のありようを「意地悪」と「卑屈」（一、287）という二つの言葉で要約するが、明治後に引き継がれたこの二つの精神的な毒性こそ、本書の後半に登場する主人公たちが直面し、格闘すべき敵となった。このうち「意地悪」は主として内的な関係において発揮されたが、「卑屈」は対西洋において顕著に現れた。

当然こうした構造化された区別、あるいは差別に反抗する者たちが出たが、一揆でもない限り直接的、暴力的反抗は少なく、むしろ「かぶく」、つまり派手な衣装や異様な身なりをし、常軌を逸脱した行動に走った。彼らは「かぶき者」と呼ばれたが、それは対内的素振りであり、それゆえ大海の中の小さな泡にすぎず、全体としてはそれほどの軋轢も闘争もなく、皆が自分の分を守って「和」の中で生きていた。その状態は構成員のほぼ全員によって永遠に続くものと思われていたようだ。そうした中で、つまりことさらなアイデンティティ・クライシスもない中で、自己の根源を訪ねようとする国学運動が始まったのは一種の奇観というほかない。

山本七平は「理想主義は、多くの国において、昔は復古主義の形をとりました。［……］現代ではおそらくそうではないと思いますが……」（下、278）というが、宣長を中心とする国粋的な思想の変遷とその現在における現れをみると、「そうではない」といいきるのを躊躇する。以前、当時の日本の首相が「神州」発言をしたのは記憶に新しいが、ここで問おうとしているのはその真意などではなく、その発想のあり方である。そこに透けて見えるのは、人間の自らの存在基盤、アイデンティティへの無意識のこだわりである。このほとんど強迫神経症といってもいいほどの固有性の追求は、自己のアイデンティティの揺らぎなしには考えられない。しかし宣長個人の人生を見渡しても、あるいは江戸期というきわめて安定した環境を見ても、こうしたアイデンティティ追求の根拠は見出しにくい。これまでの考察から見えてきたのは、中華という大文明圏の周辺文明である日本という国の存在に不安を感じ、それを何とか乗り越え、自らの虚弱さを支える柱あるいは軸を見出そうとする懸命の努力だった。そして多くの者がその最も有効な「装置」を万世一系の皇室に求めた。そしてその根底には、変化よりも不変を尊しとし、そして起源は古いほど良いとする思想があった（素行などは、神武天皇に先立つ皇統の神代段階は二〇〇万年続いたという！）。

すでに見た浅見絅斎などはこうした見方から比較的自由に見える。その基本的な見方は文化相対的で、「各々その土地風俗の限る所、その地なりに天を戴けば、各々一分の天下にて、互いに尊卑貴賤の嫌いなし」（山本七平、下、128）と、とりあえずは華夷秩序を否定する。ところが、ここから文化相対論と優劣論の混交に進むのである。つまり、どの国も自分を主と見、外国を客と見るのは当然で、その間には「尊卑貴賤」はないとしながら、日本は万世一系の皇室をもつから優れていて、例えば唐から堯舜文武のような理想の人が来て従えといっても何としても打ち払わねばならないという。なぜこんな逆転が起きるかというと、今から見れば文化相対的に見えるものは実は後者の主張を引き出す前置きとして使われており、優劣を完全に排除するという形での現在の文化相対主義とは異なるからだ。つまり、彼や素行らの思想にあっては華夷秩序は「普遍」として残り、これが後の「異」を排除しようとする国粋主義的立場へと道を開く種子となったのである。

自己の固有性の根拠を過去の一時期に措定するという心理は、一つには、現在が不安（定）で、未来は不確定であるとすれば、確たるものはすでにあった過去しかないと見ることから生まれる。いくら歴史は創作されるといっても、それは基本的に近代以降の知見であり、時の流れにテクストが刻印されているという点で、「過去」が三つの時制の中で最も確固たるものに見えるのは間違いない。真淵、宣長的人物がこれを取り上げ、そこに解釈という形で一つの、現在とは違う世界を造り上げていったのはその意味ではきわめて自然であった。

これは、宣長批判を逆批判する側にも見られる。山本健吉は、今日から見れば宣長を批判するのはたやすいが、実は「批判を下す彼ら自身が、その古事記観はまったく宣長から得ている」のだし、彼らは宣長ほどに「古代日本人の生活感情や思想や夢」を生き生きと再現してはいない。そうした学者は、「神がかりの国粋思想と冷静な学究と「が」、「宣長という」一個の肉身に共存しうる矛盾を、不可解な謎としている」が、「それを謎とするような近視眼的視野」こそ「笑うべきこと」だと断罪する。村岡がはっきり指摘したように、この「矛盾」は「謎」であり、いささかも近視眼的ではないが、ここで注目したいのは、そのような立場に立つ山本健吉自身が、「宣長の『古事記伝』を支えているものは、単なる文献学的操作にとどまらず、それを基礎として発揮された古代世界再現の喚起力」であり、「創造の仕事」(『現代語訳　古事記』444-45)だといっている点である。歴史とは創造であり、創造とは読み込みであることを図らずも認めているのだ。

小熊英二も柳田國男批判の中で同様の指摘をしている。柳田は「土着文化が、固定もできず、地方ごとに多様であり」、したがって人口の多い日本の「統合には役立たないことを見落としていた」(230)として、「『原始』や『自然』というものは、それ自体として存在するものではなく、いったん文明の中に入った者が息苦しさを覚えたとき、あらためて発明する概念」だという。それゆえ、「中国や欧米などの文明圏の偏狭という自意識のもとアイデンティティに悩みつづけた日本において、本居の著作は読みつがれていった」(190)と見るのである。

小林秀雄は『本居宣長』執筆以前にこう書いている。「僕等が過去を飾り勝ちなのではない。過去の方で僕等に余計な思いをさせせないだけなのである」。このややわかりにくい言葉は宣長の『古事記伝』の読後感から生まれたもののようで、その直前に、この本を読んだときに「歴史はいよいよ美しく感じられた。［……］解釈を拒絶して動じないものだけが美しい、これが宣長の抱いた一番強い思想だ。解釈だらけの現代には一番秘められた思想だ」（「無常という事」69）といっていることからも分かる。しかし歴史を、「美しく動じない」ものにするためには解釈がいる。小林は「過去を飾る」という言葉で解釈を意味しているのかもしれないが、しかし過去に戻るわけにはいかない以上、それゆえ歴史がある種の創造である以上、「過去が僕等に余計な思いをさせない」ことはありえない。

小林は「歴史の魂」という講演でも宣長に触れ、『古事記伝』に見られる「古典に対する驚くべき愛情」と「或る過去の形に対する愛情、尊敬」を、「因果の鎖」として認識される歴史と対比し、後者はやさしいが前者は難しい、それを感じるには「詩人の直覚が要る」（田中康二、64-65）と語っている。ここで語られている歴史への二つの接近法があることは感覚的にはわかるが、よく考えれば、愛情と尊敬の対象となる歴史もそうする者の解釈の上に、もっといえば創作の上に成り立っているのである。

現に小林は、宣長の『古学』の運動によって、決定的に行はれたのは、この過去の遺産の蘇生である。言わば物的遺産の精神的遺産への転換である。［……］過去の人間から呼びかけられる声を聞き、これに現在の自分が答へねばならぬと感じた［……］」といっている。たしかに時間の中で生きる人間は過去を思い出す。しかしそれをどう「蘇生」させるかが問題だ。過去からの声を自分への課題として内面化し、これに答えようとするとき、そしてそのときにのみ、過去は生きたものになってくる。小林は、藤樹や仁斎や徂徠らが過去を思い出し、それが「新たな意味を生ずる事が、幸ひ或は悦びとして経験」されたとき、「統一された過去が、彼等の現在の仕事の推進力となっていた」（『本居宣長』109）というが、過去がまさにそのような「推進力」

になったとき、その思い出しは意味あるものになる。そのとき人は、「過去が現在に甦るといふ時間の不思議」（107）を感じるだろう。逆に、ノスタルジアに決定的に欠けているのはこの「推進力」であり、「不思議」の感覚である。それは、一つには現在からの逃避として起こり、また一つは、過去への回想が生み出す悔恨やあるいは逆に甘美を味わうために起こる。そこには自己憐憫が伴い、現在の自己の無力感を緩和し、その問題をしばし忘れさせる力がある。それゆえ、前に進もうとする力動性に乏しく、しばしば感情の自家中毒が起こる。

過去を賛美するとはおうおうにして過去の「自分たち」を賛美することであり、それは現在の自分たちを賛美することの半歩手前である。「異」からの刺激を鏡として自分を見るという視角が徐々に欠如し、それが甘美と自家中毒を引き起こす。そうなると、日本のような同質性の高い共同体内では「空気」の支配がいっそう濃厚になる。この「空気」を山本七平は「臨在感的把握」と呼び、「非常に強固でほぼ絶対的な支配力をもつ『判断の基準』であり、それに抵抗する者を異端として、『抗空気罪』で社会的に葬るほどの力をもつ超能力」（22）と巧みに表現しているが、これが「超能力」に見えるのは異質な視点からのみで、日本人にとってはきわめて自然な、かつなくてはならない能力だ。山本はその原則の一つを「対立概念で対象を把握することの排除」（50-51）だとするが、概念のみならずすべての対立を避けるためにこそあらゆることに当たって空気を先読みし、相手に可能な限り寄り添おうとするのだろう。

こうした社会を理解するには独特の困難が伴う。それを長谷川三千子はこう表現する。

「日本的なもの」をどこまでも追求してゆかうとすると、もう少しで追ひつめる、といふ瞬間、ふつとすべてが消へてしまふ。我々本来の在り方を損ふ不純物をあくまで取り除き、純粋な「日本人であること」を発掘しようと掘り下げてゐて、ふと気が付くと、「日本人であること」は、その取り除いたゴミの山に

うもれてゐる［……］
われわれ日本人の内には、確かに、何か必然的に我々本来の在り方を見失はせる機構、といつたものがある。本居宣長はそれを、「からごころ」と呼んだ。（8-9）

これは宣長の「漢意」を解釈する中での言葉だが、すでに繰り返し見たように、「本来の在り方を見失はせる」のは「漢意」ではない。デリダの差延をもちだすまでもなく、こうした「本来」の探求はどこまでいってもその痕跡しか見出せない運命にある。犯人は「漢意」でも「西洋」でもない。それによって自己の本来性が脅かされているという幻想こそが真犯人なのだ。

だから長谷川はさらなる勘違いをする。小林の宣長論を受けて、漢文の訓読を「異言語の支配」から逃れる方法として高く評価し、その秘密を、漢文が中国語であることを無視することに見、古代日本人はその離れ業をやり遂げたと称揚する。しかし訓読があくまで方法に過ぎない以上、「自然言語のありのままの姿にこもる『心』をそのまま記録し置くには適さない」（43）という。さらには、「漢意」が当時の日本人の中に浸みこみ、無意識になっていたことが皮肉にも、当時の日本だけでなく幕末・明治の日本をも救ったという。自分たちの学ぼうとしているものが「普遍的なもの」だと思い込み、外来のものだということを忘れたことに危機を乗り越えた原因を見ており、これを「逆説」と呼んで、「日本文化それ自体がさふいふ逆説をなして出来上がってゐる」（56-57）という。しかし、漢字移入時の人々が彼女がいうようにそれが中国語であることを無視していたとは考えにくい。彼らは母語である日本語にいかに文字を取り入れようかと苦闘したのであって、そこには取り入れようとする相手が中国語だという認識は当然あったであろう。仮に「無視」したとしても、それは宣長が「漢意」という言葉で批判した日本人の無意識とは別の事柄で、むしろ文化の浸透力がもつ力であって、別に当時の日本人がとりわけ無知あるいは怠惰であったわけではない。何より、もしこうした無意識が皮肉な僥倖であったのなら、西洋の衝撃と対峙した後世の知識人たちの苦闘はまったく的外れの、暖簾に腕押し的なものだったことになる。

こうしたちぐはぐな解釈は、日本という自国民にも（であるがゆえに！）わかりにくい国を、何とか「痛み」なしに理解しようとする姿勢の産物である。「必然的に我々本来の在り方を見失はせる機構」の存在に気づくのはいい。これは文化研究および自己認識の進展の一つの里程標だ。しかしだからといって、「本来性」という「幻想」にこの存在のすべての責任を押し付けようとすると、「追いつめたと思った瞬間にすべてが消へて」しまわざるをえないのだ。

しかし一方で彼女は、日本社会が生むギャップに悩んだ例として佐伯祐三を取り上げ、彼の絵を、「新奇なものへの驚き」ではなく、「まだ見たことのない都への郷愁」(5) と表現している。この「郷愁」は通常の意味、すなわち自分の「本来性」と信じるものの喪失後の愛惜の念という意味から大きく逸脱したもので、ここで私がいおうとしていることと響きあう点がある。それは、本書で述べている、自分の立ち位置を明確に認識し、しかもその上であえて自分をいかなるものにも積極的に属させないという生き方と共鳴するのである。なぜかというと、おそらくそれが、人間がこの宇宙に置かれた、あるいは放り出された「本来」のありかたであろうからだ。「本来」であるのに見たことがない⁉——しかし「本来」というものがあるとすれば、それはそういうものだろう。仏陀は人間の来し方行く末を聞かれて沈黙を守ったという。おそらく真正の人間にはそうしかできなかったであろう。

「純粋」や「本来」や「自然」といった言葉や概念に疑惑の目が向けられるようになったのは、いわゆるポストモダンの影響であろう。これの功罪については諸説あるだろうが、私はこうした概念の脱構築はこの運動の

「功」の一つと考える。それはわれわれの生活から多くの安定を奪い去った。「グランド・ナラティヴ」の上ではもう暮らせなくなった。しかしわれわれは安定のみを求めて生きているわけではない。心のある部分には、自分自身を知りたい、宇宙に放下された自分の存在の意味を知りたいという欲求が巣くっている。そのためには、今度は禅的な意味で「放下」する必要がある。自分（たち）はこうこうだと教えて安心させてくれる「物語」を、それを生み出した伝統と文化を異化し、世阿弥のいう「離見の見」的に見る必要がある。文化は恩恵であると同時に拘束に、さらには「病」にもなりうるという認識が不可欠となる。井上義男の引用によれば、村上春樹は『ねじまき鳥クロニクル』で、「あなたはよそで作られたものなのよ。そして自分を作り替えようとするあなたのつもりだって、それもやはりどこかよそで作られたものなのよ」（井上、291）と書いているが、文化の拘束をうまく表現している。村上がこれを決定論的・敗北主義的な意味で書いているのかどうかはわからないが、われわれのなすべきことは、こうした拘束を相対化し、可能な限りの距離を置くことであろう。

いまひとつ押さえておきたい点は、文化は伝播し、人の心も「意」も変わるのは、是非を超えた歴史の法則だということと、そうした文化変容による人心の変化は、どの時点で起こったものにせよ、その当時の人々の総体——ルソーのいう「一般意思」ではなく「全体意思」であったとしても——を賭けた決定であったということだ。宣長がいうようにそれは無意識的であった。しかしもしそういうなら、歴史の中の人間はそういう形における「無意識」であらざるをえない。これが歴史、あるいは時の人間への拘束であり、ある人間がある時代ある場所に誕生するのと同様に宿命的なものだ。しかし、もしその個人がこの変容の過程と自分の立ち位置を把握できたなら、その個人はこれを宿命でなくすることもできるであろう。そのとき人は、聖ヴィクターのフーゴーのいうように、地上のあらゆるところを異郷と感じるようになるであろう。

小林秀雄が一心同体化する宣長をはじめ、国学者たちはおしなべて過去のある時期を聖別するのだが、その根拠は、その時代の人間のありようが何らかの理由で「純粋」で「本来」の姿だと捉えるからである。このような「本来」が虚構であることをこれまで示したきたが、「異」なるものを排して「純」なるものを求める姿勢は、これまた人間精神の深いところに宿っているものらしい。加藤周一は、「過去への郷愁は歴史上間歇的に起こった。最も近い例は戦後の天皇を中心とする、要するによくも悪しくも『軸』のあった時代へのそれである（『日本人とは何か』109）といい、山本七平はこうした「軸」をもたない人間、すなわち大多数の日本人を、「自国の正統性を自己の伝統または伝統的思想に従って確立し、それに基づく統合の原理を体系的に構成しない者」（上、119）と表現している。そうした者の根底にはアイデンティティの不安、あるいはさらに大きく存在論的不安がある。そこで何とかしてこの不安（定）な自分を確固たるものの上に位置づけ、それで安心立命を得たいと願う。人間とは、過去にせよ外国にせよ、何らかの理想あるいは正統を起点にすべてを判断し行動できる精神的な「軸」を強く希求する存在であるらしい。

＊＊＊

思えば、日本建築の美の基準は桂離宮の美を発見した亡命外国人タウトによって立てられた。彼は建築のみならず、このような言葉で日本を鼓舞した。「日本文化は、ただにアジアにとってのみならず、多くの点で、他の諸外国にとっても重要な価値を持っている。地球は実にこの島国に、いわゆる未曽有の価値を有する財宝を持っているのである」（71）。日本美術の古い美は同じく「御雇外人」フェノロサによって発見された。モースが大森貝塚を発見したのも、美ではないが、同様に自分たちが忘れようとしていた「歴史の古層」を突き付けられたといえよう。むろんこれは過度な単純化である。そこには多くの日本人の協力者がいた。しかし彼らはあくまで助力者に留まり、さらに大きいのは、そうした外国人たちが日本の古き美の発見者として語り継がれて誰も頓着しないことである。判断の軸を「誰か」に預けるという習いが性に成ったと見るべきであろう。

柳田國男も「急激な変化に対する文化の持続性、という同時代の知識人に共通の問題」に直面したが、彼は、「常民」の世界の構造を明らかにすることでこれを解決しようとした。そこにこそ「日本の文化の基礎と持続性とがあるはず」だと考えたのである。これは、「軸」を求めるもう一つの形で、同じく過去にその基盤を求めるのではあるが、「神国」という抽象に向かわず、資料収集という実証によってこれを行おうとした。しかし「神国日本」の「真意を捉えるのに苦しんだ」という彼も、「三百年来の宗旨制度によって、うわべは仏教一色に塗り潰された後までも」仏教に「同化し得ない部分が、この肝要なる死後信仰の上に、かなり鮮明に残っているということに、心付いたのは嬉しかった」と告白する。その信仰とは、「霊はこの国土の中に相隣して止住し、徐々としてこの国の神となろうとしていること」(195-96) を信じることであった。そして「七生報国」という節では楠木正成たちの自決のエピソードを引いた後、「先祖代々くりかえして、同じ一つの国に奉仕し得られるものと、信ずることのできたというのは、特に我々にとっては幸福なことであった」(206) と書いている。(8)

加藤周一はこの『先祖の話』を評して、柳田は実証的解明に自らの「詩人」の側面を取り入れ、日本人独自の死生観を説いたという。死者は遠いところに行くという思想が多くの民族に見られるのに、「この島々にのみ、死んでも死んでも同じ国土を離れず、［……］永く子孫の生業を見守り、その繁栄と勤勉とを顧念して居るものと考へ出したことは、［……］限りも無くなつかしいことである」(下、315-17) ――重厚な「実証」の中に思わず滑り込んできた柳田の心情、あるいは真情というべきか。いずれにせよここには「神国日本」への違和感はほとんど感じられない。しかし先の引用をよく読めば、かつて感じていたその違和感は、日本人の死後信仰を「歴史の古層」に発見して「嬉しかった」と書いたとき、あらかた消えていたといえよう。日本人のアイデンティティ危機に直面したとき、柳田にも過去へのノスタルジックな心情は入り込んだという念を禁じえない。小熊英二もこの点を、柳田が「輸入文化に侵される形で近代化した中央に日本独自のものをみいだせない以上、列島を統一する絆となるべき民族は地方に求めるしかなかった。［……］だが、地方の文化や言語があらかじめ単一でないかぎり、それはどこにも存在するはずがなかった」（230）という言葉で指摘している。これについて鶴見和子は、柳田の宗教的背景である神道が彼の「日本国志向、一国志向」（『南方曼荼羅』27）を生んだと見ている。

朱子学に深く学び、藤田東湖に心服した西郷隆盛も、国学的精神を濃厚に受け継いでいた。しかし彼は同時に、それとはずいぶん違う相貌をもっている。『西郷南洲遺訓』に残された言葉には、反―反動性、あるいは普遍性が感じられる。「道は天地自然の物にして、人は之を行ふものなれば、天を敬するを目的とす。天は人も我も同一に愛し給ふゆゑ、我を愛する心を以て人を愛する也」（13）という、キリスト教を思わせる視点が彼の根底にある。あるいは「西洋は野蠻ぢや［……］實に文明ならば、未開の國に對しなば、慈愛を本とし、懇々説諭して開明に導く可きに、左は無くして未開矇昧の國に對する程むごく殘忍の事を致し己れを利するは野蠻ぢや［……］」（8-9）ともいう。この正論が当時の帝国主義的状況を打開できないことは彼も承知していたであろう。現実対処の方法としては、よく似た西洋人観――「夜陰に人を突倒して其足を挫き、翌朝これを尋問して膏薬を与るが如し。仁徳の事とするに足らず」（「通俗国権論」、古田博司、147）――をもっていた諭吉の文明開化推進論が有効であることもよくわかっていただろう。しかし西郷という存在の意義は別のところにある。

「廣く各國の制度を採り開明に進まんとならば、先づ我國の本體を居《す》ゑ風教を張り、然して後徐《しづ》かに彼の長所を斟酌するものぞ。否らずして猥りに彼れに倣ひなば、國體は衰頽し、風教は萎靡《いび》して匡救す可からず、終に彼の制を受くるに至らんとす」。「［……］或ひは耳目を開發せんとて、電信を懸け、鐵道を敷き、蒸氣仕掛けの器械を造立し、人の耳目を聳動《しょうどう》すれ共、何に故電信鐵道の無くては叶はぬぞ缺くべからざるものぞと云ふ處に目を注がず、猥りに外國の盛大を羨み、利害得失を論ぜず、家屋の構造より玩弄物に至る迄、一々外國を仰ぎ、奢侈の風を長じ、財用を浪費せば、國力疲弊し、人心浮薄に流れ、結局日本身代限りの外有る間敷也」(7-8)。ここには宣長らの反響を読むことも可能だ。「猥りに倣ふ」「猥りに外國の盛大を羨む」という言葉に攘夷的心情を汲むこともできるだろう。しかし彼は次のような言葉も残している。「命もいらず、名もいらず、官位も金もいらぬ人は、仕末に困るもの也。此の仕末に困る人ならでは、艱難を共にして國家の大業は成し得られぬなり」(15)。「天下後世迄も信仰悦服せらるゝものは、只是一箇の眞誠《しんせい》也」(18)。「凡作事、須要有事天之心。不要有示人之念（凡そ事を作すには、須《すべか》らく天に事《つか》ふるの心あるを要すべし。人に示すの念あるを要せず。）」(28)。同じ憂国の念を抱いていたとしても、彼はそれを、過去に自らの根拠を求めることによってではなく、「個」を超えた「一箇の眞誠」という絶対あるいは「普遍」を唯一の拠りどころとしてやろうとした。

江藤淳は浩瀚な漱石論を書きながら、請われて西南の役の西郷を描き、それを次の言葉で締めた。「陽明学でもない、『敬天愛人』ですらない、国粋主義でも、排外主義でもない、それらをすべて超えながら、日本人の心情を深く揺り動かして止まない『西郷南洲』という思想、マルクス主義もアナーキズムもそのあらゆる変種も、近代化論もポストモダニズムも、日本人はかつて『西郷南洲』以上に強力な思想を一度も持ったことがなかった」(『南洲残影』233)。西郷という一つの生のありようが、彼と生地と文化をともにする後世の人間を強烈に魅了するその力の源は、そうしたすべての主義を超えた個人の「眞誠」にのみ依拠しようとする姿勢、ノスタルジックな視線を振り払った「普遍」への視線にあるのであろう。またそれゆえに彼は遠いのである。

注

（1）真鍋俊照は、「現存する資料では明確に文観が立川流をあやつるまでに至ったとは言い難いのが実情」（261）として、異論を出している。

（2）ただし白石には傲慢なところもあったようで、将軍の呼称問題で雨森芳洲らと議論したときには、「対馬国にありつるなま学匠等が知るにも及ばで、とありかかりといふ事によりて云々」と、木下順庵同門の芳洲をばっさり切り捨てている。こうした態度は、仁斎らを除いて人を悪くいったことのない徂徠も許せなかったと見え、「新井ナド文盲ナル故、是等ノコトニ了簡ツカヌ也」と、こちらも頭ごなしに罵倒している。（佐藤雅美、193-96）

（3）前にも見たように、浅見絅斎や佐藤直方には「絶対」の観念は見られたが、それは時代思潮の主流にはならなかった。同様に、子安のいう「皇室の絶対化」も日本という共同体内でのそれであって、加藤のいう普遍的超越者を絶対化するのとは異なる。

（4）この雑誌は日本の急激な西洋化についての自問から、一八八八年に三宅雪嶺や志賀重昂ら設立した政教社が出版した『日本人』と、陸羯南が興した『日本新聞』とを三宅雪嶺が合併して創刊したものである。政府の西洋化批判をしてしばしば発禁処分を受けている。松本三之介は、たしかに政教社は「国民精神の回復」を主張したが、「後年の日本の国粋主義や国家主義が陥ったような、偏狭で独善的な排外主義や自閉的な民族主義に走ることはけっしてなかった」（岡倉天心、『東洋の理想』「解説」）といっている。寄稿者に内村鑑三や鈴木大拙、南方熊楠もいるので、一〇〇％国粋主義的な雑誌ではないが、やはりその気分は濃厚にあったと見るべきだろう。

（5）これを真似たわけでもなかろうが、後に、宣長の没後の門人となる平田篤胤は、やはり中国中心史観で書かれた太宰春台の『弁道書』に反論するために『呵妄書』を書いた。（荒俣、米田、50参照）

（6）篤胤の国学的言説は国粋主義的思想を孕み、後のそれに大きな影響を与えたが、伊部英男は、それは「昭和の軍人や右翼学者の曲解」だとする。篤胤は「たんなる民俗学者として、各種の伝説や神話では、日本は神の国であるとした」だけで、その理由を、「欧米列強の脅威の前に日本のアイデンティティを求め、自立心をもち、委縮しないためには、日本は、神国であると神話では言っているというほかなかったのではなかろうか」（38）と述べている。

（7）　これを書いた後に、保立道久という歴史家が従来の時代区分に異議を唱え、日本史を、北条氏が承久の乱後に権力を握った時点で二分することを提案していることを知った。つまり、「武力がすべて」の「軍事政権」誕生に決定的な変化を見るという立場である。これが歴史学の分野では「孤立した意見」だというのは意外だったが、この記事では徳川期以後には触れておらず、その後の武家国家の消滅という大変革をどう捉えているのかが気になる。（『朝日新聞』二〇一七年一一月九日朝刊）

（8）　「七生報国」と染め抜いた鉢巻を締めて自決した三島は、自宅の庭にギリシア風の彫像を据えていた。このアイロニカルな構えこそは、「漢意」から「西洋かぶれ」へと連なる、そして常にそれへの反発を伴う、日本人の「異」への意識をあざやかに示している。

第三章

憧れと反発――西洋の衝撃への初期反応

退屈なるかな！　何故にいつまでも、吾人はこの鎖国された島国から、一歩も出ることができないのか？（萩原朔太郎、『詩の原理』222）

日本の近代化は西洋化とほぼ同義で語られ、その功罪もさまざまに論じられてきたが、それらはすべて、最初の接触期における両者の違いから生じたものだ。いち早く市民革命を経て市民社会を確立した西洋の、とりわけ自由と平等の価値観を受け入れるのに、日本は最悪の立場にあった。二世紀半になんなんとする堅固な階級社会は、先に見た司馬遼太郎の言葉を借りれば「数学的な身分制」として織りなされており、そこで最も重要な徳目の一つは「分際」を知り、かつ守るということであった。相手によって態度を変えるという「伸縮の感覚」を「芸」の域にまで高めた。しかもそれは明治後も残り、現在に至るまでのこの国の宿痾となった。

これをどの程度の「病」と見るかはむろん人によって異なる。一つには、これが明らかな「美徳」を生み出しているからだ。西郷もこの時代が生んだ人間であった。再び司馬の言葉を借りると、「江戸期の分際という倫理は、人間の普遍的美徳である謙虚、謙遜、恭しさというものを生み、ついには利他的行為を生むほどの力を持った」からである。こうした美徳が「普遍」であることに間違いはあるまいが、どの程度が美徳かという点に関しては、現在では文化による見解の相違が甚だしい。しかしそれはここでは措く。真の問題点は、司馬もすぐに指摘するように、「同時に強烈な副作用として日本人に卑屈さを植えつけた」ことである。「ほとんど意見を言わず、即断せず、いつも結論を宙ぶらりんにする［……］」という、どの日本人論にも出てくる定型である。その根の深さを示すために、司馬は西鶴の『日本永代蔵』を引用する。「人は堅固にて、その分際相応に世をわたるは、大福長者になほまさりぬ」（『胡蝶の夢』四、394-95）。

最良の解決法はいうまでもなく、多くの日本人が長所と認める部分（謙虚）を残し、短所と考える部分（卑屈）を矯正することだが、文化という得体のしれないものがもつ全体性・有機性・包括性を考えると、これは至難の業である。とはいえ、この問題を少しでも改善することを目指すなら、それまでその文化の全体性がほとんど疑われることも抵抗にあうこともなく二世紀半続いた後、激烈な形でまったく異なる価値観をもった文化と接触した最初期の人々、中でも知識人たちの反応を知るのが捷径であろう。

日本の近代化についての自問は明治初頭に始まったが、その嚆矢は先に触れた一八八八年に出版された、まさに『日本人』と題された雑誌だろう。(1) 船曳建夫はこの出版を、近代日本人の「アイデンティティの不安」を取り除こうとする作業だとし、その原因を、この不安が「根源的で解消されないもの」（36）だからだという。その通りであり、それゆえそれへの対処はしばしば悲哀を伴った。明治知識人の悲劇は、日本が単に西洋の物質文明に驚嘆しただけでなく、その精神文化にも驚嘆し、感動し、中には陶酔する者まで出て、自らの血肉であった伝統的な精神文化によってまったくといっていいほど反撃できなかったことであった。幕末から明治初年にかけての神仏分離から廃仏毀釈、さらには国家神道へと至る悲喜劇的な動きも、何とか西洋からの衝撃から身を守ろうとした新政府の「知恵」であると同時に、神儒仏が複雑に絡み合って出来上がった日本人の精神構造の根幹であるはずのものが、いかに抵抗力のないものであったかを衆目のもとにさらすことになった。

一　江戸から近代へ

江戸時代の特徴の一つは「数学的な身分制」であり、それは副産物として、常に相手との距離を測り、場の空気を読まざるを得ないという「卑屈さ」として明治以降にも尾を引いた。しかし前章で触れた江戸ブームは、これらに新しい座標軸を加えてきた。田中優子は、「近世とは、地球規模の流動が起こりながらも、世界が均質化していなかった時代［……］異質なものが出会い、激しく文化的衝突が起こりながら、混成的な文化が様々な地域で出現していた」時代だという。そして同種の変化は、時代はさかのぼるが、ヨーロッパにも起きたとしてポール・アザールを引用する。「位階制、規律、権威が保証する秩序、生活を固く律するドグマ——一七世紀の人々は、ほかならぬこういうものを愛していた。しかしそのすぐ後に続く一八世紀の人々は、ほかならぬこの束縛と権威とドグマを蛇蝎のごとく嫌ったのだ。一七世紀人はキリスト教徒だったが、一八世紀人は反キリスト教徒だった。［……］一七世紀人は不平等な階級に分かれた社会でのうのうと暮らしていたが、一八世紀人はただひたすらに平等を夢見た」(242)。

しかし大きな違いは、ヨーロッパではこの時代にこうした大きな精神的転換を引き起こす政治的・体制的変化が起きていたのに対し、日本ではそうした変化がないにもかかわらず、つまり身分性その他の封建的諸制度は堅持されていたにもかかわらず、内部の流動性が高まったという点だ。三谷太一郎は、なぜ明治以降に比較的うまく議会制や政党政治が定着したかをこう説明する。その定着のためには、政治的公共性が必要だが、それは「非政治的なコミュニケーションのネットワーク」を前提とする。当時は「昌平黌出身者を中心として横断的な知識人層が形成」されており、それが「社中」と呼ばれる地域的な知的共同体を発展させたという。そしてこの「文芸的公共性」が後の政治的構造転換を比較的容易にしたという（50-52）。

さらに三谷はもう一つの要因として、すでに江戸期には、後の権力分立を可能にする「合議制」や「月番制」といった「権力の相互的抑制均衡のメカニズム」（43）があり、そしてそれが「公儀から公議へ」（62）の移行を容易にしたという。要するに江戸時代は、がちがちの封建主義の下、厳しい身分制の中でお上が好き放題やっていたわけではなく、現在の民主的政治体制への移行が行われやすい体制ができていたというのだ。三谷は、日本がモデルにしたヨーロッパ近代を最もよく特徴づけるものとして、バジョットのいう「慣習の支配」から「議論による統治」への移行を挙げているが、今述べたような理由で日本はこの移行がそれほどの混乱なく行われたという。

そして始まった日本近代の特質は、三谷によれば、ヨーロッパ化という「明確な意図と計画をもって行われた前例のない歴史形成の結果」であり、その歴史形成に日本史上で最も「目的意識的」であったことだという。なぜ前例がないかといえば、目標としてのモデルはあったがそこに到達する方法のモデルがなかったからだ。たしかに岩倉使節団は小国から大国へと変貌したプロシアに一つのモデルを見出した。田中彰は、プロシア憲法を明治憲法のモデルにした日本は、明治一四年の政変を経て「プロシアへの相対的な関心が［……］絶対的なものへ転化した」（216）というが、仮にそうだとしても、他の側面のあまりの乖離はどうしようもなかった。三谷がいうように、近代ヨーロッパの形成を「そのまま再形成することはできない」からだ。これを実現するために日本が編み出したのが「機能主義思考様式の確立」で、日本はこれに成功したというのである。この思考様式は近世と近代を分かつ最大の指標の一つであり、まさにこれこそが、すでに検討した過去への郷愁を生む原因ともなった。このような状況に一挙に放り込まれた日本とそのリーダーたちは、世界の中の自己の位置を手探りしながら、きわめて意識的に国家運営をすることを強いられた。その神経過敏ともいえる意識性は国民にも徐々に浸透していき、少し大げさにいえば、国民全体をマス・サイコシスに陥れてしまったともいえるだろう。

明治知識人の多くが直面したのはこのような状況であった。当然そこにはさまざまな反応が生まれた。その一例を三谷は森鷗外の史伝に見ており、そこで鷗外は「機能主義的で実用主義的な学問に対する反対命題」を提示したという。さらに永井荷風がヨーロッパを「非常に昔臭い国」と見たことを、そこに『近代』に還元しえない本質的なもの」を看破したと解釈する。そして、荷風や彼に影響を受けた中村光夫らを援用しつつ、近代をスタートさせた日本がヨーロッパを「機械とこれを運用するに適した社会」としてしか捉えなかった愚を指摘する（206-12 参照）。これは一面では、当時の日本に文化的にも時間的にもそんなに余裕がなかったことの必然的な帰結だが、それにしても、明治の知識人が格闘した敵も、個人主義、功利主義、効率主義といった、こうした時代思潮から派生するもろもろの副産物であったといえるだろう。

二　第一世代——吉田松陰、福沢諭吉、新島襄

近代日本の幕開けは激烈で、当時の志ある者たちの多くがこれに反応したが、その主要な人物だけ挙げても長大なリストになる。西周（一八二九–九七、滞オランダ一八六二–六五）、吉田松陰（一八三〇–五九）、福沢諭吉（一八三四–一九〇一、西洋回覧一八六〇、六一、六七）、榎本武揚（一八三六–一九〇八、滞オランダ他一八六二–六七）、新島襄（一八四三–九〇、滞米一八六四–七五）、森有礼（一八四七–八九、滞英米一八六五–六八）、内村鑑三（一八六一–一九三〇、滞米一八八四–八八）、岡倉天心（一八六二–一九一三、

滞欧米多数)、森鴎外(一八六二―一九二二、滞独一八八四―八八)、新渡戸稲造(一八六二―一九三三、滞米・独一八八四―九一)、河口慧海(一八六六―一九四五、第一次インド・チベット旅行一八九七―一九〇三、第二次一九〇四―一五)、夏目漱石(一八六七―一九一六、滞英一九〇〇―〇三)、南方熊楠(一八六七―一九四一、滞米英一八八六―一九〇〇)、鈴木大拙(一八七〇―一九六六、滞米一八九七―一九〇九)、西田幾多郎(一八七〇―一九四五)、永井荷風(一八七九―一九五九、滞米仏一九〇三―〇八)……。松陰と西田を除く彼らの共通点は、人生の比較的早い時期に西洋体験をもったことだが、ここではまず、この時代の最初期を生きた三人の西洋の衝撃への反応を見ておこう。

吉田松陰は萩に生まれるが、一八五三年ペリーが浦賀に来航すると、師の佐久間象山と黒船を視察し、西洋の先進文明に心を打たれ、外国へ渡ることを決意する。翌年ペリーが再来すると、漁民の小舟を盗んで旗艦ポーハタン号にたどり着き、渡米を希望するが拒否され、下田奉行所に自首した。助命され長州へ檻送、野山獄に幽囚の身となる。一八五五年には出獄を許されたが、蟄居を命じられる。ここで一八五七年に松下村塾を開く。ここから久坂玄瑞、高杉晋作、伊藤博文、山縣有朋、吉田稔麿、前原一誠、品川弥二郎といった志士が輩出したことはよく知られている。しかし一八五九年、安政の大獄に連座し、同年斬首刑に処された。

彼はついに海外に出ることができなかったので、その西洋観は間接的ではあるが、当時の世界情勢を冷静に見つめている。「西洋夷」は利だけを求めて世界中を侵略していると見ていたが、その観察は継承された排外主義に裏打ちされていた。それゆえ同時に対外拡張論者でもあり、北海道の開拓、琉球・李氏朝鮮・満洲・台湾・フィリピン等の領有を主張した。

彼が歴史に巨大な足跡を残したのは、徳富蘇峰が「真誠の人」(244)と呼び、「日本男児の典型として、長く国民の心を燃すべし」(249)と評したその人格であり、日本人がやるべきだと信じたことを命を懸けて実行した姿であろう。松下村塾出身者が明治新政府の中枢を占めたこともあって、彼の思想は後年の日本の対外政策を含む思想に大きな影響を与えることとなった。もっとも彼の「尊王攘夷」はよくいわれるほどに単純なものではない。加藤周一は、彼は開国主義者であり、また攘夷論者であったが、その時の開国は日本人が海外に渡航して知見を開くことであり、また攘夷は「外国人の日本における特権の廃止」を意味していたという。開国と尊王との関係も、鎖国に固執する「流行に後れたる叡慮」の変更を梁川星巌を通じて具申しようとしたことにも見られるように、必ずしも矛盾するものではなかったようだ（下、243）。とはいえ、こうした命を懸けるまでの首尾一貫した行動を支えたのは、尊王と攘夷に基づいて行動しなければ「御国威相立ち申さず」というナショナリズムともいうべき心情であったことは間違いない。

福沢諭吉は中津藩の下級藩士の子として大阪で生まれた。幼少期は中津で過ごすが、一八五四年に長崎で蘭学を学び、一八五五年からは大阪の緒方洪庵の適塾で学ぶ。一八五八年、江戸の中津藩邸に開かれていた蘭学塾「一小家塾」の講師となり、後の一八六八年にこれを慶応義塾と改称する。一八五九年、外国人居留地となった横浜にいくが、そこでは専ら英語が用いられており、それまで懸命に学んできたオランダ語がまったく通じないことに衝撃を受け、すぐに英語に切り替える。一八六〇年、日米修好通商条約の批准交換のために使節団が米軍艦ポーハタン号で渡米することになるが、諭吉はその護衛船咸臨丸の艦長、木村摂津守の従者として同行する。一八六二年には文久遣欧使節団の翻訳方として再び海外に出、一八六七年には幕府の軍艦受取委員会随員として再渡米する。

福沢も対外拡張・軍備拡張論者的側面が強いが、それは日本を含めたアジア諸国を西洋列強の侵略から守ることを目的としていた。後に毀誉褒貶をこうむることになる彼の「脱亜入欧」論は、清の西洋化・近代化への怠慢の批判から生まれたものだが、それは自らが修めてきた漢学に対する徹底的な批判にまで至った。その結果、強硬な対清主戦論者となり、開戦すると戦争遂行を熱烈に支持し、戦費の募金運動も積極的に行った。彼の眼には日清戦争は洋学と漢学の思想戦争に映ったようだ。このように諭吉は自由主義者と侵略主義者の両面を有しているが、彼の西洋観も同様にアンビヴァレントだ。きわめて初期にその文明に身をもって接したが、それほど大きな衝撃や違和感を抱かなかった。国防意識も同様に強かったものの、松陰とは異なり、西洋文明の導入がその最も有効な道だと考え、洋学導入の主導者としての一生を送った。しかしその一方で西洋の世界侵略には敏感で、日本が富国強兵をもってアジアの盟主となることによってこれに対抗すべきだとする姿勢を生涯貫いた。こうした諭吉を西部邁は「境界人」と見、「旧式の堅固な状況から脱出したのではなく、分裂し解体する旧式な状況の真ん中に身をおき、そうすることによって状況を動かす根本的な諸要素が何かを鋭く感受した」(『福沢諭吉』30) というが、彼のこの激動期における役割をうまくいい当てている。

新島襄は安中藩の江戸屋敷で生まれた。藩の学問所で漢学、次いで蘭学を学ぶ。藩での日誌記録係という仕事に飽きたらなかった一六歳のとき、ある友人がアメリカ史の本を送ってくれ、これに取りつかれる。その後、やはり友人の家で聖書を見つけ、神がすべてを創造したというくだりにいたく感動し、「ただちに愛と従順を彼の創造者が求めておられることを理解し、それを受けいれ始めた」(ディヴィス、21)。こうした記述は、後に新島が同志社を設立するのに協力する宣教師の言葉だから額面通りには受け取りにくいが、一八歳のときに江戸湾に浮かぶオランダ船を見てその威容に驚くという経験も含め、国外脱出の決意を徐々に固めていったことは間違いない。一八六四年に藩の仕事に便乗して函館に行く。幸運にも、ギリシア正教のニコライ司祭（後に神田駿河台にニコライ堂を建てる）の日本語教師になる。滞在中に英国商館の書記をしている福士宇之吉と知り合い、彼の世話で停泊中のベルリン号に乗り込み、一九六四年六月、二二歳のときに密出国する。上海でしばらく過ごすうち、ボストン行きのワイルド・ローヴァー号を見つけ、船長のテイラーに頼み込んで召使として乗船を許される。一年ばかりのアジアでの交易を終え、船は翌六五年七月にボストン着。しばらくしてこの船の船主、ハーディー夫妻に会い、新島の命を懸けた真剣さに打たれた夫妻の援助を受けることになる。フィリップス・アカデミー、アマースト大学、アンドーヴァー神学校をそれぞれ卒業し、一一年近い滞米生活を送る。その間にキリスト教に入信する。一八七二年にはアメリカ訪問中の岩倉使節団と会い、木戸孝允に乞われて使節団に参加してフランス、スイス、ドイツ、ロシアを訪ねた。一八七五年に帰国、同年にキリスト教教育のため同志社英学校を創設し、生涯キリスト教に基づく教育に努めた。一八八四年から八五年にかけて二度目の海外渡航を行なう。

彼が命を懸けて密出国した理由を、アメリカ到着直後の新島はつたない英語でハーディーにこう書いている。幕末の江戸は息の詰まる状況で、将軍は民を犬や豚のように酷使する。しかしアメリカでは大統領が人民をわが子のように愛するというが、それをこの目で見てみたい。また聖書の説く神が何であるのかを知りたい。ぜひ助けてほしい、と（北垣宗治、15）。またこれは二〇年後だが、一八八四年に再渡米したとき、募金目的でアメリカン・ボードの運営委員会に提出した日本伝道促進案の中では、「旧い日本はほろんだ。新しい日本が勝利をえた。古いアジア的方式は静かに消えつつあり、［……］もとの状況に帰ることは不可能になっている。［……］キリスト教によって日本を救うということ、これがわれわれの目的なのである」（ディヴィス、108-10）と書いているが、彼の真情と見ていいだろう。

彼はキリストという「絶対」を見出し、生涯その教えに基づいて生き、それを広めるために、日本では珍しく、宣教師ではない者の手によってミッション・スクールの開学にこぎつけた。彼をこうした、ある意味で一直線の努力に導いたのは彼の信仰である。日記にはこう記している。たいていの牧師には高い教養があり、説教は手際よいが、その中に熱がない。「ああ神の火がわれらの内に絶えず燃え続けますように！」（パスカルが回心の記念として書き留め、胴衣の裏に縫い付けて終生肌身離さなかった、「火」と題された「覚え書」の言葉を思い出させる）。あるいは、「キリストこそがわれらの見本である」（158-59）。また、信仰と表裏一体となった日本観もこの努力を支えた。「大概の日本人は英雄崇拝の傾向がある。［……］日本人には個性が欠けている。［……］日本には自分の利害を度外視して頑張った英雄は皆無だった［……］。もし日本人の心が英雄、世界がこれまでに生み出した最大の英雄に向けられるならば、日本の将来には革命的なことがおこると私は確信する」（162）。死の床で彼が最後に読ませたのは「エペソ人への手紙」第三章であったが、そこには、「異邦人が、福音によりキリスト・イエスにあって、わたしたちと共に神の国をつぐ者となり、共に一つのからだとなり、共に約束にあずかる者となることである」（日本聖書協会訳）とある。志半ばの四八歳で逝った彼の最後の言葉は「平和、喜び、天国」（125）であったという。

新島は日本を崩壊から救う道はキリスト教という「絶対」しかないと見ていたようだ。遺言では、同志社は「国家につくすべき人物を養成するよう」（127）努めよといっている。そのとき彼が頼りにしたのは、日本における数少ない「絶対」的観念を秘めた精神である武士道であったようだ。一八八五年にアメリカに滞在中に内村鑑三が訪ねてきて、彼のアマースト大学入学を斡旋するのだが、後に見る内村と同じく、新島もこの精神を高く評価していた。先に触れた日本伝道促進案では、武士は気位が高く、東洋の騎士、日本の精髄であり、アジア的制度を捨ててヨーロッパ文明を採用したのも彼らだ。忠義をつくすよう厳しく鍛えられてきた彼らは、「領主中の大領主たる神に対していっそう忠誠をつくすことであろう」（北垣、349-50）と書いている。その死後、東京での新島追悼集会で、竹越与三郎は長い講演をし、新島からの手紙の言葉を紹介している。そこには、「男子たるものは、一度戦って負けてもやめてはならない。［……］刀折れ矢つきてもなお、やめてはならない。骨がくだけ、最後の血の一滴まで流してはじめてやめるのだ。真理のために身を投げ出すのでなければ、われわれの生命も無用ではないか?」(ディヴィス、150-51)。「君主」から「真理」へ――これは武士道精神のキリスト教信仰への見事な転換・接続である。これができたがゆえに、彼は内村鑑三ほどにはキリストと祖国日本との相克に悩まなかったのであろう。

三　第二世代――内村鑑三、河口慧海、鈴木大拙

漱石の世代の思想家たちは国家神道の構築の過程で育った。維新政府は一八六八年に神仏分離令を出し、結果的に廃仏毀釈運動を引き起こした。いくつかの藩では、その動きがあまりに激しいので「政府がそれを押しとどめなければならないほど」(末木文美士、181) だったという。こうした動きには、弱体化していたとはいえむろん仏教側からも抵抗はあった。その状況を安藤礼二はこう述べる。「おのれを育んで来た伝統的な思想環境、つまりは仏教を、世界の普遍宗教という基盤から考え直し、仏教的な思考方法をおのれの信ずる新たな生の理念として再構築していこうという意志、[……] 西洋と東洋といった分割を無効とし、その二つの極を横断的につなぎ合わせ、そこに新たな主体性を確立」(『場所と産霊』113) しようとする強い意志が渦巻いていた、と。代表的なのは浄土真宗で、その中心にいたのが島地黙雷であった。彼の信教の自由の主張は、明六社系の思想家の同様の主張もあって、公認されたが、しかしそれは末木文美士によれば、宗教が国家神道に取り籠められたという意味で「敗北」であった。その原因を末木は、島地ら「信教の自由を主張した論者たちも、天皇の支配は前提として」いたことに見ている。つまりこの前提に立つ限り、当然国家神道への有力な反抗はできない。こうした流れの中、政府は神社合祀を行い、後に見るように、熊楠はこれへの反対運動で奔走することになる。

抵抗運動はキリスト教からもなされたが、中心にいたのは内村鑑三である。キリスト教は神という絶対者への信仰を求めるため、幕府、後には天皇を中心とする地上の集権的な体制とは対立せざるをえないが、西洋の衝撃の中で新政府はこれを一八七三年に解禁する。こうして、例えばお雇い外国人の一部として宣教師の来日が可能になった。その中で最も有名になったのが札幌農学校に赴任したクラークで、その影響で第一期生のかなりがキリスト教に改宗した。二期生だった内村はクラーク離日後に入学したが、彼が残した強い影響力と、同期生だが先に入信した新渡戸稲造、宮部金吾らの影響もあって、一八七八年に洗礼を受ける。しかし後に「余は一日で回心しなかった」（『余は如何にして基督信徒となりし乎』7）と述べているように、彼の信仰は「理」による検証を経たものだった。すなわち、自分の中に「空虚な場所」を見出したから回心したといい、それ以後「余の全精力はこの真空をみたすという一つの仕事に投入せられた」（93-94）と回想している。

内村は「基督教国と英語国民とを特別の尊敬をもって眺めていた［……］。すべての高貴なもの、有用なもの、向上的なものを英語という運搬車を通して学んだ」（109）と告白しているが、同世代のナショナリズムを考えると実に率直な言葉である。その英語国たる「高潔で宗教的でピューリタン的」なアメリカへ、キリスト教の理解と信仰を深めようと留学するが、そこで目にしたのはそうした先入見とは裏腹な現実であった。金銭が「全能の力であるという噂」はシカゴでのある事件で早々と証明される。その後目にしたのも、あらゆるところに鍵をかける家庭で、「セメント造りの部屋と［……］ブルドッグと警官隊とによって警戒される文明が基督教的と称せられうるかどうか」疑問に思う。さらに人種的偏見を目にするや、これ以上に「異教国のように見えたことはない」（115）と感じる。

たしかに内村のアメリカ批判は、キリスト教という相手のもつ「理想」を使って相手の現実を批判するという、厳格ではあるがやや不親切なもので、これをやられるとどの宗教をもつ者も困るだろう。彼の批判がこれほど厳しくなったのは、平川もいうように、批判の対象が「客観的なアメリカ社会の実像というよりも、内村の主観に投影されたアメリカ」(『西欧の衝撃と日本』171)だったからであろう。

今日的観点からすれば、彼のキリスト教理解には納得しがたい部分もある。代表的なのは、キリスト教が西洋に文明をもたらしたのであり、これを取り除けば西洋人は「白色の東洋人たりしのみ」だという。西洋、東洋を分けるものは人種ではなくキリスト教と儒教だといい、宗教的優劣をもにおわせている。それどころか、キリスト教徒となった「吾人は洋の東方にありてなお西洋人たりうるなり」とまでいう。あるいは、同じ「黄色人種」なのに、キリスト教を受けいれたハンガリーは「物質的文明に沐浴するもの」になり、これを拒絶したトルコは「東方の病人」「アジア的懦夫」(『内村鑑三所感集』41)に堕したという。これは今日の差別的言辞のタブー視を脇においても、現在広く共有されているキリスト教あるいは宗教一般の理解からかけ離れた、あまりに我田引水的な言葉というしかない。

内村はキリスト教が英語と並んで西洋への窓だと考え、それも一つの動機となって入信したのだが、彼の影響下に多くの若者が受洗した。しかし彼らの多くは後に棄教する。有島武郎や正宗白鳥らの棄教を論じる中で加藤周一は、「プロテスタンティズムの教義の内容と信仰の性質は、おそらく日本の土着世界観と根本的には両立し難いだろう」(下、342)というが、たしかに個として神の前に立つことを促す峻厳なプロテスタンティズムと、全体・集団の中で分を守ることで安心立命を得る日本的心性、および前者の来世主義と後者の現世主義とでは、対極的といっていい違いがある。内村の浩瀚な伝記を書いた小原信が、無教会主義の問題点の一つとして挙げる、一人一教派という内村の発想は「独立した人格として強靭な施策に耐えられる者には理想的であろう」が、そうでない人には「どこか不安」(642)だろうというのも、まさにこの点を突いたものだ。それゆえ日本人としてキリスト教徒となるためには、さまざまな意味で日本人を「やめる」必要がある。

内村には、彼の精神の半分あるいはそれ以上でそれを行うだけの力と勇気があった。しかしそれは彼の精神の全体を占めるまでには至らず、「二つのJ」、すなわちJesusとJapanの葛藤が生じた。

内村のこの葛藤は、『日本書紀』に記された欽明天皇時代の、仏教を受け入れるか否かの論争を思い起こさせる。反対派の急先鋒であった物部・中臣の両氏は、天皇がいながら『蕃神』を拝めば、国神が怒りをなすに違いないと強く主張した」（佐藤弘夫、90）。権力闘争の要素を排除してこれを見れば、天皇というそれまでの「絶対」の上に、それを上回るものを置くことは原理的にできないという論理をもって反対したのであろう。しかし結果的には仏教は受容されて後の日本人の心性に大きな影響を与えるが、同時に天皇の権威も残り、一種の棲み分けが行われるようになる。内村の内部でも、JesusとJapanは同種の共存が図られた。両者は上下の序列の関係ではなく、同等の献身の対象となった。それは次の言葉にはっきりと表れている。「二つの美しき名あり、その一はキリストにしてその二は日本なり。前なる者は理想の人にして後なる者は理想の国なり。吾人かれとこれとのために尽して吾人の生涯は理想的ならざるをえず」（『内村鑑三所感集』40）。

この二つのJを折り合わせることは内村の精神の根幹にかかわる問題で、彼自身もそれははっきり意識していた。『代表的日本人』は「接ぎ木され」てキリスト者になった彼の「もとの台木」を示すために書いたというが、その「後記」にはこうある。「私は、宗教とは何かをキリスト教の宣教師より学んだのではありませんでした。その前に日蓮、法然、蓮如など、敬虔にして尊敬すべき人々が、私の先祖と私とに、宗教の神髄を教えていてくれたのであります」。そして自分の根幹を形成した武士道を、称揚はしながらも、「この世の一道徳に過ぎず、「未完成なもの、現世的なもの」だという。しかし同時に、この「人間の地上に属する要素を軽んじ」、「天からの福音だけで足る」（181-83）と考えてはならないともいう。これは超越的宗教であるキリスト教の偏向をたしなめた言葉でもあろうが、内村にとっては彼の中の二つのJ、すなわち自己のアイデンティティを形成した日本精神と「接ぎ木」であるキリスト教を何とか折り合わせようという必死の試みでもあった。

これは彼の内的問題であると同時に、日本という国の問題でもあった。彼は「日本人が基督教を採用せずして基督教文明を採用した事」を「日本国の大困難」（『内村鑑三集』235）と呼んだ。つまり彼の中では何とか折り合わせた二つのJを、日本全体で解決することが終生の課題となった。

そのために彼は、日本を理念化し、現実の日本を超えた存在にしようとした。シュペングラーの『西洋の没落』を読んだ内村は、西洋文明の没落は西洋人自らがいっていることで、たしかに理論上はこれ以上存続できないことは明らかだという。かといって「旧い東洋文明」も「失敗に終わった」。それゆえ、西洋でも東洋でもない「全然新しい文明」が必要だが、両者の「間に介在する日本が此困難なる、而かも光輝ある任務を神と人類との為に果たすべき地位に置かれたのではあるまいか」（『内村鑑三集』242-43）というのである。こうして彼の内部だけでなく、日本という国単位でも、この二つのかけがえのないものはいわば止揚され、同時に単純なナショナリズムの弊に陥ることも避けることができた。"I for Japan; / Japan for the World; / The World for Christ; / And All for God."「人類の幸福と日本国の隆盛と宇宙の完成を祈る」（小原信、599）。前者は彼が英語の聖書に書き込み、死後その墓碑銘に採られた言葉、後者は病のために出席できなかった彼の古稀祝賀会で代読された、事実上の遺言とされる言葉である。

同様の試みは、同じキリスト者の新渡戸稲造が一九〇〇年に英文で出版した『武士道』でもなされた。ここで新渡戸は、武士道は儒教と仏教の長所を継承し、騎士道とも共通するとヨーロッパ文明との親近性を強調する。しかし日本におけるキリスト教の布教が失敗したのは宣教師が日本の歴史に無知だったからで、とりわけ近年布教されているキリスト教は「キリストの恩寵と純粋とは裏腹に、アングロ・サクソン的性癖と妄想を含んでいる」ので「武士道の幹に接木をするには、きわめて貧弱な芽」（280）である。しかしキリスト教は、武士道が「正当に強調することを忘れてきた」「神聖な本能」である愛を主たる徳目とする。そして今われわれに必要なのは「武士の使命よりもさらに高く、さらに広い使命」であるこの「愛の観念」だ。「わずかに燃え残った灯心」のような武士道に「対抗できうるだけの強力な道徳体系」はキリスト教のみである。それゆえわれわれは、「古来の精神の範囲を大きく拡げてゆき、人生のすべての行動とそれらとのいろんな関係に応用していくこと」（288-94）が必要だ、と新渡戸はこの本を締めくくる。要するに武士道とキリスト教が合体すれば未来を拓くすばらしい精神が生まれるというのだが、これも内村と同じく、日本においてなんとかキリスト教＝西洋＝近代という「接ぎ木」を成功させようとする苦衷が生み出した提案であろう。

当時の仏教界の代表的な思想家は内村の二歳下の清沢満之で、彼も国家神道化に対して一九〇一年に『精神界』を創刊し、「処世の完全なる立脚地を［……］［阿弥陀仏を哲学的な概念に置き換えた］絶対無限者」に置き、それを土台に親も国家も愛国心も捨てることを主張したが、結局は逆転してそれらを認めてしまう。その経緯を末木は、「絶対無限者に到達したとき、その宗教の次元から一度超越した社会的な次元に戻るのに、規範となるべき原理がそこに見出されず、既存の道徳をそのまま無批判に受け入れてしまう」（192-93）と評しているが、これは、すでに見たように、そうした絶対者も日本土着の相対主義の波に飲み込まれてしまったことの結果である。歴史上「絶対」がほとんど存在しなかった日本では、こうした形での反抗は有意な効果を生み出すことはできなかった。

天皇を軸とするこうした国家統合は、幕末に出現していた新興宗教にも矛先を向けた。中山みきが神がかりすることで始まった天理教は世界創造者である親神を崇拝し、金光教を始めた赤沢文治は自らを金光大神と名乗るようになった。同様に出口なおの神がかりがきっかけで開かれた大本教も、「その独自の神話解釈が天皇否定につながる」（末木、204）として数度の弾圧を受け、とりわけ昭和に入っての大本教へのそれは壊滅的であった。

こうした流れの中で、仏教側にいた、あるいはそちらに共感を抱いていた血気盛んな若者たちの中には、世界に出ていくという形で国家の強引な政策に抵抗した者たちがいた。その代表的な例として、河口慧海と鈴木大拙を取り上げてみよう。

慧海は漱石、熊楠より一年早い一八六六年に現在の大阪府堺市で生まれた。一八九〇年に一四歳で出家し、禅を学ぶが、ある疑念を抱く。それは、「素人にも解り易い経文」を出したいと「漢訳を日本語に翻訳したところが、はたしてそれが正しいものであるかどうか〔……〕原書に依って見なければ」わからないというものだった。さらに、「欧米の東洋学者の説によるとチベット語に訳された経文は文法の上からいうても意味の上からいうてもシナ訳より余程確か」だとする定説に挑戦しようという対抗心もあった。彼の西洋観が垣間見えるが、そこで梵語・チベット語の仏典を入手しようと一念発起し、チベットへの密入国を企てるのだが、目を見張るのは次の言葉である。「私は仏教を信じて居る御恩蔭で世間普通の人々が決心するのに困ることをそんなに困らなかった。〔……〕わが本師釈迦牟尼仏は我の教うる戒法を持つ者は、何処に行くとても凍飢の為に死すということはないと命せられた」(35-38)。後に見る熊楠を思わせる肝の坐りようである。

一八九七年、慧海はまずインドに渡り、カルカッタで大菩提会に宿を取るが、この会は、後に日本と深い関係をもつセイロンのダルマパーラが一八九一年に設立した仏教復興運動の団体であった。ダルマパーラは一八八九年、日本の仏教復興運動団体の招きに応じて、神智学協会会長のオルコット大佐とともに来日している。慧海はこの仏教復興運動に深く関わったが、当時この運動は、仏教に強い関心を抱いた白人を日本に呼ぶことで、文化的劣勢を跳ね返そうともくろんでいた。その白羽の矢が立ったのがオルコット大佐であった。また慧海は、大菩提会の書記、チャル・チャンドラ・ボースの紹介で、ダージリンではサラット・チャンドス・ダー

スの世話になる。(2)

慧海は足掛け七年に渡って、当時鎖国状態であったチベットへ命がけで入り、あちこちを苦労して旅し、多くの仏典をもち帰る。(3) 一九〇三年に帰国すると、メディアの取材攻めにあい、講演会にも引っ張りだこになるが、アメリカ人ジャーナリスト、エライザ・シドモアの書いた記事が翌一九〇四年『センチュリー・マガジン』に載った。当時アメリカにいた鈴木大拙はこれを読んで関心をもち、友人に慧海の著作を送るよう頼み、かつてわずかな接点があった二人の関係は一時的に復活する。(4)

チベット行きを熱望し、実現した慧海ではあったが、チベット文化には憧憬をもたず、チベット人観も「性に放縦で、汚穢な生活を送り、迷信深い」という厳しいものだった。西洋近代文明もそれゆえ進歩として受け入れた（奥山、161-62）が、しかし彼の西洋観もアンビヴァレントであった。彼はそもそも西洋の学問から刺激を受けたのだが、多くの同時代人のように西洋に留学しようとはせず、直接チベットへ潜入しようとした。その裏には彼の根強い反西洋的思考があった。日中戦争に対しても、「この戦いを、東亜を半植民地化しようとする欧米列強の野望を打ち砕き、東亜諸国に真の平和と独立をもたらすための『聖戦』と信じ、日本国民の一人として、この『一大事業』に参加しようとした」。奥山によれば、「彼は仏教者として平和を希求する一方、正義を貫き、アジアの平和と独立を守るために、武力を行使することを容認していた」ばかりか、その根底では、「自らの人生と共にあった近代日本、彼の愛して止まない大日本皇国を信じていた」（368-69）。ちなみに、日中戦争が始まった一九三七年には、慧海の大正大学での同僚で「謹厳実直を絵に描いたような」仏教学者であった荻原雲来が死去するが、その彼にして、死の床で妻に、「南京は陥ちましたか」と紙に書いて問い、妻が「陥ちました」と告げると、「カイゼル髭の顔をほころばせて喜んだ」（379）という。こうした学問の厳格さと主戦論との同居も、当時の人間が抱えていたアンビヴァレンスを表している。

この点では内村鑑三も一八九七年に、「吾人は信ず、日清戦争は吾人にとりては実に義戦なり」と述べて、一度は「聖戦」論を唱えている。後には非戦を強く訴えるようになるが、徴兵拒否の相談に来た青年に対しては、家族のためにも兵役には行った方がいいと諭した。弟子の斎藤宗次郎が、内村の影響で納税拒否、徴兵忌避の決意をした時には、内村自身が岩手県花巻の斎藤のもとを訪れ、説得して翻意させている。これは「キリストが他人の罪のために死の十字架についたのと同じ原理によって戦場に行く」ことを信者に対して求める無教会主義の教理、すなわち、「一人のキリスト教平和主義者の戦場での死は不信仰者の死よりもはるかに価値のある犠牲として神に受け入れられる。他人を自分の代りに戦場に向かわせる兵役拒否者は臆病である」、「悪は善の行為によってのみ克服されるから、戦争は他人の罪の犠牲として平和主義者が自らの命をささげることによってのみ克服される」という考えに基づくものであった。しかしこれはいかにも牽強付会で、あらゆる暴力と破壊に強く抗議すると同時に、「不義の戦争時において兵役を受容する」という矛盾する行動原理を正当化するものであった。「神は天であなたを待っている、あなたの死は無駄ではなかった」という言葉を現時点で見れば、イスラーム過激派らが行っているテロ活動を支える考えと近似している。いずれにせよ、慧海や内村らの戦争観からは、近代日本の知識人の、西洋に対する強いアンビヴァレンスが感じ取れる。

その一つの表れが慧海のタゴール批判で、対西洋という点では同じ側にいるはずのアジアを批判するのだ。一九一三年、アジア人として初のノーベル賞（文学賞）を受賞したラビンドラナート・タゴールは、岡倉天心をはじめ日本人とも交流があったが、慧海もインド滞在中に交流をもち、恩恵も受けている。一九一六年、そのタゴールが日本人の招きで初来日することになったが、それを前にして慧海は「タゴール思想の批判」という講演を行う。そこで彼は、タゴールには「正しいと信じたことをどこまでもやり通す勇気と意志力が欠けている」といい、その根拠として佐野甚之助の一件を挙げる。佐野は、タゴールが一九〇一年にシャンティニケタンに開いた野外学校（現在のヴィシュヴァ・バーラティ国立大学）に慧海の助力もあって柔道教師として招聘される。ところがその佐野に英印政庁が注目すると、タゴールは柔道の教科を廃止し、佐野を別の職に移した。さらに慧海は、タゴールの思想には「東洋思想としては新味はない」といい、むしろ「感情一辺倒のもので、知識と意志に欠け」る「亡国の思想」で、「彼の詩がベンガルに流行している間は英国の主権は安泰」（奥山、307）だと、痛烈に批判するのである。

しかしそのタゴールも、来日時に日本の国家主義を批判している。彼は、一九〇五年に英国がベンガル分割令を出すと反対運動の先頭に立って政治運動に身を投じ、後にはマハトマ・ガンディーらのインド独立運動を支持するが（ガンディーにマハトマ＝偉大なる魂の尊称を贈ったのはタゴールともされる）、やがて政治からは身を引き、詩作と教育に専心する。しかしそうした闘争精神は残っていたようで、一九二四年の三度目の来日の際には、一九一五年に日本が中華民国に対して出した対華二一か条要求などの行動は「西欧文明に毒された行動」であり、日本の軍事行動は「日本の伝統美の感覚を自ら壊すもの」だとして激しく批判する。さらに日本の中国侵略についても、「中国は、自分自身というものをしっかり保持しています。どんな一時的な敗北も、中国の完全に目覚めた精神を決して押しつぶすことはできません」と述べて批判した。タゴールのこうした日本批判に対して、友人でもあった野口米次郎は、日本は中国を侵略しているのではなく、イギリスの走狗と戦っているのだと逆批判した。こうしたやりとりから見えてくるのは、当時のアジア知識人が、同じく西洋の圧力に苦しみ、対峙しながら、その仕方を批判しあうという、いわば近親憎悪の構図であり、これは逆に彼らがいかに西洋を脅威と感じていたかを窺わせる。

二度のチベット滞在を終えた慧海は、その後、一時期東洋大学でチベット語を教えたりするが、その後は仏教復興運動に取り組む。その際の原動力となるのが「釈迦主義」、つまりすべての宗派の違いを排して釈尊その人に帰れというものであった。それは彼の信じる在家仏教を強く主張し、自分が属する黄檗宗をはじめ、仏教界全体への批判におよんだために、仏教界と鋭く対立した。その対立はついには還暦を迎えて僧籍を返上して還俗するまでに至る。それでも彼の批判はあくまで仏教界内部のものであった。後に見る熊楠のように壮大な宇宙観を示そうとするものではなく、仏教界を内から改革することを目指した。彼は仏教の「真理」を信じ、その行き着いたところが釈迦主義だが、この点では国柱会を興した田中智学も同様で、「『真実にはインド出現の釈尊こそ唯一の仏陀なり』として、日蓮宗が阿弥陀や大日ではなく、あくまでブッダ釈迦牟尼を本尊としていることを強調する」（佐藤哲朗、第二部第一二章）ものであった。晩年の慧海は赤貧の中で『蔵和辞典』の編纂に取り組むが、完成を見ないまま、敗戦の直前の一九四五年二月に没している。

では鈴木大拙はどうか。彼は一八七〇年、石川県金沢市に生まれた。第四高等中学校中退後、数年の英語教師時代を経て上京する。東京専門学校を中退後、帝国大学選科を卒業する。在学中に鎌倉円覚寺の今北洪川、その死後、その弟子の釈宗演について参禅した。この時期、釈宗演のもとをしばしば訪れていた神智学徒のベアトリス・レインと出会い、後に結婚する。彼女の影響もあり、後年彼自身も神智学協会に入っている。

大拙もまた当初はインド・セイロンへの留学を志していた。資金難もあってこれが延引している中、アメリカの東洋学者、ポール・ケーラスから釈宗演に、老子の『道徳経』翻訳のために漢文と英語のできる助手の派遣の要請があった。この求めに、宗演はシカゴ宗教会議での彼の演説原稿を英訳し、『仏陀の福音』翻訳の実績もある大拙を推挙した。師の熱心な勧めもあり、「アメリカに行けばそのうちインドにも行く機会があろう」と考え、一八九七年に渡米する。ケーラスが経営する出版社オープン・コート社で東洋学関係の書籍の出版に当たると共に、『大乗起信論』の英訳を一九〇〇年に出版、さらにその経験をもとに、『大乗仏教概論』をはじめとする禅についての著作を英語で著し、禅文化ならびに仏教文化を海外に紹介した。

一九〇九年に帰国し、一九一一年にベアトリスと結婚。一九二一年に大谷大学教授に就任して、京都に転居した。一九三九年にベアトリスに先立たれると、晩年は鎌倉で研究生活を行った。八〇歳になる一九五〇年から一九五八年にかけ、欧米の各地で仏教思想や日本文化の講義を行った。一九六六年に東京で死去。こうしてその生涯を概観すると、単にその長さだけでなく、二〇年に及ぶ西洋体験の長さ、とりわけ八〇歳を超えて異国で講義をするというその心身の頑健さに胸を打たれる。

大乗仏教、とりわけ禅と華厳に深く傾倒した彼の思想の根幹は、安藤によれば、最初の著作である『大乗仏教概論』の次の個所に要約されているという。「［……］宇宙は一元的にして汎神論的体系（monisticopantheistic、一即多）となる」。この「一即多」と訳された英語は「一元論的」と「汎神論」を組み合わせたもので、前者は容易に「一神教的」（monotheistic）につながる。後の『禅の第一義』でも「仏教と基教との間には大いなる類似の点あり」（『近代論』159）と明言しているように、彼は一神教、とりわけその代表としてのキリスト教と汎神論的傾向をもつ大乗仏教の融合を目指していた。

長く西洋で暮らし、西洋人を妻とした大拙には慧海のような明瞭な反西洋思考は見られず、せいぜい「西洋人は文字に拘泥するくせ、即ち当時の術語にて言えば、主観的のことまでをも客観的に解せんとするくせある故、とんでもなき誤解を生ずるやに思わる」（岡島秀隆、28）といった批判が見られるくらいである。しかしその物質文明の影響による日本文化喪失の危機感は同時代人と共有していた。ロンドン滞在中の一九一二年にスウェーデンボルグ協会で行った英語講演ではこう述べている。「この革命、あるいは改革［明治維新］は、歴史的なものをすべて破壊し、破壊することを誇りにしていました。古い日本よされ、何としても新しい日本を迎え入れよ。しかし実際のところ、私たちは歴史なしに暮らすことはできません。私たちは皆歴史的です。歴史的な背景から育ってきたのです。新日本も旧日本から連続的に成長してきたものでなければなりません。［……］旧日本は宗教的で霊的でした」。あるいは『宗教と現代生活』では、「実際のところ、不安も悩みも西洋からの舶来なのである。東洋の人々は本来の東洋的なものを養ってゆけばよい。これを土台とすることを忘れたところに、今日の東洋人の失敗がある」（岡島、24-25）と述べている。こうした言葉には、伝統を失うことへの強い危機感が見て取れる。

しかしその一方で大拙には、独特の融合主義、あるいはシンクレティズムも共存している。「仏教思想が全部に纏まらずに、その一部が切り離されて、欧米に従来から存していた思想や感情と和合して、或は神智学となり、或は『サイエンス』などとなって、彼地に伝播して行くと云うことは、面白い現象ではなかろうか」と、文化伝播あるいは融合を好意的に評している。その明瞭な表れが、彼のスウェーデンボルグへの強い共鳴である。「スエデンボルグが神学上の諸説は大に仏教に似たり。我（プロプリアム）を捨てて神性の動くままに進退すべきことを説くところ、真の救済は信と行との融和一致にあること、神性は智（ウイズダム）と愛（ラブ）との化現なること、而して愛は智よりも高くして深きこと、神慮（デイヴアイン・プロヴイデンス）はすべての上に行き渉りて細大漏らすことなきこと、世の中には偶然の事物と云うもの一点も是れあることなく、箪の一運びにも深く神慮の寵れるありて、此処に神智と神愛との発現を認め得ること」（岡島、29）と、この神秘主義者と仏教徒の共通性を説いている。スウェーデンボルグ研究者の高橋和夫も、スウェーデンボルグは人間の発展の最高形態たる「天的な人間」を、「天的原理」から行動するので「その知的機能と意志との間には分裂も抗争もなく、行動はすべて自発的で自然で自由」な人間だとし、これを孔子の「心の欲するところに従って矩を踰えず」、あるいは老子の「無為なれば則ち為さざるなし」と同様の東洋的な悟達の境地と捉えている（144）。これを見ても、大拙の融合主義がそれほど強引なものであったとは思われない。

しかし大拙は同時に、「仏教者に本当の伝道熱が出来て、本当の仏教思想がその円満な調和において世界到る處に播がり行きたいとの希望を起さずには居れぬ。何とかしてこれを実行させたいものである」（岡島、26）と、仏教の純粋性あるいは本質に固執する姿勢も見せている。シンクレティズム的融合は歓迎するが、やはりその軸には仏教があるべきだと考えたのであろう。

以上、内村、慧海、大拙を中心に、西洋と接触した「第二世代」の西洋の衝撃を概観した。そこに色濃く見えたのは、その圧倒的な近代文明への畏怖の念と、それに対する反発、あるいは伝統擁護、さらにはこれを刺戟として伝統を革新しようとする強い意気込みが複雑に同居する姿であった。では次の章では、彼らと同世代ではあるが、後世への影響力の点で抜きんでることになる漱石と熊楠の西洋との格闘に焦点を当ててみよう。

注

（1）前章の注（4）参照。

（2）一九九三年、ロンドンで熊楠と意気投合した土宜法龍も、慧海と同様、強い入蔵熱を抱いていたが、彼はこのダースを危険視していたようだ。またダースはキプリングの『キム』のハリー・チャンデル・ムケルジーのモデルだともいう（奥山直司、140-41）。

（3）慧海は仏典以外にも多くの資料をもち帰っている。現在、仏教美術資料八一八点、民俗資料四一三点、標本二五五点、合計一四八六点が「河口慧海コレクション」として東北大学大学院文学研究科の東洋・日本美術史研究室に所蔵されている。私は昨年、同研究室の長岡龍作教授のご厚意でこれらを見せていただいた。

（4）鈴木大拙もインド留学を志したが、その前に横浜の三会寺で上座仏教を護持しつづける釈興然に参じた。ひたすら経典の暗誦を続けるという方法でパーリ語を学ぶ日々が続くなか、大拙は一人の青年僧侶と数か月起居を共にした。世間知らずの青二才だった大拙から見ると「何だか一癖あるやにも感ぜられた」その人こそ慧海であった。また、大拙とダルマパーラにも接点があった。一八九六年五月、ポール・ケーラスから釈宗演に宛てられた書簡には、「達磨波羅（ダルマパーラ）君はこの夏アメリカに来り、予をラサルにたづぬるはづなり、望むらくは鈴木君と達磨波羅君と同時に会合せんことを。僧伽（サンガ）の両大派を代表して二人が一処にここに会することは、二人のためにも面白きことなるべし」（大拙訳）とある。ダルマパーラはこの年の五月にカルカッタで数百年ぶりにブッダの誕生祭を開催した後、ケーラスの招きでアメリカに向かう手はずになっていた。結局、大拙の渡航準備に時間がかかったことから、一八九六年夏に「僧伽（サンガ）の両大派を代表」する二人が出会うことはなかった（佐藤哲郎、第二部第九章参照）。ちなみに大拙はロンドンにいた熊楠にも一八九九年に手紙を書いている。

第四章　卑屈と傲岸――漱石と熊楠に見る西洋観の二類型

「己の責任ぢやない。必竟こんな気違じみた真似を己にさせるものは誰だ。其奴が悪いんだ」（『道草』『漱石文学全集　八』295）

とにかく西洋人のいうことは、みなためにする得手勝手なことのみなれば、かかる輩にほめらるるもの必ずしもよきにあらず。今日も西洋人にほめらるることのみを旨として政事すれば、飛んだ悔いあらん。（『南方マンダラ』、169）

日本人の「異」への対峙の系譜の中で、とりわけ夏目漱石と南方熊楠に注目するのは、彼らの西洋への反応の仕方が、近代以後の日本（人）の反応の原型になったと思われるからである。

司馬遼太郎は、『愛蘭土紀行』の中の「明治の悲しみ」という章で、近代日本の悲哀をこう描いている。

アジアは物事を総和としてとらえたがるが、〝魔性〟の文明は、分析という能力をもっていた。［……］とくに対応に敏感だった日本にとって――相手の属性が人類にとって最悪のものか最良のものかという事を熟慮するゆとりもないまま（ぐずぐず思案していれば植民地化されてしまう）、その属性を自分のものにせざるをえなかったのである。［……］ともかくも十九世紀のアジアにとって、当時の英国が、いかに不快で、暴力的で、一面、魅力的で、さらには、思いだしたくもないような自己憐憫、自己嫌悪、劣等感という傷を、いかに深くあたえた存在であったか［……］（69-70）。

これは漱石の英国体験を下敷きにした感想だが、まさに司馬がいうとおり、「熟慮するゆとり」もないままに決定した西洋化のつけを、漱石の世代の知識人たちが担うことになった。そしてまさに漱石は、その英国で、当時の英国の「不快で暴力的で魅力的」な側面に触れ、「自己憐憫、自己嫌悪、劣等感という傷」に塩をすりこまれた。司馬は『文学論』の序に記されている漱石のロンドン体験を「神経症的発言」（74）あるいは「大変な剣幕で、管を巻いているような調子」（75）と形容しているが、たしかにそうとでもいうしかない独特の強迫観念が感じられる。重要なのは、これが漱石個人の体験であると同時に、明治日本の国家としての体験の凝縮でもあったという点だ。歴史的に俯瞰するなら、漱石の英国体験はそのような意義を、彼の個人的な思いとは別次元でもたざるをえなかったのだ。

漱石について、平川祐弘は『内と外からの夏目漱石』の帯にこう書いている。「日本の進路を示した、世界に傑出した知識人」。この後半はともかく、前半は誤解を招く。漱石には日本の進路を示そうなどという大それた気持ちは、内に秘めたものはともかく、意識的にはきわめて弱かっただろう。むしろ、自分の精神の病を近代日本のそれに同定して、なんとかそれを乗り越えようとする一心だったと思われる。その副産物としての彼の諸作品は、結果的に近代日本の陥った窮地の最も見事なポートレートとなった。その意味で彼は、近代日本の病を診断する名医となったが、それは未来の進路を示す処方箋とはおのずから趣旨を異にしていた。それを見出すことは、症状を示された後世の日本人の手に委ねられたのである。

出口保夫は、幼児から漢籍に親しみ、漢学に居心地のよさを感じていた漱石が、時代の流れを読んで「洋学の隊長」たらんとしたところに、「東と西の対立の宿命を背負わされていた漱石の二重性」(14)を見、それがその後の日本の知識人の「宿命」の先駆となったという。漱石後の日本人には、一般人はいうまでもなく、知識人にさえ彼ほどの漢学の素養はなく、それゆえこのような二重性は薄らいだかに見える。しかし日本人の心性の奥底には、中国化された仏教、儒教、そして何より漢字という形で中国文明は息づいている。その意味ではこの二重性、すなわち分裂は、歴然として残っている。それどころか、それはいっそう内向し、日本人の精神世界にある特殊な「ねじれ」を生み出している。大半の日本人は、能う限り西洋化したにもかかわらず、また過去の日本に戻りたいとも戻れるとも思っていないにもかかわらず、西洋（人）にはむろんなれず、また今ではなりたいと思ってもいないが、どこにも確固たる「軸」を見出せず、漠とした不安を抱いている。これまでの章で検討を加えた過去の理想視はもとより、郷愁さえそれほど感じられない現今だが、かといって未来のあるべき場所に行き着ける保証はいよいよ薄らぎ、自分たちはいったいどこに行くのだろう、いや、そもそもどこにいるのだろうという不安が常に心中にある。それは無意識層に押し込まれてしまったが、ことあるごとに頭をもたげてくる。そうした「嫌な感じ」を西洋化の最初期に感じ、また後世に最もわかりやすい形で提示したのが漱石であった。

ところが、そうした感じをほとんどもっていなかったような同時代人がいた。熊楠である。彼はこの、後世の日本の知識人の典型となった漱石モデルからあまりにも逸脱しているので、つい近年まで、興味深い例外として歴史の中に放っておかれた。しかしその西洋への対し方は、漱石のそれに代表されるものへの強烈な代替モデルを提供している。それに注目することは、漱石モデルの「独り勝ち」を再考する意味でも現在必要な作業であろう。

漱石と熊楠は同じ一八六七年に生まれているが、これは明治維新の前年に当たる。この時代を俯瞰してみると、西洋の圧倒的な力が世界をその支配下に置く帝国主義時代がその佳境にさしかかる時代であった。日本への伸張はやや遅れたものの、東アジアもその波をもろにかぶりつつあった。長年にわたって日本がその文明の恩恵に浴してきた中国の清帝国は英仏の侵攻によって崩壊に瀕していた。日本にその波が押し寄せたのは二人の誕生の一四年前、一八五三年のペリー来航によってであるが、西洋の影響はもちろんこれより早く感じられていた。しかし、一八二八年のシーボルト事件、一八三七年のモリソン号事件、この時の幕府の対応を批判したために渡辺崋山、高野長英らが弾圧された蛮社の獄に象徴されるように、幕府は権力維持のためにこうした西洋との接触およびそれからの影響を強く弾圧した。しかしそうしたあがきも西洋からの圧力には勝てず、一八五八年には米・蘭・露・英・仏との間で修好通商条約という名の不平等条約が締結され、一八六六年には改税約書が結ばれて、日本が世界市場に組み込まれる端緒となった。そして二人が生まれた一八六七年は、大政奉還が行われて、徳川幕藩体制という封建制が崩れる第一歩を踏み出す、日本史上でも画期となる年であった。またこの年に日本は、世界に開かれたことを印象付けるためにパリ万国博に参加する。しかしそうした歴史の表舞台の裏では、江戸期を通じて間欠的に起きていた民衆の狂騒的運動である「おかげまいり」の最後の形態としての「ええじゃないか」が起こった年でもある。つまりこの時期は、表でも裏でも、日本は歴史上稀に見る激動期を迎えていたといえる。

同年に生まれた漱石と熊楠は、また同年に東大予備門に入っている。また、時期は前後するが、当時としてはきわめて早い段階で西洋に渡った。熊楠が一四年間の外遊を終えて帰国したまさにその一九〇〇年、今度は漱石が、第一回政府給費生として留学を命じられ、ロンドンに渡る。それゆえ彼らは彼の地で相まみえることはなかった。

このような前半生の相似形に比べると、帰国後の生の軌跡はほとんど真反対といえるほどに異なるものになった。漱石は東大教授を経て朝日新聞に入社、執筆一本の生活に入り、やがては国民作家と称えられる大作家になり、後には日本国の紙幣を飾るまでになる。熊楠は逆に南紀に留まり、一生定職には就かず、弟常楠からの送金で生活する。その間も山に入っては粘菌採集を続け、膨大なコレクションを作る。時々雑誌に載せる生物学あるいは民俗学的研究成果によって、英国および日本の一部の人々には博覧強記の学者あるいは奇人とみなされ、晩年には田辺に来訪した天皇へ進講するなど、一定の評価は得るものの、漱石の名声には比ぶべくもなかった。彼が広く知られるようになったのは一九八〇年代以降のことである。

このような因縁的な相似と相違をもつ二人は、現在における知名度や影響力という点ではいまだに違いはあるものの、その西洋への対峙の仕方という点から見ると、それ以後の日本人の二大類型を代表しているようにも思われる。しかし松居竜五のように、その類縁性の高さゆえに、彼らを安易に「因縁めいた対比のうちにとらえる」と「漱石と熊楠という類稀な能力を有する思想家が共通して見ていたものをとり逃がしてしまいかねない」(332) と諌める者もいる。以下、この助言を胸に留めて、両者の西洋との対決と、そこから生まれた産物とを比較検討することで、近代日本が西洋に注いできた眼差しを概観してみたいと思う。

一　漱石と熊楠の生涯

まず二人の生涯を概観しておきたい。

漱石は一八六七年に東京に生まれた。両親ともに当時としては高齢での出産で、それを親が恥じたのか、生後まもなく里子に出された。その里親の店先でかごに入れられているのを偶然通りかかった姉が見つけ、かわいそうに思って家に連れ帰ったという。その後、一歳のときにまた塩原家に養子に出されるが、養父母の不和とそれに続く離婚などの騒ぎで、九歳のときに塩原家在籍のまま夏目家に戻る。本家に帰ってからも両親を祖父、祖母と教えられていたようだ。実父と養父の対立のため、夏目家へ復籍したのは何と二一歳のときであった。

彼はもともと鬱病的気質をもっていたが、それにこの幼少期のトラウマ的体験が加わって、きわめて繊細な人間となった。生まれつき聡明で、漢学に親しみ、その後の素養の土台となったが、これは彼の西洋観に大きな影響を与えることになる。二〇歳過ぎから、長兄・大助、次兄・栄之助、三兄・和三郎の妻の登世(江藤淳によれば、彼女に対する恋慕が後の作品に大きく影を落としているという)と次々に近親者を亡くした。一八九〇年、東京帝国大学英文科に入学。一八九三年卒業。この頃から極度の神経衰弱・強迫観念にかられるようになる。一八九五年に卒業すると、旧制松山中学に赴任する。一八九六年には熊本の第五高等学校に移る。その後、貴族院書記官長・中根重一の長女・鏡子と結婚をするが、その三年後に鏡子は、熊本という慣れない環境に流産という悲劇が加わり、ヒステリーが激しくなって白川に投身自殺を図る。その後も二人の間には齟齬が続き、七人の子供はもうけたが、円満な夫婦関係ではなったようだ(もっともこれについては諸説ある)。

一九〇〇年五月、文部省より英語教育法研究のため英国留学を命じられる。当初は英文学ではなく教育法を学んで来いという方針に反発したようだが(これは彼一流の韜晦で、一種の演技だと見る評者もいる)、英文学研究をしてかまわないというお墨付きを得て、一九〇〇年九月八日に日本を発つ。しかし英国では「最も不愉快な二年」を過ごし、やがて「猛烈の神経衰弱」に陥り、一九〇二年九月に芳賀矢一らが訪れた際に「早めて帰朝(帰国)させたい、多少気がはれるだろう、文部省の当局に話そうか」と話が出て、そのため「漱石発狂」という噂が文部省内に流れる。漱石は急遽帰国を命じられ、同年一二月五日にロンドンを発った。

一九〇三年一月に帰国、三月に第一高等学校と東京帝国大学の講師になる。一九〇四年、高浜虚子の勧めで『吾輩は猫である』を執筆。好評のため、作家として生きていくことを考え始め、その後『漾虚集』『坊っちゃん』を発表する。一九〇七年、教職を辞して朝日新聞社に入社。同年六月、『虞美人草』の連載を開始。続いて『三四郎』『それから』『門』を執筆する。一九一〇年、胃潰瘍療養のため修善寺で療養するが、大吐血をし、危篤状態に陥る。その後持ち直して、『彼岸過迄』『行人』『こゝろ』『道草』を執筆。一九一六年一二月九日、『明暗』執筆途中に死去する。

一方、南方熊楠は和歌山に生まれ、漱石に比べれば穏やかな幼少期を送る。学校は嫌いだが勉強は大好きで、一〇歳の時には一〇三巻からなる当時最大の百科事典である『和漢三才図会』を筆写しはじめ、一五歳で完成させるという神童ぶりを見せている。一八八四年、漱石や正岡子規らと同期で東大予備門に入るも八六年には退学、しばらく和歌山に帰った後、同年一二月、一九歳で渡米、サンフランシスコに着く。サンフランシスコのカレッジに入るが早々にやめ、ミシガン州ランシングの農業大学に入る。が、校則に違犯して飲酒したのが発覚し、同期の日本人に頼まれて、一人で責任を負う形で自主退学し、同州アナバーに移る。しかしその地のミシガン大学には入らず、読書と植物採集に専念する。その後フロリダ、キューバと移り住み、一八九二年に渡英。翌年『ネイチャー』に初めて論文「極東の星座」を寄稿。ロンドンでは主に大英博物館で読書と筆写を続ける。一八九五年にはフレデリック・ヴィクター・ディキンズと知り合い、大英博物館で東洋図書目録編纂係としての職を得る。一八九七年にはロンドンに亡命中の孫文と知り合い、親交を深め、後に孫文は和歌山に熊楠を訪ねている。ロンドンではたくさんの衝突も起こすが、これについては後述する。

一九〇〇年に帰国すると、那智の山に三年籠って植物採集に明け暮れ、やがて紀伊田辺に居を定め、結婚をし、家族をもつという、一見「普通」の生活に入っていく。しかし生涯親の遺産と弟の経済的援助に頼って職につこうとせず、そのため弟との確執が生じるが、ともかく研究一本の生活を貫く。『ネイチャー』や『ノーツ・アンド・クウィアリーズ』といった英国の著名な雑誌への投稿を続け、粘菌学や民俗学の分野ではかなり知られるようになる。一九二六年に昭和天皇が和歌山に来訪の際は、田辺湾に浮かぶ神島にて紀伊の植物相について進講する。その三三年後、白浜に行幸された天皇は神島を眺め、「雨にけぶる神島を見て紀伊の国の生みし南方熊楠を思ふ」と、個人名を詠みこむという異例の配慮を示した。このように生きたいままに生き、やりたいことだけをやった理想の人生に見える一方で、長男熊弥が精神病を発症し、生涯入院生活を送るという不如意も経験する。一九四一年一二月二九日、開戦直後に田辺の自宅で死去。

二　漱石の西洋観と日本観

亀井俊介はその『英文学者　夏目漱石』の「あとがき」で、漱石を「天上の地位」にある人と呼び、彼を「われらと同じ地上に引き戻してやろう」という思いからこの本を書いたといっているが、私の本書執筆の動機もこれに近いものがある。あれだけ苦悩し、おそらくはその結果病んで、五〇歳になる前に病死した漱石が、今では国家が発行する紙幣を飾るほどの「天上の地位」に就いたのはどうしてなのか。彼の作品がすばらしいというだけでは説明がつきそうにない、そこには、彼の苦悩の質というか型というか、そうしたものが後世の日本人の多くの共感を得たという事情が絡んでくるはずだ、という抜きがたい思いがあった。

その一方で私は、亀井ほどには漱石を「天上の人」とは考えてこなかった。彼はむしろ地上でのたうち回った。たしかに成し遂げた業績は巨大だが、その人生は近代日本の患った病を凝縮した形で引き受けた、いってみれば「哀れな」ものだった。そしてその「哀れさ」こそが偉大さの源であったと思うのである。漱石の作品だけを見ていれば、その巨大さに威圧されてそのような感想は抱くべくもない。しかしその横に、同い年の南方熊楠を並べてみると、私にとっての漱石像は大きな変貌を迫られるようになった。熊楠のそのあまりの破格さが、漱石が、そしてその時代の日本が苦しんだ「病」を決定的に相対化し、そして新たな光の下に示してくれるように思ったからである。およそ、漱石が見た日本および西洋と、熊楠が見たそれらとは、とても同い年の人間が見たとは思えないほどに大きく隔たり、それにともなって彼らの行動、いや、生き方全般が、まるで別の時代を生きたかのように異なっているのだ。これはいったいどういうことなのか？　近代黎明期の日本および日本人は、少なくとも知識人は、みな漱石のように、その外圧による変化に動転し、日本の近代化のいびつさに悩み苦しんだのではなかったのか？　だとしたら熊楠の破天荒ぶりはいったいどういう精神から出てくるのか？　熊楠がいかに破格といえども、やはり近代初期の日本が生み出した産物には違いない。とすれば、同時代を生き、ほぼ同時期に文明の先進地である英国に滞在した二人の彼の地に対する思いがかくも違うのはどうしてなのか？　いや、その経験を引っ提げて帰国した二人の、その後の人生行路のかくまでの違い、ほとんど別世界に生きたといっていいほどの違いはどこから生じるのか？——こうした疑問が本書の出発点となった。

この疑問を別の角度からいうと、なぜ漱石のような「病」をかかえた人間の書いたものが後世の関心を集め、そこに描写された心性が日本文化の一つの典型となったのに対し、同時代に同種の経験をし、まったく違う反応をした熊楠の著作は、少なくともある時期までは、一部の好事家の関心を引くに留まったのか、ということになろう。再度換言すれば、なぜかくも人生に対して懐疑的な態度をとり続けた人間の書き物が「国民文学」と称されるようになり、自分のやりたいことだけをやり、書いた、破格の博覧強記を誇る快活磊落な人間は近代日本人のモデルたりえなかったのか、ということだ。これは、漱石の「病」の質は、熊楠の「躁」の質はどの程度近代日本人の気質に通底し、また異質なのか、という問いでもある。

柄谷行人は、『彼岸過迄』以後の漱石は、西洋と日本といった問題が出てくるようなレベル、あるいは「近代」や「現代」を語りうるようなレベルと、そうでないレベルをはっきりと分けた」(『漱石論集成』396)というが、本書での試みは、彼がこう截然と分ける両者には通底するものがある、すなわち、後者の実存的なレベルの問題は、前者の文化的なレベルと緊密な関係があることを示すことにある。どのような実存的苦悩も、その当事者がある時、ある場所に生まれる以上、時代と文化に強く規定される。だから問題は、そのような限定のある苦悩とそれの描き方が、どれほどの普遍性、つまり他の時代、他の文化に住まうものに訴えるものがあるかということだ。

こうした疑問が本書の胚となったが、そのうちこの疑問は拡大して、日本史上最大の転換点の一つである幕末から明治への変化を、当時の情と知のある人々はどう受け止め、どう対処したのかに広がっていった。彼らの見方と対処が、現在まで続く近代日本の西洋観——ということは世界観といっても同じだが——の原型となったことを思えば、この疑問を解くことは現在の日本を考える上でも何らかの視座を与えてくれるのではないかと考えるようになった。

そこで、漱石の英国観だが、その前に彼のロンドンでの住居について述べておこう。彼は五回下宿を変わっているが、それは一つには経済的理由からであった。彼の手紙には文部省からの支給が少ないことが幾度となく書かれている。そのため、もっと安い下宿を探して移り住むが、より安いということは必然的により洗練度の低い土地となる。しかしそれ以外にも理由はあった。最初のホテルでの短い滞在の後に移り住んだハムステッドの下宿は複雑な家庭で居心地がよくなかったので短期間で離れたが、その居心地の悪さの原因は、同じ下宿にいた友人K君を再訪したときに明らかになる。「過去の下宿の匂」をかいだとき、彼は「彼らの情意、動作、言語、顔色を、あざやかに暗い地獄の裏に認めた」（『ちくま漱石全集10』93）のである。この「暗い地獄」が何かを彼は明らかにはしないが、英国滞在の通奏低音として残る。その後二回下宿を変わり、最後に最も長く住んだのはロンドン南郊のクラッパムという地域であった。

ロンドン到着の四か月後に書かれた日記にはこうある。「西洋ノ社会ハ愚ナ物ダコンナ窮屈ナ社会ヲ一体ダレガ作ッタノダ何ガ面白イ」（『全集19』58）。これは知り合いに英国人女性に勧められてキリスト教の集まりに行った後のものだから、キリスト教に対する嫌悪を差し引かねばなるまいが、それにしても激しいものだ。帰国七年後に『ホトトギス』に載せた短文もほぼ同様である。「倫敦といふ処は自由の都だとか何とか倫敦の市民は威張って居るがなかなか以てさうで無い。天然人事共に種々の圧迫がある中に習慣の圧迫といふやうなものは最激しい。［……］排外的な交際社会［……］斯んな窮屈な形式的な社会が何で自由の都であるものか」（『全集25』266）。英国滞在時の卑屈さなどみじんも感じさせない威勢のよさだが、これから見るように、ここには彼の複雑な心理が凝縮している。

彼の英国（人）観を大雑把にまとめると次のようになるだろうか。

一　自由と秩序を両立させた国家
二　秩序正しく、公徳心がある（「一般に公徳に富み候は感心の至り」）
三　紳士は頑固だが嘘をつかない（「東洋人を『ズルシ』というのはもっともだ」）
四　万事大げさ
五　男女ともに容姿が立派
六　男女が往来でキスしたり妙な真似をする
七　衣服や動作、食のマナーがうるさい

等々。

八　物価が高い

英国に着いてすぐの印象は、「彼らは人に席を譲る。本邦人の如く我儘ならず。彼らは己の権利を主張す。本邦人の如く面倒くさがらず」とあるように、親切であると同時にいうべき事はきちんというというメリハリに感銘を受けている。また熊楠と同様の文化相対主義的視点ももっており、「支那人は日本人よりも遥かに名誉ある国民なり。ただ不幸にして目下不振の有様に沈倫せるなり」（『全集19』65）という言葉は、熊楠が孫文に抱いた気持ちとしても読めるだろう。

物質文明のきらびやかさはとりわけ芝居で感じたようで、「実に立派で魂消るばかりだ。［……］道具立の美しき事と言ったら到底筆には尽せない。［……］ダイヤモンドで家ができているようだ。［……］実に莫大な金を費やさなければ出来ない」（『全集22』226-27）と恐れ入っているが、後に見るように、この文明の負の側面にも次第に観察の眼を広げていく。

ロンドンに着いて二か月後の一九〇一年一月三日の日記には、「彼等ハ英国ヲ自慢ス本邦人ノ日本ヲ自慢スルガ如シ何レガ自慢スル価値アリヤ試ミニ思ヘ」（『全集19』44）と書いている。彼の作品のいくつかはこの「試み」に向けられているといえるが、この言葉のすぐ前に「彼等ハ人ニ席ヲ譲ル本邦人ノ如ク我儘ナラズ彼等ハ己ノ権利ヲ主張ス本邦人ノ如ク面倒クサガラズ」とあるように、とりあえずは英国に軍配を挙げているようにも見える。この側面は、例えば『三四郎』の広田先生の「日本は亡びるね」といった言葉に反映している。しかし同時に、二年の英国滞在を「最も不愉快」と述べた漱石の内面ははるかに複雑だった。英国人の権利の主張にしても、「西洋人は執濃イコトガスキダ」（同書、64）という彼の言葉を考え合わせれば、この言葉の解釈はずいぶん違ったものになる（ちなみに、これとはまったく異質の感想もある。一例は、西洋で一番好きな作家として「スチヴンソン」を挙げ、その理由を「簡潔で［……］女々しいところがない。［……］ハキハキしてよい心持ちだ」（『全集25』153）といっている）。

　彼の内面をいっそう複雑にしたのは、文明以上に根底的な肉体においても「優劣」が顕著に見られたからだ。これが漱石の憂鬱を決定的にした。「此煤煙中ニ住ム人間ガ何故美クシキヤ解シ難シ」（『全集19』44）という言葉で、彼らの身体的な美をはっきり認め、さらには自分たちが「黄色」と呼ばれることに納得している。妻の鏡子には「正直に」こう書き送る。『フロック』を着ても燕尾服をつけてもつけばいの致さぬは日本人に候。日本に居る内はかく迄黄色と思はざりしが当地にきて見ると自ら己れの黄色なるに愛想をつかし申候。其上背が低く見られた物には無之非常に肩身が狭く候。［……］恐縮の外無之候」（『全集22』210）。

　こうした「卑屈」な思いは日記の次のような言葉になる。「往来ニテ向フカラ背ノ低キ妙ナキタナキ奴ガ来タト思ヘバ我姿ノ鏡ニウツリシナリ、我々ノ黄ナルハ当地ニ来テ始メテ成程ト合点スルナリ」（同書、44）。何とも自虐的な観察だが、東大卒の英語教師という、末延芳晴が「記号的優越性」（26）と呼ぶものが英国で粉砕され、他者の眼を初めて強く意識したのは確かだろう。彼は幼少時からあばたに苦しみ、十分に他者の視線は意識して生きてきたのだが、それでも日本では圧倒的な「記号的優越性」がそれを相殺して余りあった。ところが英国ではそれが瞬時に無になり、これも末延がいう漱石の「鏡像恐怖症」が始まる。

　この自意識過剰的反応は、彼の気質に加えて、先進国・英国、後進国・日本という構図によって増幅される。自分はその後進国を代表してやってきたのだが、やってくるや、文明の優劣はもはや乗り越えようもないものに思われた。これより少し後の一九一八年、『西洋の没落』を発表したシュペングラーはその独自の循環的文明観で世を驚かせたが、そこで彼は八つの「高度文明」と、そこから派生する飛地文明があるとし、これを「月光文明」と呼んで、中国文明に対する日本をその一例とした。山本新はこれを「無理やりの処理」と考え、なぜシュペングラーはこんなことをしたのかと自問する。それはシュペングラーが、「文明が創成期をすぎてできあがり、その個性を確立してしまうと、『原象徴』つまり文明の主導的原理によって、細部にいたるまでくまなく統一されるから、外来のものは、この有機的ともいえる密接な関連構造の中に割りこむことができない」(155)と考えたからだろうとし、これを文明の理想化として批判している。しかしここに書かれている割り込むことの不可能性こそ、つまり外部から来た者にすべからく疎外感を抱かせる堅牢な構造こそ、漱石をはじめとする当時の洋行者がおしなべて感じたことであろう。

　こうした不安定さの中で、それでも初期には観光したり英文学の個人教授を受けたりしていたが、上記の「自意識過剰」と経済的圧迫とで「籠城主義」をとるに至り、後半の一年はほとんど下宿にこもった。それでも生真面目な漱石は(ロンドンの最初の下宿で一緒だった長尾半平によれば、「物事に対して非常に敏感緻密[……]几帳面な潔癖なところ」(末延、269)があったという)政府給費生という肩書きに責任を感じ、何らかの成果を挙げようと本の執筆に取りかかり、帰国後に出版される『文学論』のノートを必死で取り続ける。必然的に下宿の大家以外の英国人とはほとんど会わなくなり、精神の緊張もいよいよ高じていった。その緊張がやがて「漱石狂せり」といわれる「病」を引き起こす。それは帰国後も執拗に続き、英語で次のような断片を書くに至る。

> Do I love them? — those people who are separated from dogs by a hair's breadth? Perhaps I do not deserve to love them, for I cannot bring myself to the same level of mental equipment they pretend to be in possession of. [...] Now and then I am overwhelmed with the sense of sorrow–virtuous sorrow as you would have it–for your moral safety. Indeed it is a serious problem as you are the only thing under heaven which deserves the name of man. [...] I offer you here in large doses an

antidote to your poisonous and often fatal dishes of which you are both dressers and servers as well as self-helpers. I hate you, ladies and gentlemen, I hate you one and all; I heartily hate you to the end of my life and to the last of your race. [...] Very well then, have a dose of my hatred that will soon cool your hot brains or better still it will burn you to death. [...] Choose, you are free. You say not free? Who knows? God, your father in his dotage? this old drunken fool of a World? Anyway I don't answer for your uncertain gait.（『全集19』132-34）

全集についている訳文はこうである。

余、彼らを愛するや？——犬どもと毛筋ほどしか異ならざる彼らを。恐らく余は、彼らを愛すべきにあらず。如何となれば、余は、彼らが所有せるが如くに見せかける精神的素養と同じ水準に余の身を移すを得ざればなり。［……］時折、余は君らの道義的安全性に関して、強く悲しみの情——いうならば道義的悲しみに襲われることとあり。君らこそ、天が下、ただ独り人間の名に値する存在なれば、これは由々しき事なり。［……］余は、いま、君らが手当係であり、給仕であり、自給人でもある有毒にして時には致命的なる料理に対する解毒剤を大量に供せんとす。紳士、淑女よ、余は君らを憎む。余は君らすべてを憎む。余は君らを、わが生涯の最後まで、君らの種族の最後の一人まで、心底から憎む。［……］ならば宜しい。君らののぼせ上った脳をたちどころに冷却するか、さらにましな事には、君らを焼いて死に到らしむるわが憎悪の一服を飲ませて進ぜよう。［……］選択は君らの自由だ。自由ではないと？　誰か知らん？　耄碌している君らの父なる神か？　世界のこの年おいた酔っ払いの道化か？　いずれにせよ、余は、君らの不確かな歩きぶりに対する回答を知らず。

恐ろしく立派な英文で書かれているのでよけい不気味だが、これはまぎれもない英国に対する呪詛である。同じ頃に書かれた次の英文断片はさらに激しい。

> [...] Nature is fond of fight. Death or independence! Nature countenances revenge. Revenge is ever sweet — revenge on those small things which dare call themselves men and do not know the meaning thereof, whose only right on the earth is bare existence and nothing more. They have no right to encroach upon others who are better and therefore can do nobler work in society. If we cannot follow our vocation because of their pestering, let us turn upon them and kill them, those vermins. It is Nature's law who is our Goddess. We serve our Goddess by killing those good-for-nothing creatures. Revenge! [...] Let them know the value of their arrogance, artifice and shallow shifts. Pride? Pride should be made of nobler stuff! Conceits? They have too much of it, as they think they can bring down their betters to their own degraded levels, calling it the improvement of others.
>
> [...]
>
> You know me too well, ladies and gentlemen, you try every experiment upon me to satisfy your curiosity and seem to be anxious to know what will become of me. Well, wait and see. I will satisfy you or rather dissatisfy you for I will turn out anything other than what you expect. You presume

too much, ladies and gentlemen, to make a man by artificial evolution. [...]（『全集19』136-37）

［……］自然は闘いを好む。死、然らずんば独立独行！　自然は復讐を黙認する。復讐は常に甘美なり――自らは人間と称しながらも、その意味を弁えず、ただ存在するだけが地上の権利でそれ以上何物でもない小人どもに対する復讐こそは。彼らには、彼らよりも優れ、従って社会で彼らよりも高尚な仕事を為しうる他人の邪魔をする権利は毛頭ない。もし彼らの妨害によって天職を営み難きときは、すべからく猛然と彼らに襲いかかり、彼ら蛆虫めらを殺戮すべし。それこそ、我らの目が見たる大自然の法則たり。吾人は、かかる無益な生きものどもを殺戮して、我らの目が見に奉仕するものなり。復讐！［……］彼らに横柄、手管、小細工の値打ちを知らしむべし。誇り？　誇りにはより高尚な中身がなければならぬ！　自負！　彼らは持ち過ぎた。而して彼らは、他人の改良と称して、己より優れたる者を、堕落せる己れの水準まで引き下げうるものと思い込む。

［……］

紳士、淑女よ、君らは余をあまりにもよく知りたり、君らは余に対して凡ゆる実験を試みて、君らの好奇心を満たし、余に何が適わしいかしきりに知らんと欲するが如し。然らば成り行きを待つべし。余は、すべてを君らの期待外れに行うが故に、君らを満足させるというよりはむしろ不機嫌となさん。紳士、淑女よ、君らはあまりに厚顔に人工的な進化論によって人を一人前にせんとす。［……］

鬼気迫る、とはこういうことか。ほとんど神経症的な言葉が執拗に続く。それでも抑制したのか、“you”と“they”が指示するものがぼかされているが、英国人であることに疑いの余地はない。先の引用とともに、これまでに日本人が英国に投げつけた最大の呪詛であろう。

しかしこの憑かれたような断片の中に、きらりと光る英国、あるいは近代批判が顔を見せる。その数年後に書かれた日本語断片にはこうある。「天下に英国人程高慢なる国民なし。［……］英人はスレカラシの極、巾着切り流に他国人を軽蔑して自ら一番利巧だと信じて居るなり。神経衰弱の初期に奮興せる病的の徴候なり」(『全集19』206)。

しかし帰国して五年も経つと、さすがにこうした「狂」は少し治まったようで、『草枕』の末尾に記された西洋機械文明批判は彼の西洋観察の最も見事な成果の一つである。

いよいよ現実世界へ引きずり出された。汽車の見える所を現実世界と云う。汽車ほど二十世紀の文明を代表するものはあるまい。何百と云う人間を同じ箱へ詰めて轟と通る。情容赦はない。詰め込まれた人間は皆同程度の速力で、同一の停車場へとまってそうして、同様に蒸滊の恩沢に浴さねばならぬ。人は汽車へ乗ると云う。余は積み込まれると云う。人は汽車で行くと云う。余は運搬されると云う。汽車ほど個性を軽蔑したものはない。文明はあらゆる限りの手段をつくして、個性を発達せしめたる後、あらゆる限りの方法によってこの個性を踏み付けようとする。一人前何坪何合かの地面を与えて、この地面のうちでは寝るとも起きるとも勝手にせよと云うのが現今の文明である。同時にこの何坪何合の周囲に鉄柵を設けて、これよりさきへは一歩も出てはならぬぞと威嚇かすのが現今の文明である。何坪何合のうちで自由を擅にしたものが、この鉄柵外にも自由を擅にしたくなるのは自然の勢である。憐むべき文明の国民は日夜にこの鉄柵に噛みついて咆哮している。文明は個人に自由を与えて虎のごとく猛からしめたる後、これを檻穽の内に投げ込んで、天下の平和を維持しつつある。この平和は真の平和ではない。動物園の虎が見物人を睨めて、寝転んでいると同様な平和である。檻の鉄棒が一本でも抜けたら——世はめちゃめちゃになる。第二の仏蘭西革命はこの時に起るのであろう。個人の革命は今すでに日夜に起りつつある。北欧の偉人イブセンはこの革命の起るべき状態についてつぶさにその例証を吾人に与えた。余は汽車の猛烈に、見界なく、すべての人を貨物同様に心得て走る様を見るたびに、客車のうちに閉じ籠められたる個人と、個人の個性に寸毫の注意をだに払わざるこの鉄車とを比較して、——あぶない、あぶない。気をつけねばあぶないと思う。現代の文明はこのあぶないで鼻を衝かれるくらい充満している。おさき真闇に盲動する汽車はあぶない標本の一つである。（422-23）

同時代の西洋の作家や思想家の近代批判とも見まごうばかりの鋭い観察である。機械文明が進むと人間はそれを便利に利用するというより従属し、自らを一つの駒と化し、個性・自我の伸長を促していながら、それは巧妙に制限され、まやかしの「平和」が演出されているというのだ。

では漱石の日本観に目を転じてみよう。その根底には、「吾日本の如き地に生まれたるを恥ず」（『全集19』153）という「卑屈」と、「日本ハ過去ニ於テ比較的ニ満足ナル歴史ヲ有シタリ、比較的満足ナル現在ヲ有シツツアリ」とする自信との間のアンビヴァレンスがある。そのためか、ロンドン到着直後には、「欧洲ニ来テ金ガナケレバ一日モ居ル気ニハナラズ穢クテモ日本ガ気楽デ宜敷候」（『全集22』196）と弱気な心情を書いているが、時間がたつにつれて英国を鏡にした日本への批判の眼も鋭くなっていく。そもそも英国は日本に興味がないから、「我々が西洋人に知られ尊敬される資格があっても彼等が之を知る時間と眼がなき限りは尊敬とか恋愛とかいふ事は両方の間に成立たない」（『全集19』106-7）と冷静に彼我の落差を認識している。これには鷗外のドイツでの、そして永井荷風のアメリカでの恋愛体験（後に触れるが、これはフィクションと見る評者もいる）等の例外はあるが、しかし当時の一般としては漱石の観察は正確であった。

ロンドンから病床にある正岡子規にあてた三通の手紙は、彼を楽しませようと意図的に面白おかしく書いてはいるが、早く日本に帰りたいという言葉に続いて、「日本の社会のありさまが目に浮かんでたのもしくない情けないような心持ちになる。日本の紳士が徳育、体育、美育の点において非常に欠乏している事［……］彼らがいかに空虚であるか、彼らがいかに現在の日本に満足して己らが一般の国民を堕落の淵に誘いつつあるかを知らざるほど近視眼的であるなどというようないろいろな不平が持ち上がってくる」（『ちくま全集10』649）と書いている。「ポットデの田舎者のアンポンタンの山家猿のチンチクリンの土気色の不可思議ナ人間デアルカラ西洋人から馬鹿にされるのは尤だ」などというのは、英国から受ける劣等感のあからさまな表出で、やけっぱちの感がなくもないが、次のような言葉は深い省察を含んでいる。「西洋人は感情を支配する事を知らぬ日本人は之を知る西洋人は自慢する事を憚らない日本人は謙遜する一方より見れば日本人はヒポクリットである同時に日本人は感情にからるべき物ではない謙遜は美徳であるといふ一種の理想に支配されつつあるといふ事が分る西洋人はこれを重んぜざる事が分る」（『全集19』106-7）。ここで「理想」は「幻想」の意味を帯び、古来の「美徳」にも批判的な視線を投げかけている。

文学についての感想はこうだ。「小説でも西洋人は実を尊ぶ代りに理想的な完全な人間を写さない日本人は空邈たる代りに完全無欠な人間を写す」（同書、107）。断片なので曖昧だが、西洋文学にはリアリズムがあるから「理想的」な人間は描かないが、日本文学にはそれがないから「完全無欠な人間」を書く、ということのようだ。これを日本文学の長所と取っているのか短所と考えているのかは不明だが、少なくとも、宣長が『源氏物語』を、非理想的＝現実の人間を描いたから高く評価したのとは違う視線を感じる。いずれにせよ、これが漱石が英文学に失望したことの根拠の一つと考えられる。

興味深いのは、同時代の滞日西洋人が、文学という文脈ではないが、同じく「理想」をめぐる観察を残していることだ。例えば、一八七三年に英国聖公会から派遣されて函館で布教し、後に英語教師として再来日、一時『ジャパン・ガゼット』紙の主筆も務め、三度目の来日では仙台の二高で教え、一九一三年に同地で死去したウォルター・デニングはこう書いている。日本人は「あらゆる種類の形而上学的・心理学的・倫理的論争に対して興味を欠いている。［……］理想主義を欠いている結果、もっとも教養ある人びとの生活をも、機械的で退屈なものにしている。［……］教養ある西洋人が空想と非現実の世界の中に、実際とは無関係な問題そのものに中に見出す魅力は、日本人にとって大部分は理解しがたいものである」（チェンバレン、323-24）。この、抽象的、理想的なものへの関心が弱い反面、実際的なものに関心が強く実利的であることを日本人の特徴と見ているのは、明治日本を訪ねた多くの西洋人に共通している（チェンバレン、317-28参照）。こうした意見をチェンバレンはこう総括している。日本人の長所は「清潔さ、親切さ、洗練された芸術的趣味」、一方短所は「国家的虚栄心、非能率的習性、抽象的概念を理解する能力の欠如」。そしてすべての観察者が認めている「日本人の模倣性」は長所とするか短所とするかためらうという。チェンバレンの見方がきわめて公平であることは、日本人のヨーロッパ人観について書いていることからもわかる。つまり、西洋に行った日本人はヨーロッパ人の特徴を「汚い、怠け者、迷信的」であるとし、前二者をもっともな観察だとしている。三番目については、日本人の鑑賞力がヨーロッパ人と異なることに帰している。すなわち、その「絵画も大寺院も、日本人の琴線に触れることはな」く、「日本人旅行者は、一般に考えられているほど欧米をすばらしい国だとは思わない。［……］国を出たときよりもさらに愛国者となって故国に帰ることが多い」（328-30）という。これはその後の日本人の西洋観、とりわけ後に検討する永井荷風らの反応を見れば、表面的には誤っているようにも思われるが、しかし漱石ら明治の知識人の反応を、さらには日本人の意識の深層を考える上では大いに参考になる意見である。

やや脱線したが、漱石は二年の留学生活を終えて帰国し、英文学への不満をかかえつつ東大の英文学教授になり、キャリア的には栄達を遂げ、宿願であった『文学論』も出版し、一応の平静を取り戻す。しかし英国でかき乱された精神は容易に落ち着かず、その混乱の根が思っていた以上に深いことが徐々に分かってくる。そしてついにそれを解決すべく、東大を辞して誘いのあった朝日新聞社に入社し、連載小説を書き始める。この大きな決定の背後には、それ以前に雑誌に載せた『吾輩は猫である』その他の文章が意外に好評だった事実があるが、やはりその根は、自分の心の奥底を見つめる時間と環境を確保したいというところにあったと思われる。その紙上で彼は、西洋化と近代化に翻弄される近代日本人の群像を繊細な筆で書き綴り、多くの読者を獲得した。

ロンドンではきわめて否定的な形で噴出した彼の強烈な自意識は、内省能力の強さゆえに生まれたものでもあった。彼はその力を駆使して、繊細かつ執拗に自己の内奥を探り、暴き出す営為を続けるのだが、それには彼の英国体験が決定的に影響している。その彼の英国（人）観および日本（人）観は、以下のように個人の資質に起因するものと、文化に起因するものとに分けると見通しがよくなる。

① 生来の鬱体質、人間嫌いが、暗い幼児体験によって強まったことによる否定的反応。英国ではこれが異質なもの、しかも自分の方が劣等と思われる相手に直面したことによって昂進した。

② 文化の違いを冷静に見つめ、取り入れるべきところと、本質的違いゆえに排すべきところを見極めた上での反応で、現在でも通用する態度。

①に関して、漱石の個人的気質としてよく言及されるのが、次男夏目伸六が『父・夏目漱石』で述べているエピソードだ。伸六がまだ小さな時分、父と兄の三人で散歩に出かけ、見世物小屋の立ち並んだ神社の境内に入っていった。そこで兄が射的をしたいとせがみ、「私」もつられてせがみ、漱石は「むっつりと」小屋に入る。しばらく見ていると急に父が「早く撃たないか」といい、兄が恥ずかしいというと、今度は「私」に撃てという。「私」も恥ずかしいというと、漱石は「馬鹿」と怒鳴るやいなや「私」の頭を打ち、「私」は倒れる。「その私を、父は下駄ばきのままで踏む、蹴る、頭といわず足といわず、手に持ったステッキを滅茶苦茶に振り回して、私の全身に打ち下ろす」。兄も周りの人も「皆呆っ気にとられて呆然とこの光景を見つめていた」(14-16)。これはたしかに尋常の光景ではないが、おそらくこれは生来の気質によるもので、英国体験はそれを増幅こそすれ、生み出したのではない。

こうした気質を反映してか、漱石の自己観は大きく分裂している。「内」におけるエリートとしての誇りと、「外」における肉体的・文化的な劣等者とに。そのユーモラスな文体にもかかわらず気質的にはきわめて生真面目で、責任感が強かった。それと同時に、あるいはそれゆえに、しばしば癇癪を起こし、鬱に悩んだ。妻宛の手紙では、あまり手紙を書いてこない彼女に痛烈に嫌味をいっているし、帰国し、自宅に帰って最初にしたことは、自分が出発前に書いて残した句を妻が床の間に飾っていたのを見て、これを引き裂くことであった。しかし晩年にはかなり穏やかになったようで、和辻哲郎によれば、人と話すときでも「相手の痛いところへ突き込んで行くというような、辛辣なところは少しもなかった。むしろ相手の気持ちをいたわり、痛いところを避けるような心づかいを、行き届いてする人であった。[……] できるだけ淡白に、感情をあらわに現わさずに、互いに相手の心持ちを察し合って黙々のうちに理解し合うことを望んでいるように見えた」という。さらに和辻はこう続ける。「これはあるいは漱石に限らず私たちの前の世代の人びとに通有な傾向であったかもしれない。[……]昔の日本の風習には、感情の表現にブレーキをかけるという特徴があったと思う」(146-47)。どうやら和辻はこれを書いた当時の日本人にはそれが失われていると思っているようだが、「感情の表現にブレーキをかける」ことは、形態こそ変わっているかもしれないが、今も残る伝統的な日本人の人間関係の取り方であり、決して「昔の日本の風習」ではない。しかしともかくこれは、漱石と熊楠との違いを見る上で参考になるので心に留めておこう。

もう一つ注目したいのは、一九〇九年、満鉄総裁、中村是公の招きで満州、朝鮮を旅行した記録である「満韓ところどころ」の次のような言葉である。「歴遊の際もう一つ感じた事は、余は幸にして日本人に生れたと云ふ自覚を得た事である。内地に跼蹐《きょくせき》してゐる間は、日本人程憐《ほどあわ》れな国民は世界中にたんとあるまいといふ考に始終圧迫されてならなかつたが、満洲から朝鮮へ渡つて、わが同胞が文明事業の各方面に活躍して大いに優越者となつてゐる状態を目撃して、日本人も甚だ頼母《たのも》しい人種だとの印象を深く頭の中に刻みつけられた」。ロンドンでの劣等感が、支配者となっている日本人を見て大きく癒されているようだ。むろん、これだけの経験で日本に対する見方を根底から変えることはなかったが、どんどん「大国」になっていく母国を喜びをもって見つめていることは確認できる。この愛国心あるいはナショナリズムについては、後にもう少し詳しく見てみよう。

一方、②の冷静な観察だが、ここでは彼は、当時の世界状況における彼我の落差をはっきりと認識している。これは政治経済のみならず、彼の研究対象である文学の分野でも歴然としていた。パスカル・カサノヴァは、「世界文学共和国」は「文学の生産・流通・消費において不平等と競争が渦巻く、冷酷無情な、目に見えない暴力の世界」と捉え、その「中心をグリニッジ子午線にたとえ、新参者はそこからどれだけ離れた場所から来たかで測られる」という。これを引用したソーントンがいうように、漱石がこの力関係を敏感に感じ取り、「日本人である自分が構造的にきわめて劣等的位置にあることを痛感」(10) したのは間違いあるまい。一九〇九年に書かれた『それから』の代助の言葉も、その認識から書かれた漱石の日本観である。

日本は西洋から借金でもしなければ、到底立ち行かない国だ。それでいて、一等国を以て任じている。そうして、無理にも一等国の仲間入りをしようとする。だから、あらゆる方面に向って奥行きを削って一等国だけの間口を張っちまった。なまじい張れるから、なお悲惨なものだ。牛と競争をする蛙と同じ事で、もう君腹が裂けるよ。その影響はみんな我々個人の上に反射しているから見たまえ。こう西洋の圧迫を受けている国民は、頭に余裕がないから、ろくな仕事はできない。ことごとく切りつめた教育で、そうして目の回るほどにこき使われるから、そろって神経衰弱になってしまう。(88-89)

すでに見たように、西郷は西洋と東洋の文明についてこういった。「実に文明ならば、未開の国に対しなば慈愛を本とし、懇々説諭して解明に導く可きに、未開蒙昧の国に対する程むごく残忍の事を致し、己れを利するは野蛮ぢゃ」。今聞けばまっとう至極な帝国主義批判だが、むろん当時の西洋列強がこのような「慈愛」に満ちた態度を非西洋に対してとることはなかった。しかし漱石の西洋に対するアンビヴァレンスの根底には、この反オリエンタリズム的ともいうべき感情があったであろう。生年においては西郷と四〇年しか違わないが、しかしその対西洋意識においては、その地を生身で体験したことも含めて、この四〇年は一世紀よりも長かったに違いない。彼にはこのような正論はとても吐けなかった。

三　熊楠の西洋観と日本観

漱石とは対照的に、南方熊楠は生来豪快磊落、人見知りでもあったが大言壮語もし、「鬱病のときがない」ので「軽躁病」だと北杜夫がいうように（神坂次郎、496）、楽観的かつ直情的で「自意識」の少ない人であったようだ。後年柳田國男へは、「小生はこの通りの変物で、学問のみ好み、また人を凌ぐことはなはだし」（『柳田國男・南方熊楠往復書簡集』上、239。以下『往復書簡集』と記す）と書いているし、周囲のさまざまな熊楠評からもそれはわかる。杉村広太郎は、田辺への隠棲を惜しんだそうそうたる人たちが就職の世話をしたが、熊楠はすべて辞退し、「かくてかれは超然として、自ら跡を江湖に晦まして、何を求むるとしもなく、兀々として書を読むか文を綴るか、標本を作るか、酒を飲むかで世を送っている」（平野威馬雄、308-9）と書いている。晩年、天皇が田辺に来たときに、粘菌の標本をキャラメル箱に入れて献上したという話は神話化している。(1)

こうした二人の気質と自己認識の違いは、それぞれが目指した学問分野にも影響を及ぼした。熊楠は幼少期から実物へのこだわりをもち、これが植物学、博物学という理系の学問に導いた。さらにいえば、熊楠は「学問の尊さ」が人種、文化を超える、すなわちあることを実証的に証明すれば、その事実は証明者の人種、国籍に関係なく認められることに気づいていた。要するに、後に述べる「普遍」に通じることを直感していた。

その熊楠の英国（人）観だが、「マグナ・カルタの法四章にして世界第一の国の隆を成せり」（『南方マンダラ』260-283）と、とりあえずはその先進国ぶりを認めている。英国人についてもその「紳士風」を認め、人付き合いは悪いが、「一旦交りを結ぶ以上は、見捨てることあるなし」と、ある意味で日本人以上の人情を見ている。このような正面切った賛辞の外にも、彼が英国人を賛嘆したと思われるエピソードがある。ある時彼の日本人の友人宅に泥棒が入ったが、貧乏暮らしで何も盗るものがなく、あまつさえウィスキーと間違えて灯油を飲んで吐きながら逃げた。ところが数日後に当の泥棒から手紙が来て、錠を壊したことを詫びつつ、こんな馬鹿な稼ぎをしたことはないといって、以下の損害賠償を要求してきたという。失望代、時間代、手数料！ さすがの熊楠も大笑いしたという（神坂、141-43）が、こうした英国人特有といっていいユーモアは、熊楠の気質に通じるものがあったに違いない。

しかし、このような英国と英国人に寄せる尊敬や共感の念と同時に、その「弱点」の指摘においても彼は容赦なかった。これは英国滞在時には現地人との衝突という形で現れる。まず先述のディキンズ（熊楠は「ジキンス」と表記）との対決である。この碩学はロンドン大学を卒業後、二二歳で英国海軍軍医将校として来日、英国公使パークスの下で働き、帰国後はその推薦でロンドン大学の事務総長となり、日本文学の研究を進め、『百人一首』などを英訳していた。彼は熊楠の『ネイチャー』への投稿論文を読んで感心し、手紙を書き、以後親しく交わるようになる。しかし後に援助を頼んだ『竹取物語』の英訳をめぐって二人は対立する。熊楠は、「諸貴人 in their turns に姫と好愛せんと求む」という翻訳は、「悪く読むと、日本には貴姫が［……］毎夜一人ずつ抱き寝ることと思うも知れず、諸貴人のナカノ一人を定めてその人と好愛することを勧むと書きかえくれ」と頼むが、ディキンズは怒り、「近ごろの日本人無礼にして耆宿を礼する法を忘る、［……］汝は外国に来たりながら長上に暴言を吐く」と書き送ってきた。これに対する熊楠の反応は、当時の日本人留学生としては驚くべきものである。彼はこういってのけた。「日本人は自国の耆老をこそ礼すれ、自国の不面目なることを捏造して書かるるような外国の老人を敬すべきはずなし。［……］外国に来たりながら長上に暴言を吐くほどの気象なきものは、外国に来て何の益なからん。汝ら外人はみな日本に来たり日本の長上を侮り、今帰国してまでも日本のことを悪様にいう、不埒千万とはこのこと［……］」（『往復書簡集』上、267-69）と。日本人の本音ともいえるものをぶちまけるこの態度は、内容の是非を超えて、日本人の対西洋の構えの極限に位置している。

この対決を機に両者は仲よくなったという熊楠の記述の正否は不明だが、彼の外国での生活全般と、また後年ディキンズが熊楠の結婚に際して花嫁にダイヤの指輪を贈ったことなどを照らし合わせると、その通りだったのだろう。とすればディキンズも大したものだ。もともと彼はディキンズを「梟雄《きょうゆう》の資あってきわめて剛強の人なり」と評し、その影響もあって「日本人が日本で発明のごとく思ううちに、欧米人が先を着けたことはなはだ多し」(『往復書簡集』上、260)と書いているところからすれば、冷静にその人物を評価していたことがわかる。

このエピソードでまず注目すべき点は、熊楠の愛国心の強烈さである。「外人はみな日本に来たり日本の長上を侮り」というのは誇張だが、仮に事実としても、彼我の文明の格差を見た当時の日本人の大半はそれを甘受した。その甘受は知識人であればあるほど苦しいもので、その典型が漱石なのだが、熊楠はそんな格差などどこ吹く風、まったく気後れせず、相手からも同等の敬意を要求している。彼自身「外人にひけを取ったことは少しもなく」と豪語しているが、その前に「狂人のごときことだが」と書くことでそれがいかに破格であるか意識していることがわかる。さらに自分の論文では「わが邦の書籍を欧州のものと対等に引用」し、今日まで尾を引いている洋書優先の問題に早々と片をつけている。

こうした態度の根底には、柳田に書き送った「科学、科学と欧人の独占のようにいうは大間違い、科学という名はなかりしが、科学智識の発達は古くより東洋にもあり」(『往復書簡集』上、269-70)という考えがある。これは近代科学に限っていえばやや苦しいが、むろん彼のいう科学ははるかに幅広いものである。彼は西洋の長所と短所を当時としては驚くほど冷静に見分けている。その長所の一つは圧倒的な物質文明を生み出した近代科学だが、しかし彼は同時に、それが解決できない問題をすでにかぎつけていた。それは漱石の指摘したような機械文明の弊害ではなく、方法論そのものの限界であった。それは「今日の科学、因果は分かるが、縁が分からぬ、この縁を研究するのがわれわれの任なり」（神坂、453）という言葉に端的に表れている。近代科学の限界を指摘するのは、その中身をどれほど理解しているかは別として、今日では流行の観さえ呈している。しかし巨大な建築が立ち並び、鉄道が地下を走るという当時の日本では想像もつかない決定的な現実を目の前にしてこの言葉を吐くのは、相当な胆力と眼力を要したであろう。熊楠はこの「縁」の解明に帰国後の全生涯を挙げて取り組み、やがて有名な「南方曼荼羅」を生み出すことになる。

ディキンズとのエピソードから見えてくるもう一つの点は、異文化理解の困難さへの理解と複眼的思考法である。先にも触れたチェンバレンなどにも実に点が辛く、彼や、これも著名な日本学者であるアストンなどは「小生は学者とも何とも思わず、ほんの日本のことを西洋へ吹聴屋というようなことと存じおり候。貴説のごとく、彼輩はどうしても日本のことほんとうに知りがたきと見え」（『往復書簡集』上、259-60）と柳田に書いている。ただしすぐに続けて、「これは日本人が欧州のことを訳する中に、またさらに多く笑わるるべきこと多きと同じ筆法にて、吾輩はただただ自分謹んでかかる過失なきよう念を入るべきに候」と自戒に転じている。その一方で、日本の固有性の賛美も諌めている。例えば連歌は日本独特のものだと思っているが、中国の連句はもちろん、ギリシアの scholia もそうだし、epigram は俳句だという。「日本にあるほどのこと、欧州にも古えはありしなり」。それを「今の欧人」ができないのを見て、日本人はむやみに自己を賛美するのだという。

彼は漱石と違って、身体にまで同じ複眼的な論法を適用する。「欧人は足長くキリギリスのごとし。日本人は足短し。これらのことはおのおの長短あり。みずから我執して他を醜とするは公論にあらず」。さらには「春画などに裸体男女の絶美なるもの多し」（同書、293-94）と、当時も今も日本人の間に巣くう西洋人に対する身体的コンプレックスを吹き飛ばしている。漱石のロンドンにおける自己卑下と比べると天と地ほどの差がある。これと同じ視線で、いわゆる文明の格差も「欧人は現代の欧州の開化を一定不変のものと思い、過去のことを問わぬ人多し。いずくんぞ知らん、彼輩のいわゆる開化はわずか三百年内外に始まる」ときわめて長い歴史的射程の中で見ている。

いま一つの点は、男色を含めた性の領域に深く関心をもち、またはばからずに口にし、書きもした熊楠が、ここでは日本を乱交の国と見られることに極度に反発していることだ。『竹取物語』が書かれた時代においてはこうした性関係は例外的ではなく、また彼がいうほどには恥でもなかったが、熊楠はそう見られることをひどく嫌った。これは彼が「履歴書」に、場違いにもかかわらず、自分も妻も結婚までは（かなりの晩婚だが）異性を知らなかったと書いていることと符合する。彼の性への関心は、その行動とは截然と区切られていたようだ。

第二の衝突はオランダの東洋学者シュレーゲル（スフレーヘル）との論争である。彼も若くして中国・厦門の領事館に中国語通訳として勤め、帰国後ライデン大学の中国語中国文学講座の教授となった人物で、その彼に熊楠は一八九七年に手紙を書く。内容は、シュレーゲルが東アジア関係の学術誌『通報』誌上で、一七世紀中国の辞書『正字通』にあらわれた落斯馬《ロスマ》という動物をイッカク（前頭部に長い角をもつイルカに似た海の哺乳類）であるとしているが、これは誤りで、それはおそらくノルウェー語のロス（馬）・マル（海）に由来する西洋起源の言葉であり、海馬つまりセイウチのことだというものであった。シュレーゲルはこの指摘を鼻で笑い、さまざまに反論するが、ことごとく熊楠に論駁された。不利と見たシュレーゲルは何とかこの論争を丸く収めようとするが、熊楠はこれを許さず、このやりとりを公表すると脅して、ついには「貴兄の言うように［……］この問題は解決された」といわしめる。

このエピソードについても松居竜五は、熊楠の「自慢話はやはり少々偏向したものであるという感は否めない。［……］南方の言を信じて『偏執狭識』で『毎々過誤に陥る』という矮小化されたシュレーゲル観を鵜呑みにしてしまうのはおめでたすぎるだろう」と、西洋人をやり込める日本人に快哉を叫ぶ愚をたしなめ、「たしかにシュレーゲルの学問的な論文は、どうも詰めが甘いように感じられることが多いが、それでも彼が生涯にわたって紹介した東洋の事物の中には、今日の目から見ても興味深いものが含まれている」(275)と、冷静な読みを勧めている。まことにもっともな助言だが、ここで留意しておきたいのは、西洋の学問的権威に、一切の肩書きをもたない、英語を母語ともしない一青年が堂々と論戦を挑み、ともかくも「勝利」を得ていることである。

こうした熊楠の態度が最も鮮明に表れたのが、これも有名な大英博物館英人殴打事件である。一八九七年十一月八日、当時ドイツが中国の膠州湾を占領するという事件が起きたが、それについて「小生を軽侮せるものありしを、小生五百人ばかり読書する中において烈しくその鼻を打ちしことあり」(『動と不動のコスモロジー』314)というものだ。日記にも「午後、博物館書籍室に入りさま毛唐一人ぶちのめす。これは積年予に軽侮を加しやつ也」(同書、272)と記している。そのため二か月の入館禁止となったが、館員ダグラスをはじめとする彼の学才を惜しむ有力英国人たちから嘆願書が出されたため、後に許された。しかし一年後の一八九八年十二月七日には再び、「夕館にて女共声高き故、之を止んことを乞へども不聴。[……]予追出さる」とある。これに対しても後見人であるダグラスの尽力で、彼の室内に限って熊楠の利用を認めるという裁定が下されたが、これを不服とした熊楠は自ら博物館を去る、という一連の事件である。

これらの事件は長らく、西洋への熊楠の対峙の形を象徴するだけでなく、日本人の溜飲を下げるものとして賞賛を込めて論じられてきた。たしかに驚くべき行動ではあるが、ここでも松居は注意を促す。「この時期の熊楠は、博物館内外でトルコ人と喧嘩をしたり、老婆を突き飛ばして入牢したりという事件を頻繁に起こしており、かなり精神的に荒れた情況にあった」ようで、この事件に対する「陳状書」の記述も割り引いて読むよう諫めている。彼によれば状況は少し異なり、しつこくつきまとわれていやがらせを受けたり、「英国国歌をピジョン・イングリッシュに直してみろ」とか、「妾は何人いるのか」、さらには「豚や猫や鼠は食うのか」と聞かれたりしていたという情況の中で、愛用のシルクハットをインクで汚された熊楠が、ついにたまりかねて「見せしめのために」、一八九七年十一月にダニエルズというもっとも陰険だった男をぶちのめしたのだという。それを根拠に彼は、熊楠のいい分を「すべてそのままで認めることはできない」という。殴打事件の翌年二月にダニエルズと再び口論したが、きっかけとなった自分の振る舞いについてはかなりの脚色が見られるという。つまり、熊楠は「陳状書」においては、自分は隣を通りがかったときにたまたまくしゃみをしただけなのに、ダニエルズが喧嘩をふっかけて来たと主張しているのだが、当日の日記には自ら「博物館にて前年打ちやりし奴に唾はきかけ、同人予の席へ詰りに来る」と、意図的な行為であったことをはっきり記している。この後、自分だけを謝らせた博物館の裁定を熊楠はしつこく批判するが、博物館の方としては、行きがかりからいって当然の結論を出したまでであろう（松居、466-67）と。この指摘はたしかに説得力があるが、ここでも確認しておきたいのは、脚色の程度は別として、この種の行動は、漱石はもちろん、当時のいかなる留学生、遊学生にもとうていとれなかったという点だ。

こうした一連のエピソードから見えてくるのは、当時の留学生としては異例の熊楠の自我の強さで、これはナショナリズムとも密接な関係がありそうだ。一般にこのナショナリズムという語はほぼ次の三つの意味で使われる。一　愛国主義、二　民族主義、三　国粋主義。しかしどの意味で使おうと、その主体たるネイション、すなわち国民が措定されなければこれは成立しない。前にも触れたように、横田冬彦は、日本という「国」が意識されはじめた時代は元禄時代だというが、これは国民意識の芽生えということだ。一方加藤周一は、百年以上後の文化・文政・天保時代に活躍した滝沢馬琴を論じる中で、「当時存在しなかった『国民』」（下、216）

といっており、これはなかなか確定しにくい問題のようだ。しかし、前に触れた国防意識の目覚めから見ても、自分たちは日本という国に生きる同種・同質の人間たちだというぼんやりした意識が、江戸期後半を通じて徐々に広まっていったことは確認できよう。

となれば、このナショナリズムなるものの萌芽はこの時代に探さねばならないだろう。その元型は、前章で論じた本居宣長を代表とする国学の流れに見ることができるが、ここで論じようとするナショナリズムの近代における元型は吉田松陰の次の言葉に象徴される。彼は宣長や平田国学に深く影響されてはいたが、黒船来航以後を生きた人、すなわち西洋のもつ威力を一部とはいえ肌で感じた人である。しかしそれでもなお、ペリー来航直後、同志である宮部鼎蔵にこう書き送っている。「聞くところによれば、彼らは、来年、国書の回答を受け取りにくるということです。その時にこそ、我が日本刀の切れ味をみせたいものであります」。

同じく最初期に西洋文明に接した諭吉は、今にして思えば驚くほど柔軟な精神の持ち主で、その鋭敏な嗅覚を使って日本の進むべき道を示したが、その彼にしてやはり幕末の志士の気概をもっていた。蒸気船を初めて目にしてからわずか七年後に、日本人だけで初めて太平洋を横断した咸臨丸による航海を、世界に誇るべき名誉であると述べている。また後の文久遣欧使節の途上、立ち寄った香港で植民地支配の現実を目の当たりにし、英国人が中国人を犬猫同然に扱うことに強い衝撃を受けている。還暦祝いにおける慶應義塾生徒への演説では、明治維新以来の日本の進歩と日清戦争の勝利によって日本の国威が大きく発揚したと述べ、「感極まりて泣くの外なし」、「長生きは可きものなり」と語った。

芥川龍之介の次の言葉にも同種の感情がこもっている。「倭寇は我我日本人も優に列強に伍するに足る能力のあることを示したものである。我我は盗賊、殺戮、姦淫等に於ても、決して『黄金の島』を探しに来た西班牙人、和蘭人、英吉利人等に劣らなかった」。これは芥川のブラック・ユーモア集ともいうべき『侏儒の言葉』

にあるものだから用心しなければならないが、完全な茶化しと取る必要もなかろう。つまり彼は、倭寇を使ってナショナリズムを茶化しているようで、実は西洋に対抗する気概を見せようとしたのではないか。いずれにせよ、倭寇まで引っ張りだしてくるところに当時の知識人の苦慮が垣間見える。そしてその背後に見える西洋観の歪みの病根は深く、後世の日本人はこの歪みをそっくり引き継いでいるといわねばならない。

初期の優れた日本文化論の一つ、『西欧世界と日本』を書いたサンソムは、明治の知識人の多くが、程度の、あるいはニュアンスの差はあれ、ナショナリスティックな感情を抱いたのは、西洋と日本の文明差・国力差に加えて、ある不運も作用していたと見る。「日本が国際社会に加わったのが、ちょうどヨーロッパ人の自信が最高潮に達したときだったのは、日本にとっておそらく不幸なことであったろう。もう数十年早かったなら、あるいはもう数十年あとだったなら、日本はあれほどの幻滅を経験せずにすんだであろう」（下、237）。たしかに一九世紀初頭にはヨーロッパはフランス革命の余波の中で混沌としていた。一方、二〇世紀も漱石滞英時の十数年後には、人類最初の世界規模の戦争である第一次世界大戦を経験し、新たな混沌と精神的荒廃がこの地を覆った。とはいえ、当時の日本人が感受した彼我の関係は、こうしたことでは根底的には変わらなかったであろう。一つには、サンソムのような東西を知る知識人は例外で、当時の日本人が接触し、あるいは書物で知った人々は、西洋文明に自信満々だったからだ。トインビーも、「一般大衆は、人間の繁栄を権勢と富を尺度にして測るものであるから、往々にして、ある社会の悲劇的な凋落の始まる時期が、民衆からすばらしい成長の絶頂の時期として迎えられる」（265）というが、これも歴史を俯瞰できる知識人の言葉である。

ともあれ、熊楠もこうした幕末から明治初期にかけての愛国的な精神的系譜の中にいた。「小生程愛国心の厚き者はなからん。［……］生来一度もキリスト教礼拝堂に入らず［……］」（『往復書簡集』上、265）と自負し、ロンドン滞在時に勃発した日露戦争のニュースを聞くと、赤貧の中、すぐさま募金し、日本人の募金第一号であることを後々までも自慢した。(2) 後年になっても、この戦争は「不得止」のもので、一九世紀以降「商業も殖民も何もかも兵力で保護するの風」を生じた以上、「一国その［有所得の］妄念なきがために亡ぶるなり」（『南方マンダラ』360）といって弁護している。さらにいえば、一四年もの米・英での生活を終えて帰国して以後、彼は一貫して和服で、というよりほとんど浴衣で通したこと、妻との関係も含めてその生活様式全般が伝統的な日本風で、西洋風を一切吹かせなかったことなども広い意味での愛国心の傍証になるだろう。

しかしその一方で、熊楠は非ナショナリスト的側面ももっていた。「日本には日本特異の多少の開花はありしこと確信仕り候」（『往復書簡集』上、257）と書くとき、この「多少」には自恃と冷静の双方が見られる。また谷崎潤一郎のように、陰翳を礼賛したりして風土還元論的に日本を称揚するといった態度を終生排した。そもそも彼は一九歳で渡ったアメリカの生活にほとんど違和感を抱かなかったようで、その文化の優越性に圧倒された形跡も見当たらない。その点では諭吉などに似ているが、英国での漱石の態度と比べると驚くべき文化適応性・順応性を見せている。ミシガンの大学では、差別的な態度をとってきたアメリカ人学生を友人たちと力で撃退しているし、大酒を飲んで酔いつぶれたところを校長に見つかって、友人の責任もかぶる形で自主退学するなど、異国、それも経済的・政治的・文化的に圧倒的に優越していると多くの日本人が感じていた国で、まったく違和感なく、それどころかやりたい放題をやっていた観がある。手紙などを見るかぎり、勉学への熱意は旺盛で、郷愁などかけらも感じていなかったかに思われる。ロンドンに移っては、ほとんど金もない中（この点も政府奨学生の漱石と対照的だ）、パブを渡り歩き、いっぱしの顔になっていたようだ。何より研究の面ではかなりの賛同者や支持者を集め、一部の者からは高い評価を得ていた。先述の殴打事件では、「予を助けくれし老人」（『動と不動のコスモロジー』287）までいたという。

彼に単純なナショナリズムを越えさせたもう一つのものは、自分の研究に対する強い自負心であり、これほど研究に全身全霊を捧げている者はいないという確信であっただろう。若き日に、「われ東洋のゲスネルにならん」と一念発起した熊楠は、『ネイチャー』などの一流紙に論文が掲載されることで自信を深め、客観的にも西洋の研究レベルを超え出ていく。何より、知、とりわけ自然科学や民俗学の領域では、研究成果は文化を超えて認められるという体験が熊楠を狭量なナショナリズムから救い出した。少なくともそれによって彼は、日本の特色を風土に還元したり、あるいは過去の日本を理想視して自尊心を保つというような、彼以前、同時代、いや現在にいたるまで、多くの日本の識者がとってきた道をとらなくてすんだのであろう。つまり彼は知の領域で「普遍」に接し、文化や国家を越えて西洋人と対等に接する可能性を見出したといえよう。

熊楠のこうした非ナショナリスト的側面は、孫文との非常に強い、ほとんど愛着ともいえそうな友情に端的に見ることができる。ほんの短時間のロンドンでの出会いで二人は肝胆相照らすようになり、その後も、孫文が革命運動で来日すると、多忙な日程を縫って熊楠に会いにはるか田辺まで来るのである。粘菌研究と革命というまったく違う分野に生涯をかけた二人が、にもかかわらずこれほどの絆を結ぶことができたとは、熊楠が単純な意味でのナショナリストでないことの何よりの証であろう。

ここで少し漱石に目を転じると、彼には少なくとも表面的にはナショナリスティックな思想はほとんど見られない。これは親友であった正岡子規の日清戦争への思いと比較すると際立つ。子規は志願して従軍記者となったが、当時友人たちに書き送った、「皇軍しきりに勝ち神国の名は外国人にあがめられ候［……］」や、「旅順威海衛の戦捷は神州をして世界の最強国たらしめたり」（江藤淳、『漱石とその時代1』262, 264）といった言葉に、その高揚感が如実に表れている。それに対して漱石のこの戦争に関する言及はきわめて少ないが、あったとしても、例えば『猫』では、苦沙弥先生は「旅順の陥落より女連の身元を聞きたいと云ふ顔」（17）をしたり、家の隣の学校の生徒がダムダム弾でからかう話のときには、「旅順の戦争にも海軍から間接射撃を行って偉大な功を奏した」(161)などといって茶化したりしている始末だ。また苦沙弥先生は日露戦争の凱旋祝賀会への義捐依頼の手紙をうっちゃって、「軍隊を歓迎する前に先づ自分を歓迎したいのである」(184)などと猫にいわせている。どう見ても熱い愛国主義者とは思えない。

熊楠に戻ると、以上見てきたような英国観や愛国心とは裏腹に、あるいは表裏一体的に、日本および日本人に対して痛切な嫌悪感と絶望感を何度も表明している。その日本人批判は大略以下のようなものだ(以下の評は、彼がロンドンで知り合い、後に多くの書簡を送る土岐法竜あての手紙からのものである。土岐については後述する)。因習にとらわれて時代遅れで、西洋の国情を知らないままその風習を習う。また、うそが多く、「礼式のこまかき国は実は無礼のもの多き」と、その慇懃無礼ぶりを指摘し(『南方マンダラ』262-63)、さらには「今日交わるものは明日は無挨拶」(265)と、その人情の薄さを嘆いている。しかしその一方で、春画は海外に誇れるもので、「人情を知るための最捷径」(266)だといい、逆に僧侶は「止水観とかなんとか、実は心の中で手淫すると同一なり」(268)とその偽善を批判する。土岐が西洋言語ができないことを「短とす」というのはいいとしても、「いたずらに心内の妙味のみ説いて、科学の大功用、大理則あるを捨つる」(73)と、科学的精神の欠如を批判する。また日本人は、国内では分かりきったことを大議論するくせに、外=西洋が日本に対して散々間違ったことをいっても、「語学の不十分か、勇気の不足か」、なすところを知らない(351)と批判する。これらはすべて特定のものについての批判だが、日本人一般に通じるものと見て間違いあるまい。

これらは帰国後に書かれたものだが、早くも二一歳の熊楠は、アメリカでの同年齢の「日本学生の景況」を、「一にも西洋、二にも欧米と、ケトウジンの屎尿までも舐るを喜んで、吐くを知らざるとは、心ざまの卑しきことハキダメより下に、胆の小さきこと蟭めいよりも微なり」(『動と不動のコスモロジー』122)と、くそみそにこき下ろしている。帰国後には、柳田國男に大衆向けの雑誌への執筆を勧められると、「小生は凡衆婦児相手の人気ものを書く気は少しも無之［……］おのれより劣ったものを相手にしては学問は進まず［……］」、そんなものに書くのは「阿房相手に人を阿房にする法なり」（『往復書簡集』上、231-32）と恐ろしく居丈高に返事をする。これにはさすがの柳田も腹に据えかねたと見え、いつもと違う激しい言葉を返している。「［……］英文をかく方が日本文より上手なりとは羨むべき限りなるに、神社問題などにつき真の愛国者たる態度を示しながら、この点ばかりはあまりコスモポリチックにて、絶えて日本の学問を豊富にする考えなく、われわれをも含める日本の社会を一括して凡俗扱いにするとは、さてもさても偏狭の沙汰なり」。これは激情に駆られた言葉だが、すぐに続けて、日本の学術雑誌は西洋に劣っているので、「できるだけ掻きまわし風穴をあけてやるだけの覚悟」がいる。それにつけても、「むしろ今後の新しき研究は貴下が俗物視せらるる雑誌類などに多かるべしと思いおれり」（249-50）と冷静に書いている。

しかしここで柳田は、おそらく意図せずに、熊楠の大事な側面を言い当てている。すなわち、ここで柳田が指摘する熊楠の「偏狭」さは、彼の日本人観の一側面を表すと同時に、愛国主義と国際人たる自負のアンビヴァレントな共存をも含んでいる。つまり、熊楠は本当に日本の社会を凡俗だと思っていたのだと思われる。これは裏を返せば、若くして日本を出た熊楠の、あまりに内向的、閉鎖的な日本への審判でもあった。これは留学経験もなく、またそれへの強い欲求もなかったと思われる柳田には窺い知れない領域であったかもしれないが、熊楠は、晩年は日本を離れて暮らしたいと手紙に書いている。彼の中ではそのような思いと愛国心とは混沌とした形で共存していたのであろう。

鶴見和子は、熊楠と柳田の違いを二点から説明している。一点は宗教的背景で、熊楠が真言密教、柳田は神道。第二点は熊楠が「自然科学と社会科学の接続点」で仕事をしたのに対し、柳田は「人文科学と社会科学の間を歩いた」ことで、これは、自然科学がわからない人とは議論ができないと考えていた熊楠にとって決定的だったという。さらに第三点として経歴の違いを挙げる。熊楠は落ちこぼれて前半生を放浪に費やし、後半生は定住したが、一生いかなる機関にも属さなかった。それに対して柳田はエリートコースを歩み、貴族院書記官長にまでなる。後半生では官から離れて旅に明け暮れるが、これを三輪公忠の言葉を引いて「故郷喪失者」になったと見る。しかし、地方から地方へと旅をするものの、地域というより「地方《じかた》」としてこれを認識した。つまり「見る人、観察者、漂泊者」として土地を見たのに対し、熊楠は、旅人としてでなく、労働者として「そこにあるものを採る」という形で土地に接したと評する（『南方曼荼羅』25-32）。やや熊楠に肩入れをした見方のようでもあるが、二人の違いの要点は押さえているようだ。

柳田とのやりとりから見えてくるもう一つの点は、漱石や柳田にはほとんど見られない欲求、すなわち「異」への希求である。[3] これが慧海や大拙をはじめとする当時の有為な若者の共有する熱病であったことは前章で見たが、彼も土岐にこう書いている。「小生はたぶん今一両年語学（ユダヤ、ペルシア、トルコ、インド諸語、チベット等）にせいを入れ、当地にて日本人を除き他の各国人より醵金し、パレスタインの耶蘇廟およびメッカのマホメット廟にまいり、それよりペルシアに入り、それより舟にてインドに渡り、カシュミール辺にて大乗のことを探り、チベットに行くつもりに候。たぶんかの地にて僧になると存じ候。回々教国にては回々教僧となり、インドにては梵教徒となるつもりに候」（『全集7』239）。また土岐への別の手紙では、他の話題ではくそみそにこきおろしておきながら、セイロンにつてがあれば教えてくれ、「小生もいずれ行くことゆえ止宿したきなり」（同書、276）と虫のいいことをいっている。空気を読まないというべきか気宇壮大というべきか、ともかくもこの破格さは、後年チベットという鎖国している国に命をかけて密入国する河口慧海と瓜二つである。

この願望は晩年になると収まるどころか増大し、こういわしめる。「小生は一生海外に留まり得ざるを今に大遺憾に存じ候。［……］子供の資金ができ候わば、小生は日本を遁世致し外国にゆき流浪して死ぬつもりに御座候。［……］官吏と博士とか学士とかいう名号をつけたものをはなはだ好まず。日本にありては埋もれおわるか自暴自棄のほかに途なく候」（『南方マンダラ』387-88）。これは法竜宛ての前の手紙から一〇年以上を経て一九一六年に書かれたもので、かつてのいいたい放題とはトーンが異なるが、それにしても彼が日本に対して根底的な違和感を抱いていたことが感じられる。そしてこの感覚が、かつて米英でほとんど違和感を抱かなかった理由でもあるだろう。

しかしこれが決して時代を突き抜けた妄想でないことは、シカゴにいた大拙が次のように書いていることからも察せられる。「アラヒヤの曠野に放浪せんとの貴意、予の尤も賛成を表する所、予の当地に流離する固より本来の意にあらず、機を見て土耳古《トルコ》、波斯《ペルシア》を横ぎり、昔時の亜富加尼斯坦《アフガニスタン》、月氏国の辺よりパンヂャプを経て印度に入らんとは予が私かに抱ける大望なり［……］」（『大拙書簡』90）。盟友ともいうべき西田幾多郎に宛てたこの手紙は、結局一度も海外に出ることのなかった西田もこうした「大望」を抱いていたことを示している。当時鎖国状態であったチベットへの密入国という極端なケースでは、成功したのは河口慧海を含むほんの一部で、大多数が何らかの形で挫折してはいるが、多くの若者がこれを試みたのを見ても、この「大望」がいかに強いものであったかがよく分かる。

こうした熱病は、前章で多少触れた仏教復興運動を支えた当時の知的な若者たちにとっては、自分たちの置かれている状況に対する反動でもあっただろう。熊楠はこの運動に直接かかわったわけではないが、土岐に当てた仏教に対する痛烈な批判を見ると、彼がその精神を共有していたことがわかる。土岐は後に密教学研究の基礎を築き、真言宗御室派管長、そして真言宗各派連合総裁に就くことになる仏教界の重鎮だが、その立場を考えると、これは当時の仏教会全体への批判と見ていい。その内容は、仏教会の無知、傲慢、形式主義、金銭主義など、多岐にわたっているが、立場をわきまえぬ口調にも目を奪われる。「一体其許等坊主連が一向人にもてぬは、そんな了簡で推し量り、ただ死人の世話やきとか、検死の立会いとかいうことを職業と心得、さて、うばかかの涙流させに分からぬ落し話して、銭をせしめんと計るよりのことなり」（『南方マンダラ』198）。批判は土岐本人にも向かう。「一体、今の坊主どもは何にも知らぬなり。［……］你、前条に金栗如来［熊楠のこと］の事を説明せしを、分からぬくせに、当否はさて置き面白しとは、何のことぞや。実に文殊大士再現すとも説き得ざる大発明を授けやりしに、一向気づかぬは何事ぞや」（205-6）と、傲岸なことこの上ない。分からぬことを素直に認めないという指摘も厳しいが、何より目につくのは、自分の言を絶対真理としてかざしている点で、きわめて非日本的だ。そもそも手紙の冒頭に、「末弟　土岐法竜様　旧称　二代目新門辰五郎事　南方熊楠大菩薩より　余は仏教の相伝のときようを侠気上おしえてやったんだ。だから、新門辰五郎というなり」と書く熊楠である。

しかしこの点では土岐自身も決して負けておらず、やはり破格の日本人であった。熊楠に出会うロンドンに向かう前に、彼は一八九三年にシカゴで開かれた「万国宗教会議」に仏教界を代表して参加し、世界から集まった宗教者およびアメリカの一般聴衆を前に、キリスト教とその文明を痛烈に批判した。「他の宗教を邪教としたり、嫌がる者に無理やり伝道するような宗教は真実な宗教ではなく、真実でないものは死んだほうがいい」（森孝一、16）と、熊楠も真っ青になるほどの直言である。こうした激しい気性をもつ二人が、ロンドンで意気投合したばかりか、その後もあのような、「腹蔵ない」という形容では包み込めないほどのどぎつい手紙をやりとりして終生深い友情を感じあったというのは、明治期の人間関係の一部を垣間見させてくれて面白い。

しかし文体を別にすれば、書かれている内容は実に豊穣だ。熊楠の手紙はどれもおそろしく長く、現在の感覚では手紙というより論文あるいはエッセイというべきものだが、ここで彼が土岐に「おしえてやった」中身は、彼への別の手紙で詳しく書かれている、後の評者が「南方曼荼羅」と名づけるようになった熊楠独特の「事」

の論理である。仏教界の重鎮に仏教の真理を「侠気上」教えてやるという態度は、傲岸不遜というか、天晴れというしかないが、その土岐にして、ひどく難解なこの論理はすぐには飲み込めなかったようである。

これについて熊楠は土岐に、大拙との往復書簡でのやり取りを紹介している。大拙が、熊楠の説は「所説一切、不可得を完全体となすごとし」といってきたのに対し、自分以外にもデカルトもそうしているが、大拙は知らないようだ、とした上で、こう書いている。「不可得は完全体か不完全体かはすなわち不可得なり。しかしながら、今日既得の分よりは大いにかつ完全の度高きものたることは推し知るべし」と。この言葉の根拠となるのは、信は「今世すなわち不可得界中にありながら、多少は可得なる分際に処置のなるべく完全なるようするの法」（『南方マンダラ』368）だというもので、つまり、どうせ不可解な世界なのだから、「可得」なるものを最大限理解し、「未来のことは信の一字に任せ」（367）たとき、この世は完全体になるとする見方である。これは一見彼の科学的でプラグマティックな精神と相反するようにも見えるが、しかし彼は、この世では悟りは実用に役立たなければ意味はないとする。そこに実用を重視する真言の価値を見、これを「わが曼荼羅教の本事」（375）と呼んでいる。その曼荼羅力を応用する法の理論の第一に、人間の心は複数で、しかも常に変わるというものを置く。これはグルジェフの「複数の私」の理論に酷似しているが、熊楠はこれをアラヤ識の表れという形で捉えている。

熊楠の曼荼羅理論は複雑で、十分に論じる紙幅も力もないが、ただこれを土台にした彼の「小乗」仏教批判を見ることで、その一部を垣間見ておきたい（現在は「小乗」という呼称は避けられ、「上座部仏教」などといわれるが、ここでは彼が使っているのでそのままにする）。小乗批判は当時の日本の仏教界の主流であったが、ここには熊楠独特の視点があり、それが彼の思考の特徴を浮かび上がらせるからだ。

「南方曼荼羅」によれば、仏道興隆は「物」や「心」ではなく「事」による。すなわち「日々入れかわり死に失せ、生まれ出て、宿がえしするながらも、一社会に事として盛んに伝わりて止まぬこと」、すなわち「社会の弊風を撓め衆生を救うの念」（『南方マンダラ』199）を通してやるべきだという。小乗仏教批判もそこから生じる。「あてもなく、寂滅のみを冀《ねが》う」（286）「小乗には望なし。期するところが無楽を楽とすればなり」という。小乗仏教のうるさい戒律主義は、その多さがかえって「その人の罪に陥りやすき心の弱点の多さも知られて［……］恥かしきことにもあるなり」といい、「大乗の者の目より見れば、実は小乗よりはまだ耶蘇教の方がましといわざるを得ず。［……］小乗には望なし」（283-84）と言い切っている。

これに対して「大乗は望あり。何となれば、大日に帰して、無尽無究の大宇宙のまだ大宇宙のまだ大宇宙を包含する大宇宙を、たとえば顕微鏡一台買うてだに一生見て楽しむところ尽きず、そのごとく楽しむところ尽きざればなり」。そしてそれに続けて、「涅槃というは、消極性の詞なり」（284）とまで述べている。涅槃は大乗でも目標とするのだからやや筆の勢いが余った観があるが、しかしそのいわんとするところはよくわかる。小乗はおびただしい数の細かい規則で生活を律してはいるが、その目指すところは生の安逸であり、「今年も春きてなたねさき、今年も秋きて鹿鳴くというようなことのみなり」で、世界および生に対する能動性がまるで感じられない。これに対して大乗は世界に働きかけ、その謎を探ろうとする積極性をもっていて、それが生の楽しみを生み出すのだという。

熊楠の小乗仏教観は、「仏教は現世否定の宗教である」という当時の西洋の仏教観との類似性を感じさせる。「仏教とは虚無の信仰である」というヴィクトル・クーザンの言葉を題字に引いたドロワは、「一八五〇年代から、ヨーロッパの想像界のなかでは、ペシミズムとニヒリズムが長いあいだ仏教に結び付けられていた」（162）が、その実態は、「ヨーロッパは、自分自身にかんして恐れていたもの、すなわち、崩壊・深淵・空・魂の消滅といったものからなるイメージを、ブッダにかぶせた」（292-93）ものだと解説している。(4)

フレデリック・ルノワールは、「仏教は、圧倒的な科学主義と合理主義に直面して出現した神秘主義的な流れを介して、十九世紀末に西洋人の集団幻想の中に根を下ろした」(15)と述べてその肯定的受容を認めるとともに、仏教を「虚無の信仰」と見る潮流も併存したという。後者の近代における源流を彼はヘーゲルやショーペンハウアーに求めるが、とりわけ後者は、自己の厭世的性格と人生の不如意を仏教に投影して、いわば自分に都合よくこれを厭世的宗教と誤解したと見ている。ニーチェは彼に強い影響を受け、当初は仏教を「キリスト教に対抗する盟友」として肯定的に評価し、それは一八八二年の『悦ばしき知識』頃まで続く。しかしこの熱狂は徐々に冷め、後には猛烈にかつての「師」を批判しはじめ、その過程で仏教をもやり玉に挙げる。彼の新たな仏教観は「生の否定」の宗教というものだ。「生は苦である」という仏教の根本教義に彼は疑義を呈し、「禁欲、断念、無関心の中に幸せを見つける」ことによって、もう一つは、「生の、そしてそれに伴う苦しみの『肯定』、あるがままの世界の受容、存在しようという意志、つまりニーチェの悲劇的叡智」によって、これを超克できると考えた(123-33参照)。ニーチェの生の全面肯定は、キリスト教を斬り、返す刀で仏教をも斬ったが、彼はキリスト教世界の異端である。意志の力で自己完成を目指し、それによって神へ近づこうとする基本的なベクトルをもつキリスト教ヨーロッパが、仏教的な内面への沈静と、無ないしは空を目指す仏教的ベクトルに対して違和感を抱いたとしても何の不思議もない。(5) ルノワールはニーチェの仏教観が伝統的な仏教観と一致するかどうかに疑問を挟んでいるが、それはとりあえずここでのポイントではない。大事なのは、漱石や熊楠が滞在した西洋にこうした二つの仏教観が共存しており、彼らが見聞した時代の西洋の仏教理解がそういうものだったということで、もう一点は、熊楠の小乗仏教観とその背後にある人生観は当時の西洋の仏教観にほぼ一致していたが、こうした「存在への意志」による生の全面肯定は当時もその後も日本人には異質なものだったということである。

彼の小乗批判は禅批判にも及ぶ。「埒もなきことを考案として舌戦する。そのことすでに不立文字というに背けば、達磨の禅の本意ともまるでちがえり」。何の「智」も「識」も積まず、「学問はするに及ばぬ」などといい、「真言のごとき曼荼羅もなんにもなければ、森羅万象、心諸相、事諸相、名印諸相、物界諸相を理だてて楽しむ」こともない。「究極の悟りは、なるようになれば、よいもわるいもないところがよいというような、八、九歳の小児にも分かりきったことに過ぎず」（『南方マンダラ』287-88）とけんもほろろである。この批判の当否は措こう。ここで注目すべきは、小乗批判に見られるのと同根の熊楠の宗教観だ。それによれば、宗教的悟達といえども「智」と「識」に基づかねばならず、いやそれ以上に、そうした宗教的姿勢は、「物界諸相を理だてて楽しむ」、先の言葉を使えば、「大宇宙を顕微鏡を通して一生見て楽しむ」といった生への姿勢から遊離しているところが間違っているというのだ。これは禅風味を愛した漱石と端的に違う点である。

それにしても彼の禅批判は執拗で、著書ならまだしも、書簡で一人の読み手を説得するにはあまりにくどい観がある。禅のいう悟りなど「稽古も修行もせずに、泥棒にでもなれば、じきにできること」で、開いても開かなくても同じ、なぜなら「外相」に表れないからだ。そんな悟りは一種の思い込みで、「その人の勝手」であり、それでは「人間の多数の団体のもの」である宗教としては成り立たないという。そしてそれを証明するために数学から宗教史まで、彼特有の博覧強記を使うのだが、ここには一種強迫的なものがあり、漱石とは別の意味で何かに急き立てられている風が見える。(6)

おそらくこのような宗教観のために、熊楠は、前に触れた慧海の「釈迦主義」に代表される釈尊を仏教の唯一の創始者と見る見方を排するのだろう。「仏教は決して一朝一旦に釈迦を俟って出でしにあらず。その前にも後にもその教の聖者ありしと知るべし」（246）という。すなわち釈迦はそれ以前から続く諸仏の流れの中の一人であり、「その説大いに世にあてはまりて、釈迦の説をいと口として仏教大いに興りしゆえ、他の諸仏の説ける大乗として世に出づるに及べり。［……］その説は劫初よりあり。［……］時世に応じていろいろに説きしが諸仏なり」（245）と。これはいわゆる「永遠の哲学（perennial philosophy）」、すなわち真理はその始原から知られており、それが時代時代で異なった表現者を通じて世に伝えられた、という考えに通じるもので、慧海の「仏教の真実本尊は、歴史的存在である釈迦牟尼仏の他に見出すことはできない」とする「釈尊本尊主義」とは、真っ向から対立しないまでもかなり異なる。慧海は、一九二六年に出版した『在家仏教』では、末法の世である現在は出家が原理的に否定されており、在家仏教を実践すべきだと主張していて、この点は、熊楠の、今では僧になれば堕落せざるをえないという仏教批判と相通じるものがある。また仏陀は「ただ大乗のみ即ち無上法のみ説かれた」（奥山直司、347-348）とする点も熊楠に通じる。しかし、釈迦を仏教の唯一の原点と見るかどうかで両者は袂を分かつようだ。

ではこうした宗教観を打破するにはどうしたらいいのか。それを彼は「科学教育」に見る。しかし彼のいう「科学」は通常のそれを超える意味の広がりをもつもので、「社会の変遷につれて、社会というものは必要を基として立つものなれば、その社会の必要と乖離せる陳言腐詞のみをいいはりて、社会に何の益ありや」（294-95）というきわめて実践的な考えに基づいている。これはすなわち、宗教という一種自閉的な世界を突き破り、現実を直視し、それに即して生きねばならないという姿勢の表れである。

熊楠の科学＝「理」信仰は、南方曼荼羅にいう、「事理が透徹して、この宇宙を成す」に明瞭に表れているが、その実そこで最も力点を置いているのは、曼荼羅を示した殴り書きのような図の外に記された「大日、本体の大不思議」で、その要は「宇宙のことは、よき理にさえつかまえ中《あた》れば、知らぬながら、うまく行くようになっておる」というすこぶる楽観的なものである（『南方マンダラ』295-99）。いや、楽観的というより、宇宙には理の届かぬものがあり、それを信じればうまくいくという、彼一流の宗教とさえいえるものになっている。彼にとっての科学は、「真言曼荼羅のほんの一部、すなわちこの微々たる人間界にあらわるるもの、さてあらわるるもののうち、さし当り目前役に立つべきものの番付を整え、一目了然で早く役に立つようにする献立帳を作る法に過ぎず」(316)である。しかし「過ぎず」といっても、「今の世に大実用あるべき科学」を排除してはならないという。つまり科学といえども真言＝曼荼羅宇宙の一部に過ぎないが、役に立つものは使えばいい、といっているのだ。

この実利的あるいはプラグマティズム的な態度は、「牛馬に動といえば止まり、止といえば動き出すごとき、間違いは間違いながら､何ともしれで用がすめばよきなり」という言葉に極まっているが､彼自身はこれを「曼荼羅の再校」(315)とも呼んでいる。これが彼の思想の根幹にあることは、この言葉のすぐ後で、現在わが国で盛んな「念仏宗」は「まことに無意味浅はかなもの」で、早晩「わが真言」にとって代わらねばならない(306-10参照)といっていることからもわかる。真言宗のもつ「理」と実利重視を、「信」のみを前面に押し立てる念仏宗、すなわち浄土宗や浄土真宗よりも優れたものと見るのである。

彼の思想の根幹にはたしかに「理」を重んじる主知主義的・合理主義的側面、そしてそれに則った進歩史観的側面がある。禅や念仏宗のように、何も知らないで悟りだ成仏だといってもだめで、そこには宇宙を見通す知がいるという。たしかに彼のいう「悟り」は、禅者、宗教者がいう、あるいは目指すそれとは異なっていて、どちらかといえば「強い思い込み」、「独りよがり」的色合いを有している。しかしそれは彼らへの面当てではなく、彼の宗教観自体がプラグマティズム的側面を濃厚にもっているからである。「事物心一切至極のところを見んには、その至極のところへ直入するの外なし」といってすぐに、「さてそれを悟って如何せんとするか」と、悟ること自体は難事ではないかの如くだ。その悟りを自分で楽しむのはいいが、それを人にも及ぼすには「多少の方便道」がいるという。例えば「兵事を全廃させたく候との菩提心」を抱くなら、「まず国土事相に相応して、毎度いう通り科学の研究を要す」(361-63)と、天上への超越にとどまらず、あくまで地上での実用を試みようというのである。あるいは「二六時中不断、入我我入とか不二法門とか三千一如、十如一切とか、何千年いうも分かりきったこと[……]入我我入等の理を今日にも通じ明日にもまた通ずるように説かんとせば、やはり科学の外にその方法を見ず」(317)という言葉、あるいは「曼荼羅ごときこみ入ったもの」を理解するには「まず諸科学の根底」(338)を学ばねばならないという言葉に見るように、彼のいう科学とは、「理」を使って時代に合わせた生の処方箋を書くことだといえよう。このプラグマティックな側面こそ、彼が西洋と強く共鳴した点である。

しかし熊楠には、これとはまた違う意味での反プラグマティックな面がある。その一側面は、先ほども見た「信」への強い思いである。未来のことは信に任せよ、その信とは、「信ずる通りになることを信ずる」と同時に、信じたようにいかなくても信じたことを悔いぬこと、「信切に報ゆるに不信をもってせらるる日に及ぶとも、信切をよきことと信じて尽したただけがすでに十分に満足なりと信ずるが、信の奥義なり」(『南方マンダラ』367)と土岐に書いている。これは無償の愛を説くキリスト教のみならず、あらゆる宗教に通底する教えだが、理解をあれほど強調する熊楠の内部には「理」と「信」が何の矛盾もなく共存していたのであろう。

もう一つの側面は、きわめて非実用的な仔細な知識への偏愛である。彼の代表的論文の一つとされる「燕石考」は、なぜ世界のさまざまな文化で燕石に関心がもたれるのかを論じている、ように見えるのだが、彼がこの奇妙な石についての誰彼の論を紹介するのを追っていくうち、熊楠はいったいこの論文で何がいいたいのだろうという思いにとらわれる。文化によるこの石の扱いやそれがもつとされる効能を述べていくのだが、論がどこに向かって進んでいるのかが判然としない。最終部分に至って、こうした石に何らかの効能を見出したのは「複雑な交感理論を多分に用いる素朴《プリミチブ》な人々」(『南方民俗学』390)だとしているところから、一見その迷信の指摘、および科学的精神の奨励のようなものが目的のようにも取れなくはないが、通常の意味での結論を期待する読者は期待外れに終わるだろう。なぜなら、どうやら熊楠は、こうした何の役に立つかわからないような知識を、何かの結論を導くための材料というよりは、その知識の細部そのものに注目、というより楽しんでいることが次第に明らかになってくるからだ。

「千里眼」という論文では、千里眼、あるいは夢のお告げで珍しい植物を採取したという実体験を紹介しつつ、とはいえそうした「変態心理」を信じるわけでもなく、「予がみずから経験せし神通、千里眼的の諸例を、虚心平気に考察するに、さまで解説し得ぬほどの不思議なこと一つもなし」(128) と距離を置く。そして、こうした現象はたしかにあるが、「むやみに神力、霊魂などを引き合わせにすべきにあらじ」(130) と釘を刺しているから、てっきりこれは科学的精神の称揚に話が進むかと思いきや、一転、こうした現象の研究はあるのに、「人間の死という現象」の研究がないのはおかしいといい、そこから福本日南の『黒田孝高』の批判が始まり、そこに記された残酷な殺人についての考察に進む。しかしそれとて何らかの結論が導かれるわけではなく、論は唐突に終わる。

彼の代表的著作である『十二支考』は万華鏡というかファンタズマゴリアというか、とてつもない知の迷宮である。十二支から牛を除いた一一種の動物についての、世界各地の伝承や説話、それに科学的な説明の膨大な集積、いわばごった煮だ。そのおびただしい引用による例をつなぐ糸、分析、あるいは結論が大きく欠落しているのだ。こうした「俗伝」を迷信として顧みない人は、「何の分別もなく他を迷信と蔑む自分も一種の迷信家たるを免れぬ。したがって古来の伝説や俗信には間違いながらもそれぞれ根拠あり、注意して調査すると感興あり利益ある種々の学術材料を見出し得る」(上、52) と、彼自身はいたく「感興」を覚えているようだが、どの章も膨大な引用に終始し、これといった結論もないままに終わってしまう。材料を料理して「有益な」結論を導き出す労をとっておらず、森羅万象に曼荼羅を見出しながら、その構造分析を十分にやったとはいいにくい。

こうした熊楠の方法について、増田勝美は、その博覧強記は「知識の饗宴」ではあるが、「浪費された知識」で、その論は「理論的加工がない」といい、桑原武夫は、「全体として目立った理論体系を示さずに終わったのは、日本全体の学問的年齢がなお若かったための不可避的制約」のためだとし、ともに論の展開の不備を指摘する。それに対して鶴見和子は、彼の論は、アメリカ社会学において「検証の理論」に対抗して出てきた「生成の理論」に似ているとしてこれを擁護する。具体的には、『十二支考』の「田原藤太竜宮入りの話」を例にして、『太平記』にある俵藤太（藤原秀郷）が勢多の橋で遭遇した大蛇に頼まれ、三上山の百足退治をしたという伝説の謎解きをし、ちゃんと結論を出しているという（鶴見和子、176-86）。たしかにこの論文では、この百足はゴカイだとし、秀郷の竜宮入りは「丸嘘談」ではなく、「出処根底」がある（『十二支考』220）と結論を出しているが、これは論の初めに説くべき問題が設定してあるから出せたもので、彼の論文としてはかなり例外に属する。

一方中沢新一は、熊楠の文章には「完結」も「起承転結」もないといいつつ、「燕石考」だけは例外だといい(56)、これを南方曼荼羅を使って解説しているが、しかしここで問題にしている現在の評価基準からすれば、「燕石考」も同様の構造的な「弱さ」をもっている。これは主として熊楠が、プラグマティックで科学的な精神を尊び、迷信を排そうとしつつ、その一方で、そうした迷信の細部自体を楽しんでいることからきているように思われる。彼にとってそれらは迷信でありながら、しかし「物界諸相」の一部であり、それゆえ人々の蒙を啓くよりも、それを「理だてて楽しむ」ことの方を優先しているのであろう。

このことは彼がセクソロジーの分野で書いた膨大な「論文」にも当てはまる。そこには性に関わる人間のさまざまな活動、風習が、あちこちからの引用で延々と展開されるのだが、ここでも何らかの結論を引き出すことに奇妙なまでに禁欲的、あるいは単に関心がないようだ。例えば「樟柳神とは何ぞ」というかなり長い論文では、古来中国で樟柳神と呼ばれていたものは実はマンドラゴラで、商陸すなわちヤマゴボウやマンダラゲとは違うという話から始まり、その語源から世界各地におけるその使用法にまで話が及ぶのだが、最後までそのような引用が続き、論は突然終わる。

性に関する論文で最も長いのは「鳥を食うて王になった話――性に関する世界各国の伝説」だ。驚くべき数の、それも異なる言語の書物からの引用からなっているが、ここでも目を引くのは論理の展開や結論ではなく、圧倒的な博覧強記と引用文献を読みこなす言語能力である。

その意味で『魔羅考』について」はやや例外的で、男性器を「魔羅」と呼ぶようになった起源について、竹本抱久呂菴の円観上人が最初だとする説を、円観以前の書物一二冊から引用することで反論している。ただそこに至る過程で、女陰のさまざまな名称を多くの文献から探ったりするなど寄り道が多く、目的に向かって一直線とはいかない。自分でも気づいたと見え、「話題が話題だけに、大分挿入れ談が長くなった」（『浄のセクソロジー』209）と断っている。しかしこうしたスタイルを不備と感じるのは、結論があるのが当然とする現在の基準で読んでいるからで、熊楠はこのようなある一つの対象をめぐる人類の多様な反応を列挙することで、人間あるいは生というものの不可思議さを読者に感じ取ってもらおうとしたのであろう。著者の結論は一つの見解であり、それを提示することは書き手の責務の範囲ではないと考えたのかもしれない。

田中優子は、日本の世界認識の特徴として、「知」を組み立てるのではなく羅列することを挙げ、「近世以前の表現の中に見られるこの『ひたすら並べる』精神」は、近代の「分類の発想になれてしまった我々から見ると驚き」（244）だといっているが、熊楠に感じるのも同様の驚きである。彼のように西洋にそれほどの違和感を抱かず、その分類の精神にもなじんだはずの人間に、この近世文化の癖ともいえるものがここまで強く残っていることには驚きを禁じ得ない。しかし田中が、近世人がやったこの並列、羅列の(無意識の)目的が相対化だといっているのは、熊楠には当てはまらないようだ。たしかに彼には、そのキリスト教嫌悪にも見られるように、絶対神に象徴される絶対の観念に違和を感じていたのは間違いあるまい。しかしかといって彼が、関心を抱いた分野の現象を相対化しようとしてあのような延々と続く羅列をやったとは思えない。彼は、あくまで森羅万象の不可思議に突き動かされ、分類や分析を忘れてその羅列に没頭したようである。

しかし田中が、羅列の精神に対するもう一つの説明として、この精神=方法は接続詞を使わない、なぜならそれは論理を構築するからだ、というのを聞くと、彼女のいう「相対化」の意味が一挙に広がり、これなら熊楠の営為の理解に大いに資する。これを説明するのに彼女はフーコーを援用し、こう述べている。近世の後に来る「近代は、客観化され論理化された事実を、くもりのない鏡のように写し出すことが、言語に要求された。不適切さや不純さや伝達効率の悪さや論理の欠如は、駆逐された。しかしそのかわり、意味の複数の可能性の捨象と、論理的関係への還元が起こった」。そしてその結果、「論理関係とは異質な意味生成の可能性」を失ったのではないか(255-56)、と。これは熊楠の(おそらくは無意識の)意図をうまく表現している。彼は宇宙の森羅万象を知れば知るほど、その曼荼羅性に圧倒され、それをある特定の意味関連に収束させることを本能的に拒んだのではないか。能力的にそれができないというよりも、人間という小さな存在のそうした「還元」行為自体を不遜と考えたのかもしれない。

田中のこの指摘は、単に熊楠の非近代的・非西洋的手法の理解に役立つだけでなく、キリスト教を知った後の知識人の多くが、なぜあれほど一神教に代表される「絶対」の観念に激しく反応したのかの理解にも役立つ。新島や新渡戸や内村らのように、これに心服し、改宗した者もいたが、しかし多くの者はこれを拒否するか、ないしはただ圧倒され、理解という営為の外に放り出して顧みなかった。これは、絶対というものをもたなかった日本の土着の精神の帰結であろう。

以上、熊楠の仏教観とその背後にある世界観・人生観をやや詳しく見たが、そこから浮上してきたのは、生に対するプラグマティックと呼んでいいような態度だった。しかし奇妙なことに、彼の実用主義は「南方曼荼羅」というプラグマティズムとは対極的な形而上学の上に成立しており、しかもその難解な論は、世界すべてを知ることを通して生を楽しむという彼独特の現世主義的な人生観の上に構築されているのである。

四　二人の共通点と相違点

次に漱石と熊楠の共通点と相違点を考えてみたい。

同年に生まれた二人は、ともに一八八四年に大学予備門に入学した。それが第一高等中学校と改称された一八八六年、漱石は腹膜炎のため進級試験が受けられず留年するが、翌年からは卒業まで主席を通し、一八九〇年に帝国大学文科大学英文科へと進む。一方熊楠は、同じく八六年に中間試験で落第し、もともとうした学業に熱心でなかったこともあって中退し、いったん和歌山へ帰郷後、同年の一二月にアメリカに旅立った。つまりこの年に、さまざまな違いはあれここまでほぼ同じ軌跡を描いてきた二人の人生は、同様の蹉跌をきっかけにまったく別の道を進み始めることになる。

幕末から明治にかけての動乱期の最後に生まれたこの二人は、中央と地方という違いこそあれ、それぞれに「喪失」あるいは「現実遊離」とも呼べそうな体験をしている。漱石の場合は、むろん先に触れた幼児体験である。そのトラウマを引きずってか、ロンドンでは重度の鬱病になる。前節で見た帰国後の断片にも「狂」は露見しているが、『文学論』の「序」ではそれを（半分自己揶揄的にではあるが）明記し、それどころか、「狂気」こそが「余を駆って創作の方向に向かはしむる」のだから、「余は此神経衰弱と狂気とに対して深く感謝の意を表するの至当なるを信ず。［……］余は長しへに此神経衰弱と狂気の余を見捨てざるを祈念す」（『全集14』15）とまで書いている。

熊楠にはこうしたトラウマ的体験はないが、「神童」と呼ばれるような早熟さの反面強い癇癪もちで、東大予備門に入る頃には自己の内部の「狂」をはっきり自覚していたようだ。それは日本への批判という形で出るのだが、それが当時としては異例の自費による日本脱出を敢行させたのであろう。彼の留学の動機ははっきり記されていないが、「堂上の人万歳と呼んで、堂下また呼び、一国もまた万歳と呼ぶ。暴政何ぞ一に宋の康王の時に等しきや。故に、予はのち日本の民たるの意なし」（中瀬、『南方熊楠アルバム』39）という言葉に、天皇を頂点とする集権的・均質的な村的社会の閉塞性から逃れようとしていたことが窺える。そして彼の場合は、植物学・博物学という理系の学問に没頭することによってこれを超克しようとした（鶴見和子、67参照）。

読書好きで学校嫌いというところもよく似ているが、漱石は熊楠ほど極端ではなく、自己を抑制してか、学校でも優秀な成績を収めている。熊楠は、後に触れるが、例えば好きな本はすべてを写本するなどの「狂」的側面をもつ一方、学校という体制に合わせることは極度に苦手で、東大予備門も、アメリカで入学したサンフランシスコのカレッジもミシガンの農業大学も中退し、生涯在野の学者として通した。

これと関連するが、ノート、写本への情熱も共通する。少年熊楠が『和漢三才図会』『本草綱目』『大和本草』といった膨大な辞典類を何年もかかってすべて写本したのはよく知られ、南方神話の一ページとなっているが、年齢を考えると、その関心の射程、実行力、持続力など、ほとんど常人の想像を超えている。これは東京に移ると「南方熊楠叢書」（一〇冊）、「課餘随筆」（一一冊）などの抜書きノートに、さらにアメリカや英国での筆写へと引き継がれていく。これは帰国後も続けられ、漢訳仏典を中心とした書写は「田辺抜書」として知られるようになる。

そうした学問の姿勢の頂点に来るのが、いわゆる「ロンドン抜書」である。これを松居竜五は、「南方熊楠が、『南方熊楠的』としか形容しえないような巨大な博識と、幅広い文明観を持つに至ったのは、実に五年の年月を費やし、全五十二巻におよぶこの抜書きの作業を通してのことであった」（459）と捉えているが、この膨大な作業を続けるには、さすがの熊楠も自己を叱咤せねばならなかったのだろう。この時期の日記には、「大事を思立しもの他にかまふなかれ。学問と決死すべし」（461）などの言葉が記されている。

漱石もロンドンでは下宿に籠城し、毎日疲れ果てるまで『文学論』のノートを取り続けた。面白い共通点としては、二人とも外国人に依頼されて『方丈記』の英訳をしていることである。

もう一つの共通点はキリスト教嫌いで、二人ともあちこちで明言している。漱石はヨーロッパへの船旅で熊本時代の知り合いである英国婦人に会うが、彼女がしつこく勧める聖書読書会には閉口しながら出席しているのはいかにも彼らしい。しかし家に帰っては日記にキリスト教への批判の言葉を書き記している。

一方熊楠もあちこちでキリスト教への嫌悪感や批判を吐露している。矢吹義夫宛ての書簡という形で書かれた「履歴書」は小冊子ほどの長さがあるが、そこには、ミシガン州の大学に入ったが「耶蘇教をきらいて耶蘇教義の雑りたる倫理学等の教場へ出でず」（『動と不動のコスモロジー』300）と書いている。ただし、前にも引いた柳田國男宛書簡には、「小生ほど愛国心厚き者はなからん。キリスト教の真義を知らんためヘブリウ語まで学びしことあれど、生来一度もキリスト教礼拝堂に入らず」とあるように、宗教としてはかなりの関心をもっていたようだし、これも先に触れたように、彼にはキリスト教を思わせる「信」への信頼もあった。

興味深いことに、彼らのキリスト教忌避の姿勢は、日本を訪れた西洋の同時代人にも見られる。例えば一八七三年から一九〇五年まで日本で暮らしたチェンバレンはこう書いている。「キリスト教は、人間は最終的には絶望的な破滅に陥るという恐ろしい教義であり、生まれつき興奮しやすく心配性のヨーロッパ人の心をさらに暗いものにしてしまっている」(315)。さらにさかのぼれば、一七世紀に滞日したケンペルは、「美徳の実践において、生活の純潔さにおいて、外面的に信心において、彼ら［日本人］はキリスト教よりはるかにまさると、私は確信できると思う」(チェンバレン、318)(もっとも熊楠は、ケンペルは「日本は丸裸で犬のごとき蛮民とでも思うて来たりしに、思いの外、人民も人間らしかりしをほめたるまでなり」(『南方マンダラ』169)と手厳しい)。こうした見方は決して彼らが来日して親日的になったから生まれたのではない。むろん両者の批判や嫌悪は背景も意味合いも異なるが、共時的現象として注目していいだろう。

漱石と熊楠のキリスト教観の背景には、神仏儒の習合が生む日本独自の心情、つまり日本民族が長期間に渡って培ってきた自然観や死生観があった。しかしこれはまた明治以降の知識人の苦闘の源でもあった。というのは、近代科学はキリスト教的世界観の産物、すなわち神が作った宇宙には法則があるはずだという信念の産物であったからだ。そのため彼らは、キリスト教というローカルな文化が、自然科学という普遍性を有するものを生みだしたという現実に直面したとき、最初は和魂洋才的にその果実だけを取ろうとしたが、徐々にそうした偏った受容の仕方に無理が生じてきた。近代西洋と科学を含むその文化を受け入れようとする「知性」と、その基体であるキリスト教は受け入れたくないという「感性」との間で、いわば引き裂かれることになった。

ユーモラスな文章も彼らに共通する。漱石の場合、『吾輩は猫である』や『坊つちゃん』『三四郎』などの小説、「倫敦消息」(正岡子規が自分宛ての書簡を発表したもの)、「自転車日記」などが典型的だが、彼のこうした語り口は、作家だから当然とはいえ意図的で、書く自己、あるいは主人公たちを突き放し、客観視しようとする姿勢の表れと見られる。そのため彼の文章のトーンは諧謔的、韜晦的で、ときに自虐的にすら響く。これに対して熊楠の文章には、自慢や法螺があふれかえる。土岐宛には、自分を「金栗王如来」とか「南方熊楠大菩薩」と称し、大事なことを書くからよく味わえとのたまう。ついには、自分は「過去に善を修すること無類にして、今生すでに相好円満なり」（『南方マンダラ』275）とうそぶく。「履歴書」では、ロンドンでは、東洋にも「近古までは欧州に恥じざる科学」があったことを伝えることに努め、それが奏功して、『ネーチュール』に載せた「拇印考」などはこれに関する「オーソリチー」として引かれる（312）という。さらには自分の性生活までも書く。しかしどれを読んでも無邪気で、ユーモラスにしようという意図性は感じられず、漱石的自意識は薬にしたくともない。

では次に相違点を見てみよう。

まず、先に見た熊楠のプラグマティズムだが、これは漱石の極端な非実用・非功利主義ともきわだった対蹠性を見せている。彼の描く主人公の多くは「高等遊民」ともいうべき人間だが、その典型である『それから』の代助は「人間はある目的をもって、生まれたものではなかった」と考えている。

> 自己本来の活動を、自己目的としていた。歩きたいから歩く。すると歩くのが目的になる。考えたいから考える。すると考えるのが目的になる。それ以外の目的をもって、歩いたり、考えたりするのは、歩行と思考の堕落になるごとく、自己の活動以外に一種の目的を立てて、活動するのは活動の堕落になる。したがって自己全体の活動をあげて、これを方便の具に使用するものは、みずから自己存在の目的を破壊したも同然である。（151-52）。

これは一見、禅などの目指す三昧境を思い起こさせるが、その実、山崎正和が指摘するように、これは「審美的」生き方で、「根源的な無気力」、「内発性の乏しさ」に由来するものであることは、代助の行動全体を見ればわかるであろう。そしてこうした態度が、山崎正和が「不機嫌」と呼んだ時代の雰囲気を濃厚に映し出していることもまた明らかである（これについては後に触れる）。

その意味では漱石の方が時代の雰囲気をより鋭く映し出しており、熊楠の態度は、彼の滞英時に盛んだった進歩史観に寄り添う「無垢」なものに見える。しかし熊楠の宗教および科学観には別の側面があり、それが西洋近代の科学信仰とは一線を画している。例えば「古伝」には理はなくとも、それを唱えることで「国を愛するの風を育てる」点を重んじ、これを「古伝の功」（『南方マンダラ』315）と呼んでいる。あるいは縁について説くとき、英国心霊協会を設立したF・W・H・マイヤースの *Human Personality and its Survival of Bodily Death* を引いて、いかに心霊現象を探求してもそれは「形体に託する心なる上は、やはり科学を脱せず。故に小生の［……］曼荼羅の心の学とは全く異なるものなり」（342）という。あるいは「今日の科学は数で量れぬものを度外視す。これにて今日の科学の不満足なるを知るべし」（344）ともいう。こうした科学への限定的な見方は現在でこそ広く認められているが、科学全盛であった当時としては異端の意見といわねばなるまい。しかしここでも彼は、科学が不満足だというと宗教家は喜ぶが、これは「自分の愚をあらわし誇るもの」だと釘を刺し、科学も使って宇宙の「妙を賛し、妙を示し、妙を拡充」（345）せねばならないという。科学の限界をわきまえた上でその良さを利用せよ、もう少し大きな言葉を使えば、天上を見据えつつあくまで地上にとどまって生きよ、という絶妙のバランス感覚が、熊楠の大きな特徴である。

次に英国生活への親近感だが、漱石がそれに憎悪に近い感情をもっていたことはすでに詳しく見た。熊楠は西洋文明の功罪併せもつ一つの頂点である「博物館」に最大限の恩恵をこうむり、また自身そのことをよく認識していた。さらには、あまり酒が飲めなかった漱石はほとんど近づいていないパブにも惑溺した。総じてアメリカおよび英国での日常に（貧困からくる不如意を除けば）何の違和感ももたなかった。

では西洋文明に対する関心はどうか。漱石は滞英時の反応からも分かるように、知的な理解はできるが体質的に受け入れられなかったようだ。それは彼の漢籍の素養や俳句や山水画をはじめとする東洋風への愛好と表裏一体をなしている。寺田寅彦には「僕の趣味は頗る東洋的発句的だから倫敦抔にはむかない」（『全集22』238）とはっきり書いている。あるいは『文学論』の「序」では、自分のように「東洋流に青年の時期を経過せるもの」が「英国紳士」の「一挙一動を学ぶ事」は、「如何に感服し、如何に崇拝し、如何に欣慕」しても「ついに不可能」だと、宿命論ともとれることを書いている。青年期を東洋で過ごしたものは、「骨格の出来上がりたる大人が急に角兵衛獅子の巧妙なる技術を学ばんとあせるが如く」、西洋の文明を理解することは不可能だというのだ。文化の拘束力を「鉄の檻」と考えた点で風土還元論に接近する。

しかし当時は英文学研究者であった漱石は、西洋人が自国の文学作品に対して行った分析を集めて参考にすることは、異文化の他者がどう感じるかを知る上で重要だともいう。これは明治以降の日本の、文学のみならず広く西洋の文化を摂取するときの基本的態度だが、漱石は同時に、日本人は「言語の障害と一種の誤解から、こんなふうに自己に誠実に外国文学を評しておらん。はなはだ臆病なのかまたは不熱心である」（『文学評論（一）』60）ともいう。これは東大の授業での言葉だが、その激しさからは、西洋とその文学を何とか相対化して「普遍」から引きずり下ろし、そうすることで出発したばかりの日本近代文学を成立せしめようとする意図が感じ取れる。

彼は留学という形で一時的にせよこの大帝国の「内部」に入る機会を得て、その内的矛盾を見つけ、そのありようを疑問視することの正当化を狙った。漱石のこの疑問と抵抗は、本書で問題にしていることの核心に関係している。なぜ西洋という一地方が「普遍」を僭称するようになったのか。なぜその僭称を日本を含めた世界は受け入れたのか、あるいはそうせざるをえなかったのか？　つまり彼の「異」／西洋文化理解は常にそれとの対決と隣り合わせであった。

漱石とて、なぜ西洋がかくも大きな権勢を誇り、「普遍」を僭称するかの歴史的経緯は知っていたはずだ。それゆえ彼の苛立ちの核心は、そう僭称するばかりでなく、後の文化相対主義のように、それを内部から解体する内的ダイナミズムが、彼の地の文化にはあってわが文化になかった点であろう。もちろん「なかった」というのはいいすぎで、前章で見たように、西洋との接触以前も以後もさまざまな試みがなされた。しかし彼が英国に来た時点で、それらの何かが彼をしっかり支えてくれたかといえば、はなはだ心もとなかった。西洋は、その政治、経済、軍事の力で「普遍」に登りつめ、さらには「反省・自省」という形でその普遍性をも脱構築していく。しかし構築→解体→再構築を行う主体性だけは誰にも渡さないという決意をもっていた、あるいはそう漱石には見えた。こうした内的駆動力というか驕りというか、そうした態度および構図自体、後にサイードがその解体を図る構図自体が彼には耐えがたかったのであろう。

しかしこの苛立ちには淵源がある。もともと漱石は、その内省的気質ゆえに自己の内部や人間関係の微妙な心理に関心をもち、早くから文学に興味をもった。英文学にも当初は熱を入れるが、やがて違和感を抱きはじめ、英国に留学するとはっきりと幻滅している(『文学論』序、義父宛て書簡等参照)。原因の一つには、いくら学問は文化を超えるといっても、文系、とりわけ英文学というその相手国の文学の分野で現地の研究者を感服させることは困難だという事実がある。これは現在も続いている根底的な問題だが、漱石は西洋に対してかなりの闘争心を燃やしている。「模倣と独立」という講演では、「われわれ日本人は人真似をする国民として自ら許している」と自嘲する一方で、「西洋に対して日本が芸術においてもインデペンデントであるという事ももう証拠立てられても可い時である」といい、さらには「自分でそれほどのオリヂナリテーを持っていながら、自分のオリヂナリテーを知らずに、あくまでもどうも西洋は偉い偉いと言わなくても、もう少しインデペンデントになって、西洋をやっつけるまでには行かないまでも、少しはイミテーションをそうしないようにしたい」（『漱石文明論集』172-74）といっている。愛国的気分さえ感じられるが、この「普遍対特殊（個別）」の問題は次章で再度検討したい。

二人の相違点に戻ると、漱石は西洋の物質的力、西洋人の身体的優越性に圧倒され、自分が黄色であることを極度に意識し、自意識過剰になり、籠城し、精神に異常をきたす。これが彼の内省的気質を一層促進し、後の漱石文学を生み出すが、そこには「卑屈」の観が見え隠れする。前に見た谷崎潤一郎が、「優秀な文明に逢着してそれを取り入れざるを得なかった代わりに、過去数千年来発展し来たった進路とは違う方向へ歩みだすようになった、そこからいろいろな故障や不便が起こっている」ということによって、これを何とか是正しようとするのに対して、漱石はこれを運命として耐え忍んでいこうとする。彼がときに「卑屈」に見えるのは、そうした態度ゆえのように思われる。「日本人は創造力を欠ける国民なり。維新前の日本人はひたすら支那を模倣して喜びたり。維新後の日本人はまた専一に西洋を模擬せんとするなり。憐れなる日本人は専一に西洋人を模擬せんとして経済の点において便利の点においてまた発作後に起る過去を慕ふの念において遂に悉く西洋化する能はざるを知りぬ」（『全集19』109）という自己憐憫的な言葉にそれは凝縮している。

一方熊楠は西洋に対する自己の立場を、福沢と同様「痩せ我慢」（『往復書簡集』上、232）だと冷静に見つつ、その上で傲岸とも取れるノンシャランな態度をとったり、あるいは大言壮語したりすることで自己および日本の鼓舞を行っている。それは痛烈な西洋批判を生み出す。本章のエピグラムに掲げた「とにかく西洋人のいうことは、みなためにする得手勝手なことのみ［……］」という言葉は彼の西洋への崇敬の念と矛盾なく共存していたようだ。アメリカからの手紙には、当地の女性は「フロに入らぬゆえ垢ひどく、［……］厠に入りて尻ろくにふかぬ。［……］全体洋人、塵一つ目前にありてもきたながるに引きかえ、糞を何とも思わず、小児など糞をつかむもの多きも父母平気で、いいものを握れたともいわぬが、みているは、我輩一向解せぬことなり」(『動と不動のコスモロジー』109)などは、たとえ当時は地域によっては糞尿が十分処理されていなかったということがあったにせよ、悪意さえ感じられる誇張だが、ともかく漱石に比べればはるかに直情的で、かつ非自意識的である。

こうした熊楠の傲岸とも見える態度の底にあるのは、日本人の気概、というよりも、同じ人間として西洋人に見下される理由はないという確固たる思いである。これはむろん理念としての「普遍」あるいは平等を盾にとっているのだが、すでに見たように時として攻撃性となって現れる。この点で、熊楠に近いのはやはり慧海で、彼も「弘福寺事件」で、『明教新誌』というジャーナリズムを使って自分の属する黄檗宗を痛烈に批判した(奥山、89)。この攻撃性を支えていたのは西洋への強い対抗意識である。慧海はとりわけ仏教研究において対抗心を燃やした。奥山によれば、「仏教国チベットの探検に関する限り、日本仏教徒が西洋人に遅れを取るようなことがあってはならない」(106)と思っていたという。熊楠はこれを国際的に著名な学術雑誌という「客観的」な場で実行に移し、かなりの成功を収めた。

西洋文明の功罪の認識は共有していたが、熊楠は時に尊大に見える形でそれを表明したのに対し、漱石は鬱的に内向してしまった。熊楠が外国の雑誌に英語で投稿するのに対し、漱石はひたすら日本の読者に語りかけた。しかし彼の鬱屈が際立つのは、滞英中のみならず帰国後も頻繁にノートに書かれた自虐的ともいえるコメントにおいてである。先に見た呪いに満ちた断片は偏執的で極端な例だが、そこに記されている多くの冷静かつ鋭い観察は鬱屈に染めぬかれている。英国滞在中の一九〇一年には「自由主義は秩序を壊乱せる事」(『全集19』104)と書き留めているが、帰国後の断片ではこれをさらに掘り下げている。「Self-consciousness の age は individualism を生ず。社会主義を生ず、levelling tendency を生ず。[……] Self-consciousness の結果は神経衰弱を生ず。神経衰弱は二十世紀の共有病なり」。これにはロンドンでの自分の神経症への自虐的な視線も感じられるが、そこから近代文明一般の病の剔抉へと向かう。「全世界の中尤も早く神経衰弱に罹るべき国民は建国尤も古くして、人文尤も進歩せる国ならざるべからず。彼らは自ら目して最上等の国民と思ふにもかかわらず実は一層ごとに地下に沈倫しつつあるなり。異日彼らは亜米利加内地の赤人を慕ひ、台湾の生蕃を慕うふに至るべし。然れども一たび廻転せる因果の車はこれを昔に逆転するを得ず」（同書、204-5）。文明が進むと、すなわち「無垢」から離れて「経験」を積むと、人間は必然的に自己を見る他者の目を獲得して自意識過剰になり、次第に沈滞する。それを打開せんと一部の知識人が「原始主義」に走るが、一度回りだした文明の歯車は行き着くところまで行かないと止まらず、むろん逆転もしないというのである。これは今でこそ陳腐な現代文明批評かもしれないが、こうした見方が人口に膾炙するのは二つの大戦と原爆とホロコーストを経た後のことである。この批評の当の相手は当時世界第一等の文明国で、そこでの物質文明に圧倒されているはずの貧しい国からの留学生が抱く思いとしては、かなり異例といわねばならない。ここには漱石の近代西洋文明についての深い洞察があり、同時代の西洋知識人が西洋文明を批判する視線と同質のものといっていいだろう。D・H・ロレンスもアメリカ先住民やエトルリア人を例に挙げて同様の指摘をしている。しかし、「他日もし神経衰弱のために滅亡する国あらば英国は正に第一にをるべし［……］天下に英国人ほど高慢なる国民なし。［……］英人はすれからしの極、巾着切り流に他国人を軽蔑して自ら一番利口だと信じているなり」（205-6）とまで書く漱石の中では、植民地主義への冷静な観察と自分を神経衰弱にまで追い詰めた英国に対する怨念とが共存している。

彼が偏執的に問題としているこの Self-consciousness の問題に、もう少し踏み込んでみたい。「昔の人は己を忘れよと云ふ。今の人は己を忘るるなと云ふ。二六時中己の意識を以て充満す。故に二六時中太平の時なし」（『全集19』203）という断片も同じ問題に触れているが、これは近代的自我がかかえる根本的な問題で、彼の地ではすでに焦点を当てられていた。漱石はニーチェのsuperman、B・ショーのideal man、ウェルズのgiant、カーライルのheroを近代的自我の代表的な例に挙げて、こう述べる。

現代はパーソナリティーの出来るだけ膨張する世なり。［……］出来るだけ自由に出来得るだけのパーソナリティーをfree playにbringする以上は人と人との間には常にテンションがあるなり。［……］心のうちにある我は際限なし。［……］彼らは自由を主張し、パーソナリティーの独立と発展とを主張したる結果世の中の存外窮屈にて滅多に身動きもならぬことを発見せると同時にこの傾向をどこまでも拡大せねば自己の意思の自由を害すること非常なり。

彼らはhumiliationを奴隷的なりとして遥かに後へに見捨てて独立の方面に向かへり。［……］封建の世はただ一つのassumptionを要す。分に安んず、これなり。［……］昔は孔子といひ釈迦といひ耶蘇を神の子と唱へ自己は遥かにこれに及ばざる者と思へり。これhumiliationなり。このh.あるが故に世は安く渡られたり。今日はわれも孔子なり、われも釈迦なりと天下を挙げて皆思ふ世なり。（同書、315-16）

これは近代主義の一派生形としての個人主義の問題、すなわち「自由」の旗印の下に個人の自我が膨張したために、個人主義がいかにたやすく自我主義（エゴイズム）に変じるかを正確に見抜いた言葉である。昔は「分」をわきまえる意識があり、それには多くの弊害もあったが、「謙虚である」「分を守る」という一事がいかに個人間の「テンション」を緩和し、社会の安定を助けていたかをややノスタルジックに記している。(7)

しかし彼はここで止まらず、こうした趨勢の背後を分析していく。「今人について尤も注意すべき事は自覚心が強過ぎる事なり。自覚心とは［……］自己と他を截然と区別あるを自覚せるの謂なり。この知覚は文明と共に切実に鋭敏なるが故に一挙手一投足も自然なる能はず。［……］現代文明の弊は探偵ならざる人泥棒ならざる人をして探偵的、泥棒的自覚心を生ぜしむるにあり」。ここでいう「自覚心」は「Self-consciousness」と同義であろう。つまり自他をくっきりと区別することから、他者の目から自分を見るという視角が生じ、それが人間の中に、常に緊張してすべてを意識に取り込もうとする「探偵的、泥棒的自覚心」を生む。そしてそれが人間から「自然」＝自発性＝無邪気さ＝無垢を奪い、自意識の蟻地獄に引きずり込んだというのである。

これもロレンスら西洋知識人が展開した近代人批判の見事な先駆である。しかしここからが、西洋的な存在様式やその表象である英文学を嫌った漱石らしい。「天下に何が楽になるといふて己を忘るるより鷹揚なる事なし。無我の境より歓喜なし。［……］この弊を救ふにはたとひ千の耶蘇あり、万の孔子あり、億兆の釈迦ありとも如何ともする能はず。ただ全世界を二十四時間の間海底に沈めて在来の自覚心を滅却したる後日光に曝して乾かすより外に良法なし」（同書、318-19）。これは英文学風にいえばアポカリプティックな世界観だが、これもロレンスが『恋する女たち』のバーキンに、「全人類は一度滅びなければだめだ」といわせる件を思い出させる。

内村鑑三も、「近代人は自己中心の人である」というが、しかし彼はその近代人になることを押しつけられたディレンマを、漱石のように内向させるのではなく、キリスト教信仰によって乗り越えようとする。すなわち、自己中心的なのは原始人であり、「キリストの立場より見て所謂『近代人』は純粋の野蛮人である」（『内村鑑三集』180）と視角を逆転させるのである。内村は、キリスト教の唯一無二の神を認めたとき、イエスが十字架上で彼の罪を贖ったのを認めたとき、そしてキリストの再臨を確信したときを、生涯の三回の大変化だといっている。そして最初の変化を、「熊野、八幡、太神宮と八百万の神神を懼れ且つ拝み来たりし余は其時天地万物の造主を唯一の神と認め、茲に余の思想は統一せられ、混乱せる万物は完備せる宇宙と化し、余は迷信の域を去りて科学の人となった」（309）と書いている。彼においては、唯一の神を認めて「科学の人」になったときに、自己中心的な近代人は超克されるのである。

しかし内村のような逆転ができた人は少数であり、後の日本人のとるべき方向性にあまり大きな影響を及ぼさなかった。彼らの多くは、秩序と謙虚と「分」が支配していた「古き良き」日本を、先に「自覚心」を抱いた西洋が揺さぶり起こし、望みもしないのにこの「近代的自意識の劇」に引きずり込んだ、という無意識の呪詛にとらわれていて、キリスト教という外来のものでそれが解決できるとは感じられなかったのだ。このディレンマというか、もやもやを見事に表現したのが漱石だった。彼にとって、英国に出発する前から西洋はいらぬおせっかいやきであったのだが、現地でその現状を見るにつけ、ここで見たような思いに彼を導き、その感をいっそう強めた。西洋はあくまで外から来た「夷狄」であり、その点では当時の大衆の視点と変わりがなかった。違っていたのは、そうした状況にある日本人を、まだ不確定な形ながら分析したことである。その意味で、彼の「狂」は帰国して治まったわけではなく、むしろ深まって彼を思索に促した。

彼の洞察を支えているのは、西洋発出の近代文明の根源的な一側面に対する鋭い観察で、彼はそれをこう表現する。「彼らの病的なるは自然の刺激を以て満足する能はず。人為的にこれらの刺激を創造して快なりとなす」。自然だけで満足していた「無垢」の時代を抜け出し、「経験」の世界に入った「文明」世界全体が抱える必然的な動きを見抜いている。

「愚なる日本人はこの病的なる英人を学んで自ら病的なるを知らず。好んで自殺を遂ぐるにひとし」。これは漱石の東大での先代教授、ラフカディオ・ハーンの次の言葉を思い出させる。「日本国民全部に英語、つまり、自分たちの権利については常に聞かされても、自分たちの義務については決して聞くことのない国民の言葉である英語を学習させたのは、ほとんど無謀なことであった」（太田雄三、86）。幼くして母国を失い、エグザイルとして日本に流れ着いたハーンと、望まない留学で彼の母国（厳密にはアイルランドだが、当時はまだ英国の支配下にあった）に派遣された漱石は、同時期に、正反対の立場から、同種の見識を有していた。学ぶ対象が病んでいるのだから自分たちも病的になるのに、それに気づいていない。だから日本人は「悲酸な国民」で、「こういう開化の影響を受ける国民はどこか空虚の感がなければなりません。またどこかに不満と不安の念を懐かなければなりません」というのである。したがって「日本の将来というものについてどうしても悲観したくなる」が、「ただ出来るだけ神経衰弱に罹らない程度において、内発的に変化して行くが好かろうというような体裁の好いことを言うより仕方がない」と気弱なことしかいえないのである。

たしかに近代化が世界史の宿命であるとしたら、それをどのような形で達成するかは後発的な国々にとって大問題だ。しかし近代化に前後があるのは歴史の法則ともいうべきもので、いったん外発によって近代化が動き始めると「内発的に変化」していくのは難しい。何をしても「外発」のにおいがついて回るのだ。これを超克する一法は、世界の諸文化は交じり合い、相互に影響しあってきたのだから、日本の近代化をことさらに「外圧」によって始まったものと自虐的に見ず、影響を内在化すればいいと認識することだ。漱石もそれに気づいたようで、今見た一九一一年の「現代日本の開花」の悲観的なトーンは、一九一三年の「模倣と独立」では明らかに変化している。そこで繰り返される「インデペンデント」と「オリヂナリテー」という言葉に「内発的な変化」への彼の意気ごみが見て取れる。しかしこの意気ごみには悲哀が伴っている。さらに一年後の一九一四年の「私の個人主義」では、個人が自らの信じる道を進めば「人間がばらばらになる」、それどころか対立までする、そしてそれが「個人主義の淋しさ」だという。

彼の内発的発展観がやや心もとないのは、模倣と独立の両者が必要といいつつ、「両面を有っていることが一番適切」だが、やはりこれからは独立がもっと必要だと主張する、その根拠にある。それを彼は、親鸞やイプセンらの例を引きつつ、彼らの独立独歩を支えたものを「シッカリした根柢」とか「特別な猛烈な自己」、あるいは「アイデアル・センセーション」とか「大変深い背景を背負った思想なり感情」と表現しているが、要するに「軸」といっていいだろう。しかしそれをどこに見出したらいいかがわからない。「本来のインデペンデントになるべき時期はもう来ても宜しい」といいつつ、その本音は、外圧で開国し、進む方向を強引に変えられてしまった国の悲哀をいまだに嘆き、また新たな方向を模索しているが、うまく見つからないのだ。

一方熊楠は、漱石がいやいやながらも時代の流れに押されて身に着けようとしていた「個人主義」と「独立」を生来もっていた。それゆえに独立不羈の生き方ができたのだが、繰り返し述べたように、彼は当時も今も日本における一大奇観であり、モデルにはしにくい。

将来へのヴィジョンの違いは、二人が使った表現媒体にも反映している。漱石は新聞連載小説という媒体を使って、一貫して国内読者を相手に執筆した。達意の英文が書けたにもかかわらず、心の最深奥の秘密、あるいは発表できない呪詛のような言葉を書くときにしかこれを使わなかった。これは時代を考えても彼の職業を考えても当然のことではあるが、彼の視野からは外国の読者は消えていた、いやむしろ自ら抹消していたのではないかとさえ感じられる。一方熊楠は、大衆の関心を引かない領域で、世界の読者を相手に読みにくい論文を英語で発表した。

また、外発に刺激を受けて内発的発展につなげるには、漱石の内向性は障害であった。東大卒業とともに松山に行ったのは、東京の人々の醜さに嫌気がさしたからだという。「然るに田舎へ行ってみれば東京同様の不愉快なことを同程度において受ける」ことを発見する。このあたりから、「敵」とか「彼ら」というやや曖昧な表現で、自分に「圧迫」を加える人たちが出てくる。「〔……〕将来の希望さえ棄てて）退いてただ一人安きを得ればよいという謙遜な態度で東京を捨てたのである。然るにもかかわらず彼らは余にこれだけの犠牲を敢えてせしめたる上になお前と同程度の圧迫を余の上に加えんと試みたのである。これは無法である。文明の衣をつけた野蛮人である」。早くも被害妄想の様相が漂っているが、彼はさらに激昂する。「自らを潔くせんがために他人のことを少しも顧みなかった。これではいかぬ。もしこれからこんな場合に臨んだならば決して退くまい。否進んで当の敵を打ち斃してやろう。苟も男と生まれたからにはその位な事はやればやれるのである。やれるのに自己の安逸を貪る為めに田舎まで逃げ延びたればこそ彼らを増長せしめたのである」（『全集22』598-99）。一年ばかり後には、「人を遇する道を心得ぬ松山のものを罰したつもりで」熊本に移っている。こうした行動の背後に自意識の肥大した近代人を見るのは簡単だ。内向きの人間は常に「退いてただ一人安きを得ようとするが、その退いたところに他者が入り込んでくると必ずや相手の巨大な自我に気づき、これを咎める。しかしその批判は結局は自分に返ってくる。このような人間には最終的な安住の場所はない、完全に孤立して生きる以外には。

同じ内向性は、自己の生を運命的にとらえる視線も生み出す。自分は官命という「個人の意志よりもより大いなる意志に支配」されて英国に行ったのであり、自分の意志では生涯その地に行かなかっただろうという。すぐに続けて、「余の意志以上の意志は余に銘じて、日本臣民たるの光栄と権利を支持する為めに、如何なる不愉快をも避くるなかれと云ふ」と書いているが、運命の潔い甘受に聞こえるこの言葉は、しかしいかにも大げさで、彼の強い自意識を浮き彫りにしている。ちなみに小森陽一は、こうした漱石の自意識の葛藤の背後に世界状況を読み取る。すなわち、当時の国家間の力関係、世界を一つのシステムとして捉える感受性、鋭い時代感覚があったことを読み取り、これを私小説作家との違いだと指摘している（14-18参照）。たしかに彼は世界の最先端の国に行き、到着直後にはボーア戦争の帰還兵の歓迎行事やヴィクトリア女王の葬儀を見るなど、日本よりもはるかに世界の動きとその力関係を肌で感じる機会は増えたであろう。そしてそれを、「英国ハ天下一ノ強国と思へり［……］彼等ハ過去ニ歴史アルコトヲ忘レツツアルナリ」（『全集19』67）と、冷静な循環史観的視点で見てもいる。

漱石には開かれた側面もあった。しかしその範囲は、『猫』に描かれている気の合う仲間、あるいは後に周囲に集まってくる弟子たちとの関係に典型的に見られるように、相当狭かったようだ。

実は熊楠も一面ではその傲岸に似合わぬ内向性をもっていたようで、柳田國男がわざわざ東京から会いに来たときには、ひどく恥ずかしがった。柳田の回想によれば、家では会ってくれず、後で宿に訪ねてきたのはいいが、「初めての人に会ふのは決まりが悪いからといって、帳場で酒を飲んで」いた。翌日自宅で会ったときも、熊楠は「酒を飲むと目が見えなくなるから、顔を出したって仕方がない、話さへできればいいだらうといって、掻巻の袖口をあけてその奥から話をした」（中瀬喜陽、『南方熊楠　独白』100-101）といい、日記にも、「予眼あかず、臥したまま話す」とあるから、とんでもない人見知りだ。あるいは大宅壮一が面会に来ても「門前払いを三度迄くらわせた」が、それは、以前大宅は［出口］王仁三郎らへ押しかけて記事にし、喝采を得ていたのを知り、そういうやつとは話したくなかったからだという。専門科学の素養のないものと話しても彼らには判断できないというのだ（同書、189-90）。また、少なくとも田辺定住後しばらくは「町の人びととの交わりも薄く、奇行のみが噂となって巷間を駆け巡っていた」（中瀬、『覚書』17）という。しかししばらくすると周囲に人が集まりはじめ、彼らとの密接な関係は終生続く。しかしそうした内向性の奥には、世界大の「開け」があった。それは宇宙という「普遍」を共有するものたちに対する「開け」といっていいだろう。そこには人間のみならず、自然の中のすべてが含まれていた。

以上、二人の気質と内面、英国に対する観察と対処、それを鏡としての日本（人）観を見てきたが、こうして二人の「異」への反応を並置して見ると、前章までに考察した明治以前のそれとの継続と断絶の両方が浮かび上がってくる。継続は「異」に対する敵愾心と独立心、断絶は、西洋という具体的かつ強力な存在との生の接触から生まれる、先人たちには不可視であったものだ。

注

（1）中瀬喜陽はこの神話を、熊楠を「奇人変人」に祭り上げるためのものであると批判している。「人一倍皇室崇敬の念が篤い」熊楠は、その箱に念入りに防カビ等を施し、四昼夜眠らずに準備をしたこと等を挙げて、この『皮相な神話』は葬らねばならぬ」と力んでいるが、結局キャラメルの箱を使ったこと自体は否定していない（『覚書　南方熊楠』94-97参照）。

（2）興味深いことに、ベルツの観察はこうした反応とは対照的である。日本海海戦における圧倒的な勝利を告げる号外がまかれた当日にはこう記している。「勝利の後でも、日本人は悠然と構えていた。［……］うれしいときのこのような悠揚さに、われわれ外人は皆感服せざるを得ない」（下、391）

（3）鶴見和子はこれを「漂白願望」と呼び、それをもっている熊楠は「世界の一部、地球の一部としての地域」を見ていたのに対し、柳田は「日本国の一部としての地方、地域」（『南方曼荼羅』32）を見ていたという。さらに彼女は、神社合祀反対運動における両者の態度の違いに二人の「本質的な違い」を見出す。柳田は熊楠の「正面衝突主義」を批判し、もっと内密にやれという。根回し主義とでもいおうか。たしかに熊楠は行き詰まり、絶望の挙句、当時ロンドン大学の事務総長になっていたあのディキンズに手紙を書き、「欧米の知識人を総動員して、日本の神社合祀反対運動を世界的に起こす」ことを目論むが、これに対して柳田は、そもそも外国人にはそんな権利はないといって真っ向から反対する。それどころか柳田は、熊楠のような乱暴な反対運動をすれば、私が和歌山県にいても「必ず一旦は抑圧を加え申すべし」と書き送っている。これを受けて鶴見は、「世界に対する目の開き方」が「これはもう何というか格段の差」だという（51-54）。これは、今風にいえば、国家同士の批判を内政干渉と取るかどうかとよく似た話である。ともあれ必ずしも贔屓の引き倒しとはいえないようだ。柳田の方法は、いかにも官に長く身を置いた人らしく、あまり波風を立てずに実を取ることを目指す。熊楠のやり方はたしかに効果という点では弱いかもしれないが、「異」に対してより開かれた姿勢であることは間違いない。

（4） 異文化に対する感受性は時代を抜きんでていたロレンスでさえ、こうした否定的な仏教観をあちこちで披瀝している。

（5） マックス・ミュラーは、「一般大衆の心の中では、ニルヴァーナはむしろイスラムの天国、あるいはエリュシオンの野といったふうに受け止められていた」（ルノワール、146）と述べているが、はたして一九世紀のヨーロッパの大衆にそこまで仏教が知られていたのだろうか。西洋近代文学を読む限りでは、仏教が話題に上ることはほとんどない。

（6） これは西洋知識人の禅受容と著しい対照を見せている。例えば同時代人（一八六五年生まれ）のイェイツは鈴木大拙の『禅仏教』を愛読し、「興奮させる賞賛すべき本」（*A Vision*, 215）と書いているが、この本の西洋に与えた衝撃を考えると、西洋知識人を代表する意見と見ていいだろう。

（7） 彼のこうした心配をあざ笑うかのように、彼の死後二〇年たって文部省が一九三七年に刊行した『国体の本義』では、「万世一系の天皇」を長とした「一大家族国家」として進んでいくのが「我が国体の精華」とされ、そこでは共産主義や民主主義とともに、個人主義や自由主義も否定された。

第五章　西洋化と郷愁――達成感と悔恨と

「ああ己は何うしても信じられない。何うしても信じられない。ただ考へて考へる丈だ。何うか己を信じられる様にして呉れ」（『行人』143）

人は日本を目して未練なき国民といふ。数百年来の風俗習慣を朝飯前に打破して毫も遺憾と思はざるはなるほど未練なき国民なるべし。去れども善き意味において未練なきか悪しき意味において未練なきかは疑問に属す。（『漱石全集19』108-9）

漱石や熊楠をはじめとする日本近代初期の知識人が格闘した相手は、人類が初めて遭遇した「近代」と呼ばれる「化け物」だった。人類はそれまでにも、農耕革命、都市革命、精神革命、科学革命などと後の歴史家が命名してきたさまざまな大変革を経験してきた。しかしこの近代というものは、そうした大変革が総体となって、しかも一挙に人類を襲う、というか、招き寄せた、それ以前のどれにもまして大きな、しかも根底的な変革だった。これ以後人類は、未曽有の生産力を獲得し、豊かさの増大とともに人口は爆発し、自然環境の汚染は急カーブを描いて上昇した。大量破壊兵器を手にし、その気になれば自らの種を全滅させる力を手に入れた。その一方で、歴史上はじめて個人としての人間が、その個人が属する組織体よりも、あるいは少なくとも同等に、価値があるという意識が広まった。その延長として「弱者」に光が当たり、子供や老人、女性や病者というカテゴリーに属する人たちにそれ以前とはまったく違う眼が注がれるようになった。しかもアーサー・ケストラーが「極頂の時代」と呼ぶ時代の幕を開けたこうした大変革が、人類史的に見ればきわめて短時間に起きたということも特筆すべきである。つまり人間の意識が、自分が引き起こしたこの変化についていけないという事態が起こったのだ。

この大変革期に生じた一大現象の一つが、「グローバル化」と呼ばれる現象である。これはむろん大航海時代が切り開いた地球の縮小化あるいは均質化・統合化の帰結なのだが、当然そこでは統合する側とされる側で激しい軋轢が生じ、現在もそれは続いている。それをここでは、漱石や熊楠が「普遍」と「特殊・個別」の問題とどう対処したかという角度から考えてみたい。

近代が生み出したもう一つの鬼っ子が「存在論的不安」である。それまで自然と共生し、あるいは宗教の指導と抑圧のもとで、ともかくも安寧なものに見えた自分の生が、その根を失ってしまった。私という人間は、自然の、あるいは神のいたずらの産物で、ある時あるところで何の前触れも相談もなく宇宙に投げ出されたのではないか。そこで何をしろという指示もなく、自由というわけのわからないものをとりあえず与えられて、頑張って八〇年を生きろと宣告された、と思うようになったのだ。この問題も、漱石らの考察を頼りに掘り下げてみよう。

一　「普遍」と「個別」

加藤周一が『日本文学史序説』一巻を通して強調している、あらゆる外来思想に耐えて生きのびた日本の土着思想とは、「普遍的な原理よりは個別的な事実を、超越的な観念よりは日常的な経験」（上、331）を尊重するものだとする考えは、一五〇〇年にわたるこの国の文化を担った者たちが、普遍的・包括的・統一的原理を述べる哲学を生み出さなかったことを見ても正鵠を得ていることがわかる。(1) そのような広大な文脈においてみれば、日本近代化初期の知識人たちが、かつての間接的な外来文化摂取ではなく、まさにその中に飛び込んで触れた異文化と、それが押しつけてくる「普遍」と、劣ったものとしての「個別」という、それまで経験してこなかった対比を前にとまどったのはけだし当然であったろう。

現在に最も近い近代を現代と呼び、一部では「ポストモダン」とも呼ばれるが、これを「ポスト」と呼ぶ根拠の一つをサイモン・デューリング (Simon During) はこう説明する。「(一) 西洋近代を正統とする根拠となってきた進歩、理性的思考、および客観性がもはやほとんど許容されなくなった。というのも、こうしたものは文化の違いを考慮しないからだ。［……］(三) 技術がこれほどの支配力をもつに至った状況では、『本物』と『コピー』、『自然』と『人工』をはっきりと弁別することが不可能になってきたからだ」(170)。ある意味で漱石たちはこの意識をおぼろげながら先取りしていたともいえる。つまり、「西洋近代」は本当に「正統」なのか、どうして自分たちの文化が「コピー」で、それゆえ劣等とされるのか、という疑問である。

「普遍」と「個別」あるいは「特殊」という問題は哲学的に考えれば厄介だが、ここでは文化にのみ即して考えたい。つまり、西洋との接触以来日本人が捉えてきたような意味での、西洋文明＝「普遍」、日本文化＝「特殊」という図式である。司馬遼太郎は「文明」を「たれもが参加できる普遍的なもの・合理的なもの・機能的なもの」

で、一方「文化はむしろ不合理で、特定の集団（たとえば民族）においてのみ通用する特殊なもので、他に及ぼしがたい」（『アメリカ素描』17）というが、それならなおさら、「特殊」な文化が生み出したものが文明＝「普遍」として世界中に通用するようになった不思議が倍加する。加藤周一は、「中国人は普遍的な原理から出発して具体的な場合に到り、先ず全体をとって部分を包もうとする。日本人は具体的な場面に執してその特殊性を重んじ、部分から始めて全体に到ろうとする」（上、13）といっているが、現在では「中国」を西洋に置きかえてもそのまま成立するだろう。要するに西洋あるいは中国の思惟形態の基本は演繹的で、日本のそれは帰納的といっていいだろう。さらにいえば、この二つの見方が対立的なセットになるということ自体、その接触の初期の人たちにとって斬新なことだったに違いない。

本書で取り上げている人たちは、その早い西洋（「普遍」）体験もあって、この問題に直面せざるを得なかった。漱石の前の世代である福沢や中江兆民は、加藤周一によれば、「西洋近代の政治的社会的価値を、文化の相違を超えて普遍的なものとみなし、その立場から日本社会の具体的な問題に接近して生涯を通じ決して後退しなかった」（下、258）が、これは彼らに批判的精神が欠如していたからではもちろんない。彼らは、彼我の文化伝統の違いを十分にわきまえながらも、儒教などに縛られた日本の伝統は余りにも偏りがあり、その意味で個別特殊で、他の誰にでも受け入れられる文明、たとえその大きな部分は物質的なそれであっても、ともかくも便利で強力な文明の所有者という意味で西洋に「普遍」を認めたのである。

彼らの認識が誤っているかどうかとは別の次元で、次の世代はこうした見方から距離をとり始める。漱石はシェイクスピアでさえ普遍的ではないという（「坪内博士とハムレット」）。『猫』では「セクスピアも千古万古セクスピアではつまらない。偶には股倉からハムレットを見て、君こりゃ駄目だよ位に云ふ者がないと、文界も進歩しないだらう」（134）と茶化していっているが、ここには彼の英文学への不満も見られるが、それ以上に、いわば西洋の絶対的権威の象徴としてのシェイクスピアに対してかみついているのだ。ともあれ彼のこうした反応の仕方自体が、いかに彼がこの新しい二項対立を意識していたかを表している。

今日の文学の観点から見れば、これはシェイクスピアだけでなく、広くカノンの成立を考える際の重要な点だが、そもそもカノンとは「普遍」の上に成立するものだ。日本でも大学設立のとき、どこの文学を教えるかを決めるときにこれが問題になったはずだ。というより、無意識のうちに文明国の文学＝カノンとされたのだろう。しかし漱石は、誰が何をもってある作品をカノンと、あるいは英文学を「普遍」とするのか、と問うた。帰国後の明治三六年、東大での初めての講義ではこう話している。英文学はある文体を好むが、それは彼らの「歴史的進化の結果」で、日本人が同じ進化をもつことは不可能だ。また趣味が彼らと偶然同じということもほぼありえない。むしろ彼らの文学を普遍と考えることを疑うべきではないか（『英文學形式論』115-16）と。この心意気は彼の後の全活動の萌芽といえるが、その論じ方は独特である。つまり、「彼等の如き過去を持たず、過去の因縁に束縛せられない吾々は、英國人の如く不自由ではない」と奇妙なことをいう。これは英文学のどの時代を好んでもいいという意味の自由らしいが、そんなことなら「不自由」なはずの英国人でも自由にできることで、同じ論法なら自分たちも同様に日本の過去に縛られているはずだが、それは無視している。現にすぐに続けて彼は、外国文学を鑑賞するのが困難なのは「吾々が愛着する趣味で以て」これを読むからで、「その時の好悪は偶然の因習から来る」（118-19）といっているが、この「因習」こそ過去あるいは伝統である。つまり、過去に縛られるという点ではどの文化の人も同じ立場にあり、単に異なる文化が生み出した文学は、とりわけ読者が自国の文学になじんでいればいるほど違和感を抱かせる、というだけのことだ。

個別と普遍の問題は、一九〇五年から翌年にかけて行われた「十八世紀英文学」の講義（一九〇八年の出版時に『文学評論』に変えられた）でも論じられるが、ここではトーンに変化が見られる。すなわち、文学でも

「一作品に対して欧州人も東洋人も同一に感ずる」「趣味の普遍性」が「必然的の暗号」としてあるはずで、なぜなら人間は「人間という点で古今東西みな一致している」からだという。ここで彼は一転して、人間としての共通性と「普遍性」に注目している。つまり「個別」と「普遍」との関係の問題を考えているわけだが、文学が人間を扱う以上、描かれる人間に共通性があるのは当然である。では、漱石がかくまでに「普遍」に疑念を抱き、「個別」を重視するのはなぜなのか。それは彼がここに「力」関係を読み込むからであろう。

日本人が英文学を読む場合、趣味が合わないという以前に、英語という大問題がある。彼はその核心を、構造や文法の違いよりもむしろ「意味の微妙《あや》」の違いに見る。そしてそこから起こる最大の「弊」は、「本家本元」である「英国人のいうほうが間違いはないという考えになる」ことだという。さらに悪いことには、そういうことを続けていると、「人間というのは妙なものでいつのまにやらいままでの感がなくなって」英国人の趣味に移ってしまう、あるいは「服従する」ようになるというのである。つまり彼は、文学という芸術の鑑賞が引き起こすこのような「服従」を最も懸念していたのだ。

これを克服する方法として彼は二案を提示する。一つは「言語の障害ということに頓着せず、［……］西洋人の意見に合おうが合うまいが、顧慮するところなく、なんでも自分がある作品に対して感じたとおりを遠慮なく分析してかかる」ことで、これは、固有の歴史や文化に育まれたものである以上、普遍性よりも「地方的」要素が強い自己の趣味すなわち「個別」に「誠実」な態度だという。すなわち、西洋文学が描く「普遍」的要素はそれとして措いておき、自らの伝統に従って解釈、さらには創造すべきだ、という提案と見ていいだろう。これはたしかに「軸」をもった態度に見えるが、気をつけないと「個別」に内向してしまう危険性がある。

第二案は、「西洋人がその自国の作品に対しての感じおよび分析を諸書からかり集めて、これを諸君の前に陳列して参考に供する」（『文学評論』52-62 参照）のだというが、これは過去も現在も外国文学研究が主にやっていることで、とりわけこの問題の克服に有益だとは思われない。現に漱石自身もこれについてはほとんど展開しておらず、彼の力点が第一案にあったことは明らかである。

このような矯正案を出した漱石の出発点は、感覚的に英文学がしっくりこないのに、研究に行った現地で、そして世界中で、その英文学とそれを生み出した英国が普遍面をしていることが気に食わない、というきわめて感性的なものであった。その違和感をかなりうまく説明したものに「創作家の態度」と題された講演があるが、そこで彼は、われわれは「西洋作家を実価以上に買い被っている」、文学も絵画もその発達する道は「一本道」ではなく「無数無限」にあるはずなのに、西洋という一地方に生まれた芸術を「唯一の真」、すなわち普遍と認めるのは「少し狭くなり過ぎる」、いやそれは「誤っている」という。そしてこれをさらに敷衍し、「人類発展の痕迹はみんな一筋道に伸びて来るものだろうかという疑問」(『ちくま全集10』390-401)に至りつく。この疑問は今では広く共有されているが、当時は先駆的だった。

同様に「マードツク先生の『日本歴史』」という小品でも、ヨーロッパ文明以外のものは文明の名に値しないというヨーロッパ人の「錯覚」は、「過去数世紀の間、ヨーロッパ人が偉大な非白人、非キリスト教徒と密接な関係になかった、という歴史的状況から生まれたものに過ぎない」というマードックの指摘に感心してこういっている。「耶蘇教的カルチユアーでなければ開化と云へないとは、普通の日本人に何《ど》うしても考へ得られない」(平川祐弘、『内と外からの夏目漱石』72)と。

先にも触れたが、彼の違和感の核心には、この問題が優劣の問題に直結しているという認識があった。彼がここで示している抵抗は、文化相対主義を生み出したのと同様の価値の相対化・多様化へ向けての努力と同方向にあるが、しかし柄谷行人は漱石のこの営為を、「日本人には独自の読み方が許されるはずだというようなことと区別すべき」(166)だと、こうした文化相対主義と混同することを排している。その上で、漱石がそうした態度の裏にある「歴史主義そのものを疑った」という点こそが重要だという。現在では柄谷が批判するこうした読みは、「許されるはず」というよりも、むしろそれこそが読みの多様性を開くとして推奨されている。それは措くとしても、漱石がこれを書いた時点で、柄谷が問題にしているような意味での「歴史主義」をどれほど理解していたか、あるいは問題視していたかは定かでないし、何より、歴史主義の少なくとも一流派は歴史相対主義に道を開くのだから（熊楠の「西洋はたまたま先に発展しただけ」という見方はこれに近い）、漱石のここでの言葉を歴史主義への疑問に結びつけるのは時代を逆転させる行為で、注目すべきはむしろ、漱石のこの見方が、すぐれて現在的な問題である普遍対特殊、中心対周縁の不均衡を鋭く指摘していることである。

平川の指摘する西洋からの「精神上の負債」も、この問題の一変奏曲である。彼は、「永久に返せはすまいと思う漱石と、やがて返せる時も来る、と言う鴎外とでは歴史的展望に大差があった」（93）といっているが、これは要するに、「特殊・個別」が時の流れの中で努力精進して「普遍」から学び、さらにはそれに貢献し、そうすることで「普遍」の一部になるかどうかということだろう。すでに見たように、漱石の西洋に対する日本の「精神上の負債」意識はたしかに大きく、きわめて悲観的に聞こえる。しかし「私の個人主義」で述べられている見方は、こうした問題からやや解き放たれて、そうした負債があることは認めた上で、私は西洋から学んだ個人主義で生きていきますという一種の達観に達している、あるいは達しようと願っているように見える。これは「普遍」に参加するのではなく、それから借りたものを自分なりに「個別」化して使っていきます、といった、その後の日本がたどってきた道の祖型といっていい。

おそらく心の一部では、漱石も自由や平等といった西洋文明の提示した価値を「普遍」と見るにやぶさかではなかっただろう。しかし別の部分が、いや、それは相対的だと言い張った。「普遍」の力を痛いほどに感じながら、「特殊」を手放そうとしなかった。英語の本は必要だから読むが、その毒は俳句や漢詩を詠むことで「中和」しなければおさまらなかった。

一方熊楠は、こうした問題の設定の仕方自体にほとんど無縁であった。あるいは、西洋という「普遍」を前にびくともしなかった。英米での生活は漱石よりはるかに長かったのだから、彼我の違いを痛感したことも数倍しただろう。彼が最も恩恵を被った大英図書館にしても、同時代の日本の図書館と比べるとき、その差はいかんともしがたいものがあったはずだ。しかし彼はそんな気持ちはおくびにも出さない。日本という「特殊」を対立項として立てて「防戦」する必要もほとんど感じなかった。あるいは感じたかもしれないが、それを乗り越えることができた。

こう見てくると、漱石と熊楠のこの点における違いは、「普遍」と「個別」を優劣の問題と見るかどうかの違いであったように思われる。英国でのあの傍若無人な振る舞い、それでいて一部の英国人からは敬意を払われる開放性と知性、これらは、熊楠がこの意識に比較的に無頓着だったことを示している。帰国後は生涯和服で、日本式の亭主関白を貫くという「特殊」に身を置きつつ（研究の最中に妻が食事を知らせると、「ワシに飯を食わせる気か」と怒ったというどうしようもなさだ）、自由や平等を「普遍」と見る目は変わらなかった。彼の神社合祀反対運動への情熱はそれを如実に示している。彼にとって自然保護は西洋起源ではなかったのだ。同様に彼の個人主義は西洋の影響というよりはもって生まれたもので、日本の近代化が外発的であったことも、いやそもそも西洋文明の方が進んでいることも、単に数百年の違いであるとして意に介さなかった。

しかし日露戦争への義援金をなけなしの資金からすぐさま送るなど、通常の、あるいは通常以上の愛国心をもっていたこともまた間違いない。通常愛国心は彼我の違いの、あるいは優劣の意識と連動するものである。もし熊楠に両者があって、しかも西洋の圧倒的文明にこれっぽっちも怯えず、威嚇もされず、いや、ときには傲慢といっていいほどの態度をとりえたとしたら、これはいったいどういうことだろう。こう考えると、やはり彼には、諭吉がいうような意味での意気込みや思い入れはなかったかもしれないが、ある種の「痩せ我慢」が自然にできるような気質が具わっていたと思わざるをえない。

ポストモダン、とりわけ脱構築という両刃の剣の登場以後、「普遍」対「特殊」、「中心」対「周縁」の議論はさらに複雑になっている。二つのカテゴリーともに、定義はもちろん、きちんと認識することすら難しいのだ。先に引いた司馬の簡便な定義は通常の場合は今でも有効だが、しかし司馬が、文明が生み出す「材」を、「国籍人種をとわず、たれでもこれを身につければ、かすかに〝イカシテイル〟という快感をもちうる材」(16)というときの、その快感自体が変わっている、あるいは多様化している。近年の日本を含むアジアでの韓流ブーム、さらに大きな規模での世界における日本のマンガ、アニメを中心とするポップ・カルチャーの広範な浸透を見ても、かつての西洋が生み出した材のみが〝イカシテイル〟という時代は明らかに終わりつつある。

さらにいえば、自由や民主主義が普遍的価値なのかどうかは、現在のイスラーム対非イスラーム、あるいは西側と中国との対立で焦眉の問題として浮上してきている。自由や民主主義といった価値は、一部の人たちが自分たちの文化と価値観を盾にこれほど反対しているのなら、他にいかに多くの支持があろうとも「普遍」の地位を剥奪されねばならないのか――これは簡単には答えが出ない問題である。日本という「個別」と西洋という「普遍」の関係もこれの相似形である。絶対という観念の薄い日本では究極の普遍という概念はなじみにくいだろう。しかし、少なくとも歴史上のある一定期間の、パラダイムとでもいうべき「限定的普遍」はあるはずだ。これを正確に把握しないまま、使い方によってはきわめていかがわしくなる「文化」なるものによって駆逐していては、これからの日本の進んでいく道筋は見えてこないだろう。

少し戻るようだが、佐藤弘夫は、中世日本の神国思想が、「国土の特殊性への関心とともに普遍的世界への強いあこがれ」をもっていたとし、それをもとに神国思想には「インターナショナルな世界・普遍的世界への指向性があった」(198-99)という。しかし、そもそもその時代にインターナショナルといったところで、どこまでの世界的視野があったか疑問だし、仮にそんな指向性があったとしても、その後の闇斎から宣長、篤胤にいたる流れはそれに逆行するものだった。「古しへは道といふ言挙なかりし故に、古書どもに、つゆばかりも道々しき意も語も見えず」。宣長の『直毘霊』におけるこの言葉を、長谷川三千子は、「道」という概念をもたないこと、原理原則を思想の力とは認めないこと(57)だと解釈しているが、これは「普遍」の拒否といいかえてもいい。では現在の日本はどうかといえば、「普遍」を拒否はしないが、そんなものは気にしないで内向しよう、文化という暖かい繭に閉じこもろう、といった傾向にあるように見受けられる。いずれにせよ、「普遍」と「特殊」の共存とは、人類が常に抱える課題であり、また理想であろう。

ここで論じている者たちの多くは西洋の「普遍」と悪戦苦闘したが、大拙は、「仏の説き給う般若波羅蜜というのは、すなわち般若波羅蜜ではない、それで般若波羅蜜と名づけるのである」(『金剛経の禅』17)に代表される即非の論理と、梵我一如への禅的直覚を言語も文化も超える「普遍」と捉える。分別知が働く以前の主客未分の状態には「個別」はないというのだ。ほとんどシンクレティズムのように諸宗教の共通性を強調し、自ら神智学徒となり、スウェーデンボルグの神秘思想とプロティノスを敬愛する大拙は、しかし、あるいはそれゆえに、仏陀が説いた涅槃への叡智を、仏教という命名=区分けを超える普遍的真理と取ることに何のためらいもなかったであろう。

大拙をはじめとする宗教者は、宗教という「普遍」によって近代の「弊」を乗り越える道を示した。むろんこれが間違っているわけではない。ただ、世俗化と相対化をその属性とする近代において、大衆に訴える力としては不足していたというべきだろう。付言すれば、この状態に不満を抱いた者たちは、日本でも世界でも反動でカルトに走り、多くは悲劇的結末を迎えた。

二　存在論的不安と自意識

柄谷行人は『明暗』の津田を、そしてその前身としての『道草』の健三を、「自分に始まり自分に終わる」意識の持ち主で、その彼らが不安を覚えるのは、彼らの意志ではどうにもならない他者がいるからだという。そして彼らは、というより作者漱石は、超越的なものを求めないがゆえに常にそれを意識せざるをえない、と。むろんその通りなのだが、これは漱石が特別なのではなく、浄土思想が広まった一時代を除いて、歴史的に日本に根付いた思考様式が生み出す状態である。他者を常に意識するのは現世主義の属性であり、それは構造的に超越を求めない。この精神構造を中村元は原始神道にさかのぼって認めるが、その精神は当然「死についても深い考察を行わなかった」(29)。ニーチェが神は死んだという以前に、日本ではこうした不安を取り去る役割をもった神（々）はほぼ死んでいた。明治の国家神道や廃仏毀釈はそれにとどめを刺しただけであって、長い江戸期の太平を経て、それは完全に弱体化していたのである。漱石や熊楠がキリスト教にあれほどの嫌悪感を抱いたのは、彼らが神も絶対も弱いこの文化の嫡出子であることを示している。こうした伝統の中に生まれた明治以降の日本の知識人が、少なくともその多くが、津田や健三以外の道をとるのは困難だった。

近代という巨大かつ冷酷な潮流は、共同体精神を徐々に侵食し、個人化を奨励していった。それが生み出す傷と膿を最も早く、また強く感得したのが漱石らで、その剔抉の鋭さに人々は感嘆した。「救済」よりも分析と理解を求める時代に入っていたのだ。柄谷は漱石を、「人間の心理が見えすぎて困る自意識の持主だったが、それゆえに見えない何ものかに畏怖する人間だった」(49)と評しているが、これはかつて私がロレンスに与えた評と重なる。自意識の弊を説く彼らは、それを自己の内部に強く意識するがゆえに、普通の人には見えないものが見え、その一分は畏怖の対象となったが、同時に凡人には悪でないものが悪に見えてしまった。その意味で彼らは特権的人間であったが、その特権が彼ら自身を苦しめた。

いずれにせよ漱石は、personality と power の時代がやってきたことをいち早く察知し、代助や宗助、「先生」や健三や津田を通して、その行方を見守ろうとした。そしてその診断はきわめて否定的なものであった。この潮流に流されれば流されるほど、あるいはその中で「成功」すればするほど、漠たる不安は一層大きくなることに気づいたのだ。かつてはおおらかに人間を受容してくれていた（はずの）自然は、人生でどんなに成功しても、あるいはしなくても、人間をひとしなみに老いと死へと追いやる非常なものへと変わった。そこにはどのようにしても生の意味を見出すことができない。どんなに personality を磨き power をつけても、待っているものはまったく同じもの――死なのだから。これは暗澹たる宇宙である。レインが後に存在論的不安と名付けるものが生み出す宇宙である。トルストイはそれを「イヴァン・イリイチの死」でおぞましいまでに抉り出したが、漱石もまたこれを試みた。

それゆえ漱石の文学は「恐れ」と「不安」に包まれている。そしてそれが彼の文学の基調を「夢」に仕立てている。単に夢がたくさん出てくるだけではない。各作品が夢のようなのだ。これは初期の『猫』や『坊ちゃん』、それに『三四郎』など、それと無縁のように見える作品にもその萌芽は認められるが、特に『猫』と並行して書かれた「倫敦塔」や「幻影の盾」、「薤露行」、その数年後の「夢十夜」などにこの傾向ははっきりと見ることができる。

この点について、死ぬ年の元旦から書き綴られた「点頭録」に次のような象徴的な言葉がある。「振り返ると過去が丸で夢のやうに見え」、「一生は終に夢よりも不確実なもの」に思われるが、「驚くべき事は、これと同時に、現在の我が天地を蔽い尽して儼存しているといふ確実な事実」である。「生活に対する此二つの見方が、同時にしかも矛盾なしに両存して、［……］自分は此一体二様の見解を抱いて、わが全生活を、大正五年の潮流に任せる覚悟をした」（柄谷、80-81）。しかし本当に彼の中ではこの二つは「矛盾なしに」「一体二様」であったのだろうか。私にはどうも、彼の作品を貫くのは前者の「一生は夢」という感懐であるように思われる。現実の確実さよりも不確実さを強く意識し、それが彼の作品に夢のような印象を与えていると思われるのだ。

夢は彼の存在論的不安の表出に他ならない。そしてこの不安の根源は、彼の出自や生来の性格のみならず、時代でもあった。その意味で、彼の不安は彼個人のものであると同時に、彼を超えたものと接続している。彼を歴史に残した特筆すべき能力は、この自分の「不幸」を近代人の「不幸」に普遍化する能力で、しかもそれを小説という形で説得力をもって示した。これについて柄谷は、親子関係はもともと「自然」ではなく、その不自然な制度を「自然」と受け取ることから人間はアイデンティティをもつという。それゆえ漱石にアイデンティティがなかったのは当然だとし、その上で、彼の「本領」は、そのような制度化された「自然」が「もともと存在しないのではないかという疑いにある」（150）といっているが、これも同じ点を指摘しているだろう。(2)

このように漱石は、どうやっても抜け出せない不気味な不安を飽くことなく描いた。描かざるをえなかった、ほとんど強迫神経症的に。その描写の見事さを多くの者は称揚する。しかしその超克法を描かなかったことはあまり問題にされない。ロレンスなどは「小説から学ぼう」といって、時代の病を剔抉し、それへの処方箋を描いて見せた。ここで注目したいのはその効力ではなくて描こうとする姿勢である。日本の作家にそのような者は多くないし、それは日本文学への、あるいは文学そのものへのないものねだりかもしれない。しかし視点を変えて、このような存在論的不安を、例えば平安朝や江戸期に延々と描いたとしたら、どれほどの読者をもっただろうか。特に中世では死後の世界は恐怖の対象だったから、例えば『往生要集』などが広く読まれた。しかし漱石のような現世自体への、あるいは意識的存在としての人間、すなわち自分への違和感をこれだけ執拗に描いても、当時の読者はついてこなかったのではないか。逆にいえば、これは漱石が近代特有の問題をいかに痛切に描いたかを示している。読者は皆、程度の差はあれ、これを自己の中に見出して作品に吸い込まれた。皆治療法は知りたいが、それを漱石に求めても無駄なことは、いくつか作品を読めばわかる。むしろ読者が引き付けられるのは、それを読むことで自己の問題の客体化と客観視を助けられているという感覚によるのだろう。

漱石は英国への拒否反応の理由を、「住みなれぬ処は何となくいやなものに候」（『全集22』210）といっている。それはその通りで、人間、いや生物は、住み慣れた場所を一番快適に感じるようにできている。しかし人間という種は、それと同時に好奇心という他の種にはあまり強くないものを多量にもちあわせている。量の多寡には個人差はあるが、まったくない人はいないだろう。漱石の滞英中の書簡や日記を見ると、彼にはこれが、例えば熊楠と比べると少なかったことが窺われる。しかしその一方で、帰国後には小説家に転身し、人間の心理の機微を実に見事に抉り出すようになる。これもむろん好奇心の産物だが、おそらく、人間の心理の闇、あるいは謎に対する好奇心と、異文化、異なる生活様式や思考法などへの好奇心は、同じ根から出ているとはいえ、少なくとも漱石の中では違ったものとして現出したのだろう。柄谷は「漱石の生をたえず危機に追いこんでいたのは、彼自身の存在の縮小感」（18）だというが、自分の存在が縮小していると感じる、もっといえば、その存在自体を自明視できない人間に、異質な人間や文化に強い関心を抱くのは難しいだろう。自分の存在の確保で頭がいっぱいだからである。

前章で私は漱石の「Self-consciousness の age は individualism を生ず」という言葉を引用し、この問題は近代的自我の問題で、つまり自我・パーソナリティーの「膨張」の問題だといった。彼は、「昔ハ古人トカ古代ヲ尊敬シタモノデアル。［……］然ルニ今ハ（コトニ日本）Rodin トカ Ibsen、Andreief トカ何トカ新シイ人ノ名前ヲロニスルコトガ権威ニナッテイル。［……］シテ見ルト二十世紀ノ人間ハ自分ト縁ノ遠イ昔ノ人ヲ idolize スルヨリモ自分ト時ヲ同クスル人ヲ尊敬スル又ハ尊敬シ得ル様ニナツタノデアル。此傾向ヲ極端へ持ツテ行クト自己崇拝ト云フコトデアル。（Individualism, egoism）」（『全集20』186）と書いたとき、伝統を失った近代人は個人主義を採用しても、それは容易にエゴイズムに変わり、自己崇拝を生むことに気づいていた。彼の不安の根底にあるのが、自己崇拝するにいたった人間同士の衝突であるのは明らかだ。それがはっきり表れるのが別の断片である。「二個の者が same space ヲ occupy スル訳には行かぬ。［……］強い方が勝つのぢや。理も非も入らぬ。えらい方が勝つのぢや。［……］鉄面皮なのが勝つのぢや。人情も冷酷もな動かぬのが勝つのぢや。文明の道具は皆己れを節する器械ぢや。自らを抑える道具ぢや。我を縮める工夫ぢや。［……］勝つと勝たぬとは善悪、邪正、当否の問題ではない――power デある――will である」（『全集19』220）。途中をだいぶ省略したが、強迫神経症的な繰り返しである。(3)

これは西洋の個人主義の負の側面に対する呪詛だが、『猫』では距離を置いて描いている。迷亭は「あらゆる生存者が個性を主張」して「君は君、僕は僕」というようになったが、「個人が平等に強くなったら、個人が平等に弱くなった訳になる」。かつては「主張すべき個性もなく、あっても主張しない」から大家族で住んでいたが、自我が肥大すると親子が別居し、女性が賢くなれば夫と衝突し、「家の中は大地震」になって挙句の果てに夫婦も離婚する。さらには、「おれはおれ、人は人」になると、他人が作った芸術も面白くなくなり、これも滅亡するという。迷亭はこれを文明の発達の帰結として、とりわけ嘆くべきこととは取っていないようだが、独仙は例によってこれを哲学化し、かつては英雄がいて彼にみな従ったが、今は誰も彼もが「孔子」で、しかも誰もそれを認めないから不平だ。ニーチェが超人を創り出したのもこの不平ゆえだという。「個性発達の結果みんな神経衰弱を起し」、「自由を得た結果不自由を感じて困って居る」、まるで「アルコール中毒に罹って、ああ酒を飲まなければよかったと考へる様なものさ」(262-65)、人間は「自分で勝手な用事を手に負へぬ程度に製造して苦しい苦しいと云ふのは自分で火をかんかん起して暑い暑いと云ふ様なものだ」(114) という。猫は追い打ちをかけるように、人間は「只入らざる事を捏造して自ら苦しんで居る者」(208) で、「強いて苦痛を求める」(232) と茶化しているが、これは人間存在の不安の核心をついている。漱石の人間観の底には、何で生まれてきたかわからないから自分で用事を作って忙しくしておかないと不安で仕方がない、という見方が潜んでいる。これは基本的に存在論的不安が生み出す視線であり、これを文明単位で大規模に行い、後戻りできないところまで行ったのが西洋だと見たようだ。

次の言葉はさらに不気味だ。「我々は夢の間に製造した爆裂弾を、思い思いに抱きながら「生の終わりに向かって」談笑しつつ歩いていくのではなかろうか。ただ、どんなものを抱いているのか、他も知らず自分も知らない」。まさにハイデガーのいう不安《アングスト》だが、ハイデガーはこれを見ないようにする人間を頽落の状態にあるとした。漱石は哲学者とは違ってこれを上から俯瞰せず、あくまでこの不安を抱いて彷徨する人間の苦悩を描いた。「人生」という小品ではこう述べている。「吾人の心中には底なき三角形あり、[……] 思ひがけぬ心は心の底より出で来る、容赦なく且乱暴に出で来る [……]」(江藤、『漱石とその時代』326)。ここにも、人間は自己の最深部に闇を抱えていて、それが思わぬ時に噴出して人生を翻弄する、という彼の根本的な人生観が表れている。三八歳頃に書かれた断片には、「浮世は陥欠のみ、憂と愁と窮と悶のみ」(『全集19』201) とある。ここからは「死ぬのが一番」という見方へはほんの一歩である。ロレンスにも同じく "Life" と題されたエッセイがあるが、こちらは逆に、人間を外から未知のものが襲ってくるが、自己を常に外に開くことによってこの未知なるものを受け入れるのが真の生だと説く。同じタイトルでもそのトーンはほとんど逆だ。

たしかに漱石の存在論的不安の表出はときに揺れを見せる。続く断片では、「未来に黄金の天地を鋳出して無円通の世に住せんよりは現世に一寸の錦を織るにしかず。一斤の金をあつむるにしかず。善と悪と真の高さを一分たりとも高むるにしかず、一寸の地を拡するにしかず」、あるいは「生を享くとはわが意志の発展を意味する以外に何等の価値なきものなり……」と、両義的な響きを見せる。これは、例えばイェイツの、天上の救済を拒否し、汚辱にまみれたこの世で奮闘することこそ人生だとする態度とも取れようが、しかし伏流するトーンは悲観的で、せいぜいそうでもしなければ人生などやっていられない、といった響きがある。

『猫』の最終部では、この問題をエゴの衝突と絡めて検討している。まず苦沙弥は、「当世人の探偵的傾向」は「個人の自覚心の強すぎる」、つまり「自己と他人の間に截然たる利害の鴻溝があると云ふ事を知りすぎて居る」ことが原因で、そのため「一挙手一投足も自然天然とは出来ない様になる」。「瞬時も自己を忘るる事」ができず、「己の利」ばかりを考え、「人間の行為言動が人工的にコセつく」ようになり、「悠々とか従容」という語は死語になる。これは「文明の咒詛だ」と言い放つ。これを受けて独仙は、「昔の人は己れを忘れろ」と教えたが「今の人は己れを忘れるなと教える」といい、「文明が進むと個人と個人の交際がおだやかになる」などというが、実際は「御互の間は非常に苦しいのさ」と苦沙弥を援護する。迷亭も珍しく茶々を入れずに歩調を合わせる(255-58)。要するに漱石は登場人物の対話の形で自分の「文明の不満」を述べているのだが、ここで彼が問題にしているのは存在論的不安の一側面である。すなわち、自他ははっきりと切断されており、そのため自分を他者の眼から見るようになる。それが人間の自然な行動を阻むというのだ。

『猫』ではまた、「哲学者」こと八木独仙がこう苦沙弥に説く。

西洋人のやり方は［……］欠点を持って居るよ。第一積極的と云つたつて際限がない話しだ。いつ迄積極的にやり通したつて、満足と云ふ域とか完全と云ふ境にいけるものじゃない。西洋の文明は［……］不満足で一生をくらす人の作った文明さ。日本の文明は［……］根本的に周囲の境遇は動かすべからざるものと云ふ一大仮定の下に発達して居るのだ。［……］山があって隣国へ行かれなければ、山を崩すと云ふ考えを起す代りに隣国へ行かんでも困らないと云ふ工夫をする。山を越さなくとも満足だと云ふ心持ちを養成するのだ。［……］世の中は到底意の如くなるものではない、［……］只出来るものは自分の心丈だからね。心さへ自由にする修行をしたら［……］心の修行がつんで消極の極に達するとこんな霊活な作用が出来るのぢやないかしらん。」(176-77)

こういう独仙を迷亭は茶化し、それを受けて苦沙弥も再考しているところを見ると、漱石がこの見方に距離を置こうとしているようにも見える。しかし彼がその再考の結果たどりついたのは、「瘋癲院に幽閉されて居るものは普通の人で、院外にあばれて居るものは却って気狂である」(200) というものだ。彼がここで独仙の口を使って展開している思想は、単なる西洋文明批判、あるいは(古き良き)日本文化擁護を超えて、人間の心理および行動の中心に座る欲望の機微に迫っている。仏教は「欲望は罠だ」というが、これはそのいいかえと取ってもあながち的外れではあるまい。そしてこれはまた、前にも触れたが、西洋が仏教を、そしてそれが支配的宗教である東洋世界を厭世的とする見方と相通じている。しかし考えてみれば、人類はその太古から、欲望＝快を肯定し、不満足＝不快を何とか取り除こうと努めてきた。この欲望の暴走は例えば宗教や共同体などによって制御されてきたのだが、近代以降、西洋文明が世界を覆い始めるにつれて、この「たが」が徐々に外れ、個の肯定と、それに伴う欲望の肯定が広く受け入れられ、その反動として宗教の地位は凋落してきた。今では「山を越さなくとも満足だと云ふ心持ち」を養成するのはほとんど不可能事に近い。

漱石は、この西洋の「欠点」を存在論的不安と結びつけて考えている。だから彼が描く世界では、日本が近代を生み出そうとする苦しみと、自らの存在論的不安を乗り越えようとする苦闘が不思議な同調を見せている。後者の努力がそのまま、半分は無意識的に、半分は意識的に、前者の苦悩を超克する一つの、いや、現代日本人にとっての最も説得力のあるモデルとなった。江藤が次のようにいうのはその意味である。「金之助が『漱石』になるためには、ひとつの時代の崩壊のなかに生を享け、もうひとつの時代の終焉を見送りながら生涯を閉じるというような体験が必要だったのである」(『漱石とその時代1』13)。

ではどのような時代が崩壊したのか。それは各自が分を守って欲望を抑え、あるいは社会の「相互監視」によって抑えられ、共同体として比較的に調和を保っていた、渡辺京二が「逝きし世」と呼んだ時代である。それを漱石はこう表現する。「日本ノ昔ノ道徳ハ subordination ガヨク出来て居る君臣、父子、夫婦、是は社会を統一シテ器械的に働かす為に尤も必要である　今はだめ」(『全集19』、119)。Subordination とか「器械的」という言葉は今では否定的に響くが、どうやら彼は、個人間の軋轢を減らして社会の安寧を図るためには自我・パーソナリティの膨張を抑える必要があるが、それには封建的な階級制、というよりもっと内面的な、それぞれが分を守る文化が有効だと考えていたようだ。ここには司馬がいう「数学的」階級組織が生み出す息苦しさの意識は見られず、すでに議論したノスタルジアの心理に近いことは明らかだだが、こう考えざるを得ないほどに、彼にとって西洋の衝撃が呼び覚ました存在論的不安は大きかったのだろう。

しかし近代は西洋とともに日本を襲い、もはや後戻りはできない。ではどうすればこの不安が乗り越えられる、あるいは軽減するだろう。これに関して彼は悲観的だったようだ。すでに引いた断片は直截にこう言明する。「この弊を救ふにはたとひ千の耶蘇あり、万の孔子あり、億兆の釈迦ありとも如何ともする能はず。ただ全世界を二十四時間の間海底に沈めて在来の自覚心を滅却したる後日光に曝して乾かすより外に良法なし」と。この言葉は、漱石の強烈な疎隔感、人間とも世界とも隔絶している、関係性がないという感覚が生み出したものだ。

柄谷によれば、漱石はこれを自意識の問題のように書いているが、そうではないという。つまり彼は脱構築的に、漱石自身の筆が彼の真意を裏切っているといいたいようだ。『行人』の一郎が「頭の恐ろしさ」と「心臓の恐ろしさ」を分けているのを借りて、自意識が感じる恐ろしさは前者で、漱石自身は実は後者を、つまりはるかに深刻な事態を描きたかったのであり、それは自意識が生み出した問題と見ては捉えきれないという。その「深刻な事態」とは、『ハムレット』を書いたシェイクスピアが見ていたもの、すなわち「『規範』の秩序とその逆の『自然』の秩序とのクレヴァスにひろがる醜悪でグロテスクな存在そのもの」で、「それは自意識の懐疑というより、もっと深いところで彼の生をおびやかしている危機感」（21）だというのである。

柄谷がここでいう「『規範』の秩序と『自然』の秩序との間のクレヴァス」とは、本稿の文脈でいえば、「古き良き過去／日本」と「西洋／近代によってそれを失った日本」との間の断絶と見ていいだろうが、柄谷の見方は、漱石のいう self-consciousness を過小評価することからきているように思われる。自意識が生み出すと漱石が考えた事態は、同時代のロレンスにとってと同じく、きわめて深刻なものだった。ロレンスはこれが人間の本来もっていた無垢あるいは自発性を失わせる主因であったと見ているが、漱石の見方もこれに近かった。「私は生れてから今日までに、人の前で笑いたくもないのに笑って見せた経験が何度となくある。その偽りが今この写真師のために復讐を受けたのかも知れない」（『ちくま全集10』193）という言葉は、太宰の『人間失格』の主人公が感じる自意識の蟻地獄を彷彿とさせる。

基本的に漱石の作品は、近代的自意識が引き起こす葛藤と混乱を描くことが多いが、中でも『行人』という作品はその色彩が濃い。一郎は、妻が弟の二郎に惚れているのではないかと疑うが、その自意識ゆえにその疑いに直面できない。意を決して弟にそれを問いただすが、自意識特有の作用ですぐにその愚を悟り、こう告白する。自分は妻の「スピリット」がつかめない、「ああ己は何うしても信じられない。何うしても信じられない。

ただ考へて考へる丈だ。何うか己を信じられる様にして呉れ」(143)と。語り手である二郎が、「兄の言葉は立派な教育を受けた人の言葉」だが、その態度は「十八九の子供に近かった」といみじくもいうように、これは「立派な［西洋風の］教育」を受けた「考えるだけの人」の自意識の叫び声である。つまり漱石は、こうした知＝自意識が「信」を抑圧している状態を、西洋近代の教育の産物だと見ているのだ。「いづれの点に於ても自分より立ち勝った兄」は日本における西洋の象徴だが、その兄は「砂の中で狂ふ泥鰌の様」で、二郎は、このままでは遠からず精神に異常を呈するのではないかと懸念する。

その懸念が実現したことが最後の手紙で露呈する。この結末を読むと、ここまでプロットを引っ張ってきた一郎と妻の直との「男女間」の齟齬、あるいはその底流に見え隠れする「自分」＝二郎と直との間にあったとほのめかされるもの、そこから出てくる兄の嫉妬のごとき感情などはその物語的重量を失い、結局すべては一郎のすぐれて近代的な自意識の蟻地獄、彼の内面の「幻影」に帰着する。周りの者のすべての慮りや推測はいわば暖簾に腕押しだったことが判明し、この長い物語は最後の手紙を引き出すための準備あるいは土台だったことが明らかになる。これは必要な手続きではあろうが、読後感としてはやや長すぎる。あるいは柄谷のいうように、前半と後半との分裂ばかりが印象に残る。お貞さんは一郎がうらやむ自意識のない人間の典型としてその位置を確保するが、例えば三沢と死んだ女との関係などは、最後に激発する近代的な自意識の苦悩とは別の、いわば『夢十夜』で描いた世界に近くなり、全体の中では孤立する。

一郎は近代が押し付ける不安にかられ、絶対的な「孤独」(408)に、そしてついには「死に至る病」すなわち絶望に陥る。そして自分には死か狂気か宗教しか道は残されていないという。前二者を求めない彼は、宗教的解放、無我、空、自他不二、そうしたものを求めるが、しかし近代人としてどうしても宗教に入れない。むしろお貞さんやHのように私心＝自意識の少ない人間に「神」を見る(402)。ちょうどトルストイの「神父セルギイ」が、聖人とみなされるようになった後、たった一度罪を犯す。その自分が許せず、魅力はないが、自分の醜さを知り、神のために生きている女、パーシェニカを訪ね、許しを乞うように。しかし一郎はそうした人間にはなれない。知性、漱石の言葉によれば「内省の力」が、「命の流れ」を「中断」するからである（413）。その元凶は「整った頭、取も直さず乱れた心」（421）、「働き過ぎる理知の罪」（432）にあると考える。これはT・E・ロレンスが女性を連れた若い兵士を見たときに彼らをうらやむ気持ち、すなわち自意識の希薄さが「自由」を保障すると見るあこがれと軌を一にしているが、それが幻想、つまり彼らの理想の投影であることはいうまでもない。

柄谷は、キルケゴールがいう「死に至る病」である「絶望」は「頭の恐ろしさ」から出たもので、だから「宗教（信仰）による救済」が可能だったが、自意識ではなく身体そのものからくる名状しがたい「不安」、すなわち「心臓の恐ろしさ」に悩む漱石の主人公たちにはそれは不可能だったという。この論に無理があるのは、キルケゴールのいう不安と絶望がそのように底の浅いものだとは到底思えないこともあるが、西洋の思索者の不安を「頭＝自意識」から生じたものとしていわば格下げし、漱石の描くそれを身体、ないしはどこか自意識よりも深いところに淵源するものとしていわば「聖別」していることに起因している。仮にキルケゴールが「信仰へと質的に飛躍」（36）することで救済され、一郎や宗助たちにそれが拒まれているとすれば、それはまさしく前者がいまだ信仰の可能性の名残がある近代の鳥羽口に立っていたのに対し、後者がモダンの真っただ中に放り出されているからである。モダンの中に生まれるとは、自意識の呪い、ロレンスがいう「両刃の祝福」を受けて生まれることで、そこに選択の余地はない。「経験」が「無垢」を永遠に奪い去ってしまった後に生まれてきたからだ。

柄谷は、「われわれがこの世界で存在するありようそのものがわれわれを真実（自然）から疎隔（ずれ）させているのではないか」と気づいたのは、自然主義的な小説に背を向けた漱石の慧眼であり、その眼は「人間の心理をあばいて得意になる類のものではなく、われわれの生存を不可避的に強いている何ものかに向けられている」(45-46)という。その通りだろう。しかしここで押さえておくべきは、漱石をはじめとする日本近代初期の知識人特有の苦しみは、この「不可避的に強いるもの」、すなわち存在論的不安が、自己の文化・社会の成熟から内発的に生まれたものではなく、モダン＝西洋として外発的に押し付けられたものだったことにある。それゆえ彼らにとって選択不可能性は二重であり、その分かんぬきの固さも二倍あるいはそれ以上になった。ここでの苦しみは、身体などからではなくまっすぐに自意識から出てきている。自意識の二重拘束から出てきている。内発的な不安ではないから、一見、過去に戻れば拭い去れそうにも見える。しかし彼ら近代初期に特権的に西洋体験をした者たちは、過去に戻る道がほとんど絶望的にふさがれていることを圧倒的な現実として突きつけられた。近代の姿を生の形で見た彼らにとって、古き良き日々には戻れないことは自明の理となったのである。後に見るように、荷風らのようにこの流れから降り、一偏屈者となって時代への逆行を独自に敢行した者もいる。むろん彼らは彼らなりに、漱石や熊楠らとは違った西洋化・近代化との格闘をした。彼のケースは悲痛なほどに例外的な出来事ではあるが、ある意味で漱石らの「正統的」な苦闘の「ネガ」であり、後に詳しく論じようと思う。

三 「不機嫌」

山崎正和は、明治の知識人が共通して抱いた「暗い気分」を「不機嫌」と名付けているが、ここで存在論的不安と呼んでいるものとほぼ同義と取っていいだろう。彼のいう「気分」とは、精神生活の基礎にある最も根源的なものであるが、感情と違って一定の対象をもたず、それゆえ当人にも容易に説明がつかないものである。明治四〇年代初頭頃に当時の知識人は「ひとつの時代的な病弊」(59)に脅かされるようになるが、それが彼のいう不機嫌である。それを共有した一人である永井荷風が帰国後に書いたものに見られる気分を「焦燥」「慨嘆」「不適合感覚」「怒り」「憂鬱」「自嘲」(32-33)、あるいは「疎隔感」(62)という言葉で表現している。これは第一章で考察したノスタルジアの心理、すなわち過去を現在より「現存感の熾烈」なものとして呼び覚ますという心理の土台ないしはきっかけとなるもので、荷風の後の「転向」の原因となったものかもしれない。山崎はさらにこれを、「感情の自然な流露がせき止められたときに生まれる気分」、あるいは自分と世界がなにかしら不調和で、にもかかわらずそれを調整する能力が自分には不足していることの自覚とも定義し、急変する環境に、理性と感情の齟齬なく自己の全体が適合しようとするとき起きるのが「精神の肉離れ」だという(131)。興味深いことに彼はそれを、「近代文学者の中でもおそらくもっとも機嫌の好い」作家と呼ぶ鴎外にも嗅ぎ当て、その態度は「人工的な明るさを帯びすぎてゐた。[……]家族の目にも、自然な感情の流露ではなく、たんに『愛情のやうな雰囲気』をまき散らしてゐるにすぎないと見抜かれてゐた」(70)と指摘する。これも自意識の産物であることはいうまでもあるまい。

漱石に「不機嫌」を見出すのに慧眼はいらない。たしかに帰国後数年は荷風のそれほどには明瞭ではないが、しかし苦沙弥の自虐的で露骨な笑いやくどい諧謔さえ「内面の暗さの逆説的な表現」(山崎、47-48)と読みうるように、執筆活動の初期からこうした気分は漂っている。それが色濃く表れてくるのは中期以降である。

注目すべきは、この「不機嫌」の時代の気分、すなわち存在論的不安が、急激な西洋化とそれに伴う生活様式および価値観の変化に翻弄された日本固有の問題であると同時に、近代人一般の問題でもあったという点だ。山崎も「不機嫌」は、日本近代初期という「ひとつの特殊な時代と社会の産物ではなく[……]普遍性の裾野を持っている」(221-22)として、それを、キルケゴールから始まる同時代の実存哲学の視線と切り結んでいる。たしかに、ハイデガーが「被投性」と名づけたように、宇宙にわけもわからず放り出され、家族や友人という人間的な絆と、生きがいとかやりがい(漱石がいう、目的もなく生まれた後で本人が作った目的)といったきわめて主観的なもので自分の生をかろうじて意味づけようとするこのか細い営みが不安でなくて何だろう。

ここで問題にしたいのは、この大きな近代の潮流の中で、日本のある時期の知識人が、西洋人はもちろん、おそらく他の時代の日本人も経験したことがないような種類の不安を共有したという事実である。なぜ普遍性よりもこの個別性に注目するかといえば、それがその後一世紀以上を隔てた現在のわれわれに直接つながる問題だからだ。この不安は「不安」という確たる気分でさえないような、日本人の存在の根底を侵食しているものので、近代人一般の不安と共通項はあるにせよ、やはりすぐれて特殊日本的な現象である。それは、世界＝外部との接触と対処、つまり「企投」をする人間において、感受と判断の軸が二つに引き裂かれたことから生まれる現象で、広く非西洋に見られるとはいえ、なまじ近代化＝西洋化に「成功」したがゆえに、端的にいえば「西洋」の末席に連なったがために、他の非西洋圏では感じられない複雑さと強度をもつに至ったのである。そして明治の知識人たちは、渡辺京二風にいえば、それまで自意識のないエデンで生きていた(であろう)者たちが、急に外から持ち込まれ、あるいは自ら持ち込んだ自意識にがんじがらめにされる過程の始まりと、それがもたらすであろう「不安」を、世界の同時代人に先駆けて経験した。そこに彼らの栄光と悲惨があった。

山崎は、不機嫌と実存の不安という類似の気分は「近代的自我の虚妄に気づくことから分泌されて来る」(229)といっているが、彼らの悲惨の最たるものは、この「近代的自我」が十分に成熟し、科学や芸術といった果実を生み出してそれを味わう時間的余裕を与えられないまま、同時に持ち込まれたその虚妄を早くも感じざるをえなかったという点にある。要するに彼らは、西洋世紀末のデカダンの甘美を体験せずにそのアンニュイだけをなめることになったのだ。なぜか。それは、日本が西洋をモデルとして近代化に乗り出したまさにその時期に、当の西洋はすでに「近代の病理を露呈し始めて」おり、それについての「理論的な省察が始まっていた」（三谷太一郎、3）からである。鋭利な感受性をもつ彼らがそれを見逃すはずもなかった。そしてそれを一身に体現する象徴的存在になったのが漱石だった。

とはいえ、そうした「病理」は一部の知識人がかぎつけたもので、明治の知識人が経験した西洋は自信に溢れていた。たしかに理性への信頼は揺らぎ始めていたし、キリスト教を含めた自文明への絶対的優越性についても疑義が提出されるようになってはいた。山崎もいうように、シュペングラーの『西洋の没落』というきわどい題名をつけた書物も、「西洋文明の相対性」を述べているにすぎず、「著者自身が、現に二つの文明のあひだにひきさかれた苦痛を訴へているわけではなかった。［……］彼は鴎外や漱石や荷風とは違って、日々の生活のなかで自分の文化的な身分証明書の危ふさに思ひ悩む必要はなかったのである」。その後のハイデガーも近代人の頽落を非難はしても、「その『世間的人間』自身は、明治の知識人とは比較にならない自信に溢れていたはず」（239-40）だという。西尾幹二が繰り返す、西洋の自己批判に惑わされてはならない、それは彼らの自信喪失の表明などではない、むしろそれは自己蘇生の能力の表れなのだという指摘を思い出させる言葉だ。山崎はこの不安をさかのぼってシェイクスピアの諸作品にも読み取り、彼が活躍した「中世の終末期」が「明治の精神風土と同質の不安を生み出した」（245）のではないかというが、中世から近代へという大きな変革の時代にヨーロッパの人々が感じたであろうと同種の不安を、近代を押しつけられた明治期の知識人たちは感じたのである。

近代とは意識の至高化・絶対化の時代である。精神史的にいえば、意識が、その母体たる人間の脳が、宇宙から神を追放した時代であり、人間の思考が神のそれより重要かつ有意味と考えられるようになった時代である。啓蒙主義とその落とし子である科学主義、それをそれぞれ経済学と心理学に適用したマルクスとフロイト。ダーウィンの宇宙の創造主としての神の追放。それにとどめを刺したニーチェの「神は死んだ」という宣言。こうした者たちの「努力」によって切り開かれた時代であった。

知的に敏感な人間がそのような時代に生きて不機嫌になるのはよくわかる。例えば、漱石の四半世紀前に生まれ、その死の数年前に暗殺された伊藤博文を、ベルツが「いつも機嫌の好い人物だった」と書き残しているが、彼の場合は、前に触れた鴎外の機嫌の好さが「演技」を含んでいたのとは異なり、国家存亡の危機に直面した人間の自然さがあったのだろう。そうした時代には、明瞭な目的と能力をもった血気盛んな若者は、不機嫌になどなっている余裕はなかった。しかしその危機がとりあえず去り、その「つけ」が回された世代の鋭敏な人たちはその点ではっきり違っていた。おまけにその「つけ」は、西洋をモデルに文明開化を図り、国家の進む道を決定した後に必然的に出る問題、すなわち日本人は、モデルとした西洋を「本当に理解」(山崎、35)しているかどうか、その本質を受容できたかどうかという厄介きわまりないもので、彼らは知識人としてこれを引き受けざるをえなかった。

これは時代の宿命といってしまえばそれまでだが、しかし異文化受容は「本当の理解」とは別のレベルで起きる。それは良い悪いを超えた現実であり、歴史的事実である。しかしそれでも、そういう形で、つまりこんなに急激かつ上意下達的に異質なものを取り入れるのは不自然で外発性ではないのかと自問するのが知識人であり、しかもその解答は宿命的に「差延」される。漱石などにとってはそれは一つの強迫観念になり、「上滑りに滑っていかざるを得ない」という諦念に至りつく。

明治の知識人たちはこうした時代背景の中で仕事をせざるをえなかった。漱石は漢詩を作って桃源郷に遊んでいては生活ができなかったし、またそのような世界に沈潜しきるほど腹も座っていなかった。逆に、世界=

他者ではなく、意識する主体たる自分を対象化して見る内省的な意識、すなわち自意識の謎に取りつかれた。そしてこれを忌み嫌った。何とかこれから自由になれないかと格闘した。そして最終的には、則天去私という自分でも不十分とわかっている古い超越に逃げ込もうとした。

熊楠はなぜかこうした潮流から、時代を超えて、という大げさな形容もいらないほどに楽々と「自然に」超然としていた。「本当の理解」などには毫もこだわらずに、取るべきものは取り、拒否すべきと信じるところは拒否した。そこには、彼以外の明治知識人が苦しんだ近代的自意識は影さえもない。そして自意識の呪縛から最も遠い自然科学、とりわけ生物学と新たに起こった性科学、さらには民俗学に関心を集中した。熊野の山中で粘菌を探しているとき、あるいは同性愛や両性具有について思考をめぐらし、さらには十二支の動物についての百科事典的な連想とファンタズムに身を任せるとき、彼は能う限り自意識の桎梏から遠かったはずだ。その意味で彼の生涯は、この近代の呪縛から、その恐るべき意志、生まれながらの胆力と禁欲の力で逃れえた破格の例として注目に値する。彼はむろん例外である。しかしそれを例外的奇人とせず、そこにこれから日本人が歩む一つのモデルを見出すのは、きわめて有益な作業となるだろう。

四　永井荷風

上で論じた「不機嫌」の主因は伝統と新奇の分裂である。江戸期まで日本が価値観や美意識においてほぼ完成していたのに対し、「外圧」によって入ってきた新奇なものは、自らの判断で取り入れたとはいえ、伝統のもつ完成度とは比較にならぬものだった。これが強い分裂観を生み、それがここで論じている多くの人々を困惑させ、いらだたせるのだが、その典型の一つに永井荷風がいる。彼の生涯と行動は西洋との対峙のもう一つの形でもあった。彼の場合、関心が芸術、中でも文学に集中していたために、この分裂はとりわけ対処困難なものに感じられたに違いない。

彼は漱石や熊楠にやや遅れて西洋を体験したが（漱石が帰国した年に渡米する）、帰国後には二人とは異なる道を歩み、「古き良き」日本へ回帰したかに見える。後に彼は日本近代における個人主義のチャンピオンとみなされて賛美の対象になった。つまり、日本近代という生きにくい時代を孤高のままに見事に生き抜いた一つの典型に祭り上げられたのである。

荷風は本書で扱う人物の中でも、長い西洋体験との関係の取り方という点で注目すべき存在だが、彼は漱石たちに遅れること一二年、一八七九年に東京に生まれ、裕福で強圧的な父のもとで育った。彼の一生は、カフカのそれに似て、父の抑圧からの自己解放の軌跡にも見える。学校にはなじめず、若いころから伝奇小説や漢詩、江戸戯作文学や尺八に関心を抱いた。しかし、「フランス！　ああフランス！　自分は中学校で初めて世界史を学んだ時から子供心に何と云う理由もなくフランスが好きになった。自分は未だ嘗て英語に興味を持った事がない」（『ふらんす物語』174）と回想しているように、この国は早くから彼にとって特別な存在であった。渡仏の希望が実現できたのも父のおかげで、二四歳の時にビジネス習得のためにアメリカに送られるが、それもフランスへ行く「手段」として受け入れた。ワシントン州に約一年滞在した後ミシガン州に移る。約半年後、ニューヨークでの短期間の滞在の後に首都ワシントンに移り、日本公使館の用務員として働く。この間にイーディスという娼婦と知り合い、交情を深めたと後に書いているが、彼女の実在性については議論がある。(4) その後またも父の差配、というよりはほとんど命令で、正金銀行ニューヨーク支店に勤務するが、業務の単調さに耐えられず、憧れの対象だったフランスの文学に沈潜する。「仏蘭西の土も踏み得ずして空しく東洋の野蛮国に送り帰さるゝ此の身は長く生きたりとて何の楽しみかあらん」（『荷風全集4』330）と嘆いているとき幸運が訪れるが、実はこれも父の差し金であった。四年近いアメリカ滞在を終えてフランスはリヨンの正金銀行支店に転勤する。一九〇八年三月、八か月の勤務の後にここを辞職、憧れのパリで二か月遊んだ後、後ろ髪を引かれるように帰国の途に就き、同年七月に帰国した。

こう彼の前半生を概観しただけでもその特異性は明らかだ。先にも触れたように、この時代の有為の若者には海外渡航熱は流行といってもよかった。しかし荷風のように、ある一国にこれほど熱狂するのは珍しく、崇拝といってもやや常軌を逸している。少年期の外国への憧れは珍しくはないが、彼の場合、「現実に見たフランスは見ざる時のフランスよりも更に美しく更に優しかった。嗚呼わが仏蘭西。自分はどうかして仏蘭西の地を踏みたいばかりにこれまで生きていたのである」(『ふらんす物語』174) し、やっとその地に着くと、まだパリも見ないのに「ああ、この国に住む人は何たる楽園の民であろうか」(16) という始末だ。そしてパリを離れる前日にはこう嘆く。「何故仏蘭西に生まれなかったのであろうと、自分の運命を憤るよりははかなく思うのであった」(173)。その夜カフェで飲む酒は「死刑の人の名残に飲む酒と同じ」で、苦痛のあまりあたりの椅子や食卓を打ち壊したいとさえ思う (178)。現在の目からだけでなく、同時代人の西洋体験と引き比べてもとびぬけた惑溺である。朔太郎の有名な、「ふらんすへ行きたしと思へども／ふらんすはあまりに遠し／せめて新しき背広をきて／きままなる旅にいでてみん」(『詩集』152) などというのんきさとははるかに隔たっている。これが彼の特異な審美眼にもとづくのは明らかだろう。

フランスへの極度の愛着は、帰国の船に乗るために渡った英国を見る眼にも反映する。その地の青空は「軟な滑な光沢を帯びていない」し「木立の姿は何処となくいかつい」。「一度び巴里の燈火を見たものの眼には世界最大の都市ロンドンは何等の趣味もなく唯実利一方の目的で出来上っている煉瓦と石との『がらくた』に過ぎない」。劇場はまるで「料理屋か酒場」のようで、「町には樹木がなく家屋は高低整わず、[……] いささかの調和をも見出すことが出来ない。[……]通行する女はと見れば帽子に何の飾もなく衣服の色合には無頓着で、靴の形が悪く、腰が太くて、裾さばきに何の趣きもない」。食堂でWill you take dinner? といわれた彼はあきれて返事ができない。「音楽の如く快い」フランス語を聞きなれていたところへ、「英語特有の鋭いアクセントが耳を突いて[……]頭から叱り付けられる」ような気がしたのだ（180-85）。東洋からの通常の旅行者が、フランスと英国にこれほどの差を見出すことはなく、ほとんどいいがかりに近い。同じ目は、すでにアメリカの中西部のとうもろこし畠に「何処にか云い難い荒涼無人の気味」（22）を見て取っていた。何かが彼の目を屈折させている。

しかし同じ荷風はニューヨークだけは愛した。「日本にては到底想像すべからざる程明く眩き電灯の魔界」だからである。「都会の夜、燦爛たる燈火の巷」を愛した荷風は、この「燦爛たる燈火の光明世界を見ざる時は寂寥に堪へず、悲哀に堪へず、恰も生存より隔離されたるが如き絶望を感じ」たという。それは燈火が「地上に於ける人間の一切の慾望、幸福、快楽の象徴」（『永井荷風集』145）だったからだ。この光、それも暗闇の中に燦爛と輝く人工的な光の偏愛と、それを「人間の一切の慾望、幸福、快楽の象徴」と見る視線は、デカダンといえばそれまでだが、同時代の日本人の中では異色である。「地上に於ける」という言葉が象徴するように、彼は現世主義者で、光を生み出す近代文明を肯定している。それは明らかに日本よりも文明国アメリカにおいてより保証されるものであった。

彼の独特の審美眼とそれによるフランスへの偏執狂的な愛を、菊谷和宏はこう分析する。人間はいやおうなくどこかの「国」に生まれるが、その地がその個人の肌に合わないことがままある。その文化、気質、伝統、すべてが。荷風はそのような少数の一人だが、「世界のどこかに美が現実化されていれば、少なくとも絶望することはない」。その地を「自ら感じ信じる理想の名の下に自分のもの『わがフランス』とすることができる。

この人間の生の普遍性の実感」が、彼が「フランス体験から得た根底」(53)だとする。要するに、母国に絶望した荷風が自分の理想を別のある土地に投影・仮託し、それを「普遍」とすることで安心を得たということであろう。では何が彼の「絶望」を生み出したのか。次の荷風の言葉は自らそれを明らかにしている。

自分は、自分自身の手で力で、何故自分を作り出さなかったのか? 自分を作った親、自分を産み付けた郷土なるものが、押へ難い程、憎く厭しく感じられて来た。自分は、他物の力で作られた自分は、どうしても、生命のある限り、今自分の影を見るやうに、自分を感ずる事はできない。自由とは、誰が作り出した偽りの夢であらう。親は、自分には何等の相談もせずに、勝手に自分を作つた。日本は、自分が其の国体、習慣、何にも知らぬ先に、自分の承認を待たずして、自分をば日本人にして仕舞つた。自分は何の酔興で、親に対し、国土に対して、無理無体な其の義務を負ふべき寛大を持つ必要があらう。自分の影は、自分の影であるが故に、自分は此れを愛する。自分の親、自分の国土、あゝ何と云ふ残忍な敵であらう。自分は日本に帰りたくない。ヨーロツパにも戻りたくない。(『荷風全集5』293-94)

これは前節で見た存在論的不安の荷風版、それも実に生々しい描写である。相談もせずに自分を生むとは何たることか、しかもこともあろうに日本などという後進国に生むとは――宇宙に被投された偶然性、人間の宿命に対する恐るべき呪詛、などという抽象語では表現しえない恐るべき実感である。しかも荷風の場合、その呪詛は、被投性という人間の普遍的運命と、日本という後進国に生まれた民族的、文化的運命の双方に、ほぼ同じ比重で向けられている。前者は、「毎日々々人生の出来事は何の変化もない単調極るもの」だというニヒリズム、そして「夢、酔、幻、これが吾等の生命である。[……]『時』と云ふ恐ろしい荷の重さを感じまいとすれば、人は躊躇することなく酔って居なければならぬ」（『永井荷風集』141-45）という享楽主義と表裏一体をなしている。こうした言葉は帰国直後に出版された『あめりか物語』に出てくるもので、荷風は西洋体験のさなかにすでにこうした人生観を抱いていた、いやむしろ彼の地で育んだといえよう。そしておそらくはこれが土台となって、帰国後しばらくして始まるあの不可思議な「原日本回帰」ともいうべき態度をとり始めるのである。

日本批判は帰国直後に始まる。帰国した一九〇八年の末に書かれた『監獄署の裏』、翌年七月に書かれた「新帰朝者日記」には、「日本といふ国は実に不思議な国だ」（『永井荷風集』222）とか「野蛮国である」（220）という感情的言葉に並んで、日本国家が西洋の圧力に負けて「脅迫教育を設けて、吾々に開闢以来大和民族が撥音した事のないT、V、D、F、なぞから成る怪異な言語を強ひ」（181）たという冷静な観察や、「歴史を見ると日本人は天に昇らうと思って、バベルの塔を建てたり」するような「馬鹿々々しい事を一度も企てたことがない。人間としても国民としても、目前の利害を離れて物にあこがれると云ふ事が無くてはならぬと思う」（210）と、日本人の中に深く根付く理想主義の欠如と実利主義を批判する。あるいは、「弁慶のやうな強い国の人たるよりは、自分は頭を打たれたら、打たれた痛さだけ遠慮なく泣ける様な国に生まれたかった」（208）と、日本の慣習とモラルが自然な感情の発露をせき止めているともいう。

彼の批判の刀は留まるところがない。「飜つて日本の現社会を見れば、日本は其程に自由も藝術も要求しては居ないやうです。要求して居るものは西洋の書物でも読んだ少数の社会的継子に過ぎません。かゝる社会に藝術を独立せしめやうなぞ思ふのは、砂漠に果樹園を作らうとするに等しくは有りますまいか」（『荷風全集6』332-33）。「明治の文明。それは吾々に限り知られぬ煩悶を誘ったばかりで、それを訴うべく託すべき何物をも与えなかった。吾等が心情は已に古物となった封建時代の音楽に取り縋ろうには余りに遠く掛け離れてしまったし、と云って逸散に欧洲の音楽に赴かんとすれば、吾等は如何なる偏頗の愛好心を以てするも猶風土人情の止みがたき差別を感ずるであろう」（『ふらんす物語』193-94）。

近代日本に向けられたこの呪詛は、さらに日本文化の根源性までも疑う。「何人も今だに『日本』と云ふ Originalité を求めやうとするものは無い。求めても日本には Originalité がなかつたやうな気がしてならぬ事すらある」（『荷風全集６』205）。そしてこう毒づく。「此の野蛮な儒教時代も早晩過去の夢となり、吾等の新しい時代は遠からず凱歌の声を揚げるであらう」（『荷風全集４』205）。漱石はこのような呪詛を断片にのみ記し、一切公表しなかったのに対し、荷風は世間を挑発するかのように帰国後矢継ぎ早にこうした文章を発表した。

こうした批判を支えているのは、「自分の西洋崇拝は眼に見える市街の繁華とか工場の壮大とか凡て物質文明の状態からではない。個人の胸底に流れて居る根本の思想に対してである」（208）という思いであった。荷風にいわせれば、西洋崇拝の理由は山ほどあった。「さし向かいの人間関係のために造られて」いた日本の社交ではなく、「社会の『公』と『私』の中間の分野に独特の人間関係の風俗を造りあげていた」近代西洋の社交、そこにある「微妙な調和の美」、「技巧的生活」、そこにいる人間を「俳優であるような心持」にさせる「虚構性」……（山崎、126-27）。そしてその根底には、「ああ、人間が血族の関係ほど重苦しく、不快極るものは無い」（『永井荷風集』180）という思いがあった。

にもかかわらず、「西洋の根本の思想」を崇拝するといいながら、帰国後の彼の軌跡はほとんど正反対の方向に進んだかに見える。帰国直後にはこう書いている。「自分はバイロンの如く祖国の山河を罵って一度は勇しく異郷に旅立は下ものの、生活という単純な問題、金銭と云う俗な煩いの為めに、迷った犬のように、すごすご、おめおめ、旧の古巣に帰って行かねばならぬ。ああ何と云う意気地のない身の上であろう」（『ふらんす物語』173）。「天井、壁、柱、襖、障子、畳、各自異なる不快な汚れた色を露出にして居る日本の居室には、色彩の統一がないと同時に、又内部と外部との限界も立って居ない。［……］両足を折敷いて坐る事は我慢にも苦しくて堪らぬ」から西洋の家具を置いているが、日本座敷は「ピアノの厳めしく重い形とはどうしても調和しない」（『永井荷風集』203-4）。今でいうところのカルチャーショックだが、その視線は完全に外国人のそれで、母国を真上から見下ろしている。このないものねだりにも似た言葉は、彼の帰国当初の不適合感を如実に表している。

ところが、帰国の翌年の一九〇九年、「監獄署の裏」や「新帰朝者日記」にすぐ続いて書いた「すみだ川」では早くも江戸情緒の探求に傾斜し始めている。帰国後しばらくは外国の習慣が抜けず、毎日午後には愛読書をもって散歩に出ていたが、「然しわが生まれたる東京の市街は既に詩をよろこぶ遊民の散歩場ではなくて行く處としてこれ戦乱後新興の時代の修羅場たらざるはない」。そこで彼の歩みを止めたのは「矢張いにしえの唄に残った隅田川の両岸であった」。そこに彼は「子供の折から聞傳へていたさまざまの伝説の美を合わせて、云知れぬ音楽の中に自分を投げ込んだのである。既に全く廃滅に帰せんとしている昔の名所の名残ほど自分の情緒に対して一致調和を示すものはない。自分はわが目に映じたる荒廃の風景とわが心を傷むる感激の情を把ってここに何物かを創作せんと企てた」（『荷風全集５』61）。ここには、なぜ彼が「古き良き」江戸へ傾倒していったかがくっきりと見てとれる。彼はまさに、現在の悲惨を覆い隠すために、投影を使って自分の内面と調和するもの、「伝説の美」を創作したのである。やがて彼はその創作された「美」の中で、大伴旅人の「今の世にし楽しくあらば来む生《よ》には虫にも鳥にもわれはなりけむ」を思い起こさせるほどに享楽的刹那的な生活を送ることになる。半藤一利はこの変化を、偏奇館消失のとき「文学者永井荷風の精神もまた焼け滅」び、「あとは形骸がただのうのうと息をしているだけ［……］安楽に死ねる時と場所を暗々裡に求めて放浪する」（14）と表現している。

こうした荷風の変化を胚胎したのは彼独自の存在論的不安だが、それはあまりに異なる文化と価値観に引き裂かれたことで増幅した。彼のこの不安は「両刃の剣」となった。一方では国家や文化に縛られない「自由人」あるいはコスモポリタンになる道を拓き、時代を覆うナショナリズムに対しては有効な防護服になった。しかし他方では、精神的な根無し草に追い込まれ、刹那的な人生へと自らを追い込んでいった。

前者は、国家の戦時行動に対する反応として現れた。日米開戦の気配が漂う中、『断腸亭日乗』にはこう記している。「余はかくの如き傲慢無礼なる民族が武力を以て鄰国に寇することを決して惜かざるなり」、「米国よ。速すみやかに起つてこの狂暴なる民族に改悛の機会を与へしめよ」（一九四一年六月二〇日）。これは通常の自国批判を超えていて、自己分裂の産物に見える。福永勝也の次の言葉はそれをうまく表している。

戦時中、軍当局の圧力によって多くの著名作家が日本文学報国会に入会し、従軍作家となって戦争協力をしているのに対し、荷風はそれらに一切組しなかったばかりか、加担した作家たちを「人間の屑」と罵倒している。かといって、荷風が戦争を遂行する軍当局に面と向かって反抗する、勇ましい作家だったわけでは決してない。アメリカの爆撃機による東京大空襲が始まると、他人のことは一顧だにせず、荷風は恐怖心に慄いてひたすら逃げ惑うのである。挙句の果てに、東京を脱出して岡山にまで逃れ、当地に疎開していた谷崎潤一郎に救いを求めている。(109)

こうした不安に根をもつ彼の両面性は、幼少期からフランスへの憧れを募らせ、現地ではそれをいよいよ昂進させるという耽溺ぶりを見せながら、帰国後には、それほどの時間をおかずに、かつては嫌った日本の古き良き時代を追うようになったのか、という疑問に対するヒントになるだろう。この「転向」こそ、私が荷風を、漱石、熊楠に並ぶもう一つの西洋対峙モデルとして注目する理由なのだが、それにしても、なぜこれはかくも速やかに起こったのだろう。

これについて伊藤整は、荷風の「逃避」は「純日本的な本能的逃避」ではなく、「一応近代の論理をもって日本の社会に向ってから後に意識的に作為されたもの」(28) だと述べて、その意識性を指摘する。「純日本的な本能的逃避」なるものがあるかどうかは定かでないが、ともかく荷風はその逃避を古きよき江戸に向かって敢行したようだ。

「ピアノは果して日本的固有の感情を奏するに適すべきや。[……] 余は余りに数理的なる西洋音楽の根本的性質と、落花落葉虫語鳥声等の単純可憐なる日本的自然の音楽とに対して、先づその懸隔の甚だしきに驚かずんばあらず」(柘植光彦、169)。これは一九一四年に発表した「浮世絵の鑑賞」の中の言葉だが、その三年後の一九一七年の「西遊日誌抄」では、一九〇八年のリヨンの出来事として、演奏会に行き、「ベトーヴエンの曲神秘いふばかりなく殆人をして恍惚たらしめたり」(『永井荷風集』338) と、「懸隔」などみじんも感じさせぬほどに陶酔した経験を記している。これも、単にこの数年で大きな変化が起きたといった単純なことではなく、彼の古き日本への「逃避」は、かなりの程度意識的所作であったことを示唆している。

また真銅正宏は、浮世絵についての荷風の評価を同時代の評論家と比較してこう論じている。荷風は北斎に「日本らしからぬ」ものを感じ、広重に「日本らしき純粋なる地方的感覚を与へられる」というが、斎藤信策という同時代の美術評論家は逆に北斎こそが最も日本らしい画家であるとした。つまり荷風は、審美眼という個性の差を、「日本的か否かという別の基準にすり換え」、「『日本文化』なるもの［を］創出」(柘植、175-76) したのではないかというが、同様の意識性の指摘である。

むろん文化というものは、実態はあっても言語でピン止めできない面妖なものである以上、これを論じることは何らかの「創出」であらざるをえない。それゆえ問題は、荷風の営為の内容よりもむしろその意図および動機ということになる。加藤周一は荷風が直面した問題を、「ながい文化的伝統の背景なしに芸術がなりたち得るだろうか」という疑問と捉え、その前提に、京都に象徴される伝統的日本と東京に象徴される新しい日本とを「つなぐ統一ある実体」（『日本人とは何か』40）が欠如しているという荷風の意識を見ているが、この欠如感も荷風の「転向」の大きな理由の一つと見ていいだろう。

もっとはっきりした契機は、一九一〇年に大逆事件の被告たちが護送される馬車に遭遇した体験である。彼はひどく動揺するが、

> 然しわたしは世の文学者と共に何も言はなかつた。わたしは何となく良心の苦痛に堪へられぬやうな気がした。わたしは自ら文学者たる事について甚しき羞恥を感じた。以来わたしは自分の藝術の品位を江戸作者のなした程度まで引下げるに如くはないと思案した。その頃からわたしは煙草入をさげ浮世絵を集め三味線をひきはじめた。わたしは江戸末代の戯作者や浮世絵師が浦賀へ黒船が来やうが桜田御門で大老が暗殺されやうがそんな事は下民の与り知つた事ではない――否とやかく申すのは却て畏多い事だと、すまして春本や春画をかいてゐた其の瞬間の胸中をば呆れるよりは寧ろ尊敬しやうと思立つたのである。（『荷風全集14』256）

この一節は荷風の「逃避」がどれほど意識的・意図的なものだったかをはっきりと示している。世の激動に触れつつも、それに対する自己のあまりの無力さに「良心の苦痛」と「羞恥」を感じる。後の荷風の人間関係のもち方を考えるとその直情に驚かされるが、ともかくこれをきっかけに、世の変化は「下民の与り知つた事で

はない」と居直り、「古き良き日本」という、この世の争乱から隠遁できる「美の花園」を仮構し、そこに逃げ込んだ。

「この悲しみこの物思こそ今自分の身には何よりも懐しい。恋人その人よりも却って懐しい。自分は返らぬ昔を思返し、尽きぬ悲しい夢に酔おうが為め、毎日の夕暮、此の河原に来ては草の上に腰を下すのである」(『ふらんす物語』26)。これはリヨンにやってきた荷風が、アメリカの景色や別れた女を思いだしている情景だが、彼の「転向」を理解する一助になる。すなわち、過去の風習や風俗を実際に経験したかどうかではなく、経験の名残を聖別して「夢に酔う」ことが彼の精神にとって重要なのである。

その後にはこうある。「恋も歓楽も、現実の無残なるに興さめた吾等には何と云う楽園であろう。［……］独り異郷の空の下に、異郷の女の事を思詰め、疲れ、やつれ、かなしんでさえいれば、この悩んだ胸の内に宿るその面影は永遠に若く美しく変る事がない。［……］思う事のかなわぬ悲しさ哀れさ。これが我が恋の薫を消さぬ不朽の生命では無かろうか」(27-28)。これも同様の、過去の一情景を美の祖形として切り取って保存し、そこに「楽園」と「不朽の生命」を見ようとする構えである。これを遠藤周作は、西欧をあまりに「美化し、情緒的」に、「陶酔美化の眼」(98) で眺めていると評しているが、その眼は現実逃避し、過去への退却を目指す。

荷風を過去へと退却させた原因の一部に彼の西洋体験があったことは間違いないが、それからの影響の受け方は、同時代人の多くのそれとは明らかに異なる。西洋（フランス）への憧れを引きずるでもなく、かといって強く反発するのでもない。いわば、体験そのものを消したように見える。いや、晩年に至るまで洋書を読み、アメリカやフランスの映画を見に通っていたのだから、関心が消えたわけではない。しかし何らかの理由で、自らの実体験を消したのだ。

『ふらんす物語』に収められた「脚本　異郷の恋」で荷風は、アメリカ人の口を借りて「なぜ、［日本は］自国の美しい風習をすてゝ仕舞つたのでせう」と問いかけ、それに対して藤崎に、「何故と云つて。吾々日本人の罪ぢやない。わざわざ海を越してまで、文明になれッと号令をかけに来た、あなた方の祖先が悪いのです。米国は日本文明の父です。つまり、あなた方が命令して髷を切らしたり、洋服を着せたりしたやうなものです」と答えさせる。そして、「大日本帝国は世界の模範国であると断言する」とか、「世界の覇者たらうなぞとの英雄的野心は微塵も持つて居りません」などと、当時の軍国主義に向けて辛辣な皮肉を投げかける。この「脚本」は、『ふらんす物語』が刊行直前に発禁処分になった原因だと彼が考えた部分で、たしかにさもありなんと思わせる。

こうした西洋批判と日本揶揄を兼ね備えたような部分とともに注目に値するのは、「フランス人の如く美術や学藝を残して、未練らしく、民族発展の光栄を後代に伝へやうなぞとは、大日本帝国臣民の潔しとする処でありません」といった言葉で、ここには早くも、フランスに対する「みそぎ」ともいうべきもの、さらには後の江戸回帰を予感させるものを読み取ることができる。つまり、先に見た菊谷が指摘していたように、荷風がフランスに求めた美は、美の原型あるいは核として、古き日本に求めたそれと重なっていたのかもしれない。そしてフランスに見出した美の原型はどうしても日本人たる自分には共有できないと感じ、理想化した古き日本にその等価物を求めたのかもしれない。

とすれば、これは「転向」などという大げさなものではなく、ちょっとした「変換」にすぎなかったのかもしれない。すなわち、江戸情緒の残る東京の下町を、「慾望、幸福、快楽の象徴」としてのニューヨーク、あるいは「美の花園」としてのフランスの代替物へと「変換」しただけかもしれない。加藤周一は、帰国後の荷風の「変節」を、『フランス』を前面から退けると同時に内面化し、いよいよ多く裏町の季節や風俗や人情を語る」と、「フランス」が彼にとって内包・象徴していたものは変えないまま、いわば内部装置によって江戸情緒へと変換したと見ている。その前提には、帰国後の荷風にとっての「文化は、海を隔ててフランスにあったか、時代を隔てて江戸にあったか、いずれにしても今此処にその生活と出会い得るところには、なかった」という読みがある。すなわち空間としてのフランスは、時間としての江戸と、文化という点で等価物だというのだ。

加藤は、荷風が、「粋」を理想とし、「野暮」を排する「風流」をその極致とする江戸期以来の文人の伝統に属していたと見る。それを自任する荷風は、有島武郎の心中事件が当時好意的に受け取られたのに対し、一人憎悪に近い糾弾をした。「成熟した文化の生み出した『形』を貴び、その『形』を破壊するものを憎みかつ軽蔑した」荷風にとって、心中はその破壊＝「野暮」の典型であり、それを行うことで「今此処を生きた有島が正しければ、荷風は誤で、荷風が正しければ有島はどうしても誤でなければならなかった」（下、392-93）というわけだ。

江戸文化への郷愁の先輩に成島柳北（一八三七―八四）がいる。幕藩体制下の最後の時代に生まれ育ち、そこでの価値観を身に着けた彼には「誇りと自負」（加藤周一、下、273）があり、それが維新後の時流に乗った旧幕吏を嘲笑させた。加藤は荷風がその系譜の中で『濹東綺譚』を書いたとするが、しかし荷風にあってはその「誇りと自負」の根拠とする経験がない。いかに江戸文化の名残の中で前半生を送ったとはいえ、彼の郷愁の本質は想像上のものである。「江戸期以来の文人の伝統」への所属は、それゆえ実質的な経験に基づくものではなく、意識的な所作であったといわざるをえない。彼にとっての理想は、フランスであれ江戸であれ、「今・ここ」でない場所にしか見出せなかったようだ。

彼の「転向」あるいは「変換」は、角度を変えて見れば、自分が陶酔・崇拝したという行為そのものへの反動ともいえよう。崇拝とは自分の自由独立をおびやかすものであり、その対象がいかに素晴らしいものと認識してはいても、それは自己の核・「軸」を奪い去られることときわめて近い。彼は両者を同一視し、自己のアイデンティティ確保を優先したのではないか。これはその百年前に宣長が古道・大和心を追求したとき、それを「人の情のありのまま」と同定し、その追求が人間の本質の追求と同断だとしたのと同様の心理であろう。

しかしこうした「軸」の奪還の仕方は、やはり荷風独特のものである。先に見た自分の誕生の偶然性の指摘も、生の神秘といった意味合いはまったくなく、親＝人間の勝手さの糾弾からさらに進んで、生の不条理さへの諦念に至っている。前に引いた日米開戦時の態度は、むろん単なる不戦・平和主義ではなく、生来的な外的出来事への無関心の表れでもあった。日露戦争時など、「結果なぞ殆ど考慮すべき問題ではない。万一負けた処で、今日では各国との国際関係から、昔のように敗戦が直ちに国の滅亡と云ふ事になる気遣いがない」（『全集5』50）というが、同時代人の愛国心はまったく見られず、個人主義的虚無主義、あるいは非仏教的な意味での無常観ばかりが感じらせる。

一九二三年、関東大震災で自宅の偏奇館も蔵書も焼失し、どん底にいるはずの荷風は、恐るべき高みから次のように日記にしたためている。

されどつらつら明治以降大正現代の帝都を見れば、所謂山師の玄関に異ならず。愚民を欺くいかさま物に過ぎざれば、灰燼になりしとてさして惜しむには及ばず。近年世間一般奢侈驕慢、貪欲飽くことを知らざりし有様を顧れば、この度の災禍は実に天罰なりと謂ふ可し。何ぞ深く悲しむに及ばむや。［……］外観をのみ修飾して百年の計をなさざる国家の末路は即此の如し。自業自得天罰覿面といふべきのみ。（『荷風全集21』245）

これを達観というも冷静と呼ぶも自由だが、その底にはぞっとするほど冷たい無常観あるいは虚無感が流れている。本書で扱ってきた人たちは皆それぞれの立場、考えから近代日本を批判した。しかしそのほとんどすべては、いわば暖かい批判であった。例えば鴎外は『青年』の中で、日本人は学校でも職場でも、そこを駆け抜けた先に「生活」があると思って頑張るが、現在に生活がなければそれはどこにもないといい、それを「日本人は生きるということを知っているのか」と、日本人の生き方の不毛さに結びつけているが、現在を希薄な意識で通り過ぎるのは人間一般にいえることだ。これを日本人に結びつけねばならなかったところに明治知識人に共通する悲しさを感じるが、しかし何より、彼等の批判は未来のあるべき日本に向けられている。しかし荷風にはその指向性はほとんど感じられない。ある意味では熊楠と同様、自己を社会から隔離してやりたいことだけをやったとも取れようが、熊楠と違って、荷風が社会・人間との間に構築した隔離壁は完璧な絶縁体だった。両親も兄弟も含めて、誰にも彼に近づくことはできなかった(母の葬儀には出席せず、親族の多くとは絶縁した)。

これは彼の生涯にわたる人間関係、とりわけ男女の関係のもち方にも濃い影を落としている。一度結婚してはいるがすぐに離婚し、生涯玄人の女性とだけ付き合い、永続的な関係を一切持とうとしなかったことは、女性に限らず、いかなる深い、あるいは永続的な人間関係をも拒絶したことを暗示する。これについて福永勝也は、『あめりか物語』の一節、「自分は恋を欲する、が、其の恋の成就するよりは、寧、失敗せん事を願つて居る。恋は成ると共に烟の如く消えて了ふものであれば、自分は、得がたい恋、失へる恋によつて、僅に一生涯をば、まことの恋の夢に明して了ひたい」を引用した後、「荷風は女性とどれほど深い関係を持っても、決してそれに耽溺することなく、常に相手と一定の距離を置く冷静さを持っていた」(128)と述べている。もしこの「冷静さ」が計算づくという意味であれば、まさにそうだろう。「血族の関係ほど重苦しく、不快極る」ものはなく、「生まれた土地ほど狭苦しい処はない」と感じる彼は、深い人間関係を周到に忌避した。福永が引用する磯田光一は、

「荷風が、交情を結ぶ女性をおおむね〝玄人〟に局限していたのは、共同体の粘着力にたいする気質的な嫌悪に根ざしていて［……］〝売春〟およびスタンダールのいう〝趣味恋愛〟だけが、［……］荷風の過激な〝近代性〟に合致していたのではないか」（129）と述べているが、共同体はその粘着力によってわずらわしい人間関係に人を引き込み、常に現実へと連れ戻すがゆえに、「夢に酔う」ことを妨げるがゆえに、荷風はこれを忌み嫌ったのである。

ちなみに荷風が娼婦を好んだもう一つの理由は、彼女らが「破壊の『時』と戦へる［……］孤城落日の悲壮美」を備えた「神女」だったからであろう。彼女らは「刑罰と懲戒の暴風に萎れず、死と破滅の空に向ひて、悪の蔓を延し、罪の葉を広ぐる毒草の気概」をもつ「悪の女王」で、そうした女性に荷風は「姉妹の親み、慈母の庇護」（『永井荷風集』146-47）を感じるのである。

このように見てくると、荷風という型の特徴が多少なりとも明らかになってくる。彼にとって西洋は、漱石にとってと同様に「劇薬」だったが、それはまず彼を強烈に魅了した。しかし帰国後、いや西洋滞在中にすでに、生来の、そして一部は父との葛藤から生じた、生に対する虚無感、存在論的不安が徐々に頭をもたげてくる。とはいえ西洋への憧れは尾を引き、反動で日本人、日本文化の諸側面、とりわけ閉鎖的で粘着質の、血族をその頂点とする人間関係を呪うに至る。しかしいくつかの契機を経て、現実から離れ、自分が作り出す「楽園」に遊んで生涯を送ろうと決心する。それは、自己の肌を極度に硬化させることでいかなる現実も跳ね返し、「夢に酔う」という生き方に向かう。その夢はフランスでもいいし過去でもいい。彼の美の基準にさえ適えば、「今・ここ」以外のどこでも、いつでもいいのだ。

しかしそれは同時に、自己をおそるべき虚無の奈落に落とし込むことをも示唆している。荷風の深奥に巣くう人間不信、あるいは適応不全感、そしてそれが生み出す虚無感は本書に登場する誰をもしのぐほど巨大であった。彼はアメリカ滞在で個人主義を学んだとされるが、もしそうならその特殊な一形態、すなわちソリプシズムを学んだというしかない。あるいは生来のそれがその地で確認され、強化されたというべきか。

しかし荷風のすごさは、凡百のぬるま湯的なソリプシズムを鼻で笑い、その極致を目指したことである。ロレンスの作品に『島を愛した男』というものがある。近代人の肥大した自我を嫌悪した男が、最初の大きな島での集団生活に耐えられずこれを捨て、二番目の島に愛人となる女性およびほんの少数の人間と移り住むが、そのわずかな人間にも耐えられず、一人でほんの小さな島に移る。そこで究極の孤独を「楽しむ」が、船影が見えると心が乱れ、アザラシの頭が人間の頭に見えて卒倒しそうになる。最後には、わずかに残った人工物についている文字さえも消し始める。雪に閉じ込められて死を予感させるところで終わるこの中編は、近代人のソリプシズムの行方を描いた極北的作品だが、荷風の晩年の生き方はこの男を連想させるほどに鬼気迫るものだ。

荷風個人はこの巨大な虚無に耐える、あるいは「夢に酔う」ことを楽しめる強靭な人格の持主であった。しかしこれが万人のたどれる道でないのは明らかだ。彼以外の本書の登場人物たちが、明治以降現在までの過去を共有するわれわれのこれからの道行きに何らかの有益な示唆を与えてくれるのに対して、荷風が見せてくれるのは行き止まりである。これは不当に聞こえるかもしれないが、あくまで本稿の文脈に沿っての評価であり、その作品群が与えてくれる独自の魅力とはまったく関係がない。

遠藤周作は、荷風が「西欧をみる眼はあまりに美化され、あまりに情緒的」だといい、その情緒化は彼自身の作品をも覆いつくしているといって、これを「荷風ぶし」、すなわち「情緒化する眼」といっているが、ここで述べている点と重なるところがある。遠藤がさらに、「彼の日本批判も結局は明治日本が『情緒を失った』というこの一語につきるかもしれぬ」というとき、この重なりはより大きくなる。遠藤が最も評価する作品である『断腸亭日乗』でも、荷風はその書き手を「現実の荷風ではない」「病弱」で「世を厭う世捨人」に仕立て上げ、「読者がおそらく望むような、期待するような毎日を『日乗』のなかで送ってみせ」、それに騙された読者は「創られた主人公と荷風とを混同し、同一視してそこに虚像をつくる」といっている。荷風が日記という現在を「創作」したのは、すでに見た過去の創作の延長であり、何の不思議もない。では、なぜ読者は騙されるのか？　それは彼らが日本近代に倦み、厭っているからではないか。明治日本が「情緒を失った」ことを嘆いているからではないのか。荷風はこのような読者の近代への不満を感じ取り、「江戸好み」を身にまとって見事な筆さばきでこれを表現することで読者の心をつかんだのではないか。遠藤は荷風を、「この人の人生のポーズにはほとんど変化がない」（99-103）といっているが、それは美を生の基準にしたという重要な一点において正しい。そして、このある意味で断固たる態度に、漱石とも熊楠とも違う、日本人の西洋の衝撃への対峙の一つの型が示されている。

注

（1）唯一の例外は三浦梅園の思想かもしれない。加藤は、彼は「宇宙のすべてを説明する基本的な原理と法則を知ることに、その知的探求の目標をおいた」（下、84）と評している。

（2）もっとも柄谷は、「自然」な親子関係をはじめからないものとし、その例証を動物やソシュール言語学に求めるなどの無理をしている。生物学上の「自然」な親子関係はむろんあり、大半の人間はこれを大事にする。しかし同時に、人間はさまざまな形でこれを操作してきた。しかしこれこそまさに彼がいう「制度の派生物」であり、その意味で「人工」である。両者は峻別せねばならない。

（3）鈴木大拙も、西洋の科学や哲学の進歩を「個」への「異常な好奇心」に見て、その功罪を指摘する。「対抗の世界、個の世界、力の世界では、いつも相対的関係なるものが、弥が上に、無尽に重なりゆくので、［……］個は、それゆえに、常佳、何かの意味で拘繋・束縛・牽制・圧迫などというものを感ぜずにはおれぬ。すなわち個は平生いつも不自由の立場におかれる」(『東洋的な見方』20)。

（4） 福永勝也、122-25 参照。

第六章　「異」の受容——「ねじれ」と土着化

中村元は、日本人は仏教を受容するに際して、「現世中心的なものに変容してしまった」(31) というが、一般に、異なる思想や文化に影響を受け、それを尊しとして受け入れるとしても、受け入れる側になにがしかの伝統と文化がある以上、もとのままに受容するということはありえない。いや、そもそも「もとのまま」ということもないのだが、これまで論じてきた日本史上の主だった文化受容者たちは、「異」との接触と受容に際してこの「もとのまま」あるいは純粋性にひどくこだわってきたようだ。本章では、この点をもう少し掘り下げてみよう。

漱石は「イズムの功過」で、イズムは「西洋に発展したる歴史の断面を、輪郭にして船載した品物」で、「吾人の活力発展の内容が、自然に此輪郭を描いた時、始めて自然主義に意義が生ずる」と述べ、如何なるイズムを輸入しても、それに見合う「内容」が「自然に」出てこなければ意味はないという。例の「内発」論と同断だが、ここで彼が問題にしているのは、異文化受容とその際の受容する側の変化である。これついて平川祐弘は、「古い日本への反撥」が「西洋の新しい思想家へ飛び」つく青年たちの心理を「先進文化摂取の際に見られる[……]知的不誠実」(462) だという。しかし「土着的世界観」を「跳び越えようとする」者を「不誠実」といえるだろうか。先進文化の受容の場合、そこに生じる変化は、往々にしてその「先進性」に目がくらんで起きるもので、受容する側の意図性を含意する「不誠実」といったものではない。平川もこれはよくわかっているようで、続く箇所では一転して、こうした「進歩的思想」を「畸形的」として正面から攻撃した萩原朔太郎の批判を「誇張」として批判している。朔太郎は、「自由民権主義」さえもその「実質」は「封建制への思慕から来て居る反動」になってしまうといってこれを批判した。これに対して平川は、先進文化の内実が受容に際していかに変化したとしても、その影響は「自分を発見する」(466)のを助けるとしてこれを肯定的に受け止めている。つまり、異文化から影響を受ける場合、たとえそれを批判したにしても、「その批判者にたいして影響を及ぼすこと」があり、それが「受容体の特質を究明する上でも有効な場合がある」(469)というのだが、その通りだろう。むしろそうした究明がなければその受容・影響は有効なものにはならない。

しかし結論を急ぐ前に、もう少し「異」の受容に対する反応を追ってみよう。今見たように朔太郎は「進歩的思想」に強く反発したが、それは『絶望の逃走』にも表れている。そこで彼は、自分が過去に受けた文学的教育はすべてうそだということが今更分かった。すべてにおいて「西洋に追蹤せよ」というもので、私は「馬鹿正直に」これを遵奉したが、おかげで文壇から除外された。「現実している日本の文学には、どこにもそんな舶来種のイズムは無かった。すべては遺伝的な国粋精神で固まっていた」と怨嗟を述べている。河上徹太郎はこれを「被害妄想」だとし、新しい近代文学を起こそうとした自らの試みも「遂に日本の風土に育たないこと」を自覚して、その結果『日本への回帰』を書いて「日本精神に沈潜してゆく」(『萩原朔太郎詩集』解説)と論じている。この指摘には幾分かの理があろう。しかし仮に朔太郎の批判が被害妄想的なものであったとしても、彼がここで、『万葉集』以来の日本文学の国粋的なにおいを秘めた土着性を嗅ぎ当てているとすれば、「異」の受容を通して自分を見つめ直している一例となる。

たしかに、朔太郎のように、異文化受容に必ず伴う「ねじれ」とそれが引き起こす変化にあまりに「自虐的」になるのは生産的ではない。それは過度な自文化の肯定と、単にベクトルを逆にしただけの同種の行為である。

しかしそれと同時に、こうした土着的世界観が彼のような知識人をいらだたせるほどにしぶといものであったことも確認せねばなるまい。

こうした土着化の例は、外来の宗教、中でも明治以降のキリスト教受容に見ることができる。マーク・マリンズは、キリスト教は日本では、「神の自己啓示はキリスト教の聖書という正典では終わらない［……］神は今なお進行中の聖霊のはたらきを受けいれる人々に対して、さらに深遠な真理を啓示し続けている」という形で土着化を図っているという。そしてそれを支えるのは、「日本の文化に即応したキリスト教信仰の表現形態を発展させるよう、神に召命されているという［土着運動推進者の］確信」（43）だという。これは本地垂迹説の近代版といってもいいものだが、外来の文化あるいは宗教から最も感銘を受けた部分をその核心と考え、それを、その「本地」から解放して自己に引き付け、自己の文化に即応して定着させようとするのである。

それゆえ当然、外国人宣教師が「日本文化の関係を否定」（マリンズ、51）して福音を押し付けることに抵抗したが、その根拠を内村鑑三はこう述べている。「いかなる外来のものも、日本の土壌でそれがそのまま移植されたためしはない。［……］それは日本の風土に馴化する前に、まず日本人の手による大きな修正を経なければならない」。そしてさらにはっきりと、キリスト教という「世界的宗教を国民的宗教」（53-54）にしなければならないと宣言している。だから「わが国の人々にキリスト教を外国の宗教として示す必要はありません」（298）というのだ。

この土着化、あるいは専有化を行うにあたって内村が大きな支えとしたのが、一つはキリスト教と浄土教の親近性である。阿満利磨は、浄土教を日本に持ち込んだ法然の「革命的意義」は「宗教的価値の絶対化、超越的宗教の発見」（72）だといっているが、これがその親近性である。一方は人間を罪あるものと見、一方は欲望から逃れられない凡夫と見る。それゆえ両者ともに「信」を教義の核に据え、「他力」救済を強調する。例えば臨終の際の阿弥陀の来迎に関して、法然は、それは阿弥陀が来迎しようと誓いを立てたから起こるのであって、よく誤解されるように、死に臨んだ人間が心を平静にして念仏を唱えないと起こらないというものでは絶対にないと強調する。問題は、その阿弥陀の「誓いを全面的に信じることができるかどうか」（107）である。念仏は人間の「理」による判断にもとづいた作為・努力であるのに対し、阿弥陀の誓いを信じることはそれを決定的に離れた「信」の行為である。いかに禅のように不立文字を説き、理から離れることを説いても、やはりそれは、理から離れることによってより大きな「報酬」＝悟りが得られるとする「理」にもとづいている。法然はこうした視角自体を否定する。人間、すっからかんになって阿弥陀を信じなければ救済はないというのである。これは理性を手に入れた人間に対する究極の挑戦であり、その点でキリスト教やイスラームなどの一神教と同じ位置に立つ。

内村が支えとした今一つのものは儒教的武士道である。これは彼にとって大きな武器となり、「武士道の台木に基督教を接いだ物、其物は世界最善の産物であって、之に日本国のみならず全世界を救ふの能力がある」（マリンズ、87）とまでいう。それゆえ彼が自らの無教会運動を、「羅馬カトリック主義に後戻りした」ルターの「プロテスタント主義を論理的結論にまで持行く再度の宗教改革を要求する」（82）ものだとするのも決して荒唐無稽ではない。要するに彼の行ったキリスト教の土着化は、換骨奪胎による土着化をはるかに超えて、世界宗教としてのキリスト教を日本において完成させようという気宇壮大なものであった。

つまり内村の行ったことは、「普遍」と「個別」という二項対立的枠組みを超えて、あるものに普遍的価値を認め（彼の場合にはそのために、アメリカ留学時代にアマースト大学における回心体験、すなわち神の子としての自覚を得るという啓示体験が必要だったが）、それをその出自から切り離して別の個別に移植するという作業だったが、彼にとってそれは何の問題もないどころか、義務でさえあった。こうして彼においては、土着化は「ねじれ」の意識のないまま遂行された。

これはやや極端な例ではあるが、受容側からすればよくわかる論理だ。しかし供給あるいは伝授する側の論理は異なる。かつての強引な布教は別にしても、一九二一年から二七年まで駐日フランス大使として滞日したクローデルは、本国への報告書の中で、「あらゆる人種は平等であるというカトリックの原理」はあるものの、実際には世界には「宗教的に成熟の域に達することのできない国民がたくさんいる」ので、「彼らは英雄的かつ無私無欲な意思をもつ、より強く、より能力のある人種の指導を受けざるをえない」と書いている。それに、東洋人には「盲目的なそして極端な愛国主義」があるので、「司教を現地人［日本人］にするという危険を伴う実験」に反対している（216-19）。詩人であり、世界各地に駐在してその多様性を肌で知っていたはずの知日派でさえ、この時代にはこう考えていたのだ。

内村の例は、たしかに漱石がここで念頭に置いているような宗教以外の文化事象とは別の扱いをせねばなるまい。宗教という現象自体が、いかに特殊個別の風土から生まれるとはいえ、それを超越して、程度の差はあれ真理＝「普遍」を目指し、またそう自称するものだからである。しかしともかく彼が、「接ぐもの」に価値があると信ずるや、異質なものの「接ぎ木」を何の後ろめたさもなく堂々と行い、さらにはそれが世界的に価値があると宣言していることは注目に値する。ここにおいて「異」の受容と土着化に伴う「ねじれ」、往々にして否定的に捉えられるこの「ねじれ」は、かなり異なる様相を呈してくる。

「ねじれ」には「光」と「影」がある。まず「影」と考えられる側面を見てみよう。仏教という理路整然とした宗教が圧倒的な力でやってきたとき、それに対して「旧来の日本文化は余りにも微弱であったので、それに抗すべくもなかった」（中村元、31）。旧来の日本文化の中心であった神道はこれに応戦し、神仏習合という形で土着化を図るのだが、仏教の優勢は揺るがず、「仏主神従」とならざるをえなかった。山本七平は、卜部兼倶が唯一宗源神道を主唱したことをもって、それまでの仏主神従の形での神仏習合は逆転し、国家神道という発想が始まったと見ている。これは日本人を「外来の宗教への従属感」から脱却させ、「プライドを満足させる一面」(132)があったといい、これが国学へ、さらには国家神道へと続くことはすでに見た。

内村は『代表的日本人』で、若い頃の「わが国に対する愛着はまったくさめている」が、それでも「わが国民の持つ長所」を世界に知らせる目的で書いたと宣言している。そして最初の西郷隆盛の章では、いきなり鎖国擁護論を出し、しかも彼のいう鎖国は、「二千余年にわたり」守ってきたというから江戸期に限ったものではなく、有史以来の日本の在り方全般を指すようだ。ここで内村は、これを命じたのが「最高の智者」だからこれを非難するのは「浅薄」だというのだが、なんとその正当化にキリスト教的論理を使い、「世界から隔絶していることは、必ずしもその国にとって不幸ではありません」というが、この牽強付会は「ねじれ」の「影」の部分である。

しかし内村の次のような言葉は「光」の部分であろう。「異郷に暮らす時は、[……]ぼくらは自分自身の中へ追いこまれる。[……]ぼくらは自分自身についてよりよく知るために外の世界へ出ていくのである。[……]他の世界が僕らの視野に入った時、自己内部への省察は始まるのである」(『西洋の衝撃と日本』189)。「異」との接触が自己発見の契機となっている。

「光」のもう一例として、平川が引用する堀悌吉の体験と言葉を挙げよう。一九三〇年のロンドン海軍軍縮会議に軍務局長として参加した彼は、大勢に反して不戦を唱えたが、結局容れられず、後には左遷される。彼はそれ以前の一九一三年から三年間フランスに留学しているが、そこでこう書く。「外国に来てみると今迄の修得による道徳観念では解決のできない問題が続いて起こってくる。その結果、知育は徳育に先行すべきものなる事を痛切に感じた。すなわち知識を伴わざる道徳は一朝新しい事態に遭遇する時、まったくその権威を失し、観念の基礎が崩壊してしまう」(同書、370) と。ある文化、時代に生まれた者が常識とする道徳が、外国に出ると揺さぶられるというのはよくある経験だが、堀は、この動揺を抑えるのは、過去の真正性や純粋性に依拠して自らの道徳を正当化するのではなく、相手をよく知って自己を相対化する必要があることをよく理解していた。後年、海軍兵学校での彼の同期生であり親友だった山本五十六は、堀と同様に何とか日米開戦を防ごうとしたが押し切られた。彼の思想の根にあるのも同様に開かれた姿勢だったことが、彼のアメリカからの手紙から知ることができる。「当地［ワシントン］昨今吉野桜の満開、故国の美を凌ぐに足るもの有之候。大和魂また我国の一手独専にあらざるを諷するに似たり」(同書、371)。百五十年の間に、宣長から何と遠くに来たことだろう。

大航海時代以降、世界の諸文化は常に接触を続けてきた。その際の影響は、ある文化の他の文化における完全なコピーがありえない以上、このような変容は「自然」であり、否定しようがない。そこでなすべきは、その変容の仕方を知り、そして変容させる主体である自己のいかなる姿が浮かびあがるかを究明することである。この視点からすれば、漱石の、日本の開花は「内発的」でないからさみしいとする見方も、再考を迫られる。どの文化にせよ、その内容物がすべて内発的にできあがったものではない。というより、こうした場合、「内発的」とはどの範囲までを指すのかが不明確なのだ。異なる言語や習慣や価値観をもつ人々との接触がまったくなかった時代を想定するのは難しく、考慮に入れる必要はあるまい。考えるべきは、そのような接触が始まって以降であり、そしてそれは人類史のかなり初期にさかのぼる。いったんそうした接触が始まると、当然「外発」が起こり、「内発」を誘引する。これは異文化接触に常に見られることで、内発、外発をくっきりと区別することはできない。

漱石もある点ではこれを認めている。『文学論』の論理、すなわち内容と形式は不可分であり、それゆえ内容は形式によって一般化できるとする見方を文化に応用して、「中味と形式」という講演でこう述べている。「内容が変われば外形というものは自然の勢いで変って来なければならぬ」（『漱石文明論集』58-59）。「現今の日本の社会状態」は「目下非常な勢いで変化しつつある。［……］違っているからして、我々の内面生活も違っている。既に内面生活が違っているとすれば、それを統一する形式というものも、自然ズレて来なければならない。もしその形式をズラさないで、元のままに据えて置いて、そうして何処までもその中に我々のこの変化しつつある生活の内容を押込めようとするならば失敗するのは眼に見えている」（63）。このように彼は、異文化接触によって「内面生活」が変わればそれを容れる形式、すなわち社会や価値観も変わるべきことを認めている。

漱石の内部のこのズレは、おそらくは理論と感情との間のズレから生じたものであろう。理論的には後者のように理解しても、感情的にはその変化が外発的であることが口惜しく、それが自分たちを「気の毒で憐れな」「悲酸な国民」と見、「涙を呑んで上滑りに滑って行かなければならない」という風に感じさせるのだろう。そしてこれと同じ心情が、渡辺や荷風をしてあのように過去を美化させたのであろう。漱石の仕事を全体的に見れば、彼が何とか、異文化接触の必然性を理解しようとしていたことは明らかである。しかしその仕事もかなり進んだ一九一一年の時点でこのような心情を吐露するとは、いかに彼がこの心情にとらわれていたかを如実に示していよう。

平川祐弘は『西欧の衝撃と日本』の「あとがき」に、「世界に向って開かれたナショナリスト」（426）という含蓄のある言葉を記しているが、これは、時代と文化に制約される人間がナショナルなものを超えられるかどうかという問題につながる。それは、各人が自分の中の「ナショナル」と感じる部分を常に検証することである。その部分の中心には、不思議な縁で自分と時と場所とを共有することになった「同胞」と呼ばれる人々に対する一体感、連帯感があるが、これが暴走すると悲劇が起きるのをわれわれは何度も見てきた。しかしよく考えれば、この「ナショナル」な部分は「異」からのたえざる影響、およびそれとの交渉との結果できあがったもので、決して過去のある一点で完成したものを引き継いできたわけではないことが了解されるだろう。この交渉においては、「自分固有のもの」と信じるものも、逆に異文化受容の際に「ねじれ」と考えられてきたものも、大きな変更を迫られる。そのとき、自分の中の「ナショナル」な部分は、他の時と場所、文化と思考法とに大きく開かれていくだろう。

結語——「軸をもつ」ということ

ゆさぶれ　青い梢を
もぎとれ　青い木の実を
私のかえつて行く故里は　今ここにあるのだから

日本という極東の島国は、歴史的・客観的に見れば西洋列強の地球規模での覇権確立の波に飲み込まれて開国し、生き残る道として西洋化を選択した。しかし主観的には、恫喝外交の結果、岸田秀が「強姦」というイメージを使ったように、まったく無理やりに開国させられ、西洋の末席に連なることを強要された。現在までも日本人の意識の深層に巣くうねじれ、あるいは歪みは、結局はこの「能動」と「受動」の懸隔から生まれたのであろう。どちらの見方もそれなりに正しいが、意識の深層に澱むのは主観である。つまり日本はこの変革期に、「軸」、「中心」、あるいは「基準」はどこか自分たちとは別の所にあり、自分たちは常に追う、あるいは真似る立場にある、という意識構造を叩きこまれてしまったのだ。

こういうとあまりに悲観的で、若い世代はとっくにそんなことは超越して同等にふるまっている、という声が聞こえてきそうだ。日々そういう世代と接していると、それも分からなくはない。しかし同時に、それは単に知らないからのんきにできるのであって、ひとたび「異」に触れると、自分が別人になるのを彼等の多くが体験する。精神も肉体も固まって「自然」な動きができなくなるのだ。そして、この変化は瞬時に起こり、しかもなぜ起こるかがわからないから立て直せもしない、そこにこの問題の根深さがある。漱石が死んで一〇〇年経った現在でも、彼が生涯西洋に対して感じたぎこちなさは何ら変わってはいないのだ。

このような状況にいるわれわれは、漱石らの西洋体験からさらに百年前に、哲学者シェリングが、「ヨーロッパとはまさに、それ自体ではなにものも生み出すことができず、すべてを東洋という接ぎ木に負っていて、それに頼らなければ立派な大木になりえない不毛な木の幹なのです」（ロジェ＝ポル・ドロワ、18）といったのを知って驚くだろう。彼がいう「東洋」が主としてイスラーム世界を念頭に置いたものであったとしても、この文脈における意義は変わらない。少なくとも当時の西洋は、一部の知識人だけとはいえ、このような認識をもっていたこと自体が重要だからだ。漱石たちがこれを聞いたらどう思っただろう。東洋が西洋にではなく、西洋が東洋に負債があるとしたら、いったい自分たちの苦悩は何だったのかと、頭を抱えたかもしれない。しかし、その百年の間に余りにも多くの大きなことが起こった。仮にシェリングの言葉が正しかったとしても、その百年の間に東洋と西洋の位置は完全に逆転したのである。

この逆転後の構図は堅固であった。「外国をもってしか自国を測れないのは近代日本人の歴史の宿命である」（西尾幹二、170）。これは非西洋圏の共有する宿命だが、いち早く、しかも比較的うまく西洋化＝近代化を成し遂げた日本にとって、これは単なる宿命以上の重荷となった。生活スタイルや価値観のみならず、帝国主義的行動においても西洋圏の末席に連なったことによって、自分たちが完全な非西洋圏側に立って、例えばサイードが行ったような形での西洋批判ができなくなったのだ。そうした道筋の最初期に直面し、それを歩まざるをえなかった明治の知識人は早くもこの宿命に気づいた。自己を測る基準を内と外にもつこと、しかも「外」の方が優勢であることを否応なく目にし、そして深く傷ついた。もはや文化の自立性・自律性を失った、あるいは早晩失うであろうと。その判断は基本的に間違っていなかった。二〇世紀後半の人である西尾は、この宿命を「率直に是認し、[……]日本がヨーロッパを卒業もせずに追い越してしまった悲劇」を認識し、「自己をもってしか自己を測らぬというその自己中心的な態度」を学ぶべきだと提案している。「追い越してしまった」とは現状認識としてややのんきであることは措くとして、これは明治大正の知識人には思いもよらぬ言葉で、このような距離を置いた視線は、その後の日本の国力の伸張をまって初めて獲得できたものであった。

このような、価値判断の基準あるいは「軸」を常に外に求めざるを得ないという状況は、しかし決してこの時代の西洋との接触で初めて出来したわけではない。日本史をひも解けばこれは古くから認められるが、これは周縁文化ゆえの必然といっていいだろう。すでに見たように、江戸期にも、例えば安積澹泊や栗山潜鋒や三宅観瀾らの水戸彰考館の英才たちが、過去にいかに鋭い目を向けようとも、それは結局儒教を唯一の尺度としたものであった。今振り返れば、どうしてこうも一つの基準にとらわれたか不思議に見えるが、山本七平はその最奥の理由を「〃本家〃への二流国意識」(下、126)に見ている。しかし皮肉にも、徳川時代に朱子学を絶対にしていたのは江戸から明治への転向を容易にしたと彼はいう。絶対の対象を中国から西欧に切り替えただけだったからだ。

しかしこの「容易」は生みの苦しみを伴った。幕末から明治にかけての西洋との接触がそれ以前の、いわば距離を置いた接触、つまり土着化の余裕がたっぷりあった時代のそれとは根底から違っていたからだ。しかもそれ以前の中国を中心とする影響とは、質ではなく、文脈がまるで違っていた。今回は国の存亡がかかっていたのだ。それゆえその衝撃の大きさと広がりも比較を絶して大きかった。西尾が、それ以後の日本人の精神構造を「内なる西洋、外なる西洋」と呼び、西洋が完全に内在化されている、すなわち「われわれは自己を西洋と同一視することも、日本と同一視することも出来ないような位置にある」(181)と指摘したのは、実に的確であった。現在でもしっかりと認識するのが困難なこのような分裂をその最初期に経験した漱石たちにとって、これは飲み込むにはあまりに苦いものであった。漱石らの悲劇は、西洋＝近代化の「病」を直感的に感知しながら、目の前に迫るその圧倒的な力ゆえに、「われわれは西洋文明に規定されて生きているのだという宿命を見つめる自制心から出発してよい時期にさしかかっている[……]われわれは自分の内部にある西洋を追い越すことなどはとうてい不可能」(西尾、179)だという、実にまっとうな、しかしそのまっとうさは現在の世界における日本の位置に支えられた余裕なしには成立しないような、認識に到達するのがきわめて困難だった点にある。

しかしこの認識を真に肉化するためには、漱石らの視力と苦闘が必須だった。前に引いた『草枕』の西洋物質文明批判はその端的な例だが、そこで示されている観察は、文明開化を急ぐ国民の発したものであることを考えれば、恐るべき眼力の産物である。自らが幸福のために生み出した文明が人間を徐々に受動的かつ攻撃的にしていくさまが見事に描かれている。汽車に積み込まれて運搬される。そこには人間が本来もっていたはずの能動性ばかりか、幸福感すらもない。文明はその巨大な可能性によって「個性を発達せしめる」、すなわち自我とその欲望を肥大させるが、その後、あるいはそれと並行して個性を踏み付ける、すなわちその限界と負の側面を見せつける。ここに現出する「平和」はしかし真の平和ではなく、檻に囲まれた比較的な富裕と安寧にすぎず、自由に基づく真の幸福は奪われている。そしてこの世界では否応なく生存競争が起こり、そこで人間の攻撃性は増大する。またこの競争の結果、それまで経験したことのないレベルの、つまり人間の自然な能力の差をはるかに超えた不平等が生じ、その不満が沸騰点まで達すると「革命」という名の暴力が起きる、と。これは文明というもののもつ宿命なのだが、明治日本という、その恩恵に浴そうとひたすら努めていた「後進国」

の人間が、その宿命に早くも気づいているのだ。その負の側面があらわになった世界に生まれ、育った同時代の西洋知識人ならまだしも、その世界を二年しか経験せず、あとはすべて書物を通して知った人間が、「憐むべき文明の国民は日夜にこの鉄柵に噛かみついて咆哮している」と、西洋文明の宿痾を喝破しているのだ。並みの知性ではない。

そして二一世紀の今、漱石の喝破した事態が現実のものとなった。とはいえ、私はこの事態を彼とは別様に捉えてみたい。二〇世紀後半の知的攪乱を経た今、彼が抱いたような東西観には変更が迫られている。脱構築、ポストコロニアル、多文化主義、越境、ハイブリッド、ノマド等々の思想潮流を潜り抜けてきたわれわれは、当時の彼らには苦い認識であった「もはや純粋に日本的なものなどどこにもない」を別のレベルで、あるいは別の方向で解釈および展開できるのではないか。「純粋」や「本質」、あるいは「大きな物語」に決定的な疑問符が刻印され、異種混交にまったく新しい、かつ積極的な意味が付与されたことは、ポストモダンの功罪の中でもはっきりと正の価値をもつものだろう。ハイブリッドであり越境することに正の価値を見出すことを強く自他から求められる時代になったのである。これは自己の文化の過去を否定するものではむろんないが、かといってその過去をノスタルジックに振り返る視線を拒否し、混交性から新たなものを生み出そうとする志向性である。

日本国民は、一〇年にもならぬ前まで封建制度や教会、僧院、同業組合などの組織をもつわれわれの中世騎士時代の文化状態にあったのが、昨日から今日へと一足飛びに、われわれヨーロッパの文化発展に要した五〇〇年たっぷりの期間を飛び越えて、一九世紀の全成果を即座に、しかも一時にわがものにしようとしているのである。［……］このような大跳躍の場合［……］多くの事物は文字どおりさかしまにされ、西洋の思想はなおさらのこと、その生活様式を誤解して受け入れる際に、とんでもない脱線が起こるものである［……］（『ベルツの日記』上、45-46。傍点引用者）

なんと不思議なことには、現代の日本人は自分自身の過去については、もう何も知りたくはないのです。それどころか、教養人たちはそれを恥じてさえいます。「いや、何もかもすっかり野蛮なものでした」［……］「われわれには歴史はありません、われわれの歴史は今からやっと始まるのです」と断言しました。［……］こんな現象はもちろん今日では、昨日の事がらに対する最も急激な変化に対する反動から来るのであることはわかりますが、しかし日々の交際でひどく人の気持を不快にする現象です。それに、その国土の人たちが固有の文化を軽視すれば、かえって外人のあいだで信望を博することにもなりません。（同書、47-48）

これは一八七六年から一九〇五年まで滞日し、日本の医学界に多大な貢献をしたベルツが故郷に書いた手紙から取った言葉である。彼の観察は全体的にきわめて客観的で一流のものだが、外国人特有の距離感、有体にいえば「上から目線」が見られる。(1) 当事者である日本人は当然このような距離をとることは難しく、この趨勢と苦闘した。同時代を生きた漱石はむろん自国文化を軽視しようとはゆめ思わなかったが、しかしベルツのこの観察には共感を示したであろう。つまり日本に対して同様の「不快」を感じたであろう。その一因は、こうした西洋受容は何かおかしいと思いつつも、日本人であるがゆえに西洋文明を「誤解」しているかどうかが定かに判断できなかったところにある。しかし考えてみれば、ある文化の定義・理解に正解がない以上、「誤解」かどうかは永遠に答えの出ない問題であり、当の西洋人ですら「××は誤解である」とは断定できない。

しかし、ベルツのこの言葉は、これとは別の意味で、「異」の受容における「誤解」と「脱線」について再考することを促す。結論を先取りすれば、「異」の摂取において苦悶し、逡巡するとき、その行為それ自体が、異種混交が新しいものを生むという意味で積極的、有意味的な行為になりうるのである。文化は特定の風土のもとに生まれる有機体で、それゆえその成立過程では「内発」と「外発」は混交している。その意味で文化に移植はありうるし、また移植したからこそ新たに芽生えるものもある。そのとき、「誤解」と「脱線」はその意味をまったく新たにする、あるいは失うことだろう。

＊　＊　＊

漱石が生涯取りつかれていた本質的テーマは、寄辺ない宇宙に生まれてきた根無し草の人間存在としての自分の探求にあったと見ていいと思うが、そこに、日本近代の初期に生まれた敏感で知的な人間の宿命として、西洋の衝撃が大きな影を投げかける。換言すれば、彼の自己探求・自己理解には東西の対決という横軸が必須のものとして組み込まれた。すでに詳しく見たように、彼の西洋に対する精神的姿勢は基本的に受動的だった。そもそも留学も自分が望んだものではなく、文部省から英語教授法研究を命じられたためにやむなく行ったものである。たしかに熊本の一教師として生涯を終えることに対する漠とした不満はあったものの、それを熊楠や慧海らのように海外に出ることで打開しようとはしなかった。

ロンドンおよび英国という存在は、漱石が日本文化の中で形成してきた自我の核への激しい挑戦であった。そこでの葛藤がなければ後の小説家漱石はありえなかった。しかし漱石の西洋への対峙の仕方を一つの型として見るならば、それは多くの同時代人と比べても極端に受動的、自意識的であったといわねばならない。熊楠はむろんのこと、序で見た福沢や新島、さらには森林太郎や新渡戸稲造、鈴木大拙らはみな、同じく西洋文化の圧倒的な力を前にしても、精神の崩壊の淵にまで追い詰められることはなかった。

日本人がみな漱石のような性格の持ち主であるわけはない。にもかかわらず彼の西洋への態度が日本人一般のそれの典型となったのは、当時の、そして当時から今に続く日本人の西洋への態度が、ある種「精神病的」だったからであろう。それは、自己に全面的な信頼をおくことができず、たえず自分を他者、それも自らが「あるべき他者」と見定めた西洋を常に参照枠としてきたことである。一時期、これに真っ向から抵抗し、それは結果として戦争という形になったが、苦い敗北を舐めることになった。それ以後は以前にもまして批判的に対決するのを避け、鬱々と内向していった。前に引いた西尾の言葉、「外国をもってしか自国を測れないのは近代日本人の歴史の宿命である」がこれまで以上に現実になったのだ。

要するに、漱石という文学的資質を備えた一種の「精神病者」が、自己超克、あるいは本来の自己の発見／奪還のためにその病を克明に文学化したものが、結果的に彼を国民作家に押し上げた。ダンテ、シェイクスピア、ゲーテらがそれぞれの国で国民作家になったのはまったく違う経緯をたどったこの「奇妙な」現象の最大の原因は、彼のトラウマ体験と喪失感覚が西洋に接した後の日本のとまどいを最も明瞭になぞり、再現しているからだろう。すなわち近代の日本人は、西洋に対する「歪んだ心理」をもつ自画像を漱石に見出したのだ。

熊楠はその豪放磊落な性格ゆえに、漱石やその主人公のような自意識によって捻じ曲げられた複雑な心理をもつ人物の対極に立っていた。腹が立てば英国人であろうとなぐりつけた彼のことだ、そんな女々しい心理の堂々巡りなどすっぱり断ち切って、やるべきこと、やりたいことをやれと叱咤したであろう。しかも、幕末の志士なら国内で徒党を組めたが、彼は異国の地で一人であった。あれほどの彼我の物質文明の圧倒的な差の中にあって、このような唯我独尊的態度をとれたのは稀有である。その意味で熊楠は、日本の国民作家になりうべくもなかったのはもちろん、日本人の西洋への対峙のモデルにもなれなかった。

これからの日本が西洋といわず世界に対してもつべき姿勢としては、おそらく熊楠のそれの方が理想に近いだろうが、西洋との一方通行的な過去をもち、きわめて錯綜した西洋観を内に閉じ込めてしまった大半の日本人は、したくてもそう簡単にはできないだろう。漱石のいうように「上滑りに滑っていく」ことの愚を知的には理解しているので、何とか「本来」の自己を取り戻したい。しかし取り戻すべき「本来」の自己はどこに行ったのか？　渡辺京二がいうように「逝きし世」に置き去りにしてしまったのか？　荷風のように失われた過去の日本へ閉塞すべきなのか？　こう自問するとき、文化的主体としての「本来の自己」なるものの実体そのものが疑われてくる。かといって、文化やアイデンティティは変化するのだから、神経質にならずにいかようにでも変化していけばいい、といい切るほどの自信もない。こうしたためらいが残る限り、モデルとしての漱石の呪縛は続く。

渡辺らの懐古は多分に観念的なものであったが、近年、「逝きし世」の反逆は思わぬところから始まった。西洋化が始まって一五〇年、衣食住がすべて変わってしまった今、それ以前にはなかった変化が生じてきた。さまざまな環境や身体の不調である。これは命に直結し、観念とは別のレベルで自らの過去を、とりわけ食の領域で振り返らざるをえなくなった。世界の和食への注目と日本人のそれへの「回帰」、さらにはユネスコ無形文化遺産への登録。この驚くべき変化は、むろん世界も同じ問題に直面しているからなのだが、日本にとってはまったく別の意味合いをもつ。それまで、否定とはいわないまでも敬して遠ざけていた「古きよき日本」が、一人の救世主として復活してきたのである。「遺産」とは何とも「逝った」感が強い言葉だが、しかしともかくこれは取り戻さねばならないものになった。

しかしこうした一片の現実があるとはいえ、西洋に対する日本人の基本的心理構造は変わっていない。研究者の間では、少なくとも文系では今でも、漱石が嘆いた当時と同じく西洋の文献をありがたがり、また一般には、西洋人に対してはそれ以外の外国人に対してとは違った態度をとる。西洋の凋落が語られ始めて久しいが、留学先は今でも欧米が主だし、近年の日本の「オタク文化」の世界的人気はあるものの、大衆文化も含めた多くの面でわれわれの眼はいまだに西洋を向いている。(2) ある種の施設ではいまだに外国人の使用を断るところもあると聞くが、同じ心理の負の表れである。

それにしても、今ここでこうして、比較的ゆったりした気持ちで西洋を見つめることができるのも、漱石や熊楠らがこれと真剣に対峙し、その成果を残してくれたおかげである。一人はそれによって大きく傷つき、その傷は終生癒えなかったようにも見える。もう一人は正面からこれに体当たりし、それなりの尊敬まで受けた。その意味で熊楠というモデルを知った日本人は大いに溜飲を下げることができた。しかし彼を単なる「ガス抜き」にしていては、漱石の暗い予言がますます真実味を帯びてくる。

漱石と熊楠という近代日本が生んだ二人の巨人は、その西洋に対する態度において、後の日本人がとる二つの主要な態度の原型となった。繰り返しになるが、漱石をより親近感のあるモデルにしたのは、彼が日本の開花を「外発的」と見抜き、そこに「空虚」を読み取り、その「空虚感」をさまざまに作品化していったためであろう。これは西洋との邂逅以来の日本人の感性を的確に表現した。つまり彼の「鬱病的」作品群が、幕末以降西洋の脅しによって開国し、「外発的」に近代化を迫られたことから生じる日本全体の欝的状態にぴったり共鳴したのだ。漱石の陥った「自我崩壊」の深度は当時の周囲の者には感知できなかったが、その感受性は時代を超えていた。彼の苦悩は、やや乱暴な比喩を使うなら、全人類の罪を一身に背負って十字架にかかったイエスのような役割を後世の日本人に対して果たした。それが彼を、より胸のすく、「鬱憤晴らし」の機能を果たす熊楠以上のモデルに押し上げたのであろう。

漱石をはじめてとして、ここまで検討してきた日本人の過去への眼差しは、本来の日本の文化に根付いていた「分」を守る意識と、よい意味での宿命観が失われ、西洋文明が生み出した混乱に巻き込まれて後戻りができなくなること、そしてその状態が永続化することを憂うものが多かった。これはフランシス・フクヤマの、そして彼が影響を受けたヘーゲルの用語をもじっていえば、自らの「歴史の終わり」の瞥見からくる恐怖といってもあながち的外れではないだろう。ヘーゲルを解釈するコジェーヴはこの点について注目すべきことを述べている。まず彼は、ヘーゲルやそれを受けたマルクスの語る歴史の終末とは、将来のことではなく「すでに現在となっている」という。その現象の一つが共産主義であるが、彼のいう共産主義は、「時代錯誤的な多数の遺物を除去」した産物で、『階級なき社会』のすべての成員が今後彼らに良いと思われるものをすべて我が物とすることができる」社会で、その意味でアメリカは「すでにマルクス主義的『共産主義』の最終段階に到達」しているという。この「アメリカ的生活様式」は「人類全体の『永遠に現在する』未来を予示」しており、したがってソビエト人や中国人もまだ貧乏なアメリカ人でしかなく、アメリカの出現によって「人間が動物性に戻ること」は将来の可能性ではなく「現前する確実性として現れた」という。

しかし注目すべきことに、彼は一九五九年に日本に旅してこの意見を根本的に変えたという。すなわち日本は、「ほとんど三百年の長きにわたって『歴史の終末』の期間の生活を、すなわちどのような内戦も対外的な戦争もない生活を経験した唯一の社会」である日本は、「その種の社会」をすでに実現しているというのだ。この「ポスト歴史」の日本の文明は「アメリカ的生活様式とは正反対の道」を進み、そこにおける「生のままのスノビズム」は「動物的な所与を否定する規律を創り出し」、それは「戦争と革命の闘争や強制労働から生まれた規律を遥かに凌駕していた」という。日本人は「すっかり形式化された価値に基づき、すなわち『歴史的』という意味での『人間的』な内容をすべて失った価値に基づき、現に生きている」。だから「究極的にはどの日本人も原理的には、純粋なスノビズムにより、まったく『無償の』自殺を行うことができる（古典的な武士の刀は飛行機や魚雷に取り換えることができる）」と。そして最後に、「最近日本と西洋世界との間に始まった相互交流は［……］西洋人を『日本化する』ことに帰着するであろう」と述べて、日本を「ポスト歴史」時代の象徴と見るのである。

彼のこの論はヘーゲルへの註解のさらに注でのもので、それゆえ詳細に展開していないのでやや曖昧だ。彼が日本に見た「その種の社会」というのが「動物性に戻った」社会、すなわちよいものを「すべて我が物にすることができる」社会かどうかもよくわからない。日本が「アメリカ的生活様式とは正反対の道」を進んだというのだから、そうではないようだが、もしそうなら現実認識のズレを感じる。何より、「歴史の終末」あるいは「ポスト歴史」の使い方が曖昧で、どうやら「時代錯誤的な多数の遺物」が除去されて以降の時代ということのようだが、例えばコジェーヴに依拠して『歴史の終わり』を書いたフクヤマの使い方とは意味合いが異なる。フクヤマは、イデオロギー対立としての「歴史」は終わった、あるいは政治の分野ではこれからは巨大なパラダイム・シフトは起こりえないという意味で使っているのだが、コジェーヴが、「『自然或いは所与存在との調和にある動物』は人間的なものを何ももたぬ生ける存在者」、つまり「生のままのスノビズム」を全面的に認める人間だが、どんな人間もスノッブではありえず、「ホモ・サピエンスという種である動物が存在する限り、『本来の人間の決定的な無化』はないであろう」（246-47）というとき、日本が象徴する歴史の終末後の世界のモデルはずいぶん違ったものとして現れる。

これは、渡辺が詳述した外国人の日本観察の戦後版といっていいが、しかしこれを漱石らの憂慮と並置してみるときわめて示唆的だ。漱石は西洋文明を、人間が不便を減じ、より快適な生活を求める道筋を物質的な世界に求め、そのためにどこまで行っても究極的な満足を得ることがなく、神経症に陥らざるをえない文明と見た。そしてその文明の圧倒的な物質性に驚愕した前近代日本は、十五年にわたる価値観の闘争の結果、それに追随する道である「アメリカ的生活様式」を選び、その結果一部の人たちは、長い時間をかけて育んだ伝統が失われると考えた。コジェーヴは、漱石がこの問題に苦しんだ半世紀後に、日本に「歴史の終末」の実現を見、そして西洋の日本化を予言した。この「日本化」は、明るい側面に目を向ければ、昨今の世界における和食やポップ・カルチャーなどのブームが目に入るだろう。しかしその暗い側面には、「軸」を見出せず、いっそう内向化していく社会が見えてくる。

コジェーヴの指摘は、こうした現代日本のあり方にこれまでとは違った角度から光を当ててくれる。彼は、日本がすでに「ポスト歴史」を生きているという。人間が動物性に戻ることを実現した社会、伝統という「形式化された価値」に基づいて「生のままのスノビズム」を謳歌するこの社会は、闘争から生まれた規律に縛られる西洋を凌駕しているという。しかし同じコインの裏面では、自然と伝統との調和関係にあるこの人間たちは「無償の自殺」と「人間の無化」に直面しているともいう。漱石らとは視角が異なるが、見透かしているものはかなり近いのではなかろうか。

漱石も同様に、近代日本の達成点を検証するよう促している。われわれは「善き意味において未練なきか悪しき意味において未練なきか」と。「深思熟慮の末去らねばならぬと覚悟して翻然として過去の醜穢を去る是よき意味に於ての未練なきなり目前の目新しき景物に眩せられ一時の好奇心に駆られて百年の習慣を去る是悪しき意味に於ての未練なきなり」。ここに過去に向き合う心構えの要諦は尽くされているが、難しいのは、「深思熟慮」をもってしても、何が「過去の醜穢」なのか、あるいはある習慣を捨てるのが「一時の好奇心」に駆られたものなのかどうかが判断しにくいということである。渡辺はある判断基準に従って「逝きし世」を嘆いたが、ここで問おうとしているのはその基準の是非である。明治大正を生きた漱石の基準は、「日本人は一時の発作にて凡ての風俗を棄てたる後又棄てたるものをひろひ集めつつあるなり」として、俳句や茶の湯、謡をその例に挙げている。そして、日本人は西洋を専一に模倣してきたが、「発作後に起る過去を慕ふの念に於て遂に悉く西洋化する能はざるを」知り、やむを得ず何とか和洋折衷しようとするが、「東西の分子入り乱れて合せんとし合する能はざるの有様なり」と判断を下し、「諸君の未練なきを賀する気にはなれぬなり」（『全集19』108-9）と結んでいる。「発作」という言葉に当時の西洋の衝撃の強さがうかがわれるが、その衝撃から一世紀半を経た現在、この判断は再考を要するであろう。

孤独の裡に文明史を考察したシュペングラーは、一文明を自己完結したものと考え、文明間の相互影響には重要性を認めなかった。しかし、彼に影響を受けたトインビーはこの点は踏襲せず、「文明の『親子関係』と『出会い』」（山本新、60）を重視し、文明を循環的に見て、その衰退と復活を考察した。彼は社会が衰退するときに現れる迂回路は四つ、すなわち「復古主義」、「未来主義」、「超脱」、「変貌」の四つあるといい、そのうち三つは袋小路で、最後の変貌のみが未来に途を開くという（325）。彼のいう「復古主義」とは、「文明の動的運動から静的な状態への堕落」、「未来主義」は社会主義革命のような「無理に変化を実現しようとする試み」（315）であり、「超脱」とは「アパテイア（無感動）」、「アタラクシア（不動）」、「ニルヴァーナ」などと呼ばれる、「この世」の外の「避難所」への退行（323）である。では、日本の社会は、西洋という異質な文明からの「挑戦」を乗り越えて一世紀半経つ現在、衰退しているのだろうか。これについては諸説あろうが、それが直面している問題は容易に指摘できる。陰湿な形のいじめがはびこり、人間関係の軋轢から生じる自殺はおびただしい。「異」を前にすると、一時的な訪問者には優しいが、たじろぐか傲岸になるか、もしくは拒否ないしは罵倒するしか選択肢がなく、始終外の、ということは自分たちが「異」と感じるものの、顔色を窺わなければならない。そしてその反動として、皇室という「軸」をもっていた（であろう）過去を賛美する……表われ方は何であれ、この社会に瀰漫する憂いはさまざまな仮装で現代日本人の無意識層から吹き上がり、あらゆる側面でその内向性と閉塞性を露呈している。

こうした現象の背後には、「グローバル化」という妖怪が跋扈している。これは、望むと望まざるとに関わらず、「異」それもその好ましくない側面と対面することを強いる現象である。その妖怪は、「異」などよくもわからず、いやそもそも関心をもたない多くの人々を否応なく取り巻き、窒息させる。この現象が厄介なのは、これまで共有されてきた「異」への眼差しを変えることを余儀なくさせるからだ。

小熊英二によれば、津田左右吉は「異民族との間には自然な情の結合などありえず、対立か権力関係しかないと考えていた。彼の世界観には、圧政と革命の二者択一である争乱の多民族国家か、君主と民衆が一体となった平和な単一民族国家か、そのどちらかしか存在しなかった」(288)。これは現在読めば笑うべき見解かもしれないが、ある点では日本と世界両方の現実はこれを追認しているようにも見える。本稿の文脈で見れば、グローバル化とは現代の「普遍」への融合といっていいだろうが、しかしさまざまな意味で劣位にある者にとってはそれは脅迫に見えることだろう。そのような中で「世界は一つ」的な発想を提示されてもとても受け入れられないだろう。現代の混乱の大きな部分は、この「グローバル化」とそれに抵抗あるいは反撃する思想と行動とのせめぎあいが生み出している。理想・理念と現実の対立とでもいうべきか。

このグローバル化の中での対立は、いわゆる保守と革新・リベラルの対立とは似て非なるものだ。保守は人間理性の限界をわきまえ、それの暴発の結果としての理論を抑えて、いかに愚かであろうとも、人間の歴史の中での営為とその蓄積を尊ぶ。ここでいう理想はこれを否定せず、むしろこれに則るものだ。上の津田の言葉の前半は、われわれの経験として乗り越えられた。そのような「情の結合」は可能であるばかりか、現実の一部である。しかし「争乱の多民族国家か、平和な単一民族国家か」という二項対立はまだ残り、しかも日本の大衆は無言のうちに後者を支持しているようにも見受けられる。現在の世界情勢がそれを後押ししていることも間違いあるまい。しかし現状だから正しいということにはむろんならない。むしろこれは古くて新しい「神話」である。小熊が、「多くの論者は、日本民族の歴史と言いつつ、じつは自分の世界観や潜在意識の投影を語っていたにすぎない」（402）という意味での「神話」である。なぜ神話を生むかといえば、これも彼がいうように、「他者とむかいあって対応をはかる煩わしさと恐れから逃避」するためだ。同胞の他者でさえ十分煩わしいのに、言語や文化が違う他者が入り込んだらもっと厄介なことになる……。彼は続けて、この逃避は「相手を無化しようとする抑圧」であり、だからそこから脱却せねばならない、そのためには、こうした神話化に不断に意識的になってその「一歩手前で踏みとどまる」必要がある、そのためには「少しばかりの強さと、叡智」（404）がいるという。その通りだが、それはほとんど、ソクラテスの「汝自身を知れ」と、あるいは多くの宗教が説く自己変革と同じほど獲得が難しいものである。

なぜか。それは、人間は自尊を、誇りを求める存在であるからだ。ある意味で、パンよりも他者の承認を、それも優越者としての承認を求める生物だからである。しかもある時にある場所に産み落とされ、そこの言語と文化に染め上げられる運命にある人間は、これを個人ではなく集団で確保しようとする。その方が楽だからだ。世界中に選民思想が見られるのはそのためで、「神国日本」はその一変奏曲に過ぎない。佐藤弘夫は、この観念は「排外主義としてだけでなく、逆に普遍世界に目を開かせる論理としても、また外来の諸要素を包摂する論理としても機能した場合があった」（216-17）というが、少なくとも近代日本においては、後者よりも前者が圧倒的に強く、結果的に内向性の強い傾向を引き起こした（佐藤自身、これがどう機能したかについては論じていない）。

なぜそうかといえば、文化には違いとともに、時代時代の強弱があるからだ。どの時代にも優勢な文化が文明＝「普遍」を主張する。そのとき劣位の文化は、多くの場合固有性を押し出すことで自尊を確保しようとした。たしかに「普遍」は時代によって変わる。かつては奴隷も女性の劣等視も問題視されなかった。民族内でも民族間でも、男女間でも差別はあったが、それは当時の価値の軸によって作られたものだ。今ではパラダイム・シフトとでもいうべき変化が起きている。それに対して個別は変わらない、たとえその中身が時代によって変わるとしても。この先、可能性は低いが世界政府ができるかもしれない。しかし言語と文化の世界統一はまず起こらないだろう。その意味で、個別はこれからも常に存在する。個別の存在が続くとすれば、普遍がどのように変わろうと、「普遍対個別」という対立図式は残る。ということは、「異」もずっと残り、それへどのような眼差しを注ぐかはこれからもずっと問題になるということだ。

この問題を解く一つのヒントは、皮肉にも同じグローバル化がもたらした。それはアイデンティティの揺らぎを強制しつつ、その反面で、この規模としてはおそらく歴史上はじめて、ハイブリッドや「越境」に正の価値を付与しようとしてきた。近年の熊楠への注目は、漱石に象徴される、ある種の「ねじれ」を伴った内向的・自閉的西洋観および西洋への態度を、自画像としては真実に近いかもしれないが、それでも物足りなく思う多くの日本人の気持ちの表現と見ていいであろう。もう一歩突っ込んでいえば、熊楠は現在の日本人の多くが抱く、「大国」意識とその内側での自己認識の寒々しさとのどうしようもないギャップを埋めてくれる一種のモデルないしは「英雄」として復活したのではあるまいか。しかし彼を「奇妙な英雄」として別格扱いしていては、事態は少しも動かないだろう。彼の奔放ともいえる知への情熱、森羅万象を解き明かすことへの執念ともいうべきものは、日本人の独自性・本来性は何かを探求するこうした連綿とした営為を前にするとき、一服の清涼剤、どころか、それを突き抜ける可能性を感じさせる。

この可能性を実現するには、意識の転換が必要だ。この点で、ケン・ウィルバーの transcend and include（超越と包含）の概念は示唆に富む。われわれはある状態――これは心理でも時代でもよいが――を時代・状況・環境の必然の中で超えねばならない時がある。そのとき、乗り越えられたものは打ち捨てられるのか。その選択肢もあるだろう。しかしウィルバーによれば、真の進化は、乗り越えたもの通り過ぎたものすべてを内に含むものでなければならない。懐かしんだり夢に生きたりすることではなく、過去を知りつつ超越することだ。これができたとき、過去の必然は未来を規定・拘束しなくなるだろう。その必然を認識すれば、その上に立つ未来の行動は「自由」になる。真の意味での「温故知新」である。

＊＊＊

本論考では熊楠的生き方に一つの希望を見出したが、これは近年の熊楠ブーム、とりわけそのルネサンス的知の巨人に光をあてた賞賛に加わろうというのではない。彼が注目に値するのは、この「普遍対個別」の問題を独自の形で乗り越えたように見えるからだ。鶴見和子は南方の特徴として「東国の学風」の創出を挙げる。これは「東洋のことに精通して西洋の学を用い、欧米人のまだ見出でぬ原理、原則」（30）を見つけようという、西洋に負けない学問を作ろうとする姿勢だが、彼のすごさは、これが自文化の独自性の主張やアイデンティティ確保に向かわず、自らを他者＝「異」に向けて可能な限り開こうとしていることだ。間宮林蔵の『カラフト紀行』は日本では注目されないのに、海外ではこれを翻訳して役立てていることに触れて、「知識は世界一汎の知識と思いて書き置きたる心の広さ、まことに欽すべし」（同書、34）と柳田國男に書いているが、これは彼が自己の個別性を閉鎖的に考えず、存在そのものとして「普遍」と見ていたということだろう。もちろん時代の制約はあった。しかし広大な知の地平に出ていこうとする熊楠の姿は、「普遍」と「個別」の共存ないしは融合という理想に、当時としては、いや今でも、可能な限り近づいていたのではなかろうか。中沢新一は、熊楠は「国際的」であることには価値を見出さず、「世界」であろうとした（54）、といっているが、うまい表現だと思う。これは彼が「軸」を実存的に、すなわち「個別」のではなく「普遍」の個人として獲得することを目指していたことを意味しており、彼が特に対西洋において傲岸であったのは、その不器用な表現であった。

森有正は熊楠と同じく境界に生き、パリに死んだが、その地でこう思索している。「経験はある意味で不断の変貌そのものである。その意味では、固定化の傾向のある体験と正に対蹠的であり、経験は不断の変貌そのものとしていつも現在であり、人が言葉だけでしか知らなかったものが実体として新しく表れつづけるのである」（51）。ここには、過去に安定の根拠を求めようとする視線を拒否し、「普遍」の個人として生を変化の連続する「経験」として捉えようという強い姿勢が感じ取れる。そうしないと人間は「実体」を把握できず、生は体験の無益な連なりとして固定化し、やがて消えてしまう、という。そして、そのような「経験」が行われるのは、「いつも現在」である。

コジェーヴは、ヘーゲルの謎めいた「精神の普遍性はそれ自身のうちで対立を弁証法的に揚棄するし、この対立を保持する」という言葉をこう解釈している。「精神の普遍性」とは「人間的現存在として顕在化する普遍性」で、それが対立を「弁証法的に揚棄」する、すなわち「個体性という総体において両者を総合することによって、個別的なものと普遍的なものとの対立を保持する。なぜならば、言説と理性的行動とがもつ普遍性は個人の個別性において、そして個別性により実現されているからである」（393-94）と。哲学的議論の文脈から一部を抜き取ってこれを使う非は意識しつつも、この見方はここで論じていることに光を当ててくれるように思う。つまり、本稿で使っている意味での、日本にとっての「普遍」（かつての中国、近年の西洋）と、それの受容に苦闘してきた日本という「個別」の対立においては、その「揚棄」とは、個体性、すなわち個人としての日本人の内部における両者の「総合」によって実現するのだが、それは対立の保持になるという、一見逆説的な形で現れるということだ。むろんここに至っての「保持」はそれ以前の、いわば無意識の保持とは意味が完全に異なるであろう。それは「異」との違いに目を据えながら、それを意識することであり、さらには両者の共通性に自らを「開く」ことである。

長い論考の果てに、自己の固有性・アイデンティティとそれが保証する（であろう）自尊は、対立の総合という形で個の中に見出すべきだという、やや宗教がかった見方にたどり着いたようだ。個としての人間は宇宙の中のたまゆらの存在であると同時に、唯我独尊の存在でもある。あるいは、「永遠の哲学」の中の一滴といってもいいだろう。このような個にとって、構造上「異」は存在しない。

こうした見方が理想的・理念的であることは承知している。しかし現象として見れば、「軸」をもつとはそんなに難しいことではないのかもしれない。かつて大学を休学して二年間世界を放浪したが、そのとき知り合ったドイツ人が京都の小さな下宿に、ガールフレンドまで連れて訪ねてきた。しばらく六畳一間で三人ですごした後、広島の山中にある実家に連れて帰ったのだが、そのときの両親の反応は、「異」を前にした「典型的」な日本人の反応であった。善意はあるのだが、どう対処していいかわからない、つまり、自分のやることが「正しい」かどうかの判断に自信がないのだ。一人明治生まれの祖母だけが、きわめて自然に、ということは、まるで日本人を相手にするかのように、普段通りに日本語で話しかけ、ドイツ女性に着物を着せ、似合うから（丈はまるで足りなかったのだが）もって帰れと押し付ける。若い私は、よくわからないながらもあっぱれだと思った。加藤周一の、東京の人間には自分のすることに自信がないが、「農村の人々には自信と落ち着きがある」（『日本人とは何か』96）という言葉を読んだのはずっと後のことだが、ああ、祖母だと思った。そのときの祖母や加藤のいう農民には、「個別」と「普遍」の対立を保持しつつ総合するという離れ業が、いとも「自然」にできたのであろう。しかし、その作業はほぼ無意識のもの、つまりここで長々と展開してきたような思惟に災いされぬもので、今のわれわれがそれを「自然」に取り戻すことはすでにできない夢である。意識を使って、意識を通してそれをやり遂げるしかない。それは「自然」でないがゆえにぎこちなさを、不自然さを、あるいはさみしさを伴う。しかしそれができない限り、「軸」をもつことからくる安心と落ち着きは得られないだろう。

＊＊＊

日本人が、外国＝西洋と「過去」をその主成分にする「異」に向ける眼差しとそれへの対処をたどる長い旅をしてきたが、本書で伝えたかったことの一つは、過去は「過去」にではなく未来に探せ、つまり過去を脱構築せよ、ということである。これを首尾よくやりおおせれば、周辺文明国日本を古くから悩ませてきた「普遍対個別」の問題も、「中心対周縁」の問題も、さらには「軸」の問題も解決するだろう。ここで提示する解決案とは、過去に本来性を探っても不毛で、それゆえ未来にそれを探せ／作れ、というものだ。本書末尾の引用文献リストの長さを見ても、さらに私の脳の中にしか残っていないそれに何倍する「参考」文献、いや、生まれてこの方受容してきた膨大な量の情報すべてがこの中にある。しかしその根を個別にたどることはできない。そして本書が固有性をもつとしたら、それはこの膨大な量の情報の、本書内の現在での組み合わせにしかない。そして私が考え続ける限り、それはこれからも変わっていくだろう。禅は「父母未生以前の汝の面目」を探せといったが、その「以前」とは過去とも未来とも違う時空間だろう。いや、時空間という言葉さえない「場」、いや、もしかしたら「場」でさえないかもしれない。自己の本来性があるとしたら、今・ここ以外にはありえないのだから。

注

（1）急いで付言しなければならないが、その大きな理由は、これが来日してすぐに書かれたものだということである。後に彼の日本理解、というより共感ははるかに深まるが、これはハナという女性を娶ったことと大いに関係があると思われる。一人娘のウタが三歳で亡くなったとき、ハナのとった態度にベルツは、妻ではなく一人の人間として深い敬意を抱き、それを「純日本人社会の考え方や気質が多くの点において、古代ローマ人のそれと著しく似ている」(182) と表現している。

（2）大学の授業でよく学生に、「未知」の国ならどこでもいいのだが、例えばイランのポップ・ミュージックを聴いたことがあるかと聞くが、「ない」と答えるのはいい方で、ほとんどがポカンとしている。そういう参照枠自体が存在しないのだ。

あとがき

本書執筆の淵源をたどれば、私自身の漱石や熊楠と同様の英国体験に行き着く。漱石からちょうど八〇年後に行った二年間のマンチェスター大学留学、そしてその後の一年間のケンブリッジ大学での在外研究である。前者はブリティッシュ・カウンシルから奨学金をもらって学位を目指すものだったので、漱石のそれとは違う意味での苦労があった。しかし後者は、ヴィジティング・スカラーという比較的気楽な身分で、興味のあるクラスだけ出席し、図書館を使い、所属カレッジのフォーマル・ディナーには頻繁に参加するという楽しい経験であった。またそれ以前にも英国には世界放浪の途中で寄っていた。そうした経験の中で、英国、さらには西洋という文明の形は自分なりに理解してきたつもりだ。しかしその後漱石を読み始めて、彼の極度の英国嫌悪を目にし、自らの皮膚感覚とのあまりの懸隔が時間のズレだけで説明できるのかどうかがわからなくなってきた。

熊楠を読み始めたのは漱石よりかなり後だが、この同時代人の欧米体験の漱石とのあまりの違いに胸を打たれた。これが本書執筆の直接のきっかけになったのだが、書き進めるうちに、この二人が格闘したのは、単に急激かつ圧倒的な西洋化のみならず、むしろそれを契機とした近世から近代への急転回、さらには近代という難物そのものであることがわかってきた。そこから関心が過去へと広がり、遅ればせながら日本近世以前の勉強を始めたが、当然のことながら収拾がつかなくなってしまった。本書はその途中経過報告として読んでいただければ幸いである。

二年前の二〇一六年は漱石没後百年、去年は漱石と熊楠の生誕一五〇年、そして今年は明治維新から一五〇年、ついでにいうと私の定年退職の年でもある。本書の出版はその記念を目指したものではないが、やはりいくばくかの因縁めいたものを感じなくもない。いずれにせよ本書執筆の出発点は、ここで論じた先達がこの変転きわまりない時代をどう生き、とりわけその変転の最大の原因となった西洋からの影響にどう対処したかを知りたいという気持ちであった。漱石が最も悩み、心を砕き、文章化することで考え、乗り越えようとしたものは、この百年でどの程度乗り越えられたのであろうか。これが本書を書き進める上での最大の疑問であり、解明に努めた問題である。これに答えるには、まず彼が何を問題と考えたかを明らかにしなければならない。それを解明する上で最良の切り口と思えたのが、彼の西洋との遭遇である。英語を学び始め、さらに英語教師になった時点で広い意味での遭遇は始まっていたが、ここではそれを、文字通り彼が西洋にその生身を運び入れたとき、すなわち英国留学時と措定し、その体験がその後の彼をどう変えたのか、ということは作家漱石をどう誕生させたのか、という問題を考えてみた。

「序」にも書いたが、私は、世の多くの識者がいうほどには漱石が「天井の人」とは感じられなかった。しかし同時に、彼をどう見るかは日本の知識人の一つの大きな試金石であるとも感じていた。はっきりいえば、日本の紙幣に印刷されたこの大知識人、大文豪に否定的なことをいうのは一つのタブーにすらなっているとすら感じてきた。かといって私には、そのタブーを破って「われらと同じ地上に引き戻してやろう」という思いはそれほど強くなかった。むしろ、彼の内面の振幅の大きさを見る方が、後世のわれわれにとって有意義だろうという思いで本書を執筆した。また一つには、どちらかというと海外の作品から文学に入っていった私には、少なくとも初期には漱石が世にいわれるほどに大きな存在には見えなかった。その作品のもつ迫力や重量感は、西洋の一部の作家たちにはとても太刀打ちできないように思われた。漱石の読者としての私の内部には、そのようなアンビヴァレントな感情が長らく淀んでいた。そのようなときに出会ったのが熊楠で、その漱石との違いに驚愕し、ここそが突っ込みどころだと感じた。

私は本文で熊楠の論文や著作を、興の赴くままに脱線からまた脱線し、結果として構成も弱く結論もない、今日の基準からすれば弱いものだと書いた。しかしこれはあくまで今日の基準に照らした評であって、その本当の魅力は知の迷宮性、ファンタズマゴリアの現出にある。それはとりわけ書簡に顕著だが、そこに展開される目くるめく知の乱舞を前にして、読者は森羅万象の奥深さ、不可思議さに打ちのめされる。今自分のこの本を読み返して、彼の構成の弱さのみを受け継いで、そのファンタズマゴリアの魅力は欠くものになったのではないかと恐れるが、これは読者の判断に委ねるしかない。ともあれ、熊楠を読むことで、われわれが教え込まれてきた本や論文の「よい」書き方も近年の産物なのではないかという思いも抱くようになった。本書執筆の過程で得た貴重な発見の一つである。

柄谷行人は漱石論で、「いい気な自意識が漱石がとうに苦しみ抜いた過程を薄っぺらにたどり深刻ぶってみせる光景は今も昔も変わりはしない」(『漱石論集成』71)と書き流しているが、先人の努力に対してこれほど不謹慎な言葉はないだろう。論じる作家がどれほど偉大であろうと、先見の明があろうと、その後の世界を生きるわれわれは、もしその問題が解決されていないなら、彼らの言葉を手掛かりに、可能な限り「薄っぺら」にならないように、自らもその問題に取り組まなくてはならない。漱石が、いや、誰がどんなことをいっていようが、それは里程標でしかない。後に続く者たちはそれに感謝しつつ、自らの道をたどるしかない。そして、他者に対してはもちろん、自らの営為に対しても決してシニカルであってはならない。これが本書執筆で私が自らに言い聞かせていた思いである。現今の書籍の多くには、汗牛充棟に何を付け加えるか……といった「謙虚」な言葉が見受けられるが、それは書き手の問題を受け取る深刻さとは何の関係もない。どんなに先行研究に満ちていようと、取り組む主題は一人一人の実存的問題としてその都度生起する。またそうした作業を続けなければ、「未完のプロジェクト」である近代の相貌はとてもつかめないだろう。

＊　＊　＊

本書執筆の過程で直面させられたのは、これまで日本の精神の屋台骨を支えてきた人たちの精神が、「自分という人間、そしてそれを包む母国の、アイデンティティあるいは自恃・自尊を守る」ということを軸に回転してきたということだ。これは、なぜ人間はこうも「何か」を守りたがるのか――しかもその「何か」がどれほど重要かも見極めもしないで――という疑問にふくらんでいった。人はある場所、ある時代に生まれ、それを選ぶことはできない。そしてその事実はその個人のありようのかなりの部分を規定する。そのある場所、ある時代には必ず特有の言語と文化があり、人間はその産物である。しかし近代という人類が初めて遭遇する時代がやってくると、それまで自明視していたものが次第に崩れてくる。日本においてはそれが「外発」であることが大きな問題になったが、しかしそれは人類史的に見れば比較的に小さな問題で、近代はともかく世界中に必然的にやってきたのだ。そのとき動揺した人々が目を向けたのが、自分たちに「固有」のもの、「純粋」で本来的なものと思った、あるいは思いたがった、自らの過去であったことには何の不思議もない。少なくとも心理的には。しかしそこでどんなことが行われたかは検証に値するだろう。なぜなら、その営為、すなわち近代の荒波の中で自分たちをどう定立しようとしてきたかこそが、現在のわれわれを形作っているからだ。

しかし近代は同時に多くの「恩恵」も提供してくれた。その最大のものは文化の枠を比較的容易に超えられるようになったことだ。人はまず地理的境界を越える。そしてある者は精神的な境界さえも越え、向かった地にか、あるいは中間的領域に留まった。こういうとき私の心に去来するのは、グルジェフ、ロレンス、ハーン、ゴーギャン、あるいはサイードといった「境界」に生きることを選んだ人たちである。彼らの目から見たとき、上述の「アイデンティティを守る」という営為はどう見えてくるのだろうか。自分をこうした系譜の末席に連なる者と感じている私にとって、こういう問いを抱くのは必然であった。本書はその問いへの一つの応答である。

＊＊＊

村上春樹は三四歳のとき、五木寛之との対談でこう語っている（村上のよき読者でない私がこれを知ったのは、井上義夫氏に頂いた著書の中である）。「［……］自分が日本固有のものを目指しているんじゃないかということは、ぼんやり感じるわけです。日本的浪漫への回帰とか、そういうんじゃなくて、自分の体にまず同化したいというところが、今、すごくあります。自分の体がじかに触れているものだけが本来のものであって、それ以外のものは結局のところ幻想なんじゃないかっていうことですね」（井上義男、228）。世代的に私とあまり違わない人間の言葉として読むと、不思議なものを感じる。村上は明らかにかつての日本知識人たちのいわゆる「日本回帰」を意識し、自分の感覚はそれとは同じでないといいつつ、完全に拒否しているようでもない。自分という個人が運命にせよ偶然にせよ生まれ落ちた場と時にこだわり、その固有性に思いを巡らせるのは物を考える人間として当然だが、「自分の体に同化したい」とか、それに「じかに触れているものだけが本来のもの」といった言葉を聞くと、やはり違和感が強くなる。村上はもしかしたら「固有のもの」と「本来的なもの」を、本書で論じた者たちがしていたのと同様の形で混同しているのではないか、という思いがわいてくる。「自分の体がじかに触れているもの」はむろん日本だけではなく、その意味では旧来の意味での「本来」

は意味をなさなくなる。これは何もグローバル化が進んだ現在だからそうだというのではなく、人間存在そのものの構造がそうなっているのだと思う。

人間は常に、自分が生まれ親しんだもの以外のものを敏感に察知し、それを「異」として排除したがる。そしてその無意識の根拠が自己の「本来性」であり、その別ヴァージョンともいうべき「アイデンティティ」だ。村上はこれを「一人ひとりの人間の過去の体験の記憶の集積によってもたらされた思考システムの独自性」(井上、240-41) だという。しかしこれは捉え方として狭すぎるだろう。もしそうなら、例えば禅が目指す「父母未生以前の面目」は意味を失う。もし「記憶の集積」だとしても、それは個人のそれを超えた、おおげさにいえば人類のそれでなくてはならないだろう。この点においては宗教の目指すところは間違っていない。人類の記憶の集積が自分の中にある、そしてその集積は個人を超えたものと結びついていることへの気づきである。井上がいうように、もし村上春樹が「創造の機微は、個人を超えたものの記憶を生きる当の個人によってしか発現しない」(290) と洞察したのであれば、それはここで私がいおうとしていることにかなり近い。

人間が「異」へ反発すると同時に引き付けられるのもそれゆえ、つまりその「異」が人類の記憶の集積を、自分がこの地に生まれた「宿命」を超えてはるか大きなものとつながっているという感覚を、思い起こさせるからなのだろう。その反発と誘因のダイナミズムの中で人間は自己を形成し、生きていく。後はそれにどれだけ意識的になるかだけだ。もし「幻想」という言葉を使うのであれば、こうしたありようにこそ使いたくなるが、しかしそれは紛れもない現実なのである。本書で記したかったのは、このことに尽きる。

私事に渡るが、戦争を生きのびた父が生前よく「お釣りの人生」といっていた。私自身、この三年で三度の大きな手術を乗り越えて生きながらえているのは、近代科学の勝利なのか、はたまた神慮なのか、折に触れて考えるようになった。しかしそうした「理」の決定不能性とは別のところで、こんな「有難さ」を現出してくれたあるものに対して、深く感謝しているのはたしかなことだ。その「あるもの」は、むろん直接には、そうした私を根限り支えてくれた妻をはじめとする家族、そして友人といった生身の人間である。しかし同時にそれを超えたところに、「理」ではたどり着けないが、今述べた「宿命を超えたはるか大きなもの」があるのではないかと感じている。

＊＊＊

これまでの刊行物と同様、この本の執筆、出版にあたっては多くの人たちのお世話になった。本文の注にも書いたが、東北大学大学院の長岡龍作教授には、お忙しい中を時間を割いて「河口慧海コレクション」を見せていただいた。また同じく東北大学図書館では、瀬石文庫を閲覧させていただいた。記して感謝したい。

出版は、これまでの著書と同じく、松柏社の森社長に引き受けていただいた。今回は時間的にもかなり無理なお願いだったが、引き受けていただいたことに、感謝の意を申し述べます。また本書の編集では、前著を担当していただいた戸田浩平氏に再びお世話になった。前回にもまして時間的制約が厳しかったが、またしても見事な編集の手際を見せてくださった。本当にありがとうございます。

最後になったが、今回の出版もこれまでの二冊と同じく、勤務校である京都橘大学の学術刊行物出版助成を受けることができた。関係者一同に感謝の意を表したいと思う。

二〇一八年二月

浅井雅志

引用文献

阿満利麿『法然の衝撃』ちくま学芸文庫、二〇〇五年。

網野善彦『異形の王権』平凡社、一九八六年。

網野善彦『日本の歴史をよみなおす』筑摩書房、一九九一年。

鮎川信夫「一九三〇年代の射程――W・H・オーデンを中心に」、『展望』、筑摩書房、一九七〇年。

新井白石『西洋紀聞』宮崎道生校注、平凡社東洋文庫、一九六八年。

荒俣宏、米田勝安『よみがえるカリスマ　平田篤胤』論創社、二〇〇〇年。

安藤礼二『近代論――危機の時代のアルシーヴ』NTT出版、二〇〇八年。

安藤礼二『場所と産霊――近代日本思想史』講談社、二〇一〇年。

飯倉照平編『柳田國男・南方熊楠往復書簡集』上、平凡社、一九九四年。

伊藤整『近代日本人の発想の諸形式』岩波文庫、一九八一年。

井上清『日本の歴史』中、岩波新書、一九六五年。

井上義夫『村上春樹と日本の「記憶」』新潮社、一九九九年。

伊部英男『開国――世界における日米関係』ミネルヴァ書房、一九八八年。

入江隆則『新井白石――闘いの肖像』新潮社、一九七九年。

ウォシュバン、S『乃木大将と日本人』目黒真澄訳、講談社学術文庫、一九八〇年。

内村鑑三『近代日本思想体系6　内村鑑三集』内田芳明編、筑摩書房、一九七五年。

内村鑑三『内村鑑三所感集』鈴木俊郎編、岩波文庫、一九七三年。

内村鑑三『代表的日本人』岩波文庫、一九九七年。

内村鑑三『余は如何にして基督信徒となりし乎』岩波文庫、一九五八年。

江藤淳『決定版　夏目漱石』新潮社、一九七九年。

江藤淳『漱石とその時代』第一部、新潮選書、一九七〇年。

江藤淳『南洲残影』文藝春秋、一九九八年。

遠藤周作「『荷風ぶし』について」『新潮日本文学アルバム　永井荷風』新潮社、一九八五年。

大川周明『日本二千六百年史』毎日ワンズ、二〇〇八年。

太田好信『トランスポジションの思想――文化人類学の再想像』世界思想社、一九九八年。

太田雄三『ラフカディオ・ハーン』岩波新書、一九九四年。

大塚健洋『大川周明――ある復古革新主義者の思想』中公新書、一九九五年。

岡倉天心『東洋の理想』講談社学術文庫、一九八六年。

岡島秀隆「鈴木大拙とスウェーデンボルグ」『愛知学院大学教養部紀要』第57巻第1号。二〇〇九年。

小熊英二『単一民族神話の起源――〈日本人〉の自画像の系譜』新曜社、一九九五年。

奥山直司『評伝　河口慧海』中央公論新社、二〇〇三年。

小原信『内村鑑三の生涯』ＰＨＰ文庫、一九九七年。

勝海舟『氷川清話』勝部真長編、角川文庫、一九七二年。

加藤周一『日本人とは何か』講談社学術文庫、一九七六年。

加藤周一『日本文学史序説』上下、ちくま学芸文庫、一九九九年。

柄谷行人編『近代日本の批評Ｉ　昭和篇［上］』講談社文芸文庫、一九九七年。

柄谷行人『増補　漱石論集成』平凡社、二〇〇一年。

柄谷行人『日本精神分析』講談社学術文庫、二〇〇七年。

河口慧海『チベット旅行記』上、講談社学術文庫、二〇一五年。

菊谷和宏「永井荷風のフランス受容とその社会思想的含意」『和歌山大学経済学会研究年報』第17号、二〇一三年。

北垣宗治『新島襄とアーモスト大学』山口書店、一九九三年。

鬼頭宏『日本の歴史19　文明としての江戸システム』講談社、二〇〇二年。

クローデル、ポール『孤独な帝国　日本の一九二〇年代』奈良道子訳、草思社、一九九九年。

神坂次郎『縛られた巨人――南方熊楠の生涯』新潮文庫、一九八七年。

コジェーヴ、アレクサンドル『ヘーゲル読解入門「精神現象学」を読む』上妻精、今野雅方訳、国文社、一九八七年。

小林秀雄『モオツァルト・無常という事』新潮文庫、一九六一年。

小林秀雄『本居宣長』新潮社、一九七七年。

小林秀雄『本居宣長　補記』新潮社、一九八二年。

小森陽一『世紀末の予言者・夏目漱石』講談社、一九九九年。

子安宣邦『本居宣長』岩波新書、一九九二年。

子安宣邦『本居宣長とは誰か』平凡社、二〇〇五年。

小谷野敦『日本文化論のインチキ』幻冬舎新書、二〇一〇年。

西郷隆盛『西郷南洲遺訓』山田済斎編、岩波文庫、一九三九年。

佐藤哲朗『大アジア思想活劇』http://homepage1.nifty.com/boddo/ajia/all/index.html
佐藤弘夫『神国日本』ちくま新書、二〇〇六年。

佐藤雅美『知の巨人――荻生徂徠伝』角川文庫、二〇一六年。

ザビエル、フランシスコ『聖フランシスコ・ザビエル全書簡　3』河野純徳訳、平凡社、一九九四年。

サンソム、G・B『西欧世界と日本　中、下』金井圓、多田実、芳賀徹、平川祐弘訳、ちくま学芸文庫、一九九五年。

司馬遼太郎『アメリカ素描』新潮文庫、一九八六年。

司馬遼太郎『街道をゆく三十　愛蘭土紀行Ⅰ』朝日新聞社、一九八八年。

司馬遼太郎『胡蝶の夢』新潮文庫、一九八三年。

シュッツ、アルフレッド『現象学的社会学』森川眞規雄、浜日出夫訳、紀伊國屋書店、一九八〇年。

シュリーマン、H『シュリーマン旅行記　清国・日本』石井和子訳、講談社学術文庫、一九九八年。

末木文美士『日本宗教史』岩波新書、二〇〇六年。

末延芳晴『夏目金之助ロンドンに狂せり』青土社、二〇〇四年。

スクリーチ、タイモン『大江戸異人往来』高山宏訳、ちくま学芸文庫、二〇〇八年。

鈴木大拙『金剛経の禅・禅への道』春秋社、一九七二年。

鈴木大拙『東洋的な見方』岩波文庫、一九九七年。

鈴木大拙『西田幾多郎宛　鈴木大拙書簡』西村惠信編、岩波書店、二〇〇四年。

杉田玄白『蘭学事始』緒方富雄校註、岩波文庫、一九八二年。

杉本鉞子『武士の娘』大岩美代訳、ちくま文庫、一九九四年。

スタイナー、ジョージ『青ひげの城にて』桂田重利訳、みすず書房、二〇〇〇年。

ストー、アンソニー『エセンシャル・ユング』山中康裕監修、菅野、皆藤、濱野、川嵜訳、創元社、一九九七年。

ソーントン、武・アーサー『世界文学の中の夏目漱石』彩流社、二〇一六年。

タウト、ブルーノ『日本文化私観』森儁郎訳、講談社学術文庫、一九九二年。

高橋和夫『スウェーデンボルグの思想』講談社現代新書、一九九五年。

立原道造『立原道造詩集』中村眞一郎編、角川文庫、一九六七年。

田中彰『岩倉使節団「米欧回覧実記」』岩波同時代ライブラリー、一九九四年。

田中康二『本居宣長の国文学』ぺりかん社、二〇一五年。

谷崎潤一郎『谷崎潤一郎随筆集』岩波文庫、一九八五年。

チェンバレン、バジル・ホール『日本事物誌』1、高梨健吉訳、平凡社、一九六九年。

柘植光彦編『永井荷風——仮面と実像』ぎょうせい、二〇〇九年。

鶴見和子『南方熊楠　地球志向の比較学』講談社学術文庫、一九八一年。

鶴見和子『南方曼荼羅』八坂書房、一九九二年。

ディヴィス、J・D『新島襄の生涯』北垣宗治訳、小学館、一九七七年。

出口保夫『ロンドンの夏目漱石』河出書房新社、一九八二年。

トインビー『世界の名著　61』長谷川松治訳、中央公論社、一九六七年。

徳富蘇峰『吉田松陰』岩波文庫、一九八一年。

ドロワ、ロジェ＝ポル『虚無の信仰——西欧はなぜ仏教を怖れたか』島田裕巳、田桐正彦訳、トランスビュー、二〇〇二年。

内藤湖南『日本文化研究』上下、講談社学術文庫、一九七六年。

永井荷風『ふらんす物語』新潮文庫、一九五一年。

永井荷風『現代日本文學体系23　永井荷風集（一）』筑摩書房、一九六九年。

永井荷風『荷風全集』第五巻、岩波書店、一九六三年。

永井荷風『荷風全集』第一四巻、岩波書店、一九六三年。

永井荷風『荷風全集』第二一巻、岩波書店、一九六三年。

中沢新一『森のバロック』せりか書房、一九九二年。

中瀬喜陽『覚書　南方熊楠』八坂書房、一九九三年。

中瀬喜陽、長谷川興蔵編『南方熊楠アルバム』八坂書房、一九九〇年。

中野正志『万世一系のまぼろし』朝日新聞社、二〇〇七年。

中村元『東洋人の思惟方法3』春秋社、一九六二年。

夏目伸六『父・夏目漱石』文春文庫、二〇一六年。

夏目漱石『英文學形式論』皆川正禧編、岩波書店、一九八二年。

夏目漱石『草枕』『現代文学大系13』、筑摩書房、一九六四年。

夏目漱石『漱石全集』第二巻、岩波書店、一九九四年。

夏目漱石『漱石全集』第八巻、岩波書店、一九九四年。

夏目漱石『漱石全集』第十四巻、岩波書店、一九九五年。

夏目漱石『漱石全集』第十九巻、岩波書店、一九九五年。

夏目漱石『漱石全集』第二十巻、岩波書店、一九九六年。

夏目漱石『漱石全集』第二十二巻、岩波書店、一九九六年。

夏目漱石『漱石全集』別巻、岩波書店、一九九六年。

夏目漱石『漱石文学全集　八』集英社、一九八三年。

夏目漱石『それから』角川文庫、一九六九年。

夏目漱石『夏目漱石全集』10、ちくま文庫、一九八八年。

夏目漱石『漱石文明論集』三好行雄編、岩波文庫、一九八六年。

夏目漱石『文学評論』（一）講談社、一九七七年。

夏目漱石『吾輩は猫である』『現代文学大系13』筑摩書房、一九六四年。

西義之『新・「菊と刀」の読み方—戦後日本と日本人の変容の歴史を再点検する』ＰＨＰ研究所、一九八三年。

西尾幹二『ヨーロッパ像の転換』新潮社、一九六九年。

西谷修『不死のワンダーランド——戦争の世紀を超えて』講談社学術文庫、一九九六年。

西部邁『人間論』日本文芸社、一九九二年。

西部邁『福沢諭吉』文藝春秋、一九九二年。

新渡戸稲造『武士道』須知徳平訳、講談社インターナショナル、一九九八年。

萩原朔太郎『詩の原理』新潮文庫、一九五四年。

萩原朔太郎『萩原朔太郎詩集』河上徹太郎編、新潮文庫、一九六八年。

長谷川三千子『からごころ——日本精神の逆説』中央公論社、一九八六年。

原田実『江戸しぐさの正体——教育をむしばむ偽りの伝統』星海社、二〇一四年。

ハリス、タウンゼント『日本滞在記』中、坂田精一訳、岩波文庫、一九五四年。

ハーン、ラフカディオ『日本の面影』田中三千稔訳、角川文庫、一九五八年。

半藤一利『荷風さんの戦後』ちくま文庫、二〇〇九年。

平川祐弘『内と外からの夏目漱石』河出書房新社、二〇一二年。

平川祐弘『西欧の衝撃と日本』講談社、一九七四年。

平野威馬雄『くまぐす外伝』ちくま文庫、一九九一年。

福永勝也「アメリカにおける永井荷風と『仏蘭西』への憧憬」『京都学園大学人間文化学会紀要』vol. 31、二〇一七年。

福永武彦訳『現代語訳　古事記』、河出書房新社、二〇〇三年。

古田博司『新しい神の国』ちくま新書、二〇〇七年。

フロイス、ルイス『ヨーロッパ文化と日本文化』岡田章雄訳注、岩波文庫、一九九一年。

裵寛紋『宣長はどのような日本を想像したか――「古事記伝」の「御国」』笠間書院、二〇一七年。

ペリン、ノエル『鉄砲を捨てた日本人――日本史に学ぶ軍縮』川勝平太訳、中公文庫、一九九一年。

ベルクソン、アンリ『笑い』林達夫訳、岩波文庫、一九九一年。

ベルツ『ベルツの日記』上下、トク・ベルツ編、岩波文庫、一九七九年。

ベンヤミン『ボードレール　他五編』野村修編訳、岩波文庫、一九九四年。

船曳建夫『「日本人論」再考』ＮＨＫ出版、二〇〇三年。

ボダルト＝ベイリー、Ｂ・Ｍ『ケンペルと徳川綱吉――ドイツ人医師と将軍との交流』中直一訳、中公新書、一九九四年。

松居竜五、月川和雄、中瀬喜陽、桐本東太編『南方熊楠を知る事典』講談社、一九九三年。

松岡正剛『千夜千冊』http://1000ya.isis.ne.jp/0789.html
松本健一『日本の近代１　開国・維新』中央公論社、一九九八年。

真鍋俊照『邪教・立川流』ちくま学芸文庫、二〇〇二年。

マリンズ、マーク・Ｒ『メイド・イン・ジャパンのキリスト教』高崎恵訳、トランスビュー、二〇〇五年。

丸山真男『忠誠と反逆』筑摩書房、一九九二年。

三島憲一『現代思想の冒険者たち９　ベンヤミン――破壊・収集・記憶』講談社、一九九八年。

三島由紀夫「文化防衛論」『裸体と衣装』新潮文庫、一九八三年。

三谷太一郎『日本の近代化とは何であったか――問題史的考察』岩波新書、二〇一七年。

南方熊楠『十二支考』岩波文庫、一九九四年。

南方熊楠『南方熊楠コレクションⅠ　南方マンダラ』中沢新一編、河出書房新社、一九九一年。

南方熊楠『南方熊楠コレクションⅡ　南方民俗学』中沢新一編、河出書房新社、一九九一年。

南方熊楠『南方熊楠コレクションⅢ　浄のセクソロジー』中沢新一編、河出書房新社、一九九一年。

南方熊楠『南方熊楠コレクションⅣ　動と不動のコスモロジー』中沢新一編、河出書房新社、一九九一年。

南方熊楠『南方熊楠全集7』平凡社、一九七一年。

メーチニコフ『回想の明治維新——一ロシア人革命家の手記』渡辺雅司訳、岩波文庫、一九八七年。

モース、E・S『日本その日その日』1、石川欣一訳、平凡社東洋文庫、一九七〇年。

森有正『思索と経験をめぐって』講談社学術文庫、一九七六年。

森孝一「シカゴ万国宗教会議：1893年」『同志社アメリカ研究』第26号、一九九〇年。

柳田國男『柳田國男全集　13』ちくま文庫、一九九〇年。

山崎正和『不機嫌の時代』新潮社、一九七六年。

山本七平『現人神の創作者たち』上下、ちくま文庫、二〇〇七年。

山本七平『空気の研究』文春文庫、一九八三年。

山本新『人類の知的遺産74　トインビー』講談社、一九七八年。

横田冬彦『日本の歴史16　天下泰平』講談社、二〇〇二年。

吉川幸次郎『仁斎・徂徠・宣長』岩波書店、一九七五年。

ワーグマン『ワーグマン日本素描集』清水勲編、岩波文庫、一九八七年。

渡辺京二『江戸という幻景』弦書房、二〇〇四年。

渡辺京二『近代の呪い』平凡社新書、二〇一三年。

渡辺京二『逝きし世の面影』平凡社ライブラリー、二〇〇五年。

和辻哲郎『埋もれた日本』新潮文庫、一九八〇年。

Benfey, Christopher. *The Great Wave: Gilded Age Misfits, Japanese Eccentrics, and the Opening of Old Japan*. New York: Random House, 2004.
Clifford, James and George E. Marcus. Eds. *Writing Culture: The Poetics and Politics of Ethnography*. Berkeley:

University of California Press, 1986.

Cooper, Michael, Compiled and annotated. *They Came to Japan: An Anthology of European Reports on Japan, 1543-1640*. Berkeley and Los Angeles: University of California Press, 1965.

During, Simon, ed. *The Cultural Studies Reader*. London and New York: Routledge, 1993.

Lawrence, D. H. *Late Essays and Articles*. Ed. James T. Boulton. Cambridge: Cambridge University Press, 2004.

Lowell, Percival. *Occult Japan, or The Way of the Gods: An Esoteric Study of Japanese Personality and Possession*. Boston and New York: Houghton, Mifflin, 1894.

Pratt, Mary Louise. *Imperial Eyes: Travel Writing and Transculturation*. London and New York: Routledge, 1992.

Rosaldo, Renato. *Culture and Truth: The Remaking of Social Analysis*. Boston: Beacon Press, 1993.

Said, Edward W. *Orientalism*. New York: Vintage Books, 1979.

Yeats, W. B. *A Vision*. London: MacMillan, 1962.

◉著者略歴

浅井雅志（あさい・まさし）

一九五二年生、マンチェスター大学大学院博士課程終了。同大学Ph.D. 現在、京都橘大学国際英語学部教授。日本ロレンス協会会長。

著書に、*Fullness of Being: A Study of D. H. Lawrence*（リーベル出版）、『モダンの「おそれ」と「おののき」』、『持続するエピファニー』（以上、松柏社）、『オカルト・ムーヴメント』（共著、創林社）、『ロレンス研究――「旅と異郷」』（編著、朝日出版社）、『ロレンスへの旅』（編著、松柏社）、『21世紀のD・H・ロレンス』（編、国書刊行会）、『ロレンスの短編を読む』（編著、松柏社）、『ロレンス研究――「カンガルー」』、『ロレンス研究――「羽鱗の蛇」』、『ロレンス研究――「白孔雀」』、『ロレンス研究――「チャタレー卿夫人の恋人」』（以上、共著、朝日出版社）、『D・H・ロレンスと現代』（共著、国書刊行会）、*Englishes: Literature Inglesi Contemporanee*（共著、Rome: Pagine）、『表象としての旅』（共著、東洋書林）、『人と表象』（共著、悠書館）、*D. H. Lawrence Studies*（共著、The D. H. Lawrence Society of Korea）、他。

訳書に、P・D・ウスペンスキー『奇蹟を求めて』、G・I・グルジェフ『ベルゼバブの孫への話』、『生は〈私が存在し〉て初めて真実となる』、J・ムア『グルジェフ伝――神話の解剖』（以上、平河出版社）、D・H・ロレンス『不死鳥』『不死鳥II』（共訳、山口書店）、マイケル・ベル『モダニズムと神話』（共訳、松柏社）、他。

卑屈と傲岸と郷愁と――日本人の「異」への眼差しの系譜

二〇一八年三月三〇日　初版第一刷発行

著者　浅井雅志
発行者　森信久
発行所　株式会社 松柏社
〒一〇二-〇〇七二　東京都千代田区飯田橋一-六-一
電話　〇三（三二三〇）四八一三（代表）
ファックス　〇三（三二三〇）四八五七
Eメール　info@shohakusha.com
http://www.shohakusha.com

装幀　常松靖史［TUNE］
組版　戸田浩平
印刷・製本　倉敷印刷株式会社
ISBN978-4-7754-0251-1